Michael Lang

Der Seelensammler vom Odenwald

Kriminalroman

mainbook

ISBN 978-3-947612-59-8
Copyright © 2020 mainbook Verlag
Alle Rechte vorbehalten
Covergestaltung: Olaf Tischer
Cover-Motiv: Insel-Kapelle im Englischen Garten zu Eulbach
(Foto: Michael Lang). Abdruck mit freundlicher Genehmigung
der Gräflichen Rentkammer Erbach im Odenwald

Auf der Verlagshomepage finden Sie weitere spannende Bücher:
www.mainbook.de

Buch
Kriminalhauptkommissar Karl Kunkelmann von der Erbacher Polizei hat vorzeitig gekündigt. Seine Lust am Beruf ist versiegt. Da liest er nach einem Kurzurlaub die Zeitungsmeldung über den Tod eines Teenagers. Das Mädchen wurde in den fast vergessenen Kellern des Bad Königer Güterbahnhofs ritualmäßig an ein christliches Kreuz genagelt und tot aufgefunden.
Kunkelmann lässt dies natürlich keine Ruhe. Ein Formfehler erlaubt ihm die Rückkehr in den Dienst.
Ist im Städtchen ein Verrückter unterwegs? Die Ermittlungen führen den Beamten zum katholischen Pfarrer, zu rumänischen Gastarbeitern nach Fürstengrund und an den Stammtisch im Weiler Momart. Doch entscheidende Spuren oder gar Indizien bleiben aus.
Da taucht im Englischen Garten bei Eulbach eine zweite Leiche auf. Die Ermittler stehen unter Druck. Ist hier ein Serientäter am Werk? Die Einwohner bekommen es mit der Angst zu tun und wollen polizeiliche Erfolge sehen. Braucht es Kommissar Zufall? Zudem steht den Beamten die Presse auf den Füßen. Doch plötzlich tun sich menschliche Abgründe auf und die Lösung des Falles scheint in greifbarer Nähe ...

Autor
Michael Lang, 1962 geboren, lebt im Odenwald. Der Germanist und gelernte Deutschlehrer schreibt für mehrere Zeitungen und betreut die Öffentlichkeitsarbeit des Deutschen Roten Kreuzes in der Region.
Veröffentlichungen: „Wunderplunder" (humorvolle Gedichte im Selbstverlag). „Neues aus der Schwatzhaft" (Glossen aus dem Odenwälder Echo). „Der Seelensammler vom Odenwald" ist der erste Kriminalroman des leidenschaftlichen Schreibers und passionierten Lesers.

So tötet nun die Glieder, die auf Erden sind,

Unzucht, Unreinheit, schändliche Leidenschaft,

böse Begierde und die Habsucht,

die Götzendienst ist.

Neues Testament, Brief des Paulus an die Kolosser

(Kol. 3,5)

Für Jonas, meinen lieben Sohn

Prolog

Die Zimmermannsnägel saßen bombenfest. Schließlich sollten sie lange halten. Der Meister war bestimmt auch dieser Meinung. „Der Mensch braucht einen neuen Halt!", sagte er immer bei den geheimen Treffen, deren Zeitpunkt und Ort über das Internet bekannt gegeben wurden. Es blutete immer weniger. Das freute ihn. Auf die Gerinnung war Verlass. Vor einer großen Schweinerei fürchtete er sich am meisten. Das verkrustete Blut wusch er mit in kaltem Wasser getränkten Zellstofftüchern ab, die er anschließend in Plastikbeuteln verstaute und in eine mitgebrachte Tasche packte. Er hasste unsauberes Arbeiten. Schon die Graffiti an öffentlichen Gebäuden waren ihm ein Gräuel. Was war nur mit der Jugend los? Hatte die denn gar keine Ziele und Ideale mehr? Keinen Halt? Das Kreuz hatte er schon einige Tage vorher mit dem Wohnmobil zum kleinen Baumbestand in der Nähe des Bad Königer Güterbahnhofs gebracht und sorgfältig mit Zweigen und nassem Laub abgedeckt. Das war recht ungefährlich, denn er parkte sein Reisegefährt öfter an jener Stelle, da er manchmal auch mit dem Zug zu den Treffen fuhr. Ebenso gab ihm die Dunkelheit einen gewissen Schutz. Und in der Nacht kam in dieser gottverlassenen Straße sowieso kaum jemand vorbei. Gottverlassen, das passte gut. Das war sie nun auch, diese willfährige Sünderin.

1

„Wo sind denn eigentlich die alten Restbestände von dem Schmierfett abgeblieben?", fragte der Eisenbahner Helmut Eckbach seinen Kollegen Gernot Knoll an jenem verregneten Montagmorgen im Oktober. Für die Wartungsarbeiten an den Weichen auf der Strecke wurden jährlich Unmengen der zähen Masse gebraucht.

„Keine Ahnung", lachte der, „ich habe lediglich einige Pfund für meine Emma abgezweigt, damit die endlich mal lernt, dass fettfreie Pfannkuchen wie eingeschlafene Käsfüße schmecken. Das war vor etwa drei Monaten. Da standen die Blecheimer noch neben allerlei Geraffel in der alten Halle, wo früher die Ersatzteile für die Weichen gelagert wurden. Aber pass auf, wenn du reingehst, damit dich nicht die Ratten fressen. Von denen hat´s in dem zugigen Loch nämlich mehr als genug." Knoll schickte noch einen Rat hinterher: „Und eine Wäscheklammer für die Nase würde ich dir auch empfehlen. Scheinbar nutzt so mancher das Verlies als Kloersatz!"

Eckbach zog seine schwarze Schiebermütze tief in die Stirn, zündete sich eine Filterlose an und stapfte mit hochgeschlagenem Mantelkragen in Richtung des alten Bahnhofsgebäudes. „Wer Reval raucht, der frisst auch kleine Kinder!" Irgendjemand hatte das mal losgelassen. Jetzt fiel es ihm wieder ein, als er sich gerade eine Fluppe zwischen die Lippen schob. Aufhören wollte er schon lange, aber das war gar nicht so einfach. Hustend stiefelte er weiter und legte diesen Vorsatz unter „Pläne für 2014" im Gehirn ab. Schließlich neigte sich das Jahr so langsam dem Ende zu. Der Schotter knirschte unter seinen Sohlen. Die Nässe auf den glatten Steinen schleuderte ihm bisweilen skurrile Spiegelungen entgegen. Die Tür zum Lagerschuppen war nicht verschlossen. Lediglich ein eiserner Riegel meinte, unberechtigten Eindringlingen den Zutritt verwehren zu müssen.

Eckbach ergriff die Klinke und zog. Mit einem geräuschvollen Schubbern über den grobkörnigen Betonboden und mehrmaligem Ruckeln an der beinahe vergessenen Pforte öffnete der Eisenbahner die in einem undefinierbaren Braunton gestrichene Tür und blickte in eine diffuse Dunkelheit.

Obwohl draußen der Morgen in tiefen Grautönen dämmerte, genehmigte die neblige Suppe im Innern des Verlieses so viel Licht, dass Eckbach seine Augen an die ihn umgebende Schwärze gewöhnen konnte. Eine elektrische Beleuchtung gab es hier schon lange nicht mehr. Klamme Kälte und ein Geruch nach feuchtem Moder schlugen ihm entgegen. Bisweilen glaubte er, das Fiepen einer hier Zuflucht suchenden Ratte zu hören. Zumindest ließ der dezente Schwall eines süßlichen Odeurs die Anwesenheit von organischem Material erahnen.

Aus einer undefinierbaren Ecke dünstete eine scharfe Nuance nach abgestandenem, menschlichem Urin zu ihm herüber. Der Ammoniakgeruch war unverkennbar. „Beinahe wie in dieser urigen Kneipe in Michelstadt, die seit vielen Jahren schon geschlossen hat", dachte er und musste ein wenig schmunzeln. Er ging langsam, um keinen Fehltritt zu tun. Dem gestampften Lehmboden, das wusste er noch, konnte man nicht trauen. Überall lauerten Unebenheiten und tiefe Mulden. Jetzt, vor Weihnachten, konnte er einen verstauchten Knöchel schon gar nicht gebrauchen. Zumal die Arbeit auf dem Bahnhof ihnen über die Köpfe wuchs und Eckbach erst kürzlich eine Woche krank gewesen war.

Langsam zeichneten sich die Formen des alten Gewölbes deutlicher ab und ließen schwach umrissene Konturen erkennen. Ganz hinten, durch die beiden winzigen Oberlichter, mogelte sich ein fader Schein von Tageslicht in das matte Anthrazit der Szenerie hinein, das jedoch vom dichten Gewebe unzähliger Spinnennetze gedämpft wurde.

Die diffuse Helle der geöffneten Tür beleuchtete nur wenige Meter des Raumes. Außer stockigen Wänden und nacktem Boden war nichts zu sehen. Die Fässer mussten sich im tiefen See der Dunkelheit befinden. Helmut Eckbach tastete sich mit zusammengekniffenen Augen und unsicher rudernden Armen weiter nach vorne, immer darauf bedacht, dass die Füße festen Tritt fanden.

Plötzlich knackte es trocken und hart. Der Eisenbahner bückte sich und nahm den Gegenstand in die Hand. Er wollte sehen, worauf er da getreten war. Für das scharfe Ziehen in der rechten Daumenkuppe und das sich gleich darauf einstellende Wärmegefühl gab es nur eine Erklärung: Er war auf ein Stück Glas getrampelt. Wütend schleuderte er die Scherbe in die Tiefe der unwirtlichen Behausung, zog aus der rechten Hosentasche sein Schnupftuch hervor und umwickelte die blutende Stelle. Er konnte sich nicht daran erinnern, dass die Glühbirnen durch Abdeckungen aus Glas geschützt waren.

Nach weiteren Metern seiner ereignisreichen Suche flammte in ihm ein verhaltener Hoffnungsschimmer auf: An der hinteren Wand standen in Reih und Glied mehrere bauchige Gefäße. Schnell überwand er die fehlende Distanz zum Zielobjekt und schritt auf die Blechbehälter zu. Der Größe nach zu urteilen, waren es Gebinde von 25 Kilogramm. Doch auch wenn die Kraft vorhanden war, galt es, den Rücken zu schonen. Er erinnerte sich an das Schleppen der Zementsäcke damals beim Hausbau. Jetzt musste der Gernot herbei. Zu zweit ging es bestimmt wie geschmiert. Er musste unweigerlich grinsen. Zufrieden drehte sich der Eisenbahner um und schickte sich an, den alten Lagerkeller zu verlassen.

Hatte jemand das bahneigene Domizil als private Rumpelkammer benutzt, oder stammte dieses seltsame Gebilde zu seiner Linken aus dem eigenen Betrieb? Wozu sollte so ein komisches Ding gut sein? Wer brauchte im Bauhof eine solch aberwitzige Konstruktion? Das allmählich einfallende Gegenlicht blendete ihn.

Binnen weniger Minuten hatte der Wind eine graue Wolke von der milchigen Sonne weggeschoben, die jetzt ihre kühlen Strahlen neugierig in die Winkel des alten Lagerkellers reckte. Was war das? Eckbach trat näher heran. Augenblicklich schienen ihm die Sinne zu schwinden.

„Endlich frei!", rief Karl Kunkelmann in den blauen Herbsthimmel hinein, als er das Dienstgebäude der Erbacher Polizeidirektion verließ, rieb sich dabei die Hände und setzte ein Lächeln auf, wie es spitzbübischer nicht sein konnte.

Wie oft er schon die schwere Metalltür hinter sich ins Schloss fallen gehört hatte, konnte er gar nicht mehr zählen. Doch diesmal war es endgültig das letzte Mal. Nie wieder würde er das muffige Dienstzimmer betreten, nie wieder die braune Brühe, die sich Kaffee nannte, schlürfen und nie wieder dem spindeldürren und blutarmen Heiner Ehrenreich in die safrangelben Augen blicken müssen. Das wenigstens glaubte Ex-Kriminalhauptkommissar Kunkelmann an jenem sonnigen Freitagmorgen im Oktober. Die meisten Kollegen erklärten ihn für verrückt, mit gerade mal 54 Jahren in den Sack zu hauen und aus einem Dienstverhältnis auszuscheiden, wie es sicherer kaum sein konnte.

„Sie wissen ja, dass Sie sich mit einem solchen Schritt wichtige Pensionsansprüche verwirken?", mahnte sein Vorgesetzter, der bisweilen recht väterliche Kriminaldirektor Wagenknecht.

Kunkelmann war nicht blöd. Natürlich wusste er das. Aber der Drang nach Ungebundenheit war größer. Schon lange spielte er mit dem Gedanken. Nun hatte er Nägel mit Köpfen gemacht. Brötchen ausfahren, Zeitungen austragen, irgendetwas würde schon werden. Und schließlich gab es ein kleines finanzielles Polster.

Der Vater und der Großvater waren Ermittler, also ist der Sohn auch ein Kriminaler geworden. Was für ein Quatsch. Schon auf der Polizeischule in Wiesbaden war ihm der Drill auf den Geist gegangen. Einmal trug er während des Unterrichts die damals hochmodischen Clogs.

„Wie wollen Sie denn mit diesen Dingern an den Füßen einen flüchtigen Verbrecher verfolgen?", belferte Ausbilder Friedrich Klarendorf. Am nächsten Tag kam Kunkelmann in den damals eben so modischen Moonboots ins Klassenzimmer. Da war natürlich der Ofen aus. Eine Woche lang Akten ablegen, hieß es nun. Viel interessanter wurde der Job auch nach der dreijährigen Knechtschaft in der Landeshauptstadt nicht. Befragungen, Schreibtischarbeiten und Aktenablegen. Karriere machten andere.

Der Odenwald war eben nicht die Großstadt. In eine solche hätte er auch gar nicht hingewollt. Schon die monatlichen Einkäufe mit Göttergattin Lena in Darmstadt waren ihm zu viel. Doch dass ihm der Dienst einmal so sehr auf die Nerven gehen würde, dass er um seine Entlassung ersuchte, dies hätte er vor einigen Jahren noch nicht geglaubt. Egal, die Entscheidung war gefallen. Karl Kunkelmann war frei.

„Und ausgerechnet jetzt hauen Sie in den Sack, wo sich eine Sache anzubahnen scheint, bei der wir alle Hände brauchen könnten!", schoben sich die warnenden Worte des Chefs in seine Tagträume von Freiheit und frischer Lebenslust. Kunkelmann nahm die Bemerkung nicht wahr.

3

Die Aussparungen in den Balken hatte er in seiner kleinen Werkstatt im Schuppen bereits einige Wochen zuvor eingearbeitet. Nichts ging über eine langfristige Planung. Die Technik hatte er sich beim Vater abgeguckt. Der war im Erstberuf gelernter Zimmermann gewesen. Leim drauf, Schraubzwingen dran und abwarten. Mit dem Warten hatte er keine Probleme. Er hatte viel Zeit. Dass ihm niemand beim Aufrichten helfen konnte, das war es, was ihn am meisten störte. Endlich, das Kreuz stand und machte einen soliden Eindruck. Das gefaltete Tuch aus bläulichem Samtimitat, das ihn an die Roben der Richter des Europäischen Gerichtshofs für Menschenrechte erinnerte, drapierte er fein säuberlich um die schmalen Hüften des Mädchens und schlang die Enden um die weißen Schultern. Unter dem dünnen Stoff zeichneten sich die Warzen ihrer kleinen Brüste ab, und er bekam eine Erektion. Dafür schämte er sich, denn so etwas gehörte sich nicht. An dem zur Seite geneigten Haupte des Kindes entfernte er mit einem Skalpell die beiden Augenlider und stellte für die Kleine im richtigen Winkel einen Spiegel auf. Selbsterkenntnis – so nannte er seine groteske Installation im Geiste. Er lächelte zufrieden, packte sein Werkzeug ein und verließ die nasskalte Lagerhalle.

Für den Bruchteil einer Sekunde fragte sich Eckbach, ob er auch tatsächlich sah, was sich ihm hier darbot. Da stand ein Kreuz, grob gezimmert. Zwei auf einsfünfzig schätzte im Unterbewussten sein Handwerkerhirn. Das aschblonde Haar des Mädchens war auf die linke Seite gekämmt und bewegte sich durch die Zugluft ganz leicht. Das Gesicht war weiß. Weiß wie bei einem Engel. Aber auch grau wie der Tod. Der Kopf war nach rechts geneigt und hing leicht nach unten. Der gebrochene Blick der Kinderleiche kam ihm absonderlich vor. Unvermittelt trat er einen Schritt näher und stellte fest, dass an den Augen etwas fehlte. Was, das konnte er nicht sagen.

Getrocknetes Blut klebte an den Brauen, ein wenig davon bedeckte die starren Augäpfel. Die Hände waren, von wuchtigen Zimmermannsnägeln durchdrungen, am Querbalken befestigt. Jesus war ein Zimmermann. Die Wundmale waren blutverkrustet. Sein Blick glitt hinab zu den Füßen. Auch hier die langen Nägel. Durch die beiden Fußrücken hatte man sie getrieben. Bedeckt war das Kind mit einem lilaroten Tuch aus hauchdünnem Stoff. Die Kleider fehlten.

Helmut Eckbach hörte sein Blut in den Adern rauschen. Er stand vor einer Kreuzigung. Das Herz schlug immer langsamer. Laut wummerte es in den Ohren. Er lehnte sich an die Wand. Die Knie zitterten. Dann erbrach er sich auf die Scherben eines am Boden liegenden Spiegels. Als er den Weg nach draußen geschafft hatte, blickte der wartende Gernot Knoll in die Augen eines Mannes, der die Hölle gesehen hatte.

5

Lena saß in der Hocke. Ihr langes, brünettes Haar hing wie ein seidener Vorhang vor ihren smaragdgrünen Augen. Die Sandalen waren ihr von den Füßen geglitten und gaben den Blick auf ihre Gehwerkzeuge frei. Beim Anblick nackter Frauenfüße wurde Karl Kunkelmann schwach.

„Na, gaffst du wieder meine Treter an?", witzelte sie, ohne dabei mit dem akribischen Unkrautjäten aufzuhören.

Karl fühlte sich ertappt, doch den Anflug einer dezenten Gesichts-
röte sollte Lena nicht mehr mitbekommen. Schon war er ins Haus
geglitten und öffnete den Kühlschrank. Essen war, neben Lena, eine
seiner großen Leidenschaften. Satte 125 Kilogramm brachte der Bulle
auf die Waage.

„Wenn mir unsern Babba net hätte, könnte mir eine mittelschwere
Sau gut ernährn!", frotzelte Thomas manchmal, wenn er am Wochen-
ende vom Medizinstudium aus Frankfurt nach Hause kam, um seine
Füße unter den elterlichen Tisch zu strecken.

Mit der Spitze eines stattlichen Granatsplitters in der rechten Ba-
ckentasche, watschelte Karl wieder nach draußen und überlegte, wie
er es der Göttergattin beibringen sollte.

„Montag ist Schontag!", rief Kunkelmann in die klare Herbstluft
hinein und erschrak über die Lautstärke, mit der er die Darlegung
seines Entschlusses eingeleitet hatte.

Das Fenster der etwas senilen aber überaus neugierigen Nachbarin
Adele Kumpf blieb seltsamerweise geschlossen.

„Wieso?", murmelte Lena ins Erdreich hinein. „Hast du dich endlich mal dazu entschlossen Dr. Berger aufzusuchen? Deine Pfunde
drücken bestimmt schon auf die Gefäße und treiben deinen Blutdruck
in die Höhe. Auch mit dem Zucker ist bestimmt etwas im Busch."

Passt ja, dachte der Ex-Beamte, da sich Lena gerade mit der Wurzel
eines widerspenstigen Hartriegels abmühte.

„Einen zweiten Kurt Wallander brauche ich nämlich nicht!", schob
sie noch nach. Offensichtlich war das eine Anspielung auf irgendeinen Kriminalroman. Denn Lena hatte gerade die Schweden in ihrer
Lektüre entdeckt.

„Nee, die Praxis vom Berger sitzt montags immer proppenvoll. Ich
gehe am Mittwochnachmittag hin", entgegnete Karl und schmunzelte.

Wie sollte er es nur anstellen?

„Also, pass mal auf. Ich habe bei den Bullen das Handtuch ge-
schmissen", sagte Kunkelmann nun klar und deutlich.

Blitzschnell drehte sich die Polizistenfrau um, und Karl Kunkelmann blickte in ein zur Maske erstarrtes Gesicht.

„Pass auf, dass du die Glasscherben nicht zertrampelst!", raunzte Hans Deckert seinen Kollegen Klaus Talstädt an und begann damit, die Fragmente eines Spiegels in kleine Tütchen zu verpacken, auf die er mit schwarzem Filzstift eine Nummer schrieb.

„Halt, was treibt ihr denn da?" Die Stimme gehörte dem Ermittler Heiner Ehrenreich, der gerade auf der Bildfläche erschienen war. „Wie oft habe ich euch schon gesagt, dass ihr mit eurer Sammelleidenschaft warten sollt, bis sich einer von uns einen Eindruck vom Tatort verschafft hat!"

„Dann könnten die werten Herren ja auch mal zeitig an selbigem eintreffen und den Tee beim Polizeipräsidenten ein andermal austrinken", schnodderte Deckert zurück. Doch Ehrenreich konnte die kritischen Worte nicht hören. Vom aberwitzigen Anblick der Szenerie gefesselt, stand er etwa drei Meter vor dem Kreuz und versuchte, sich einen Reim auf die grausige Szene zu machen. So etwas hatte er noch nie gesehen. Als Vater eines halbwüchsigen Sohnes ging ihm das Bild besonders nahe. Trotzdem hatte er für außergewöhnliche Grausamkeiten und unbegreifliche Absurditäten immer irgendeinen Filter parat, der ihn vor der Bilderflut und dem krankmachenden Kopfkino schützte. Nicht alle waren sie aufgrund ihres Berufes psychische Wracks. Auch wenn solches manche Psychologen behaupteten.

„Das ist eine klassische Inszenierung", dachte er. Aber wovon? Wer konnte so etwas anrichten? Jedenfalls lief hier irgendwo ein Irrer herum, der sich nicht davor scheute, einem Mädchen solche Brutalitäten anzutun. Dessen war er sich sicher.

Diese Kreuzigung hatte einen religiösen Bezug. Das lag für ihn auf der Hand. Was aber sollten das komische Tuch und der Spiegel auf dem Boden? Mit einer Taschenlampe untersuchte Ehrenreich das Gesicht der Leiche. Unglaublich! Die Bestie hatte dem Kind die Augenlider abgetrennt. Die Schnittkanten waren so sauber, dass der Kriminalist an einen Profi dachte. War der Täter etwa ein Arzt?

„Hey, Heiner", unterbrach ihn Klaus Talstädt in seinen Überlegungen. „Außer diesem Haufen von Spiegelscherben lag hier noch der Stummel einer filterlosen Zigarette herum. An einer der Scherben ist Blut. Und hinter dem Kreuz haben wir außerdem eine alte Kinderpuppe gefunden. Jetzt wandern die Sachen erstmal ins Labor. Fotografiert haben wir auch alles. Und zwar aus allen erdenklichen Richtungen. Du hörst von uns, mach´s gut."

„Mach es gut!", hallte es in Ehrenreichs Gedanken nach. Das erwarteten alle von ihnen. Überall wurden Fehler gemacht. Doch in ihrem Job wurde so etwas nicht geduldet. Da hieß es funktionieren, ohne zu mucken. Ging etwas schief, drohten zuerst der Anpfiff vom Chef und dann die Medienschelte. Heiner Ehrenreich konnte schon den Elmar Spohrnagel vom ‚Odenwälder Echo' hören, wie er ihm mit seinen Fragen Löcher ins Gehirn bohrte. Bohrnagel würde eigentlich besser passen, dachte er.

Der Kunkelmann, ja, der konnte mit diesen Kerlen. Der hatte es richtig gemacht. Irgendwie Irrsinn, aber doch groß, so mit Mitte fünfzig das Handtuch zu werfen. Möchte wetten, dass der jetzt erst mal irgendwo in die Berge gefahren ist, unser Flachlandtiroler mit seinem Ziehharmonikatick. Vom Umfang her täte ihm eine Basstuba besser stehen, sinnierte er, von seiner Tagträumerei für kurze Zeit der Realität entrissen. Fehlte nur noch, dass er in die Lauerbacher Dorfkapelle eintrat. ‚Volksmusik machen und Volksmusik hören, mein lieber Heiner, das sind zwei grundverschiedene Dinge. Wer sich dieses Ufftata im Radio anhört oder den ‚Musikantentadel' im Fernsehen glotzt, der wählt mit Sicherheit die CDU oder gleich die AfD'. Na, ja. Er musste es wissen. Ehrenreich stoppte die Gedankenflut.

„Du, Heiner ...!", rief Thomas Linn, der Streifenpolizist, der mit dem Kollegen Helge Ostermann zuerst am Tatort eingetroffen war. „Dr. Berger kann weder zum Tatzeitpunkt noch zur genauen Todesursache etwas sagen. Und wer überbringt eigentlich den Eltern die Todesnachricht?"

7

Wer das Kind war, daran hatte der altgediente Ermittler Ehrenreich keine Zweifel. Vermisstenmeldungen gingen in der Zentrale nur selten ein. Und das den Fahndern überlassene Foto schloss für ihn jegliche Zweifel aus. Mitten in der Nacht hatte Friedrich Richter bereits die Polizei informiert. Denn ein so spätes Ausbleiben ihres Kindes waren die Eltern von Annemarie nicht gewohnt. Zur Sicherheit riefen sie noch bei den Großeltern des Mädchens in Bad König an, doch irgendwie wussten sie, dass dies umsonst sein würde.

Nein, das konnte Ehrenreich nicht alleine tun. Dieser Sache war er nicht gewachsen. Ermittelnder Beamter, ja. Aber einfühlsamer Bote für Schreckensnachrichten? Er schlüpfte in den Opel und lenkte seinen Dienstwagen zum katholischen Gemeindehaus. Ob Pfarrer Gutermut wohl daheim war? Nach dem zweiten Läuten öffnete die Haushälterin die Tür. Alma Schmucker war seit Jahren eine Institution des Hauses, kochte, wusch und putzte schon in der dritten Priestergeneration. Vor Gutermut betreute sie Pfarrer Kreimlich. Man sagte den beiden ein Verhältnis nach.

„Wieso Kripo?", fragte sie völlig überrascht und trocknete ihre rissigen Hände an der karierten Kittelschürze ab. An ihrem Hals stieg ein Anflug von Röte empor. „Das würde ich dem Herrn Pfarrer gerne persönlich sagen", antwortete Ehrenreich höflich.

„Warum sind Sie eigentlich alleine? Im Fernsehen kommt die Kriminalpolizei doch immer zu zweit! Haben Sie einen Ausweis dabei?"

„Hier." Er zeigte ihr das Dienstdokument. „Ein Kollege ist in Urlaub, der andere auf Fortbildung und der letzte, den ich hätte mitnehmen können, den hat die Grippe erwischt. Würden Sie mich jetzt bitte beim Herrn Pfarrer anmelden?"

Alma Schmucker führte den Beamten in ein kleines Büro, in dem sich die üblichen Arbeitsgeräte und Versatzstücke eines Priesters befanden. Auf dem monumentalen Schreibtisch türmten sich ordentlich geschichtete Berge von Akten, am rechten Rand lag eine aufgeschlagene Bibel, gespickt mit einer Unmenge von Lesezeichen. Wahrscheinlich diente sie der Vorbereitung für die Gottesdienste, Hochzeiten und Grabreden. In der Mitte imponierte ein riesiger Flachbildschirm. Über der Rückenlehne des hölzernen Schreibtischstuhles hing akkurat eine nach Waschmittel duftende Soutane, das Gewand der katholischen Priester.

Zu seiner Rechten befanden sich auf einem kleinen Regal, fein säuberlich aufgereiht, mehrere Meerschaumpfeifen. Im Raum schwebte der samtige Duft von würzigem Virginiatabak, und über dem Türrahmen erinnerte ein kleines Kruzifix den Besucher daran, wo er sich momentan befand.

Ehrenreich blickte gerade aus dem Fenster in den regnerischen Oktober hinaus, als Horst Gutermut durch die offene Tür trat. „Guten Morgen", grüßte er ins Zimmer hinein.

Heiner Ehrenreich fuhr unweigerlich auf dem Absatz herum, denn nach einer Viertelstunde des Wartens hatte er eigentlich nicht mehr mit dem Erscheinen des Geistlichen gerechnet.

„Womit kann ich Ihnen helfen?", fragte der Priester und bat den Polizisten, auf dem kleinen Hocker Platz zu nehmen. So hatte sich Ehrenreich einen katholischen Geistlichen nicht vorgestellt. In seinen Gedanken schwebte ihm eine Mischung aus Don Camillo und Heinz Rühmann als Pfarrer Braun vor.

Doch Gutermut war mindestens 1,90 groß und hatte Oberarme wie ein Bodybuilder, deren Muskeln sich durch das enge, weiße T-Shirt deutlich abzeichneten. Seine Beine steckten in ausgewaschenen Jeans und an den Füßen trug er braune Cowboystiefel. Das sympathische Gesicht mit den beginnenden Geheimratsecken zierten ein gepflegter Dreitagebart und eine etwas mickrig wirkende runde Nickelbrille, die er immer wieder korrigierend von der Spitze auf den Rücken der Nase schob. Ehrenreich schätzte den Pfarrer auf ungefähr 35 Jahre. Wenn ihm jemand gesagt hätte, dass hier der verjüngte und muskulös aufgepumpte Rainer Langhans vor ihm stünde oder der intellektuelle Bruder von Seewolf Raimund Harmstorf, so hätte er das auch geglaubt.

„Guten Tag, Herr Pfarrer", begann Ehrenreich, „sicher haben Sie in den Nachrichten mitbekommen, dass die kleine Annemarie Richter verschwunden ist."

„Ja, allerdings, heute Morgen gegen sechs auf HR3, als ich nebenan beim Krafttraining war. Gestern Abend war sie noch im Chor. Ich habe daraufhin gleich die Eltern angerufen, und die teilten mir das Verschwinden mit. Deswegen bin ich auch über ihren Besuch nicht sonderlich überrascht, Herr ...?"

„Ach so, Entschuldigung. Ehrenreich von der Erbacher Kriminalpolizei. Wenn Sie meinen Ausweis sehen möchten, Herr Pfarrer ..."

„Lassen Sie mal gut sein. Meine Wirtschafterin sagte mir bereits, dass Sie echt sind. Nun, womit kann ich Ihnen helfen?"

So eine Gelassenheit möchte ich auch einmal haben, aber der Glaube an Gott wirkt wahrscheinlich Wunder, dachte der Beamte.

„Also es ist so, äähm. Wir haben Annemarie gefunden. In einer der alten Lagerhallen beim Güterbahnhof."

Gutermut hielt sich mit beiden Händen am Schreibtisch fest.

„Sie ist tot. Jemand hat sie, so verrückt dies klingen mag, an ein Kreuz genagelt. Was die genaue Todesursache ist, und wo sie ihr junges Leben verlor, werden hoffentlich die weiteren Ermittlungen ergeben."

Dem Kirchenmann trat augenblicklich der Schweiß auf die Stirn und Ehrenreich wurde Zeuge, wie ein Schrank von einem Mann sprichwörtlich zusammenklappte. Gutermut sank im Zeitlupentempo auf den Arbeitssessel zurück. In seinen Augen schwammen Tränen. Dann verbarg er sein Gesicht in den Händen. Langsam erhob er die Rechte und bekreuzigte sich: „Welcher Wahnsinnige ...?"

„Das wüssten wir auch gerne."

„Aber, aber ... Ich meine ... Sie war doch noch so jung! Ich mochte sie so sehr. Irgendwie hatte sie was von einem Engel. Der Herr nehme sich ihrer unschuldigen Seele an!"

„Herr Pfarrer?"

„Hmmh?"

„Nun, ich wollte fragen, wenn Sie denn können ... weil ich meine, Sie kennen ja die Eltern. Ob Sie, wenn es denn geht, mit mir nach Momart fahren würden, um den Richters zu sagen, dass ..."

Binnen des Bruchteils einer Sekunde war der gebrochene Gutermut wieder ganz und gar Priester geworden. „Natürlich, Herr Ehrenreich, das ist gar keine Frage. Solche Dinge sollte man sowieso eher uns überlassen. Schließlich haben wir kompetente Schützenhilfe von oben!", entgegnete Gutermut und richtete seinen wieder gefestigten Blick hoch zur Zimmerdecke.

Heiner Ehrenreich stolperte zwar über den Begriff ‚Schützenhilfe‘ aus dem Munde eines Würdenträgers, dachte sich aber dann, dass Geistliche auch nur Menschen sind und auch ihnen zugestanden werden müsse, sich einmal in der Wortwahl zu vergreifen.

Der Pfarrer angelte sich eine derbe Lederjacke vom Garderobenständer und schob den Polizisten sachte aus dem Büro.

8

Am ehemaligen „Café Waldesruh" vorbei dauerte die Fahrt ins Höhendorf kaum fünf Minuten. Ehrenreich erinnerte sich an seine Jugend, als er mit den Großeltern beim „Kaffeeschorsch" die sonntäglichen Nachmittage verbrachte: Die Oma ein Kännchen Haag, der Opa zwei kleine Pils. Das gab es damals nur dort, die restlichen Bad Königer Gaststätten hatten nur Exportbier und Apfelwein im Angebot. Und der kleine Heiner? Der freute sich allwöchentlich über seinen Granatsplitter. Der schmeckte dort nämlich besonders gut. „Der Schorsch, der kehrt die Reste auf dem Boden zusammen und kippt etwas Wasser hinzu. Dann matscht der das Ganze mit den Händen zu so einem kleinen Buckel. Und fertig ist dein Garantsplitter!", witzelte der Großvater regelmäßig. Apropos Granatsplitter: Wo mochte wohl Karl Kunkelmann gerade sein? Den hätte Ehrenreich jetzt gern an seiner Seite gehabt. Oder besser: Er hätte ihn in jener heiklen Mission liebend gerne vertreten dürfen.

„Wie stellen Sie sich es vor?", fragte der Beifahrer.

„Ähh, wie?" Ehrenreich drehte den Polizeifunk leiser.

„Ja, wie. Ich meine, soll ich es sagen oder Sie?"

„Wissen Sie was, Herr Pfarrer? Ich glaube, wenn wir in wenigen Minuten dem Paar gegenüber stehen, dann ist schon alles gesagt!"

Das Haus an der Talstraße war aus Sandsteinen gebaut und wirkte, verglichen mit den nachbarschaftlichen Gebäuden, etwas überdimensioniert. Es strahlte eine gelassene Ruhe aus und man sah, dass die Besitzer Geld hatten. Im Garten quietschten die Scharniere einer Schaukel im aufkommenden Wind. Hinten auf der Koppel weidete ein braunes Pferd und rupfte zufrieden saftige Grasbüschel aus dem Boden.

Als nach dem dritten Läuten niemand öffnete, bemerkte Heiner Ehrenreich, dass die Haustüre nur leicht angelehnt war. Mehrmals rief der Polizist in die geräumige Diele hinein, doch Antwort erhielt er keine. Die Tür zum Wohnzimmer stand offen. Da saßen sie.

Gutermut und Ehrenreich sahen das Ehepaar Richter im Halbprofil. Beide wirkten wie Statuen aus Marmor und hatten den Blick auf ein Porträt von Annemarie gerichtet, das in einem Rahmen auf dem Tisch stand. Die Anwesenheit der ungebetenen Gäste schienen die beiden nicht zu bemerken. Einzig die antike Standuhr brachte regelmäßig Unruhe in diese wie arrangiert wirkende Szenerie. Alles erinnerte an ein Stillleben. Der Raum atmete eine leblose Schweigsamkeit, und auch die Einrichtung konnte theoretisch eine Installation aus einem der teuren Frankfurter Möbelhäuser sein.

Die Kunstdrucke an den Wänden zeugten von einem erlesenen Geschmack. Selbst die schwarze Katze auf dem Sofa schien in Kunstharz gegossen. Nicht die leiseste Ahnung einer Bewegung konnte Ehrenreich registrieren.

„Wer war es?"

Gutermut blieb beinahe das Herz stehen, und Heiner Ehrenreich fasste sich instinktiv an den rechten Rippenbogenrand, wo die Dienstwaffe klemmte. „Nun, Herr Richter, es ist so ..., also es ist so unglaublich unfassbar, das mit Ihrer ...", stammelte Ehrenreich. Wäre jetzt nur Karl mit dabei. Warum sagt eigentlich dieser Pfarrer nichts?

Das Ehepaar Richter hatte sie bereits erwartet.

„Wir haben es geahnt", sagte der Vater und seine Stimme brach. Ehrenreich wusste, dass Richter irgendein hohes Tier im Innenministerium war. Dann und wann stolperte man in einer Akte über seinen Namen. Dunkel erinnerte sich Ehrenreich, dass seine Abteilung irgendwas mit Personalangelegenheiten der Polizeibehörden zu tun hatte.

„Frau Richter?", hob Gutermut an.

„Ja."

„Ihr Engel ist im Himmel. Sämtliche Qualen sind vorüber. Annemarie ist erlöst, sie ruht in Gott. Wenn Sie Trost brauchen, mein Haus steht Ihnen immer offen. Sie brauchen jetzt viel Zeit und innere Kraft. Lassen Sie sich von Gott trösten. Der Herr ist freundlich und seine Gnade währet ewiglich."

„Welche Qualen? Annemarie hatte keine Qualen. Sie war ein fröhliches Kind, das wissen Sie doch!" Gutermut und Ehrenreich antworteten nicht. Auch wollten die Eltern Gott sei Dank nicht wissen, wie die Polizei Annemarie vorgefunden hatte.

„Herr Richter, ich muss Sie noch bitten, vielleicht am Abend oder morgen früh. Also es ist wegen der Identifizierung. Wir haben zwar das Foto. Aber rein amtlich und rechtlich ..." Ehrenreich trat der Schweiß aus allen Poren. Er hätte sich ohrfeigen können.

„Rufen Sie mich an, wann ich wo hinkommen soll", sagte der Vater des Kindes und reichte dem Polizisten eine Visitenkarte, in deren rechten oberen Ecke stolz der Hessenlöwe prangte.

9

Die alte Arzttasche war wohl am besten hierfür geeignet. Das solide Leder imponierte ihm, und die Verarbeitung war noch echte deutsche Wertarbeit. Die imprägnierten Nähte würden keine Flüssigkeiten durchlassen. Hatte er auch alle Utensilien beisammen? Den schweren Hammer, die Halogentaschenlampe, die Zellstofftücher, Wattebäusche, das Skalpell, mehrere Einmalhandschuhe, das Fläschchen mit dem Chloroform, die Spritzen mit dem Midazolam, dem Mix der Barbiturate und das Muskelrelaxans darin? Auch die Kanülen? Ja, alles war vorhanden. Sogar an den Fotoapparat hatte er gedacht. Alles schien in bester Ordnung. Das schöne lila Tuch hatte er sorgfältig zusammengelegt und ordentlich verstaut. Die Essigflasche war sicher verschraubt und die Bürste war auch dabei. Alles lag an seinem Platz. Noch einmal zählte er die langen Zimmermannsnägel. 20 Stück aus gehärtetem Stahl. Trotz deren erprobter Qualität, konnte er sich ja verhauen. Krumme Nägel sahen unschön aus und außerdem würden sie nicht lange halten. Da bin ich mit einem ausreichenden Vorrat auf der sicheren Seite, sagte er sich. Oh, ja! Der Meister würde mit ihm zufrieden sein. Er, der Neue im Bunde, würde durch seinen Gehorsam glänzen und alle beeindrucken. Er klappte das Bügelschloss zu, nahm die Tasche in die rechte Hand und verließ den Raum. Dann suchte er im Haus nach einem geeigneten Spiegel.

10

„Wo bleibst du denn so lange?", fragte Lena, als Karl Kunkelmann sichtlich gut gelaunt aus der Konditorei Heidegger im österreichischen Seefeld gewackelt kam. „Erstens war es da drinnen proppenvoll, mein Schatz. Und zweitens dauerte es eine Weile, bis ich unter all den verlockenden Leckereien dies hier gefunden hatte!" In seiner Hand prangte ein wahres Prachtexemplar von Granatsplitter, der mit etwas Fantasie an den unweiten Großglockner erinnerte. Das Wort ‚Schatz' überhörte die Gattin geflissentlich, da es in Kunkelmanns normalem Sprachgebrauch nicht existierte.

Schon gestern kamen sie von dem Vorhaben ab, das nahe Innsbruck zu besuchen, denn der Wetterbericht kündigte Regen an. So machte sich der Klimawandel auch in den Tiroler Bergen bemerkbar. Und was sollte man mit einem Goldenen Dachl, wenn es nicht in der Sonne leuchtete?

„Weißt du, was wir machen, Karl?", sagte Lena, und der pfundige Ehemann sah in seiner Vorfreude schon die zünftige Haxe neben einem schankfrischen Weißbier auf dem Teller dampfen.

„Ja ...?"

„Wir gehen ins Olympiabad und gönnen uns einen richtig schönen Tag. Morgen fahren wir ja schon wieder heim. Außerdem wollte ich schon im letzten Jahr die neue Saunalandschaft ausprobieren. Die haben da jetzt vor der Blauen Grotte anscheinend einen Wildbach mit Felseninsel eingebaut."

Unvermittelt traten dem ehemaligen Hauptkommissar die Augäpfel hervor und er war drauf und dran, ausgelöst durch einen plötzlichen

Hustenreiz, den verkleinerten Großglockner in ein Grüppchen vorbeischlendernder Japaner zu katapultieren. Der groteske Anblick erinnerte an einen dicken Frosch, der aus Versehen statt einer Fliege eine Feldlerche verschluckt hatte und den Vogel auf Gedeih und Verderb wieder loswerden wollte.

„Außerdem tut uns nach all den vielen Eindrücken ein Tag in tiefenentspannter Atmosphäre sicherlich gut."

Von wegen entspannt! Vor seinem geistigen Auge sah Kunkelmann Myriaden von braungebrannten Wellness-Jägern mit eingeölten Waschbrettbäuchen durch die Badelandschaft stolzieren. Knappe Shorts klebten auf knackigen Hintern und zogen die Blicke der Ehefrauen von beleibten Mitfünfzigern auf sich. Auf einem der Liegestühle fläzte sich Lena und schien sich an diesem Anblick sichtlich zu weiden.

Auf der Felseninsel hingegen rief aufgeregt hüpfend eine bezaubernde Blondine um Hilfe. Sie war lediglich mit einem silbernen Fußkettchen bekleidet und auf ihrem appetitlichen Venushügel kräuselte sich güldenes Haar, das von staubfeinen Perlen gletscherklaren Wassers durchwirkt war. Die kleinen, straffen Brüste zitterten rhythmisch im Takt und einladend grüßten die von den Fluten gehärteten Nippel zu ihm herüber.

„Was hältst du von meiner Idee, du Tagträumer?" Die Frage kam gerade, als Kunkelmann mit einem kühnen Kopfsprung die kecke Kleine aus ihrer misslichen Situation befreien wollte.

Augenblicklich war ihm klar geworden, dass er in seiner Trance scheinbar seit Minuten in das faltige Gesicht einer ungefähr 70-jährigen Dame starrte, die mit erröteten Wangen nun ständig in zweideutiger Art und Weise das linke Auge zukniff.

Kunkelmann schämte sich, und sein Teint glich sich sofort mit dem der angejahrten Tirolerin mit der Fasanenfeder auf dem grünen Lodenhütchen ab. Daraufhin signalisierten deren Blicke, dass sie verstand: Ihr Gegenüber war verheiratet, da würde nichts laufen.

„Ähmm, ja, warum eigentlich nicht? Meinst du, dass die dort auch einen Imbiss haben? Sonst müsste ich mich ja nur vom Anblick der Amazonen ernähren!", witzelte Kunkelmann sichtlich aufgeregt.

„Und die sich von dem deinigen", schoss Lena unvermittelt zurück. „Aber du kannst beruhigt sein. Frauen mit nur einer Brust wirst du dort kaum antreffen! Und wenn, dann kannst du nur hoffen, dass sie keinen Flitzebogen mit sich führen."

Der gemütliche Dicke guckte leicht irritiert, denn von griechischer Mythologie hatte er nicht die geringste Ahnung. Dem Kommissar schwante Böses, doch er wollte am vorletzten Tag ihrer Ferien keine Diskussion anzetteln.

Was die wohl jetzt in der Direktion so machten? Bestimmt hatte der Heiner wieder mehrere Cognac im Tee und wunderte sich über die schlagartig einsetzende Müdigkeit.

Schnell wischte er den Gedanken an die Arbeit davon und quälte sich hinter das Lenkrad seines knallgelben VW-Käfers, den er vor vielen Jahren bei einer Versteigerung der Post in Darmstadt erstanden hatte. Auf beiden Türen schimmerte noch undeutlich das Hörnchen hindurch. Er legte den Rückwärtsgang ein und schickte sich an, den Wagen zu wenden.

„Was machst du hier eigentlich?", fragte Lena.

„Ich fahre gerade rückwärts aus einer Parklücke hinaus und drehe das Auto so, damit wir mit dem Kofferraum voran wieder in unser Appartement nach Reith kommen."

„Und was willst du dort?"

„Natürlich die Badesachen holen. Handtücher, frische Unterwäsche, den Föhn ..."

„Nicht nötig, alles schon an Bord. Auf ins Olympiabad. Erholung, wir kommen!", trompete die Gattin ihm ins Ohr. Unvermittelt trat er auf die Bremse und schaute in den Fußraum zwischen der Rückbank und den Vordersitzen. Eng eingezwängt quetschten sich zwei große Sporttaschen in die winzige Lücke. Sein Plan war nicht aufgegangen. Denn auf dem Weg zurück hatte er vor, Lena in den Gasthof „Alpenblick" zu entführen. Dort gab es hervorragende Wiener Schnitzel zu einem akzeptablen Preis. Die Rechnung hätte er diesmal freiwillig übernommen. Traditionell und sinnigerweise hatten Kunkelmanns im Urlaub nämlich getrennte Kassen.

Das Fiasko ging schon bei der Einfahrt in die Tiefgarage los. Karl Kunkelmann kapierte das Prozedere nicht. „Warum nimmt denn der Automat meinen 50er-Schein nicht an? Die Schluchtenkacker haben doch mittlerweile auch auf Euro umgestellt!"

Nachdem das Ticket dann endlich doch erstanden und verstaut war, ging es mit den Taschen unterm Arm durch ein zugiges Treppenhaus hinauf ins Badeparadies. In den engen Umkleidekabinen fiel es Karl ungemein schwer, aus den Klamotten zu schlüpfen. Die Hose pappte an den Beinen, es juckte im Schritt, und ständig rammte er mit den Ellbogen die Seitenwände.

„Jo, Herrschoftszoitn. Do wuist amoi dei Ruah, und dann haust do so a dappertes Elefantenbaby in derer Bretterlbudn, dös zu seiner Muata wui!"

„Saubayer!", stieß Kunkelmann leise hervor und wartete, bis der ungehobelte Rüpel seine Kabine verlassen hatte. Völlig verschwitzt stand er in seiner Bermuda, die ungefähr drei Nummern zu klein war, vor den Duschen. In einem rückwärtigen Spiegel sah er auf sein Hüftgold und bemerkte, dass die Badehose einen tiefen Einblick auf die Stelle gewährte, die üblicherweise Milchbrötchen in zwei gleiche Teile spaltet. Verbissen zog er am Bund, doch das einzige, was nach oben flutschte, war der rechte Hoden.

„Da bist du ja endlich!", brummelte Lena. Mit ihren 44 Lenzen machte sie im Badeanzug noch eine recht gute Figur. Die üppige Brust wurde durch geschickt eingearbeitete Körbchen gestützt. Die Beine waren tadellos. Die Polizistenfrau joggte regelmäßig und fuhr am Wochenende häufig den neu ausgewiesenen Radweg am Flüsschen Mümling von Erbach bis ins bayrische Obernburg. Da brachte sie es gut und gerne auf über 60 Kilometer.

„Na, komm, Kunki. Lass uns hoch zur Sauna gehen!", forderte Lena ihren Bullen auf. ‚Kunki', das mochte er gar nicht. Einerseits war es ja gut, aus der engen Hose zu kommen. Aber was würde ihn andererseits in dem heißen Areal erwarten? Die Möglichkeit, dass ihn hier jemand kannte, war verschwindend gering. So taperte er vertrauensvoll seiner Frau hinterher. Bei jedem Schritt wippte seine Brust ein wenig und er musste beschämt an die Blonde aus dem Tagtraum denken.

Doch was ihn auf der Felseninsel erwartete, hätte ihn fast aus den Socken gehauen, wenn er denn welche angehabt hätte. So drohte er, aus den Badelatschen zu kippen: Das weibliche Wesen, das da splitterfasernackt den linken Ellbogen auf den Granitkoloss stützte und unsicher in seine Richtung blickte, kam ihm irgendwie bekannt vor. Durch das spärliche graue Haar, das im trockenen Zustand eine Dauerwellenfrisur darstellen mochte, schimmerten krebsrote Flecken von erhitzter Kopfhaut. Das faltige Gesichtsleder folgte der Schwerkraft und stoppte in nach unten hängenden, leeren und knittrigen Backentaschen, die dem Antlitz das Aussehen eines ausgehungerten Goldhamsters gaben. Bei den Brüsten erinnerte er sich an den doofen Witz, in dem sich eine ältere Dame das Leben durch einen Schuss ins Herz nehmen wollte. Sie setzte an der Brustwarze die Waffe auf und das Projektil durchschlug ihr linkes Knie.

In Gedanken verpasste Kunkelmann der Nackten einen Lodenhut und steckte eine Fasanenfeder hinzu: Kein Zweifel, sie war es. Plötzlich verschlug es ihm den Atem: Ja, konnte das denn wahr sein? Die Frau auf der Felseninsel trug ein Fußkettchen aus Silber!

Wie immer, wenn er verunsichert war, begann er wirre Melodien vor sich hin zu pfeifen, hoffte auf seine tarnende Nacktheit und machte umgehend auf dem Absatz kehrt.

In der Dampfsauna fühlte er sich sicher. Die heißen Wasserschleier vernebelten die Sicht, und die feuchte Wärme bekam seinen oftmals erkälteten Atemwegen hervorragend. Gerne hätte er jetzt nach einem Tempotaschentuch gegriffen, aber woher nehmen? Eine kleine Melodie zwitschernd und den Blick zur Decke gerichtet, führte er in aller Ruhe seinen rechten Handrücken über die Nasenflügel und rieb die Faust dann über die weiß gefließte Sitzbank aus Stein, als wolle er just einen hartnäckigen Fleck von selbiger entfernen.

„Meeensch, das kann doch gar nich wahr sein! Moin, moin, der Herr Oberstudienrat. Auch wieder hier? Wie geht's denn in München?"

„Jo, kruzidirkn, der Dokter Martens aus Blankenese! Alle Jahre wiada, kommt dös Christuskind. Bleiben's jetzat wiada bis auf d'Weihnocht do?"

„Nö, mein Lieber. Diesmal ist Grömitz angesagt. Hab' da oben 'ne Ferienwohnung. Alles drin, alles dran. Die Sauna ist zwar ein bisschen lütt. Aber für mich und meine zwei Frauen reicht's allemal."

„Aber net niederlegn! Sonst trampelt eahna so a fetta Elefant, wia oaner vorhin in der Umkleidn tobt hat, die Bankerln samt die Weiberleit zamm, ha, ha, ha!"

„Jouh, diesen Dickwanst habe ich auch bemerkt. Hoffentlich haben sie ihn nicht von hinten gesehen. Sonst hätten sie mich bestimmt um eine kleine Spritze gegen Übelkeit gebeten." Obwohl der feuchte Vorhang völlig undurchsichtig war, senkte Kunkelmann seinen Kopf auf die Brust und harrte so lange aus, bis jenes widerwärtige Nord-Süd-Gefälle die Kabine verlassen hatte: „Blöde Arschlöcher!", rief er ihnen mit abgeschwächter Stimme hinterher. Einer der dampfenden Gäste quittierte die Bemerkung mit einem scharfen und zur Ruhe mahnenden Hüsteln.

Im Ruheraum traf er auf Lena, die sich angeregt mit einem fremden Menschen unterhielt. „Jo, do miassans unbedingt amoi kumma. Die Fraunkirchn, dös is a echtes Erlebnis. Und wenn's an Mo hamm, der gerne a Hoiwe stemmt, dann kennan's den im Schneider-Brauhaus ausilossn. Oan Durtschl mehr oda weniga foit do net auf."

„Verdammt und zugenäht!", zischte Kunkelmann. Musste sich der aufgeblasene Schuhplattler von Lehrer denn überall zeigen? Na ja, drahtig war er ja mit seinen geschätzten 60 Jahren. Aber halt ein ausgewiesener Volldepp.

Unauffällig hob der Ex-Kommissar die Hand und signalisierte Lena, dass sie ihn an der Vitamin-Bar finden könne. Durch Heerscharen von reichen Norditalienern und vermögenden Russen, die hier einen standesgemäßen Ferientag verlebten, quälte sich Karl zur Theke und bestellte einen halben Liter Vitamin B. Milde lächelnd und mit ausgesuchter Höflichkeit stellte eine zierliche Asiatin das Bier vor ihn hin und sagte: „Post!"

„Nein, Polizei. Aber bald schon nicht mehr. Habe geworfen Handtuch!" Zur Verdeutlichung war er drauf und dran, sein um die Schultern geschlungenes Frottiertuch ihr entgegen zu schleudern, unterließ dies aber dann doch. Nach einigen Minuten kam Lena hinzu, setzte sich neben ihn und berichtete, dass sie im Ruheraum einen unwahrscheinlich interessanten Mann getroffen habe und man unbedingt einmal eine Reise nach München unternehmen müsse.

Kunkelmann blickte auf Lenas erotische Füße, doch in ihm regte sich nichts. Mitten in der brütenden Schwüle des Olympiabades von Seefeld waren seine Gefühle zu Eis erstarrt.

Nach einem kleinen Snack, Kunkelmann vertilgte drei Speckbrote, begab sich das Odenwälder Paar aus dem Recreation-Tempel hinaus und in die Tiefgarage hinein.

„Sauerei, die haben den Wagen geklaut!", entrüstete sich Lenas Gatte.

„Welchen Wagen denn? Du stiefelst gerade in die falsche Richtung. Unser gutes Stück steht da hinten!"

Auch wenn Kunkelmann bei seinen zu bearbeitenden Fällen stets einen analytischen Verstand bewies und meistens den richtigen Riecher hatte, so war er in einer fremden Umgebung völlig orientierungslos und auf Hilfe angewiesen. Die Kollegen wussten das und empfahlen ihm einmal auf einer Dienstfahrt nach Wiesbaden das neue Navi mitzunehmen. Als der Hauptkommissar dann plötzlich vor dem Rheinufer stand und die Frauenstimme ihn zur Fahrt geradeaus nötigen wollte, überlegte er einmal scharf, schaltete seinen Verstand ein und das blöde Navigationssystem aus.

Nun startete er den Motor, legte den ersten Gang ein und fuhr los. Lena hatte sich bereits in einen am Bäderkiosk erstandenen Kunstreiseführer über die bayrische Landeshauptstadt vertieft.

Was war das? Lichthupe gebend und unter Verwendung eines ultralauten Horns, an dem der berühmte Martin seine Freude gehabt hätte, signalisierte ihm der Fahrer eines BMW Z4, dass ihm wohl irgendein Fehler unterlaufen war. Der rechte Zeigefinger seines Gegenübers hämmerte stakkatoartig gegen dessen Stirn. Dann sah er an der Wand das Schild ,Einbahnstraße'. Fluchend setzte er zurück und wendete. Lena sagte nichts. Und wie von Geisterhand öffnete sich nach dem Einschieben des Tickets auch die Schranke. Das Lämpchen mit dem Hinweis ,Bitte Nachzahlen' blieb dunkel. Dem Himmel sei Dank. „Na also. Geht doch!", brummelte Karl Kunkelmann.

Der Tag der Abreise gestaltete sich wie immer etwas hektisch. Während Lenas Reisetasche bereits im Treppenhaus des Appartementhotels auf ihren Abtransport wartete, kämpfte Karl Kunkelmann noch mit einer Unterhose, die sich protestierend zwischen die Zacken des Reißverschlusses seines Koffers gezwängt hatte. Schwitzend war er kurz davor, das gute Stück mittels einer Papierschere aus seiner misslichen Lage zu befreien oder die widerspenstige Buxe durch massive Gewalteinwirkung mit dem kleinen Schraubenzieher aus der Tischschublade in ihre Schranken zu verweisen. Lena schien die Ruhe selbst und löste das Problem quasi im Handumdrehen.

Die Heimfahrt über die Memminger Autobahn verlief ereignislos. Bei Eberbach bogen sie auf die Bundesstraße 45 in Richtung Beerfelden ab, und als Kunkelmann das Ortsschild von Gammelsbach sah, machte sich in ihm ein angenehmes Gefühl von Heimat breit. Als der gelbe Käfer gegen Abend vor dem Einfamilienhaus der Kunkelmanns vorfuhr, begann Adele Kumpf rein zufällig mit dem Putzen ihrer Fenster.

„No, widder dehaam? Gell, im eischne Haus isses doch am schennschde?", lachte sie und wischte dabei immer dieselbe Stelle.

„Ja, ja", blinkerte Kunkelmann verkniffen zurück und sah zu, dass er schnellstmöglich in der Haustür verschwand. Geschwind drehte er die Heizung auf, lief zum Schuhschränkchen und glitt wohlig in seine ausgetretenen Schlappen. Diverse Kleidungsstücke auf dem Boden kündeten von der wohl noch nicht allzu lange zurückliegenden Anwesenheit des Sohnes Thomas.

Die Spur seiner spärlichen Besuche im elterlichen Hause endete wie meistens kurz vor der Waschmaschine, was für seine Mutter ein deutliches Signal war, die Klamotten in selbige hinein zu befördern. Die Waschsalons in Frankfurt waren für einen Studenten schließlich auch gar zu teuer. Und überhaupt: Hatte sie dem Bub eigentlich jemals gezeigt, wie man das Gerät in Gang setzte?

Die väterliche Kritik ob seiner Schludrigkeit schmetterte Thomas meist mit den Worten ab: „Ei, Babba. Du weißt doch, ich studiere Medizin und nicht Maschinenbau!" Auf dem Esstisch lag ein Stapel Briefe, die der zukünftige Doktor wohl tatsächlich dem Briefkasten abgerungen hatte. Telefonrechnung, Reklame vom Möbelhaus Rempf, die Mahnung eines Versicherungsbüros, Bücherangebote eines Verlagshauses und ein handschriftlich adressierter Umschlag mit den geschwungenen Buchstaben der alten Tante Erna aus Oberursel. Manchmal lud sich Thomas bei ihr zum Essen ein. Ein offiziell wirkendes Schreiben mit der Bestätigung seiner Kündigung fand Kunkelmann nicht. Die Eckbank war mit mehreren Blättern des „Odenwälder Echo" übersät. Zuoberst lag die heutige Seite drei. Ein mit Edding gezogener schwarzer Pfeil verwies auf die Hauptüberschrift:

Grausiger Leichenfund im Güterbahnhof von Bad König
Mysteriöse Umstände geben Polizei etliche Rätsel auf

Kunkelmann erschrak zu Tode. Irgendwer hatte ein zwölfjähriges Kind umgebracht. Das Foto zeigte zwei Polizeiwagen vor einer alten Lagerhalle. Neben diesen erkannte er von hinten Talstädt und Deckert von der Spurensicherung. Der Dünne, der gerade aus dem Tor des Schuppens trat, konnte nur Heiner Ehrenreich sein. Die Augen des Ermittlers waren mit einem Balken geschwärzt. *Text und Foto: Elmar Spohrnagel* stand am Ende der Bildunterschrift.

11

Er wartete an der Litfasssäule neben dem alten Feuerwehrhaus. Die mächtigen Ulmen gaben ihm hinreichend Schutz. Das Wohnmobil hatte er um die Ecke abgestellt. In dunkelgrauen Schnüren netzte ein hartnäckiger Landregen das Herbstlaub und verbreitete eine harsche Ungemütlichkeit. Ihn fröstelte und er stellte den Kragen hoch. Die Ledertasche stand auf dem Klappbett im Camper. Es konnte sich nur noch um Minuten handeln. Gleich würde sie auftauchen.

Da! Er hörte ihre Stimme schon von weitem. Ein helles, fröhliches Kinderlachen, unbedarft und frei. In Gedanken ging er seinen Plan noch einmal durch. Ein Fehler durfte ihm nicht unterlaufen. Das würde der Meister nicht verzeihen. Sie würden ihn aus der Gemeinschaft ausschließen. War er krank? Spielte seine Psyche verrückt? Nein, er sah alles glasklar. Er musste es tun. Zwang war dies keiner, eher ein Bedürfnis, wenn nicht gar ein Herzenswunsch. Wären nur die vielen Momente des Sehnens nicht gewesen, diese hundertfach vergeudeten Chancen. Das war nicht nett von ihr. Das würde sie jetzt büßen müssen. Man durfte ihm keine Gewalt antun. Seine Seele war wie ein Kunstwerk aus Glas, fragil und leicht zerstörbar.

Wie oft wälzte er die Fachliteratur: Freud und C.G. Jung, Promotionen über Psychosen, Habilitationsschriften über Schizophrenie. In seiner spärlichen Freizeit setzte er sich in psychologische Vorlesungen in Heidelberg, las ‚Das Schweigen der Lämmer‘ von Thomas Harris und schaute sich mehrmals Hitchcocks ‚Psycho‘ an. Nirgendwo konnte er sich entdecken. Zufrieden lachte er in sich hinein. Er war gesund.

Jetzt befand sie sich auf seiner Höhe. Die Rollläden in der Nachbarschaft ließen nur schwache Ahnungen von gelbem Licht durch ihre Lamellen. Das Städtchen sah fern oder lag bereits zu Bett.

„Hallo, Annemarie! Wo ist denn die Yvette abgeblieben?"

Das Mädchen erschrak nicht, sondern lächelte freundlich. Trotzdem entdeckte er in ihrem Antlitz kleine Anzeichen von Verwirrung. In seinen Jackentaschen ballte er vor Anspannung die Fäuste. Seine Hände schwitzten und kneteten die Vinylhandschuhe und das Staubband.

„Och, die hat bei diesem Regenwetter die Abkürzung durch den Lustgarten genommen. Das macht sie manchmal, wenn es schnell gehen soll."

„Und du? Du willst wohl zur Haltestelle, um auf den Bus nach Momart zu warten?"

„Ja, richtig. Aber das dauert noch ein paar Minuten. Der Chor hat ja heute etwas früher Schluss gemacht."

„Weißt du, Annemarie, mit dem Bus nach Momart, das ist so eine Sache. Besonders bei Regen lässt der lange auf sich warten. Im letzten Jahr stand sogar ein

Leserbrief in der Heimatzeitung, in dem sich die Leute darüber beschwert haben. Nun sind bei solchen Verhältnissen die Straßen ganz schön rutschig. Ich muss ja auch da hoch. Wenn du willst, kannst du mitfahren. Deine Eltern werden sich sicherlich freuen, wenn du pünktlich daheim bist!" Annemarie schien zu überlegen. Die Sekunden kamen ihm wie Stunden vor.

„Och, warum eigentlich nicht?

Gemeinsam gingen sie bis zur Ecke Jahnstraße. Mit einem kleinen Klaps auf den Po half er Annemarie in das Wohnmobil hinein, startete den Motor und schaltete den CD-Player ein. Er begann zu summen, als Juliane Werding ‚Die Antwort weiß ganz allein der Wind' anstimmte.

12

„Bin ich noch dabei?"

„Wie?"

„Ich habe gefragt, ob ich noch dabei bin!", schrie Karl Kunkelmann in die Muschel. Hatte die Bachmann einen Hörsturz, oder was? Seine Hand am Hörer zitterte. Immer wieder hielt er sich den Zeitungsartikel vor die Augen. Im Telefonregister hatte er für dringende Fälle die Nummer des Vorzimmers seines Chefs eingespeichert.

„Ach, Sie sind's Herr Kunkelmann. Natürlich sind Sie noch in der Leitung. Sonst könnten wir ja nicht miteinander schwätzen, gell? Wie geht es unserem Pensionär denn so?", flötete Frau Bachmann, die Sekretärin des Direktionsleiters. Für laxe Scherze oder IQ-bedingte Verständigungsprobleme hatte er jetzt keinen Nerv. Er schaute auf sein Handgelenk: 15.30 Uhr. Das könnte noch klappen.

„Geben Sie mir sofort den Wagenknecht!" Hastig fügte er noch ein „Bitte!" an. Dann knackte es in der Leitung.

„Ah, der Herr Ex-Kriminalhauptkommissar Kunkelmann! Womit kann ich dienen?"

„Sagen Sie, der Mordfall, den der Kollege Ehrenreich gerade bearbeitet ..."

„Tut mir leid, aber darüber darf ich Ihnen leider keine ..."

„Haben Sie etwa schon ...? Ich hätte es mir denken können ..." Kunkelmanns Stimme wurde immer leiser.

„Nein, Sie Idiot, habe ich nicht!", brüllte ihm Kriminaldirektor Wagenknecht ins Ohr. „Sehen Sie zu, dass Sie morgen um Punkt sieben

Uhr fünfzehn Ihren Arsch hier in die Direktion bewegen. Ich erwarte Sie. Diese ganze Scheiße stockt. Kein Wunder, bei all den Blindschleichen, die nur bei uns im Verein rumhängen, weil sie zu geizig sind, für ihren Kaffee drüben im ‚Mühlenstübchen' zwei Euro fünfzig pro Tasse zu zahlen. Da schlabbert es sich auf Staatskosten doch wesentlich billiger."

„Gibt es denn schon irgendwelche Erkenntnisse? Ich meine, ich habe den Ehrenreich auf dem Pressefoto in der Zeitung gesehen. Normalerweise ist der doch ganz ...“

„Wollten Sie etwa *clever* sagen? Wenn der seinen Cognac mit Tee nicht hat, dann wirkt der so nervös wie ein Schwarm aufgescheuchter Bienen. Aber wem sage ich das? Einem Kollegen, der lieber aus Unlust dilettantisch kündigt und gleich in den Urlaub abrauscht, ohne zu hören, was ihm sein Chef bei der überstürzten Flucht aus dem Präsidium mitteilen wollte. Aber das nur nebenbei. Eigentlich ist der Ehrenreich ein guter Polizist, aber mit seinem Problem muss ich ihn gelegentlich mal zum Amtsarzt schicken. Gucken Sie dem mal in die Augen! Da laufen Sie Gefahr, in einem See aus Safran zu ertrinken. Dagegen ist so ein Ziehharmonika-Tick eine Kleinigkeit. Auch wenn es manchmal vor Disharmonien regelrecht schmerzt und mich der Landrat beim jüngsten Besuch schon auf die ihm unbekannte Koryphäe angesprochen hat!“

Dass der Wagenknecht den Ehrenreich nicht gerade liebte, war Kunkelmann schon lange klar. War ja auch anstrengend mit seinen angeblichen Teeinfusionen. Aber woher wusste der Alte von der Leidenschaft mit der Quetschkommode? Wenn Kunkelmann das Gerät aus dem Waffenschrank nahm, spielte er so leise, dass dies eigentlich nicht bis ins Stockwerk darüber durchdringen konnte.

„Mit wem hast du denn gerade telefoniert?“, fragte Lena, als sie das Wohnzimmer betrat.

„Ich habe nur schnell Tante Erna Bescheid gegeben, damit auch sie weiß, dass wir wieder zu Hause sind.“

Erna war Karls Großtante und ging diesem mit ihrem ständigen Jammern ob ihrer Gesundheit tüchtig auf den Zeiger. Die vertrocknete Ziege war mittlerweile 94 Jahre alt, ließ keine Kaffeefahrt der ortsansässigen Busunternehmer aus und verschacherte die erstandenen Lamadecken zum doppelten Preis an ihre Freundinnen. Irgendwann würde er einmal der Steuerfahndung einen heißen Tipp geben.

Die Zeitung in der Hand watschelte der Kommissar zum Sofa, legte sich nieder und versteckte sich hinter dem Blatt vor eventuellen Rückfragen der Gattin.

Wie dem Polizeibericht zu entnehmen ist, habe man die in einem Stadtteil gemeldete zwölfjährige Tote an ein Kreuz aus Holzbalken genagelt und in einem nicht mehr genutzten Kellerraum des Güterbahnhofs vorgefunden. Die frühzeitige Entdeckung der Leiche sei ein Zufall gewesen, da ein Bahnangestellter dort nach verloren gegangenen Betriebsstoffen gesucht habe. Nach der Sicherung aller Spuren habe man die Tote in das Institut für Rechtsmedizin nach Frankfurt bringen lassen. Die Polizei fragt: Wer hat in der Nacht des Verbrechens etwas Verdächtiges beim Güterbahnhof gesehen? Wer kann Angaben zum Hergang der Tat machen? Ein Selbstmord wird von den Behörden ausgeschlossen ...

So schrieb nur Elmar Spohrnagel. Wurde Zeit, dass man den mal zum Redaktionsleiter schickte, um ein dringend notwendiges Fachgespräch zu führen. Ehrenreich privat anzurufen würde nichts bringen, da er wahrscheinlich im ‚Treff‘ vor irgendeinem Spielautomaten hockte und auf den Millionengewinn hoffte. Richtige Lust hatte auch er keine mehr. Kunkelmann beschloss, auch wenn ihn die Sache innerlich aufgewühlt hatte, bis zum nächsten Morgen zu warten. Er schaltete den Fernseher ein und verfolgte, bis er eingeschlafen war, eine Tiersendung mit Heinz Sielmann.

Von wegen Tante Erna angerufen! Als Lena die energisch sägenden Laute vernahm, schlich sie heimlich zum Telefon und tippte kurz die Taste für die Wahlwiederholung. Die Maschinerie begann zu rattern und sie legte zügig auf. Im Display leuchtete eine Zahlenfolge, deren ersten drei Ziffern die Rufkombination des ehemaligen Arbeitgebers des Gatten darstellte. Was hatte das zu bedeuten?

Am Morgen schepperte der Wecker um halb sieben. Kunkelmann hatte schlecht geschlafen, doch er hievte seinen massigen Körper in Nullkommanix aus der Koje. Einer Sprungfeder gleich schnellte Lena nach oben und fragte, was dies denn für eine Vorstellung sei.

„Ich geh zum Dienst, was denn sonst?“, tönte der Dicke, als sei die Aktion das Natürlichste von der Welt.

Die schlaftrunkene Gattin meinte nur: „Hä?“ und fiel augenblicklich und wie betäubt rücklings in die Kissen zurück.

Wenn er ehrlich war, hatte ihn die abrupte Kündigung schon in Seefeld manchmal beschäftigt und Wagenknechts Hinweis auf einen sich eventuell anbahnenden komplizierten Fall war auch nicht ganz aus dem Kopf zu kriegen. Zwar hatte er keinen neuen Motivationsschub bekommen, aber nachdem sich alles etwas gesetzt hatte, sah er die Dinge ein wenig klarer. Besonders wenn er an die geschmälerten Pensionsansprüche dachte, wurde ihm unwohl zu Mute. Ob er mit den geringen Bezügen dann immer noch in Seefeld urlauben und sich Seminare zum Erlernen der Steirischen Harmonika leisten konnte? Das war mehr als fraglich. Die paar Zusatzabschlüsse und die private Rentenversicherung machten den Bock nun auch nicht fett.

Im Bad musste er bei diesem Sprachbild unvermittelt an sich hinunterschauen. Irgendwann würde er abnehmen müssen. Im Käfer lagen schon lange diese Stöcke herum, mit denen man auch ohne Skier ganz schön ins Schwitzen geraten konnte. Joggen konnte er bei seinem Gewicht vergessen. Wahrscheinlich würden die Knieknorpel bersten.

In der Küche kochte er sich einen Pott Kaffee und aß einen der gestern aufgetauten Granatsplitter dazu. Gefährliche Kalorienbomben, aber verlässliche Garanten für die Ankurbelung der Glückshormone in Kunkelmanns Körper.

Wenig später lenkte er zügig seinen Käfer auf den Dienstparkplatz vor der Direktion. Die Chipkarte für die elektronische Schranke lag an vertrauter Stelle im Handschuhfach. Als er erhobenen Hauptes auf den Haupteingang des Gebäudes zuschritt, machte der altgediente Pförtner solche Kuhaugen, wie Kunkelmann sie nur von Wilfried, dem mehrfach prämierten Zuchtbullen des Sophienhofes in Erbach, kannte. Etwas dümmlich glotzend öffnete er, noch bevor der Hauptkommissar den Klingelknopf drückte, die schwere Metalltür.

Im Flur war wenig los, und Kunkelmann konnte ohne Unterbrechung den Weg in den ersten Stock nehmen. Lediglich einer der diensthabenden Blauen von der Nachtschicht kreuzte seinen Weg. Er war früh dran. Als Kriminalbeamter fing man mit der Arbeit eh etwas später an als der Rest der Truppe.

Schon bevor der Hauptkommissar an Zimmer Nr. 2 klopfte, hörte er bereits die Kaffeemaschine von Frau Bachmann aufgeregt gurgeln. Wie die das hier oben mit der Kaffeekasse wohl handhaben? Die Tür tat sich auf, und vor ihm stand der gute Geist von Kriminaldirektor Wagenknecht, diese Ikone, die dem Chef sämtliche Termine machte, die die Interviews mit der Presse koordinierte, die sich schlichtweg um Wagenknechts dienstliche Rundum-Zufriedenheit kümmerte.

„Auch ein Tässchen? Der Chef telefoniert gerade noch mit Wiesbaden. Scheinbar gibt es da auch welche, die früh aufstehen", schmunzelte Frau Bachmann und stakste auf gewagten Pfennigabsätzen zum Sideboard, um für Kunkelmann eine Kaffeetasse zu organisieren.

Alles was recht war. Eine gute Figur hatte sie ja. Aber mit Ende dreißig sollte man nach Kunkelmanns Meinung keine Tangaslips mehr tragen. Das war etwas für ganz junge Mädels. Wenn überhaupt. Da mochte er doch eher Lenas etwas knappe Unterhosen, die immer ein wenig von den Pobacken freigaben. Bei der Bachmann verhielt sich dies anders. Als sie sich zur tiefsten Schublade bückte, rutschte der Bund ihrer modischen, weißen Hose so weit herunter, dass Kunkelmann die dünne Kordel und das sich nach unten verjüngende Stück Satin bis tief hinein in die verheißungsvollen Abgründe der Bachmannschen Anatomie verfolgen konnte, die sich in seiner Fantasie gerade mit den Rundungen der jungen Hilfesuchenden von der Seefelder Felseninsel vermischten.

„Frisch auf, wir können anfangen!" Völlig unerwartet und seiner Meinung nach übertrieben motiviert, riss Wagenknecht die Tür auf und blickte in das hochrot leuchtende Gesicht seines Untergebenen. „Na, Kunkelmann, haben wir ein wenig Mores vor dem, was Sie da erwartet? Kann ich verstehen. Ist ja schließlich eine unangenehme Geschichte. Aber schalten Sie ihre Ampel erst mal wieder auf Grün. Bei uns hatten wir so was ja noch nie. Obwohl die Fachliteratur ..."

Ohne ihre Haltung sichtlich zu verändern, drehte die Bachmann ihren Kopf in Kunkelmanns Richtung, drückte bedeutungsschwanger ein Auge zu und leckte sich ganz langsam mit der Zungenspitze über die knallrot geschminkte Oberlippe. Erahnte er da um die Mundwinkel des Vorgesetzten den Anflug eines wissenden Grinsens?

Sein Herz klopfte. Nur mit äußerster Konzentration gelang es ihm, die Melodiefolge zu halten. Er drosselte die Geschwindigkeit auf dreißig Kilometer. Die Tachonadel zitterte ein wenig. Bald würde er abbiegen müssen, die Kreuzung kam immer näher.

‚Wie viele Straßen auf dieser Welt sind Straßen von Tränen und Leid …‘
Sachte bremste er den Wagen herunter, setzte den Blinker nach rechts und bog ab.

„Warum fahren wir denn jetzt in diese Richtung?“
„Ich muss da vorne noch eine Kleinigkeit erledigen.“
Mein Gott, wenn sie nur den Schimmer einer Ahnung hätte. Aber so ist es nun mal.

‚Wie viele Meere auf dieser Welt sind Meere der Traurigkeit?‘
Vor dem kleinen Baumbestand am Bahnhof hielt er an.
„Kannst du bitte die Tasche tragen? Wir sind da.“
„Wo wollen Sie denn hier hin? Da wohnt doch keiner!“
„Ich möchte dir meinen Lebensbaum zeigen! Da drüben, der kleine in der Mitte, der ist es. Ich komme oft hierher, schneide ein Ästlein ab und stelle es zu Hause in die Vase!“

‚Wie viele Mütter sind lang schon allein und warten und warten noch heut?‘
Sie waren ausgestiegen, in den Jackentaschen tastete er die Einmalhandschuhe. Annemarie stand vor ihm und lauschte seinen Ausführungen über den Lebensbaum. Abgesehen vom Schein des Mondes war es vollkommen dunkel. Gut, dass sie ihm vertraute. Gut, dass sie ihn so gut kannte und leiden mochte. Während er unaufhörlich sprach, streifte er sachte die Handschuhe über, öffnete das kleine Fläschchen mit dem Chloroform, goss den Inhalt über die Watte und drückte die einschläfernde Tamponade mit eiserner Kraft mehrere Sekunden lang dem schmächtigen Mädchen von hinten auf Nase und Mund.

Das Studium in Gießen hatte er mit Vorlesungen bei den Medizinern bereichert. Dies kam ihm nicht nur im Brotberuf zugute. Mit der Linken hielt er sie in einer ausweglosen Umklammerung. Das Rucken und Zucken dauerte nicht so lange, wie er sich es vorgestellt hatte. Nach wenigen Augenblicken sank Annemarie vor ihm nieder.

Was für ein Anblick, was für ein Engel!

Jetzt hatte er etwas Zeit. Er öffnete die Arzttasche, nahm die zwei Spritzen heraus und steckte auf eine die dünne Kanüle. Lange war es her, doch die Methode vergisst man nicht. Meist rettete sie Leben, heute nicht. Er schaltete die Taschenlampe ein und richtete den gebündelten Strahl auf Annemaries Hals. Dann überstreckte er diesen zur linken Schulter hin. Die äußere Halsvene stellte sich wun-

derbar dar. Genau, wie er das während seiner Zeit im Zivildienst als Rettungssa-
nitäter gelernt hatte. „Im Notfall, wenn gar nichts mehr geht: Immer da hinein!
Dieses große Gefäß fällt dir nicht zusammen. Da hast du immer einen Zugangs-
weg!", erklärte damals der stets braungebrannte Dr. Groll.
Vorsichtig setzte er die 20 ml-Spritze mit dem Midazolam an, stach zu und
spritzte das Schlafmittel in den Blutkreislauf des Mädchens. Er beließ die Nadel
im Gefäß, schloss die zweite Spritze an und injizierte den Mix aus Barbituraten
und die Muskelrelaxans hinterher. Die Menge würde weiß Gott ausreichen. Lan-
ge drückte er einen Wattebausch auf die Punktionsstelle.

„Eigentlich wollte ich erstmal mit Ihnen über, ich meine wegen ..."
„Sie meinen wohl über Ihr, na ja, nennen wir es einmal ‚Entlas-
sungsgesuch' reden? Tja, Herr Kollege, da haben Sie sich ganz schön
was eingebrockt. War ja alles hochoffiziös. Da braucht es nun einen,
der die Suppe auslöffelt. Und der sitzt gerade vor Ihnen. In Ihrem
doch so wohl überlegten Kündigungsschreiben ist Ihnen, bei allem
Respekt über die Gründe und den Inhalt, ein kleiner, aber entschei-
dender, Formfehler unterlaufen. Sie haben nämlich anstatt zum
31.12.2013, dummerweise erst zum 31.12.2014 Ihren Wunsch über ihr
frühzeitiges Ausscheiden aus dem Beamtenverhältnis datiert. Da ist
Ihnen wohl ein kleines Missgeschick passiert, wie? Zu früh dran. Das
kennt man von Ihnen gar nicht, wenn ich dies so sagen darf. Und da
habe ich, entgegen meiner sonstigen Angewohnheiten, die Angelegenheit erst einmal ruhen lassen, da bis dahin ja noch viel Wasser die
Mümling runterläuft. Übrigens: Sind Sie sich überhaupt sicher, dass
ich der richtige Adressat für dieses Pamphlet war? Dazu sage ich jetzt
mal nichts. Außerdem hätte ich dann einen so genannten Präzedenz-
fall zu bearbeiten gehabt. So weit ich weiß, ist noch keiner hier freiwillig früher gegangen. Alle, die nicht mehr da sind, wurden aus diversen
Krankheitsgründen zeitiger pensioniert. Aber einfach so das Handtuch werfen? Einer wurde wohl auch mal aus disziplinarischen Gründen aus dem Dienst entfernt. Der ... ach, wie heißt der noch gleich ...
arbeitet jetzt anscheinend bei der Detektei Fuchs und knipst brave
Ehemänner, die sich in Sicherheit wähnend romantischen Seiten-
sprüngen hingeben. Keine Ahnung, ob man davon leben kann. Ich
käme mir dabei zumindest ziemlich voyeuristisch vor. Und sind wir
doch mal ehrlich Kunkelmann: Welcher gestandene Mann hat nach
langen Jahren aufopfernder Ehe nicht mal den Wunsch aus jener
bedrückenden Enge, aus dem stupiden Trott der Eintönigkeit, wenigstens für kurze Zeit, entfliehen zu wollen? Das ist doch mehr als

verständlich. Wir sind eben alle Jäger und Sammler. Und wenn die Kinder schon aus dem Haus sind … Also, bei der Kreisbehörde, da arbeitet ein Freund von mir, der hat neulich …"

„So, die Herren, da wäre der Kaffee. Frisch gebrüht und nicht gestreckt, damit er große Kräfte weckt!", dichtete die Bachmann und fixierte für die Länge eines Wimpernschlags eine bestimmte Stelle unter Kunkelmanns Hosenbund. Gleichzeitig war es ihr gelungen, den Redefluss von Wagenknecht zu unterbrechen, der, kommentiert von einem pikierten Hüsteln, seinen Monolog abrupt stoppte.

„Tja, Kunkelmann, unschöne Sache. Die Telefone stehen nicht mehr still. Aber das sind alles die Presseleute, überregionale Blätter, Radiosender und das Fernsehen. Die von der ‚Hessenschau‘ waren noch recht zurückhaltend. Aber die ganzen Privaten! Gestern war hier wirklich der Teufel los. So einen Rummel sind wir doch gar nicht gewohnt. Was glauben Sie, was ich geschwitzt habe. Aus lauter Angst vor die Kameras zu müssen!"

Kunkelmann wusste, dass Wagenknecht gerne in der Öffentlichkeit stand. Termine bei Sektempfang und Schnittchen nahm er mit besonderer Vorliebe wahr. Ein Auftritt in der ‚Hessenschau‘ hätte seinem Ego sicherlich geschmeichelt.

„Aber das Tollste an der Sache ist: Was glauben Sie, wie viele Leute aus der Bevölkerung angerufen haben, um sachdienliche Hinweise zu geben? Richtig, keiner! Niemand hat anscheinend etwas gehört oder gesehen."

Dem rehabilitierten Kriminalhauptkommissar war klar, dass sich die Sache im Städtchen erstmal setzen musste. Schließlich wurde das Opfer ja erst vor drei Tagen gefunden, und der Artikel war erst gestern in der Heimatzeitung gewesen. Buschtelefon hin oder her, man brauchte Fakten, schwarz auf weiß. Meistens meldete sich erst dann jemand. Auch wenn dies meist Wichtigmacher waren. Man musste jedem noch so unbedeutenden Hinweis nachgehen.

„Näheres über die Tatumstände und den Stand der Ermittlungen erfahren Sie dann unten von Ehrenreich. Kunkelmann?"

„Ja?"

„Bitte, beeilen Sie sich. Wir brauchen Ergebnisse! So ein Verrückter darf nicht frei herumlaufen."

Während er entspannt seine Pfeife rauchte, entwich aus Annemarie Richter jegliches Leben. Das Herz schlug immer langsamer, bis es vollkommen still stand. Die Vorbereitungen für das Fest, für diesen großen und einzigartigen Akt, waren getroffen. Er wollte sicher sein. Beinahe zärtlich überprüfte er am Puls den versiegenden Herzschlag. Erst betastete er die beiden Handgelenke, dann befühlte er vorsichtig die Halsvenen. Da war nichts mehr. Doch dies genügte ihm nicht. Annemarie sollte bei ihrer gemeinsamen kleinen Feier keine Schmerzen verspüren müssen. Mit der rechten Hand glitt er in den Hosenbund des Mädchens hinein und drückte seine Finger sanft in beide Beugen der Leisten. Nun wusste er es: Der Engel war tot! Doch konnten Engel wirklich sterben? Für ihn war das Schweigen des Herzens nur eine Zwischenstufe auf der Leiter zur Ewigkeit. So lehrten es die Bücher. Die Schuld galt es zu sühnen. Auch Annemarie hatte Schuld auf sich geladen. Doch ihr standen höhere Weihen bevor. Im Fegefeuer sollten andere schmoren. Er ging einige Schritte, befreite das Holzkreuz von Ästen und Laub, schulterte es, wie er dies in den Darstellungen gesehen hatte und trug den Marterpfahl Christi über die Straße in den vergessenen Lagerraum. Niemand hatte ihn gesehen, die Bürger schliefen in seliger Ruh. Dann lief er zurück und lud sich den zierlichen Leib auf den Rücken. Neben dem Kreuz legte er Annemarie ab. Er holte den Wagen, stellte ihn auf den gewohnten Parkplatz und trug die braune Ledertasche in den imaginären Festsaal.

15

„Grüß dich Heiner!", sagte Kunkelmann zu Ehrenreich, der mittlerweile eingetroffen war und eine Akte studierte.

„Du hier?"

„Ja, ich habe mir es anders überlegt. Lena kriegt die Krise, wenn ich jeden Tag zu Hause rumlungere. Außerdem glaubt sie, dass die Bäckerei Meier dann ihre Produktion an Granatsplittern um ein Vielfaches erhöhen müsste. Wer sich langweilt, der frisst, behauptet sie. Außerdem bräuchten wir dann richtig Geld, um die immer größeren Hosen für mich finanzieren zu können."

Ehrenreich nahm einen wohltuenden Schluck aus seiner Teetasse, die er bei einer weihnachtlichen Tombola im ‚Treff' gewonnen hatte und grinste verschmitzt.

„Spaß beiseite, Heiner. Was ist denn nur los hier im Kaff? Mir hat es ja beinahe die Sprache verschlagen, als ich das mit der kleinen Richter gestern in der Heimatzeitung gelesen habe. Treibt hier ein Perverser sein Unwesen?"

„Tja, Karl, das wissen wir nicht. Oder eigentlich doch, wenn man es so bezeichnen will. Jedenfalls ist es alles andere als normal, dass jemand einen anderen an ein Kreuz nagelt."

„Es gab Zeiten, da war das an der Tagesordnung und durchaus üblich gewesen."

„Was meinst'n damit? Glaubst du etwa, dass die Christenverfolgung von neuem beginnt? Aber der Jesus, der war doch auch irgendwie Jude, oder?"

„Hm. Ich denke, dass da vielleicht ein Durchgeknallter auf sich aufmerksam machen und irgendein Zeichen setzen will. Mit Sicherheit hat die Sache einen religiösen Hintergrund."

„Dachte ich zuerst auch. Aber glaubst du nicht, dass sich da vielleicht einer nur profilieren möchte und uns alle zum Narren hält?"

„Nee, du. Der will irgendwann gefunden werden. Der tut das nicht nur für sich alleine. Ich glaube, da stecken noch andere dahinter."

„Eine Organisation oder eine Sekte oder so was?"

„Keine Ahnung. Wie weit seid ihr denn?"

„Nun ja, das Labor will bis heute Abend Bescheid geben. Die sind wohl noch am Forschen."

„Habt ihr denn was Verwertbares am Tatort gefunden?"

„Einen Haufen Glasscherben, einen Zigarettenstummel und eine alte Kinderpuppe. Den Rest werden wohl die Jungs vom Labor entdecken, wenn es überhaupt etwas zu entdecken gibt. Am meisten hat mich gestört, dass die Burschen von der Spurensicherung wieder zu wüten begonnen hatten, bevor unsereins vor Ort war."

„Zeugenaussagen?"

„Hä? Wenn das jemand gesehen hätte, dann hätte der sich doch gemeldet. Das ganze Drama hat sich aber in der Nacht abgespielt. Da ist beim alten Bahnhof doch keine Menschenseele unterwegs."

„Ich meine, wer hat das Verbrechen denn entdeckt?"

„Ach so, das war einer von den Bahnarbeitern. Der hatte früh morgens ein Fass mit Schmierfett in der alten Halle holen wollen. Der sah vielleicht aus. Eine weiße Wand ist bunt dagegen. Den haben wir mal hübsch nach Hause gehen lassen. Ich glaube, der braucht vorerst nichts mehr."

Karl Kunkelmann fehlte der erste Eindruck. Denn so ging er am Tatort immer vor. Er stand einfach nur da, beobachtete und ließ seinen Gedanken freien Lauf. So unsinnig die Assoziationen manchmal auch erschienen, häufig waren sie wichtige Mosaiksteinchen auf dem Weg zur Aufklärung eines Verbrechens.

„Zeig mir doch mal die Fotos vom Tatort, Heiner."

Ehrenreich griff in die obere Schublade seines Schreibtisches und fischte eine Klarsichthülle mit mehreren Farbaufnahmen heraus.

Kunkelmanns Magen begann zu rebellieren, als er die Bilder vor sich auf der Arbeitsplatte ausbreitete. Was er da sah, war so ungewöhnlich und seltsam, dass er glaubte, seinen Augen nicht zu trauen. Nur schwer gelang es ihm, seine Emotionen zu unterdrücken und den analytischen Verstand des erfahrenen Polizisten zu aktivieren. Die Bilder zeugten von ungewöhnlicher Brutalität und einer frostigen Kaltschnäuzigkeit, wie er sie in all den vielen Berufsjahren noch nicht erlebt hatte. Zugleich aber kündeten sie von einer kranken Seele, waren Zeugnis der enormen Labilität des Täters und ein stichhaltiges Attest für dessen kaputte Psyche.

Im Grunde genommen war der, der das hier getan hatte, aber ein ganz armes Schwein, ein um Erlösung winselnder Hund, der es jedoch nie schaffen würde, sich selbst den Behörden zu stellen. Hier war mit Sicherheit kein Monster am Werk. Das wusste Kunkelmann. Doch die lauernde Gefahr für die Bevölkerung und die theoretisch bestehende Möglichkeit einer beginnenden Serie konnte er nicht ausschließen. Jetzt galt es, zügig zu handeln.

Das rote oder lila Tuch um die Schultern des Mädchens. Was hatte das zu bedeuten? Was wollte der Mörder damit ausdrücken? Mit zarter Hand schien es um Schultern und Hüften drapiert. Beinahe kunstvoll waren die Enden ineinander verschlungen. Wollte hier jemand keine Straftat präsentieren, sondern ein Kunstwerk ausstellen? Wollte dieser Jemand gar Bewunderung erzielen? Kunkelmann wusste es nicht. Man würde die Ergebnisse des Labors abwarten müssen. Und dieser zerbrochene Spiegel. Was wollte der Täter ihnen mitteilen? Oder lag das Ding etwa schon vorher da?

Auch die Nahaufnahmen des Gesichts der Annemarie Richter warfen viele Fragen auf. Was war da so anders? Was war mit ihren Augen? Weshalb die eigentümliche Neigung des Hauptes? Und dann: Die Fixierungsstellen der Nägel waren auffallend exakt gewählt. Beinahe wie mit dem Lineal vermessen, hatte der Täter die Einschläge gesetzt. Da war jemand am Werk, der sich viel Zeit genommen hatte, dachte Kunkelmann. Offensichtlich hatten sie es mit einem Perfektionisten zu tun. Einem, der sich des Abends nicht nur mit dem Senkblei ins Bett legt, sondern auch gleich noch die Wasserwaage mitnimmt. Wahrscheinlich führt er sein Leben nach den Vorgaben eines imaginären Richtscheites.

Wenn sie überhaupt die Möglichkeit der Aufklärung oder wenigstens der annähernden Aufhellung der Umstände bekamen, würden sie mit Sicherheit auf einen absoluten Pedanten treffen. Solche Leute machten ungern Fehler. Und wenn, dann brachen sie ihnen das Genick. Vertrackter Kunstliebhaber, religiöser Eiferer oder spiritueller Ästhet mit pathologischen Zügen?

Wer würde sich den Ermittlern präsentieren? Reimte er sich hier einen ausgemachten Blödsinn zusammen? Hatten sie es etwa mit einer Mischform aus allen Dreien zu tun?

Kunkelmann wusste es nicht. Nach einer halben Stunde intensivsten Fotostudiums stand er genau da, wo er zu Beginn seiner Überlegungen war: ganz am Anfang.

16

Lange dauerte es, bis er Annemarie ausgezogen hatte. So etwas war nicht sein Ding. Aber ein Engel in Jeans und Sweat-Shirt? Nein, das ging beim besten Willen nicht. Das war viel zu trivial. Was bildete sich die Kleine auch ein, so hier zu erscheinen? Schließlich war ein grandioses Fest angesagt. Großer Bahnhof, sozusagen. Schicksalsrendezvous. Er kicherte leise bei diesem Gedanken. „Tanze, Gerda, tanze. Tanz' die ganze Nacht!" Ihm fielen die Zeilen von Klaus Hoffmann ein. Diesen Liedermacher mochte er sehr. Das war doch was ganz anderes als dies ewige Geseire von der Kanzel. Doch Annemarie tanzte nicht. Schaurig schön und anmutig wie ein Reh lag sie vor ihm. Eine Heilige, eine Auserwählte, eine Göttin. Wie gut, dass sie ihn hatte. Später, in der ungezwungenen Atmosphäre einer jenseitigen Welt, würde sie sich bei ihm bedanken, und sie würden ein Paar werden. So, wie das manche Menschen auch Jesus von Nazareth und Maria Magdalena nachsagten. Maria, Annemarie. Welch gottgnädiger Zufall. Ewiges Geseiere? Hatte er dies eben gesagt? Hatte er das eben gedacht? O Herr, verzeih deinem armen Sünder! Entschuldige die Spontaneität des Augenblicks. Ja, ich lege mir Zügel an.

Ewig seiest du gepriesen! Behutsam zog er das Mädchen auf das Kreuz, positionierte Arme und Beine, genau wie auf den alten Stichen. Dann nahm er Hammer und Nägel und begann mit seiner Arbeit. Die Schläge wurden von den dicken Mauern lautlos geschluckt. Nichts drang nach draußen. Als er das Kreuz aufrichtete, brach ihm vor Anstrengung der Schweiß aus, doch ein frischer Luftzug kühlte die feuchte Stirn. Mit dem Skalpell entfernte er die Lider. Schließlich sollte sich die Kleine ja sehen können. Dann arrangierte er den mitgebrachten Spiegel im richtigen Winkel und kämmte dem wunderbaren Engel das güldene Haar. Was für ein Anblick! Oh, würden doch tausend Kerzen leuchten und mit ihren Flammen dieses Bild illuminieren! Dieses Spiel der Farben, diese Freude in seinem Herzen. „Schaut nur, hier wohnt ein Engel!", hätte er gerne in die Oktobernacht hineingerufen. Kind, du sollst nicht frieren in diesem kühlen Herbst! Die Robe der Gerechtigkeit wird deinen Körper zieren und dir die Lenden wärmen. Immer wieder prüfend und mit dem kritischen Blick eines Modemachers kontrollierte er den Sitz des Tuches, drapierte und arrangierte es neu, bis die Anprobe sein Gefallen gefunden hatte. Jetzt schien ihm alles perfekt. Noch eine halbe Stunde lang bewunderte er sein Werk. Dann räumte er sorgfältig zusammen, zog die braune Holztür der kleinen Halle zu und verließ mit der Tasche in der Hand den Raum.

17

Die Ergebnisse der Obduktion trafen tatsächlich kurz vor Feierabend bei den Ermittlern ein. Ausnahmsweise ging alles sehr zügig. Das Gutachten der Fachleute war recht umfangreich, und Kunkelmann hoffte, dass sie anhand der Befunde schnell auf die Spur des Täters geführt werden würden. Schließlich schloss das Papier mit der ausladenden Unterschrift von Dr. med. habil. Volker Stahlmann, einem der erfahrensten und häufig in Fachpublikationen gelobten Pathologen der Frankfurter Rechtsmedizin. Schon oft waren seine Erkenntnisse und Rückschlüsse der notwendige Funke für die Initialzündung bei schwierigen kriminologischen Recherchen gewesen. Wenn Stahlmann die Hand auf einer Untersuchung hatte, dann durfte man mit baldigen Erfolgen rechnen. Kunkelmann saß vor einer dampfenden Tasse Kaffee und hatte sich in den Jargon des Mediziners vertieft: „... imponiert im oberen Segment der rechten vena jugularis externa eine Perforation, mittels welcher durch Kanülenpunktion die Pharmaka in den Körper der Leiche eingebracht wurden. Nachgewiesen werden konnten das Benzodiazepin Midazolam, das Barbiturat Pentobarbital und das Myotonolytikum Pancuronium, was einen Atemstillstand provozierte und schließlich zum Exitus letalis führte. Der obere Thorax weist diverse großflächige Hämatome auf. Eine Rippe ist linkslateral frakturiert. Im Bereich des Sternums sind Kompressionsmerkmale zu erkennen. Ebenso zeigen die Oberarme der Leiche deutliche, auf Gewalteinwirkung hinweisende Einblutungen auf. Hautpartikel unter den Fingernägeln konnten nicht lokalisiert werden. An beiden Augen wurden mit einem scharfen Schneidewerkzeug die oberen Lider entfernt. Die Schnittkanten weisen aufgrund der Präzision auf die Verwendung eines chirurgischen Skalpells hin. Ebenso konnten wir im Lungengewebe Trichlormethan nachweisen. An der äußeren Nase, sowie beidseits am Septum extrahierten wir faserförmige Partikel von Baumwolle. Gleiches an der Ober- und Unterlippe, wie in der Mundhöhle. Wir gehen davon aus, dass der Täter mittels haushaltsüblicher Watte sein Opfer narkotisierte und so gefügig gemacht hat. Der Nachweis einer Defloration konnte nicht erbracht werden. Auch im äußeren Bereich der Vulva zeigten sich keinerlei Spermaspuren. Das Opfer war zum Zeitpunkt seines Todes Jungfrau gewesen. Weder prä- noch postmortal ergaben sich Hinweise auf sexuelle Handlungen ...‘‘

Und so weiter und so fort. Für die komplizierteren Termini hatte Kunkelmann den ‚Pschyrembel‘ im Regal stehen, den Klassiker unter den Wörterbüchern der Heilkundigen. Denn obwohl er mit den Jahren einiges Wissen im Fachjargon der Medizin erworben hatte, war er immer noch Polizist und kein Arzt. Wenn Thomas sein Studium beendet haben würde, konnte er ihn vielleicht manchmal um spezielle Auskünfte bitten. Aber auch mit Stahlmann war zu reden. Trotz seiner Anwartschaft auf eine Professur war er völlig normal geblieben. Zu Kunkelmanns 25-jährigem Dienstjubiläum war dieser aus Sachsenhausen angereist und hatte mehrere Liter selbstgekelterten Apfelwein mitgebracht. Ja, man erzählte sich sogar, so unfassbar es für manche Kollegen klang, dass er gelegentlich im ‚Eichkatzerl‘ hinter der Theke stand und einen auf Wirt machte. Kunkelmann fand dies nun nicht so ungewöhnlich, schließlich zapfte in Michelstadt manchmal ein richtiger Graf in seiner Stammkneipe hervorragende Biere. Einen Ausgleich brauchte halt jeder. Die einen zapften, die anderen tranken und wieder andere spielten im stillen Kämmerlein auf der Ziehharmonika.

Hatte man die kleine Annemarie Richter also mehr oder weniger vergiftet? Nicht mit Arsen, auch trug der Täter wahrscheinlich kein Spitzenhäubchen, sondern mit einer genau gewählten Abfolge von Medikamenten? Kanülen, Spritzen oder dergleichen hatten die Techniker aber nicht gefunden. Da hatte einer im wahrsten Sinne des Wortes saubere Arbeit geleistet. Hatten sie es mit einem Arzt oder einem Krankenpfleger zu tun? In letzter Zeit las man ja öfter von solchen Gewaltverbrechen an Mitmenschen. Aber das geschah meist in Altersheimen, und die Täter redeten sich über die Schiene der Mildtätigkeit und des Erbarmens heraus. Naja, vielleicht hatten sie ja wirklich Mitleid mit ihren Patienten? Wie gut, dass Tante Erna noch fit war. Auch wenn er sie nicht besonders leiden konnte, wollte Kunkelmann sie doch nicht in einem Pflegeheim wissen. Die Berichte über den Umgang mit dem ‚Humankapital‘ in mancher dieser Einrichtungen ließen den Hauptkommissar nur staunen. Woher aber kamen die Materialien? Wie kam der Mann an solche hochwirksamen Arzneien? Und was, verdammt noch mal, bedeutete diese Brutalität mit dem Abschneiden der Augenlider? Dies und das Kreuz wertete Kunkelmann als Hinweis auf ein hochkriminelles Potenzial, das es in sich hatte. Hier stimmte etwas ganz und gar nicht. Denn meistens wurden die jungen Dinger vergewaltigt, bevor sie der Mörder tötete. Aus Angst, sie könnten reden, nahm er ihnen dann das Leben. Warum eigentlich *er*? Konnte der Täter nicht auch eine Frau sein? War das ein Hinweis auf den nicht stattgefundenen Missbrauch? Fragen über Fragen quälten Karl Kunkelmann, und eine Antwort war nicht in Sicht.

„Heiner, lass uns nach Hause gehen. Mir reicht´s. Morgen gucken wir uns noch einmal intensiv die Ergebnisse der Spurensicherung an und klemmen uns hinter den Bericht aus dem Labor. Vielleicht haben unsere Spürnasen ja eine Überraschung auf Lager und wir kommen wenigstens einen kleinen Schritt weiter in der Sache. Mach´s gut und Grüße an den Junior!"

„Richte ich aus. Ich mach für heute auch das Buch zu. Vielleicht geht ja über Nacht der ein oder andere Hinweis ein. Übrigens: Frag doch mal die Lena, wie lange sie den Handkäs eingelegt hatte, den du nach deinem Abschied hier im Kühlschrank vergessen hattest. Der Wagenknecht meinte, er sei hervorragend durchgezogen gewesen, als er sich den Teller neulich mit nach oben genommen hatte, und einer von den Blauen glaubte, wir hätten ein Attentat auf die uniformierte Polizei geplant. Servus bis morgen!"

Heiner Ehrenreich war nach seiner Scheidung abgerutscht. Was ihn dennoch einigermaßen in der Schwebe hielt, war sein Sohn Moritz, der ihm vom Gericht zugesprochen worden war. Ganz von selbst hatte sich der Knabe für einen Verbleib beim Vater entschieden und somit ganz unbewusst Ehrenreichs Labilität gestärkt. Denn was Verantwortung hieß, das wusste der Kommissar sehr wohl. Nie sah man ihn völlig am Ende oder gar sturzbetrunken. Nein, das Problem war eher, dass die Freunde glaubten, ihn als Spiegeltrinker erkannt zu haben. Alle machten sich Gedanken, auch die Arbeitskollegen. Denn die diversen Teeinfusionen blieben nicht lange unbemerkt. Immer noch beurteilten sie diese Angewohnheit als Folge der traumatischen Erfahrungen in der Beziehung mit seiner Ex-Frau und werteten seine Macke als Phase des noch zu bewältigenden Leidensweges. Irgendwann würde er damit aufhören. Keiner sah in Ehrenreich den diagnostizierten Alkoholiker, auch Kunkelmann nicht. Denn die Definitionen dieses Begriffs waren ihm allzu schwammig gewesen. Und wer auf der Wache trank nicht gerne einen über den Durst?

Selbst der korrekte Kriminaldirektor Wagenknecht sah nach einem harten Wochenende oder nach einem privaten Treffen mit dem Bürgermeister und dem Landrat manchmal recht derangiert aus, wie Kunkelmann wusste. Verwunderlich war eher, dass der Heiner noch so gut funktionierte und tadellose Arbeit ablieferte. Denn vor einigen Jahren waren zudem beide Elternteile kurz hintereinander verstorben, und nur einige Monate später kam die kleine Tochter bei einem Verkehrsunfall auf der Bundesstraße 45 ums Leben. Den armen Kerl hatte es voll erwischt.

Bald bezogen Vater und Sohn in der Mauerstraße, ganz in der Nähe des historischen Rathauses, eine gemütliche 65 m²-Wohnung und richteten sich einen tadellos funktionierenden Männerhaushalt ein. Über die Anwesenheit der beiden freute sich ganz besonders die 84-jährige Babette Strauß, die glücklich darüber war, einen „Kriminellen" im Hause zu wissen. Den Unterschied zum Kriminalen begriff die alte Dame nie.

Nach Dienstende führte es Ehrenreich also wieder in den ‚Treff', wo er sich sogleich an der Theke platzierte. Die kleine Ecke hinten beim Spielautomaten war im Laufe der Zeit zu seinem Stammplatz geworden und meistens frei. Bei Herta orderte er einen überbackenen Camembert und ein kleines Pils. Das mit dem Essen musste er sachte angehen lassen, denn allzu opulente Gerichte schlugen ihm ruckzuck auf den von Gastritis geplagten Magen. Um diese Zeit war wenig

Betrieb in der Kneipe. Lediglich einige verspätete Schüler hingen unten bei den Billardtischen herum und schoben eine ruhige Kugel. Am runden Tisch in der Ecke schlotzten mehrere Finanzbeamte ein zeitiges Weinchen. Der frühe Nachmittag lockte sie noch nicht in die Enge ihrer Häuser. Ehrenreich nickte hinüber und hob grüßend sein Glas. Dies schien Frank Meusel, der sich gelegentlich mit Ehrenreichs Steuererklärung abmühte, als eine Einladung zum Plausch verstanden zu haben und schlenderte bereits in Richtung Theke. Auf eine Unterhaltung mit dem geschniegelten Mitvierziger hatte Ehrenreich diesmal keine Lust und er überlegte, ob er der bevorstehenden Konversation durch eine Flucht auf die Toilette entgehen könnte.

Doch schon stand Meusel neben ihm und pflanzte seine vier Buchstaben auf den freien Barhocker. „Guude, Heiner. Was macht die Kunst?"

„Naja, geht so. Alles im grünen Bereich."

„Hi, hi, hi. Bist du jetzt bei den Uniformierten gelandet?"

„Nein, so habe ich das nicht gemeint. Außerdem sind die jetzt blau. Aber es gibt absolut nichts Neues."

„Und bei dem Mädel, das sie in der Güterhalle gefunden haben? Tut sich da noch nichts? Der ganze Ort ist durcheinander. Keiner kann es verstehen!"

„Die Sache ist ja auch absolut rätselhaft."

„Aber irgendwelche Anhaltspunkte muss es doch geben? Ihr müsst doch irgendwas haben, wo ihr gerade dran seid!", entrüstete sich Meusel ein wenig künstlich.

„Du? Frag ich dich nach deinen Steuerschuldnern? Kann man hier vielleicht einmal kapieren, dass es auch bei uns so was wie eine Schweigepflicht gibt? Ist ja nicht böse gemeint, aber erstens darf ich nichts erzählen, und zweitens bin ich im Frei!"

„Sorry, ich bitte vielmals um Entschuldigung!", nuschelte Meusel und schlich ein wenig betröppelt zu seinem Tisch zurück.

„Heiner, Heiner. Leicht hast du es auch nicht!", bemerkte Herta, die gerade einen der Cognacschwenker mit einem Küchenhandtuch auf Hochglanz polierte.

„Nee, du. Gewiss nicht. Einmal Bulle, immer Bulle."

„Aber komisch ist das schon. Jetzt ist es bereits drei Tage her, und ihr wisst anscheinend immer noch nichts. Wie man hört und in der Heimatzeitung auch liest, scheint ja ganz Momart geschockt zu sein?"

„Och, Herta. Bitte, jetzt nicht auch noch du! Mach mir bitte die Rechnung fertig. Ich geh heim."

„Bist du jetzt etwa beleidigt?"

„Nein, natürlich nicht. Da musst du schon andere Geschütze auffahren. Aber ich habe dem Moritz versprochen, heute nicht so spät zu kommen."

Friedrich Richters Gesicht war starr und maskenhaft. Keine Regung war den eingefrorenen Zügen zu entnehmen. Nur ein kaum wahrnehmbares Zucken der Mundwinkel kündete von Leben in diesem Antlitz. Er war alleine gekommen. Das, was ihm jetzt bevorstand, wollte er seiner Frau nicht auch noch zumuten. Aufgrund seiner Tätigkeit im Ministerium wusste der höhere Beamte ungefähr, wo die betreffenden Räume in der alten Villa an der Kennedyallee zu finden waren. Trotzdem fragte er noch mal beim Pförtner nach. Dann ging er gemessenen Schrittes den Flur entlang zur Kellertreppe. Dabei fiel ihm ein, dass auch in Kriminalfilmen die Sezierräume der Rechtsmedizin meistens im Untergeschoss lagen. Ob man damit irgendeinen Effekt verband? Ob das praktische Gründe hatte? Er schalt sich wegen seiner unnötigen Abschweifungen. Vor der Metalltür am Ende des Flurs warteten bereits die zuständige Staatsanwältin und ein Beamter der Kripo, den er nicht kannte.

„Wird es denn gehen?", fragte einfühlsam und höflich Volker Stahlmann, der die Sektion in diesem Fall persönlich vorgenommen hatte.

„Muss wohl", antwortete der Angesprochene. Stahlmann berührte sachte Friedrich Richters Schulter und führte den sichtlich gebrochenen Mann zu dem betreffenden Metalltisch. Die Ermordete war von Kopf bis Fuß mit einem grünen Laken bedeckt, wie man es aus Operationssälen kennt. Im Unterbewusstsein nahm der Vater einen leichten Geruch nach Desinfektionsmitteln wahr. Nahezu perfekte Absaugsysteme reinigten die Luft und ließen schlechte Gerüche nur für kurze Zeit im Raum stehen. So gesehen, war die technologische Ausstattung des Instituts in keiner Weise mit der historischen Fassade des Gebäudes zu vergleichen.

„Ich werde jetzt das Tuch bis unter das Kinn zurückschlagen", informierte der Pathologe, der im Gesicht des anwesenden Kripobeamten eine leichte Blässe vernahm. „Ist mit Ihnen alles okay?"

„Ja, ja. Keine Sorge. Das muss das Neonlicht sein", flüchtete sich der Beamte in eine naheliegende Ausrede.

Langsam zog Stahlmann das Laken zurück, langsam wurde Friedrich Richter weich in den Knien. Er griff an den Rand des Edelstahltisches, atmete tief durch und schaute auf das sich zurückziehende Tuch. Eine Puppe, Wachsfigurenkabinett, Täuschung. Er konnte nicht gegen jene ersten Eindrücke angehen.

„Weshalb haben Sie meiner Tochter Mullstreifen über die Augen gelegt?", war seine einzige Frage.

„Weil sich dort unschöne Verletzungen befinden, die wir Ihnen erst nach einer gewissen Zeit der Vorbereitung zeigen möchten. Das heißt, eigentlich gar nicht. Doch ohne die Augen könnte eine zweifelsfreie Identifizierung schwierig werden. Weil der Tod einen Menschen ja auch verändert. Es fehlen die Muskelkontraktionen, die Mimik wird starr ..."

Plötzlich griff Richter wie in Zeitlupe nach den Mullstreifen und hob die Binden vom Gesicht seiner Tochter ab.

„Annemarie fehlen die Augenlider. Warum mussten Sie diese entfernen? Gehört das zum Kanon der Untersuchungen?"

„Nein, Herr Richter. Das waren nicht wir, das hat ..."

„Das Schwein, diese perverse Sau. Auf die Guillotine mit dem Arschloch!" Friedrich Richter schrie sich Herz und Lungen wund. Tränen stürzten ihm aus den Augen, er begann zu zittern und schlug sich ständig die Hände vor das Gesicht.

„Herr Richter", hob der Kripomann ganz vorsichtig an, „ist dieses Mädchen hier auf dem Tisch Ihre Tochter?"

Wie von Sinnen starrte der tief Geschockte den Polizisten an. Der glaubte, gleich in Deckung gehen zu müssen und schämte sich für die brutale, aber notwendige Frage. Als Antwort folgte ein stummes Nicken.

Als Kunkelmann am nächsten Morgen das Büro betrat, wedelte Heiner Ehrenreich bereits mit einem Aktenordner in der Hand seinem Chef aufgeregt entgegen. Die Ergebnisse der Spurensicherung waren da. Das kriminaltechnische Labor hatte zügig gearbeitet. Nach einem Speichelabgleich war jetzt klar, dass die weggeworfene Zigarettenkippe eine Hinterlassenschaft des Eisenbahners Helmut Eckbach war. Ein Erfolg und eine Enttäuschung zugleich, denn nun wusste man, dass jenes Fundstück keine Rätsel mehr aufgeben würde. Wäre Eckbach nicht der Verursacher gewesen, hätten die Ermittler wenigstens einen Anhaltspunkt gehabt. Doch für was? Für ein weiteres namenloses Mosaiksteinchen im stets komplizierter werdenden Puzzle um den Tod von Annemarie Richter.

Weitere Fundstücke, die man insgeheim erwartet hatte, waren nicht aufgetaucht. Der Täter hatte sauber gearbeitet. Lediglich einige Schritte vom Fundort entfernt, der zu allem Elend ja nicht automatisch mit dem Tatort gleichzusetzen war, stieß einer der Spurensicherer auf eine Hinterlassenschaft, die sicherlich nichts mit dem grauenhaften Geschehen in diesem feuchten Gewölbe zu tun gehabt hatte: In einer der hinteren Ecken lag eine alte und recht abgegriffene Puppe. Man wertete den Fund als Überbleibsel von irgendwelchen Kindern, die sich wohl irgendwann einmal Zutritt zu dem Verlies verschafft und recht schnell erkannt hatten, dass dies ein schlechter Ort zum Spielen gewesen war. Aus Gründen der tadellosen Arbeitsweise der Spürnasen wanderte das ramponierte Teil trotzdem in eine der durchsichtigen Tüten, die sogleich mit einer Nummer versehen wurde.

„Mensch, Karl. Dieser Albtraum macht mich noch ganz meschugge im Kopf. Für unser Alter ist so etwas nichts mehr. Der Schlaf will nicht kommen, die Bilder laufen in Endlosschleife und mein bisschen Familie geht auch vor die Hunde", sagte Heiner Ehrenreich zu seinem vorgesetzten Kollegen. „Bist du dir so sicher, dass deine Rückkehr in den Dienst das Richtige gewesen ist?"

„Ach, Heiner. Irgendwie weiß ich das auch nicht so genau. Aber die Sache mit der kleinen Richter, ein unschuldiges Kind von zwölf Jahren, das hat irgendwas in mir angestoßen. Und wie leid war ich doch diesen täglichen Trott zwischen zähen Verhören, stumpfem Aktenstudium, das meistens eh nix bringt, und den andauernden Lügen unserer Klienten. Ich habe am Ende alles sehr persönlich genommen.

Und das darf man eigentlich nicht. Sonst bringt es einen um. Distanz ist das Mittel der Wahl. Doch welcher Mediziner verschreibt uns die?

Dann hatte ich den kurzen Bericht vom Spohrnagel in der Zeitung gelesen. Wie ein Weckruf war das. Wer, wenn nicht wir, kann solchen perversen Schweinen das Handwerk legen? Wer, wenn nicht wir, bringt sie hinter Schloss und Riegel? Oder wenigstens in die Forensik. Was ja im Endeffekt Ähnliches bedeutet. Hauptsache, unsere Kinder können eine angstfreie und glückliche Jugend verleben. Mir geht das Ganze unglaublich ans Herz. Ja, ich weiß: Das ist unprofessionell. Aber dies ist der wahre Grund, weshalb ich wieder gekommen bin.

Zudem ist mir bei der Kündigung ein Formfehler unterlaufen. Sei´s drum. Ich will diesen Wahnsinnigen unbedingt erwischen! Glaube mir, das ist reiner Egoismus und die Sehnsucht nach einer gewaltfreien Welt für die Unschuldigsten, die wir haben. Und das sind nun mal unsere Kinder.

Mit der Kripo hat das, so blöd es auch klingt, gar nichts zu tun. Die gibt mir lediglich die Erlaubnis zur Jagd auf das brutale Arschloch."

Dieses Satzende machte Kunkelmann zu schaffen, da war ein unbändiger Hass, ein zehrendes Mitleid mit dem Opfer, jedoch keine gesunde Distanz. Aber er hatte sich endlich mal sein Empfinden von der Seele geredet.

„Jetzt haben wir immer noch diesen Einbruch in die Rats-Apotheke am Hals", wechselte Ehrenreich das Thema. „Ein paar Tage vor der Tat ist dort wer über die Hintertür ins Magazin eingedrungen und hat sich Zugriff zum Giftschrank verschafft. Auch ein paar andere Medikamente, die nichts mit dem Betäubungsmittelgesetz zu tun haben, sind entwendet worden. Irgendwelche Schlafsubstanzen, einige davon nehmen angeblich die Tierärzte, um unsere altersschwachen Haustiere schmerzlos ins Jenseits zu befördern. Babyturate oder so, heißen die. Vielleicht weil die Ampullen recht klein sind. Keine Ahnung. Jedenfalls haben uns dies die Betreiber der Pillendreherbude erzählt.

Morphin und Fentanyl waren übrigens auch dabei. Das Zeug lässt sich ganz gut in der Frankfurter B-Ebene verkaufen. Zuerst dachten wir an einen typischen Fall von Beschaffungskriminalität. Schließlich wollen auch die illegalen Süchte befriedigt werden. Aber dann sind wir stutzig geworden. Wir haben nämlich noch mal ins Protokoll der pathologischen Konifere Stahlmann geguckt und da ..."

Ehrenreich kam nicht weiter mit seinen Ausführungen.

„... habt ihr festgestellt, dass genau diese Substanzen im Körper des Opfers gefunden worden sind", schloss Kunkelmann den ausführlichen Bericht seines Kollegen.

„Karl, ich wusste es schon immer: Du bist nicht umsonst unser kleiner Chef geworden!", lobte der Kriminale. Dabei war dem wieder ins Team zurückgekehrten Hauptkommissar nicht ganz klar, ob der dies ernst gemeint oder ob Ehrenreich auch eine Prise Süffisanz in seine wohltuenden Worte gemischt hatte.

„Keine Fingerabdrücke, keine Zeugen und niemand hat etwas gehört. Der Hinterhof ist nicht beleuchtet und das kleine Fenster zum Klo neben der rückwärtigen Tür hat wohl nur wenig Geräusch gemacht, als der Täter oder die Täterin es in gekipptem Zustand aufgehebelt hat. Dann ist er wohl über die Fensterbank eingedrungen und seiner Wege gegangen", erklärte Ehrenreich. „Was bedeutet, dass er sich ungefähr mit den Umständen ausgekannt haben muss. Denn wer bricht in eine Apotheke ein, ohne sich vorher zu versichern, dass da keine Alarmanlage losheult oder eine Schaltung zu den Uniformierten oder zu einem Sicherheitsdienst besteht? Auch wenn sich das Magazin im rückwärtigen Teil befindet, risikoreich ist sowas allemal. Ich vermute, dass der Kerl ein Kunde ist. An eine Frau glaube ich weniger. Um ein solches Fenster aufzudrücken, braucht es schon ziemlich viel Kraft."

„Ist der Ausschnitt denn so groß, dass sich ein Mann hätte durchzwängen können?", fragte Kunkelmann.

„Naja, du vielleicht nicht, aber ein schmal gebauter Geschlechtsgenosse passt da schon durch."

Kunkelmann ignorierte die sarkastische Spitze.

„Daggy weg!", jammerte Leander Anschütz, den nach Tagen des Schweigens ein anonymer Anrufer in der Nähe des besagten Kellers gesehen haben wollte und bei der Polizei benannt hatte. In Begleitung und mit Erlaubnis der Eltern wurde er nun von Karl Kunkelmann befragt. Der verunsicherte Junge erinnerte an ein Häufchen Elend, dem man einen Platz gegenüber dem Polizisten zugewiesen hatte. Immer wieder wischte er sich nervös mit den Händen über die Oberschenkel, wippte mit dem Oberkörper vor und zurück und fixierte stoisch einen imaginären Punkt an der Wand.

Kunkelmann ging behutsam vor. Glaceehandschuhe waren hier angesagt. Schließlich durfte der angeschlagene Bub nicht noch weiter verunsichert werden.

„Daggy weg, wen meinst du denn damit Leander?", tastete sich Kunkelmann an ihn heran. War das ein anderer Name für Annemarie? Redete der Knabe von einer real existierenden Person?

Aus den Augen des Knaben traten Tränen und mit dem Handrücken fuhr er sich mehrmals über die laufende Nase. „Daggy nicht mehr da!"

„Mensch, Leander. Red doch nicht so wirres Zeug! Wir wissen ja gar nicht, was wir mit solchen kryptischen Fetzen anfangen sollen", hakte Ehrenreich, dem die Nerven blank lagen, ziemlich aggressiv nach. Der strafende Blick Kunkelmanns entging ihm nicht und Leander griff reflexartig nach der Hand der Frau, die ihm von den Psychologen zu Seite gestellt worden war.

„Pass auf", übernahm Karl Kunkelmann. „Du erzählst uns jetzt einfach mal, was da bei dem Keller an der Bahn passiert ist, okay?"

Sich ins Unendliche dehnende Sekunden vergingen, dann berichtete der Bub: „Daggy hat schöne, lange und blonde Haare. Jetzt weg!", quälte der Junge mit tränenerstickter Stimme aus seinem Innern. „Haare anfassen und streicheln", murmelte er nun. „Leander dann immer froh!" In diesem Moment begannen die Augen des Buben für den Bruchteil einer Sekunde zu leuchten. Also doch, dachte Kunkelmann. Der Junge musste in dem alten Bahnkeller gewesen sein. „Und wer ist nun diese Daggy?"

„Daggy den Leander liebhaben, wenn Mama und Papa böse. Leander sehr traurig." Und wieder liefen Tränen. „Wenn Polizei Daggy finden, rückgeben Leander?", stammelte der bedauernswerte Tropf.

Wurde da eine Dagmar vermisst? Aktenkundig war nichts, wie eine schnelle Überprüfung im System ergeben hatte. „Sag mal Leander, wie sieht die Daggy denn aus? Ist sie groß oder eher klein?", wollte Kunkelmann wissen.

Und der Bub entgegnete beinahe etwas amüsiert: „Daggy klein. Musst du doch wissen! Passt sonst nicht in Tasche rein!"

Jetzt stutzte der Ermittler und auch Ehrenreich unterbrach abrupt sein Süffeln an der Teetasse. Der Junge redete die ganze Zeit von einer Puppe. Blond und lange Haare. Genauso sah die Spielfigur aus, die am Tatort gefunden worden war und der man kaum Beachtung geschenkt hatte. Bis jetzt. Der Bissen in den für Notfälle im Aktenschrank deponierten Granatsplitter vermochte nicht das ungute Gefühl in Karl Kunkelmanns momentaner Befindlichkeit wegzuschieben. Hatte Leander am Ort des Geschehens was gesehen? Wenn nicht gar zu dessen Zeitpunkt? Vielleicht gar die Tat beobachtet?

Wusste er vielleicht vollumfänglich Bescheid, wollte oder konnte er es nur nicht sagen?

Hatte er auch nichts vergessen? Schludrigkeit war dem Meister ein Grauen. Er bestand auf eine saubere Erfüllung der Vorgaben. Das war auch gut so. Denn nur so konnte er mit den bestmöglichen Ergebnissen rechnen. Und die würde er liefern. Präzision, Lob und Anerkennung waren ihm schon immer sehr wichtig gewesen. Teller aufessen, damit es schönes Wetter gab. Trotz erheblichem Ekel schlang er damals die Schweinefüße in sich hinein. Das gefiel dem Vater. Hände auf die Bettdecke. Auch nach dem Gebet. Das mochte die Mutter. Den Trieb niederkämpfen, der Befleckung entsagen. Ihm sollte keiner was vorhalten können. Anstand war der Herr im Hause, mit Anstand brachte man es weit. Sollten die Schulkollegen doch ihre Heftchen tauschen, er hielt dem Laster stand. Sowas brauchte er nicht. Hesse und die ganzen aufwieglerischen Schriftsteller, diese Zeitgeistmodepäpste der Literatur. Heute verstand er, dass der Vater ihm Martin Mosebach empfohlen hatte. Gestärkte Hemden, Hosen aus Trevira und die klassischen Lochsandalen. Der wie mit dem Lineal gezogene Scheitel unterstrich akkurat den Fassonsschnitt. Ein Vorzeigebub für den Herrn Lehrer und die Tanten. Innere Proteste erstickten Mama und Papa bereits im Keim. Keine Negermusik erklang im Haus. Mozart und Mendelssohn waren angesagt. Die anderen durften E-Gitarre lernen, er musste Geige üben. Musste? Was war mit ihm los? Brachten ihn die Ereignisse durcheinander? Was fiel ihm ein, die verstorbenen Eltern zu kritisieren? Die lieben Eltern, die ihm doch das Leben geschenkt hatten. Mit einem Akt der Liebe. Nur so konnte es geschehen sein. Sie hatten sich der Verwerflichkeit hingegeben. Mussten sich hingeben, um ihn zu bekommen. Ja, es war eine Notwendigkeit. Die Betten im Schlafzimmer von Vater und Mutter standen stets getrennt. Ging der Papa morgens an sein Tagwerk, erklang ein markiges, aber keineswegs unfreundliches „Auf Wiedersehen!" Mama erwiderte dies höflich.

Was tat er hier? Er schweifte ab in seinen Gedanken, beschwor die Vergangenheit herauf. Dabei gab es doch so viel zu tun in der Gegenwart. Das nächste Treffen stand unmittelbar bevor. Er würde berichten, begeistert erzählen von der Umsetzung des Auftrags. Die Fotos waren noch in der Kamera. Er hatte sie, wie befohlen, nicht ausgedruckt. Auf der unscheinbaren SD-Karte waren sie verblieben. Und die war stets so gut versteckt, dass keiner dieses Dokument je würde finden können. Beim Termin in Darmstadt, da würden die anderen Augen machen über seine perfekte Inszenierung. Die Projektion mit dem Beamer würde das Arrangement in eine herrliche Größe heben. Sie würden ihn loben, herzen und hochleben lassen. Doch bis dahin musste er sich noch einige Tage gedulden. Vor-

sichtig schob er die Speicherkarte in die natürliche Spalte an der Unterseite der groben Tischplatte.

Das „Pling" aus dem Computer verkündete eine neue Nachricht. Er verließ die Küche und ging ins Arbeitszimmer. Dort, unter einem kleinen Kreuz mit dem Herrn Jesus als Mordopfer der Juden oder der Römer, so genau wusste er das nicht, stand sein Schreibtisch und auf diesem der Laptop. Stets auf Empfang, blinkte die frische Meldung auf. Sie kam aus Darmstadt und der Meister hatte sie verfasst: „Einberufung zur Versammlung am kommenden Dienstag um 20 Uhr. Die Örtlichkeit ist hinreichend bekannt. Zur Aufführung kommen die Ergebnisse unseres ersten Tatendurstigen und Vollbringers des ersten Schrittes im gemeinsamen Kampf zur Ausmerzung des Bösen. Es wird um zahlreiches Erscheinen gebeten. Diese Nachricht darf nicht gespeichert werden und ist nach Kenntnisnahme sofort zu löschen. M. "

Jetzt ging es los, das zähe Warten hatte ein Ende. Er ging zum Fenster und öffnete es. Ein satter Landregen graute hernieder. Wie schön wäre es doch, wenn jene Himmelstränen die Menschen von ihren Sünden reinwaschen könnten. Dann hätte er dies der kleinen Richter nicht antun müssen. Aber Auftrag war Auftrag. Und er selbst erkannte ja auch, dass das Necken der etwas älteren Jungs, diese Vorbereitung der Schande, die man Flirten nennt, zwangsweise in die Verderbtheit führen musste. Er kannte solches zur Genüge. Auf dem Herd stand eine karge Mahlzeit. Erbsensuppe mit etwas Speck. Seit längerem stockte der Inhalt des Topfes und drohte einzutrocknen. Aber er hatte keinen Hunger gehabt. Jetzt regten sich Anzeichen von Appetit. Er stellte den Drehknopf auf drei und kochte die Reste auf. Eine dünne Scheibe Brot genügte als Beilage. Ein Essen, wie es zu seiner Kinderzeit oft an der Tagesordnung gewesen war. Auch wenn man es nicht unbedingt nötig hatte, wurde doch sparsam gewirtschaftet. Er stellte den Teller aufs Abspülbrett und öffnete die Tür zur Terrasse. Unter dem Vordach hatte die Katze vor den himmlischen Fluten Schutz gesucht und duckte sich in eine Ecke der Holzkonstruktion. Auf den Wiesen immer das gleiche Bild: Unbeeindruckt vom Regen, weideten die Kühe das leuchtende Grün der Landschaft. Gemächlich lagen sie unter den Apfelbäumen und käuten wieder. Jeden Tag das gleiche. Tief im Odenwald durfte man nichts anderes erwarten.

19

Nach langem Überlegen war Karl Kunkelmann alleine zur Familie Anschütz gefahren. Eine weitere Vorladung ins Präsidium wäre der falsche Weg gewesen und hätte deren bedauernswerten Sohn zudem verunsichert. Jetzt saß der Hauptkommissar auf einem abgewetzten Sessel. Die Eltern verhielten sich ruhig und warteten im Wohnzimmer den Ausgang des Gesprächs ab. Ohne Murren durfte Kunkelmann den Buben auf seiner Stube sprechen. Kein Wort von Protest. Wahrscheinlich hatten die beiden Angst, dass dieser zivile Staatsdiener ihre sichtlich ungeordneten Lebensumstände beim Jugendamt melden würde.

„Sag mal, du kennst doch den alten Keller beim Güterbahnhof?"

„Klar, Keller Leander kennen. Früher manchmal spielen dort!"

„Und warst du in letzter Zeit mal wieder in diesen Räumen gewesen?"

Der Junge wurde sichtlich nervös. „Nein! Viel zu gefährlich. Mama sagen, Leander darf da nicht mehr hin. Immer machen, was Mama sagt. Sonst Mama böse. Und wenn Mama böse, Auweia! Neulich Mama ganz viel böse, weil Leander doch ..." Er stockte und schwieg.

„Weil du doch noch mal beim alten Bahnkeller warst?", tastete Kunkelmann sich vor.

„Nein, nein ...", tröpfelte die Antwort aus dem Mund des Kindes.

Jetzt stellte Karl Kunkelmann die kleine Papiertüte zwischen sich und Leander Anschütz, aus deren Öffnung es verführerisch duftete. Als er den Inhalt von der Hülle befreit hatte, kam ein beeindruckender Berg zum Vorschein. Ein traumhafter Hügel aus zartem Schokoschmelz. Leander starrte auf das Wunderwerk aus der Konditorei und ein leichtes Schmatzen mit der Zunge verriet sein Interesse.

Karl Kunkelmann nahm sein Schweizer Messer aus der Jackentasche, klappte die große Schneide aus und halbierte das Teil. Als er bemerkte, dass die etwas größere Hälfte in seine Richtung zeigte, drehte er die verführerische Speise sofort um. Auch ihm lief bereits das Wasser im Munde zusammen. War das Nötigung? Ging dies in Richtung Erpressung? Durfte man ein behindertes Kind der Wahrheit halber auf so eine Weise beeinflussen? Er brach seinen Gedankengang ab. Es ging darum, einen brutalen Mord aufzuklären.

„Schau, Leander. Ich habe uns was zur Stärkung mitgebracht. Denn wenn sich Männer gut unterhalten, kann es sein, dass das Gespräch etwas länger dauert. Und das macht natürlich hungrig. Ich jedenfalls könnte mich ausschließlich von diesen paradiesischen Hügeln ernähren", witzelte Leanders Gegenüber und strich sich über den unübersehbaren Bauch. Leander lachte und wollte zugreifen. Das Vertrauen war wohl hergestellt. Zwar kam sich Kunkelmann nun gemein vor, trotzdem zog er den Teller ein klein wenig in seine Richtung und meinte: „Aber belohnen darf man sich nur, wenn man die Wahrheit sagt. Das war auch bei mir früher so. Wenn ich schlechte Schulnoten hatte, versuchte ich immer, nicht über die verhauene Klassenarbeit zu reden. Doch meine Eltern wussten natürlich, dass wir wieder mal einen Mathe-Test geschrieben hatten. Und dass ich nicht bis drei zählen konnte, war ihnen auch klar."

Leander lachte und stieß wie aus der Pistole geschossen die Worte „Eins, zwei, drei" hervor.

Da musste auch Kunkelmann schmunzeln. „Ja, und wenn ich dann nach einigem Herumdrucksen doch die Fünf vorzeigte, bekam ich von meiner Mama ein Stück Schokolade. Weil ich ehrlich gewesen war. Jetzt denkst du bestimmt, dass man für eine so miese Note doch keine Belohnung bekommen sollte. Recht hast du, Leander. Doch die war nicht dafür. Die Schokolade gab es, weil ich freiwillig mit dem Schwindeln aufgehört hatte. So war es damals. Ob man das heute noch so macht, weiß ich nicht ..."

Leander schaute abwechselnd auf seine Schuhspitzen und zur Decke. Dabei rollte er unsicher mit den Augen. Zentimeterweise stupste Karl Kunkelmann die Tüte mit dem Granatsplitter in Richtung des Knaben.

„Also ... aber nicht der Mama verraten, sonst Haue!", wagte sich Leander vor, angespornt vom Näherrücken des Teigteilchens. „Leander oft in Keller gehen, weil manchmal dort Mädchen und Jungen knutschen. Leander zugucken!"

„Und was hast du beim letzten Mal in dem Keller gesehen?", hakte Kunkelmann nach.

Leander verfiel in stures Schweigen und wiegte den Kopf hin und her.

„War bei deinem letzten Besuch dort gar nichts? Überhaupt niemand?", insistierte Kunkelmann vorsichtig.

Wieder wanderte die Hand zum Rest des Schokoladenhügels und nach einem weiteren Bissen berichtete Leander mit leiser, aber zittriger Stimme: „Nie wieder dorthin gehen. Komische Sachen dort. Ganz komische Sachen."

„Lustige Sachen, spaßige Sachen?", provozierte Kunkelmann.

„Oh, nein. Böse Dinge in Keller. Jemand den Herrn Jesus dorthin gebracht!"

Dem Polizisten drohte die Kinnlade herunterzufallen. Leander hatte etwas gesehen. „Beschreibe doch mal, wie der Herr Jesus ausgesehen hat, mein Freund."

„Nicht trauen nah hingehen. Daggy verloren. Dann sehen in Ecke Kreuz mit dem Jesus. Aber weit weg und dunkel. Herr Jesus kleiner geworden und lila Tuch umgelegt."

„Und du bist wirklich nicht hingegangen?"

„Nein, viel Angst. Wenn Herr Jesus weiß, dass Leander in Keller, vielleicht Mama erzählen. Herr Jesus sehen alles, Mama immer sagen. Daggy weg. Polizeimann wissen, wo Daggy ist? Leander wieder haben will. Brauchen Daggy, wenn Mama und Papa so viel trinken und Leander schlagen. Daggy Freundin von Leander!"

Der Bub schluchzte erbärmlich und Kunkelmann reichte ihm ein Papiertaschentuch. Rauszubekommen war aus dem armen Tropf nun nichts mehr. Sicher war nur, dass hier kein Täter saß. Sicher war aber auch, dass der Bub etwas bemerkt hatte. Nämlich die Leiche der Annemarie Richter. Konnte er auch dem Mörder begegnet sein? Kunkelmann grübelte und verlor sich in diversen Theorien.

Als er sich bei der Familie Anschütz verabschiedete, wehte ihm aus beider Münder eine frische Schnapsfahne entgegen. Hoffentlich würde Leander jetzt nicht sein blaues Wunder erleben.

Das Wetter war umgeschlagen. Der Herbststurm hatte gewütet und seinen Dienstwagen mit braunem Laub bedeckt. Er schob sich hinters Lenkrad, schaltete die Scheibenwischer und die Scheinwerfer ein. Durch Schnüre dichten Regens fuhr er zurück zum Präsidium. Sie waren ein Tippelschrittchen weitergekommen, Graue Aussichten in einem Fall, der doch so schnell wie möglich abgeschlossen werden musste.

20

Der Morgen zeigte ihm eine hässliche Fratze. Dunkle Gewitterwolken türmten sich zu Wasserbergen, die nur auf ihre Entladung warteten. Dazu blies ein garstiger Wind über die Hügel und heulte unter den Balken des alten Anwesens seine traurige Melodie. Nach wie vor peitschte der Regen die Apfelbäume auf der Wiese. Leise tönte vom nahen Friedhof die Totenglocke. Jemand ging wohl heim zu seinem Herrn. Die Katze hatte sich in ihren Korb im Treppenhaus zurückgezogen und träumte zuckend in tiefem Schlaf. Aus der Schublade im Schlafzimmerschrank holte er frische Unterwäsche hervor, begab sich ins Badezimmer und duschte lange. Für den Meister und die anderen musste er peinlich sauber sein. Er wählte ein weißes Stehkragenhemd und eine neue Jeans. Die blauen Hosenbeine würde man nicht sehen. Dazu schlüpfte er in braune Sandalen. Dann kramte er aus dem Wäscheschrank die ordentlich gebügelte schneeweiße Kutte mit der Kapuze hervor und prüfte sie mit kritischem Blick. Sie hielt seiner Begutachtung stand und er verstaute sie in der ledernen Reisetasche. Sachte schob er nun den Katzenkorb zur Seite und angelte unter dem Treppenabsatz den Karton hervor, in dem die Maske lag. Er legte sie unter die Kutte und zog den Reißverschluss der Tasche zu. Dann entfernte er den Speicherstick aus dem Laptop und steckte ihn in die rechte Hosentasche. Nachdem er den Schlüsselbund eingesteckt hatte, goss er der Katze noch ein wenig Milch in die Schale. Die Haustür schloss mit einem leisen Klicken.

Es war Abend geworden und er wollte auf keinen Fall zu spät kommen. Bis zum Wohnmobil waren es nur ein paar Meter, er hatte es auf dem gepflasterten Hof abgestellt. Ohne zu murren, sprang der alte Ford an. Umsichtig lenkte er den Wagen durch die Gassen des Dorfes. Trotz der langsamen Fahrt spritzte das Wasser bis unter die Kotflügel. Er dachte an die Sintflut und an die Sünden der Menschen. Im Rekorder sang Juliane Werding ihre melancholischen Lieder. „Am Tag, als Conny Kramer starb ..." Ja, Drogen waren ein Problem. Lange schon waren sie auf dem Land angekommen. Die Jugend haschte und war vom Teufel besessen. Kein Wunder, dass es diesen Conny Kramer dahingerafft hatte. Er hätte ja nicht anfangen müssen mit diesem Mist.

Auf der Bundesstraße 45 kamen ihm die Autos wie an einer Perlenschnur aufgereiht entgegen. Die Berufstätigen aus Darmstadt und Frankfurt strebten zurück in den Odenwald. Bei Groß-Umstadt lenkte er den Camper zum Schnellrestaurant. Ob es beim Treffen in Darmstadt was zu essen geben würde? Eher nicht. Völlerei war nicht Sinn und Zweck der Zusammenkunft. Hamburger schmeckten ihm nicht, aber er brauchte eine Grundlage, um das Bevorstehende zu meistern. Belegte Brote von zu Hause mitzunehmen wäre die Königslösung gewesen, aber daran hatte er nicht gedacht. Zu sehr waren seine Gedanken mit dem, was da kommen sollte, beschäftigt. *Die Angestellte, die ihm die weichen, zusammenge-klappten Brötchenhälften mit der Hackfleischscheibe und dem Käselappen reichte, hatte rot gefärbte Haare und trug einen Metallring, der den linken Nasenflügel durchbohrte. Auf den rechten Unterarm war das Wort „Devil" in Frakturschrift tätowiert. Auch so ein fehlgeleitetes Geschöpf, dem die Lebensgrundlage entzogen gehört, dachte er. Was fanden die jungen Dinger daran, ihn zu provozieren? Man wusste ja, wie dies ausgehen konnte. Selbst in seine geliebte Kirche trauten sich diese Schlampen. Und wenn es nur wegen der Gesangsstunde war. Oh Zeiten, oh Sitten. Was war nur aus der Jugend geworden?*

Er hatte den Kleinbus in einer Haltebucht hinter dem Lokal abgestellt und zog sich zum Essen ins Innere des Campers zurück. Vorsicht ist die Mutter der Porzellankiste. Warum war er so ängstlich? Die Wahrscheinlichkeit, dass ihn jemand im Nachbarkreis kannte, war eher gering. Und wenn? Was hatte er denn getan? Er hatte sich in diesem unattraktiven Schnellrestaurant einen Hamburger geholt. Das machen dort Hunderte Geschmacksverirrte täglich. Hätte er die weiße Kutte und die Maske getragen. Ja, dann. Obwohl, so verrückt wie heute die Leute auf der Gasse herumrennen, wäre auch dies wohl keinem aufgefallen. Er machte sich locker und verschlang die letzten Bissen seines pappigen Mahls. Zurück auf der Bundesstraße, ließ er es gemächlich angehen. „Im Wagen vor mir fährt ein junges Mädchen ..." Er musste an den Songtext von Henry Valentino denken. Vor Jahren war dieses Lied einmal in den Charts. Er verfluchte sich ob des un-reinen Gedankens. Jetzt bog er auf die Schnellstraße nach Darmstadt ein. Mit hoher Geschwindigkeit wurde er von einem Rettungswagen überholt. „Bestimmt wieder so ein Raser oder ein Drogensüchtiger, den es auf dem Weg in den Herrn-garten zerlegt hat", dachte er und puhlte sich Fleischreste aus den Zähnen. Ob auch alle pünktlich sind? Schon mehrere Male war er bei den Treffen der Aufrech-ten zugegen gewesen. Aber heute war es etwas Besonderes. Er parkte auf dem großen Platz beim Finanzamt, nahm die Reisetasche aus dem Heck und lief in Richtung Dieburger Straße. Der Herbst senkte bereits eine frühe abendliche Dämmerung über die Stadt.

Um 19.45 Uhr war er am versteckt liegenden Hintereingang des Bierkellers angekommen, warf sich hinter einem Busch den Umhang über, setzte die Kapuze auf und drückte sich die Maske aufs Gesicht. Dann schlüpfte er in den Unter-grund.

In ihren weißen Kutten und mit den skurrilen Larven vor den Gesichtern wirkten sie wie eine Mischung zwischen Anhängern des Ku-Klux-Clan mit auf schaurig getrimmten Fastnachtsfiguren. Doch dies war weder eine politische Veranstaltung noch eine Zusammenkunft mit Spaßfaktor. Kerzen brannten, es roch nach Weihrauch und Schweiß. Er war fasziniert.

An die hundert weiß gewandete Gestalten mussten es sein, die in Ehrfurcht die Köpfe zu einer kleinen Bühne erhoben, auf der ein Mann in ebensolcher Kleidung, doch mit einem roten Tuch um die Schultern, auf die ungeduldige Menge einredete: „Lasst uns den Schöpfer preisen und seine Feinde vernichten. Wie mit einem Radiergummi müssen sie vom weißen Blatt der Unschuld getilgt werden, wie mit der Sense ist das Unkraut aus dem Garten Gottes zu mähen und mit Stumpf und Stiel auszurotten. Das Unreine darf keinen Platz haben in dieser Welt, sonst haftet es sich, wie das giftige Mutterkorn an den Roggen, an die Herzen unserer Schwestern und Brüder!" Es sprach der Meister.

Die Luftfeuchte schlug sich in dem alten Darmstädter Bierkeller an der Dieburger Straße in wässrigen Schlieren nieder. Salpeter und schwarzen Schimmel sah er an den Wänden blühen. Der Meister besaß einen Nachschlüssel und wusste, dass abends keine Touristen durch die verlassenen Katakomben geschleust wurden. Außer ein paar Tropfen Wachs vielleicht, die aber keinen interessieren würden, erinnerte nach den Treffen nichts mehr an die unregelmäßigen Zusammenkünfte, von denen die Teilnehmer mittels verschlüsselter Hinweise aus dem Internet erfuhren.

Er zitterte. Seine Hände waren feucht und der Puls hämmerte ein Stakkato bis zum Hals. Bald war er dran. Nicht mehr lange und sein Werk würde erblühen. Sie hatten ihn für die Auftaktveranstaltung ausgesucht. Mächtiger Stolz machte sich neben lästigem Lampenfieber in seiner Brust breit. Die Bilder der Speicherkarte hatte er auf einen Stick gezogen, den er, verborgen in der rechten Jeanstasche, unablässig mit der Hand knetete.

„... und nur diejenigen, die sich im Leben durch unerbittliche Frömmigkeit ihren Platz unter den Auserwählten erkämpfen, werden danach das Paradies schauen. Jegliche Verderbtheit gehört ausgelöscht und geahndet. Es heißt in der Bibel, dass man nicht töten soll. Doch dies ist ein Postulat, das nur durch Luzifers Einfluss in dieses

Werk geraten ist. Denn gerade die Unreinen sind es, die der Herr nicht an seiner Seite haben will. Er ist gütig und seine Gnade währt ewiglich. Was aber heißt das? Dass diejenigen, die sich um das Ausmerzen verderbter Charaktere bemühen, niemals in Ungnade fallen können. Nicht umsonst fragt Moses, weshalb nicht alle Frauen getötet wurden. Besonders die, welche nicht mehr Jungfrauen waren. ‚Wohl dem, der deine jungen Kinder nimmt und sie am Felsen zerschmettert‘, heißt es in Psalm 137. ‚Er, der Herr, dein Gott, wird diese Leute ausrotten vor dir‘. So steht es in Mose 5 geschrieben. Soll denn der Herr diejenigen, die sich gegen ihn wenden, lobpreisen? Soll er seine Feinde als Freunde behandeln? Nein. Und der Spruch mit der Wange, die man hinhalten soll? Auch dies ist Teufelswerk. Hier hat der Böse die Textstellen redigiert. Gott weiß, was er will. Treue, Treue und nochmals Treue. Bedingungslose Folgsamkeit und keine wachsweichen Auslegungen seines unumstößlichen Wortes. Hinweg mit den Befleckten! Jagt sie aus ihrem schändlichen Leben hinaus! Nehmt sie euch alle der Reihe nach vor. Das Reich des Herrn verträgt keine Sünderinnen. Denn es sind die Frauen, die mit ihren Reizen den Mann zum willfährigen Werkzeug des Teufels machen. Kappt die Pflanze, wenn sie noch jung ist. So können Unzucht und Niedertracht im Zaume gehalten werden. Helft mit, den Dreck in die Jauchegrube zu spülen!"

Ja, nur so konnte die Reinheit auf der Welt Einzug halten. Alles war richtig, alles war gut. Seine Nerven waren zum Zerreißen gespannt. Hoffentlich fanden die Aufnahmen das Gefallen der Gruppe. Was würde der Meister sagen?

„Bruder, komm. Lass uns teilhaben an deinem Beitrag zur Reinwaschung. Zeige uns, was du uns mitgebracht hast. Dir wird die besondere Ehre zuteil, der Erste in der Reihe der Reiniger zu sein. Trete hervor und erfreu unsere Herzen mit deiner Art der Tilgung des Bösen. Wir sind gespannt, wie du unserem Wunsch nachgekommen bist!"

Der Schweiß trat ihm auf die Stirn und die Mundhöhle fühlte sich an, als wäre ein Wüstenwind über Gaumen und Zunge gefegt: heiß und trocken. Alle Köpfe drehten sich zu ihm um und konfrontierten ihn mit dem Anblick abstruser und gleich aussehender Masken, wie er selbst eine trug. Trotz des warmen und intimen Tones in der Stimme des Meisters, musste die Anonymität der Mitglieder im Zirkel gewahrt werden.

Langsam bildete sich eine Gasse und er tastete sich mit unsicheren Schritten nach vorne. Mit einer einladenden Geste versuchte der Meister seinem Adlatus die Angst zu nehmen. Öffentliche Auftritte waren ihm von jeher ein Gräuel gewesen. Er kam sich vor wie das berühmte Kalb, das zur Schlachtbank geführt wurde. Als die Menge sein Stocken bemerkte, begann einer damit, sanft in die Hände zu klatschen. Der Jubel breitete sich konzentrisch aus und im Nu applaudierte der Rest der Gruppe und machte ihm somit Mut.

Als er neben dem Beamer stand, hielt ihm einer der Brüder erwartungsvoll die offene Fläche der rechten Hand entgegen. Wie in Trance registrierte er das sanfte Brummen jenes Gerätes, das ihn in Kürze zum Helden der Truppe machen würde. Zitternd tastete er nach dem Stick in der Tasche, klaubte ihn mit feuchten Fingern heraus und reichte ihn dem Mann, der sich um den Beamer kümmerte.

Ein gleisender Lichtstrahl bombardierte die an der Stirnseite des Kellerraumes angebrachte große Leinwand und fokussierte mit einer Grelle, die in den Augen schmerzte. Dann setzten augenblicklich beeindrucktes Aufstöhnen und frenetischer Jubel ein. Er hätte nicht gedacht, dass die kleine Digitalkamera, die er im Großmarkt gekauft hatte, so präzise Bilder liefern würde. Die Totale zeigte die Installation im Gesamtbild. Er hatte seinen Standort so gewählt, dass Annemarie am Kreuz in voller Größe zu sehen war. Die perforierten Hände, die durchbohrten Füße, alles war drauf. Zwar schaffte der interne Blitz der günstigen Kamera nicht die perfekte Ausleuchtung, aber das machte nichts. Dann der Kopf. Hierzu war er ganz nah an seine Installation herangetreten. Leicht von unten hatte er das Objektiv auf sein Ziel gerichtet. Die Angst, dass die Zunge hervorquellen könnte, war unbegründet. Engelsgleich erinnerte das etwas zur Seite gekippte Haupt an manche Darstellungen in der Kunst und zeigte das Gesicht in einem Ausdruck zwischen offenem Staunen und resignierter Demut. Dies lag natürlich auch daran, dass die Lider fehlten. Sauber hatte er gearbeitet und mit dem scharfen Skalpell die Wundränder ganz geradlinig modelliert. Aufnahme drei zeigte die große Scherbe, in der sich das Antlitz der kleinen Richter spiegelte. So konnte sie erkennen, wie hübsch er sie hergerichtet hatte und gleichermaßen Reue zeigen.

Wohlige Erregung ergriff die Gäste der Zeremonie. Sie begannen damit, die Bilder der Sühne zu beurteilen. „Was für ein Kunstwerk! Dieser Mann geht uns allen als gutes Beispiel voran. Hinweg mit den Elenden!"

„Krass, aber wirkungsvoll. Das Böse darf keine Chance in unserer Welt haben. Dem Kollegen ist der perfekte Spagat zwischen der nicht widerrufbaren Bestrafung und ganz großer Kunst gelungen. Dies wird dem Betrachter ewig im Gedächtnis haften bleiben!"

„Ich finde, wir sollten uns ein Beispiel nehmen am Tun jenes Menschen. Der gütige Herr wird ihn persönlich ins Paradies geleiten!" Er wurde gelobt auf der ganzen Linie und das tat ihm gut.

„Danke für dieses prächtige Geschenk. Wir werden deinem Beispiel folgen und das Verderbte aus der Welt fegen. Nieder mit dem Hurengeschmeiß, weg mit den Versuchungen des Teufels. Satan wird an unserem aufrechten Geist scheitern und uns umsonst auf die Probe stellen. Wir werden sie erkennen, die Dienerinnen der Hölle und ihrer gerechten Strafe zuführen. Kämpft tapfer, liebe Freunde. Verzagt nicht im Gefecht gegen die dunklen Mächte. Erhebt euch und beweist, dass Ihr treue Kinder des wahren Gottes seid!", erscholl es von der improvisierten Bühne. Es hatte der Meister gesprochen.

22

Man kannte im gesamten Umkreis die ‚Linde‘ in Momart als Inbegriff hervorragender Gastronomie. Am Mittwochabend war das Restaurant gut besucht. Hier kochte schließlich nicht irgendwer: Charly, der Wirt, hatte schon viele Auszeichnungen für seine Kunst an den Töpfen und Pfannen erhalten. Außerdem stimmte das Preis-Leistungs-Verhältnis, was im Odenwald eher die Ausnahme denn die Regel zu sein schien.

Im vom Lokal abgetrennten Eckstübchen traf sich heute wieder der Stammtisch. Petra bediente diesmal eine eher schweigsame Runde. Die Tristesse der Situation hatte sich auf die Gemüter der sonst so forschen Männer gelegt. Zu Hause bleiben war keine Alternative. Da nagten die Fragen noch intensiver. Wie konnte so etwas geschehen? Wer war zu solch einer brutalen Tat überhaupt fähig?

„Diese Art von Perversion kennt man, wenn überhaupt, nur aus irgendwelchen reißerischen Fernsehfilmen, wie sie in den Privatsendern gezeigt werden. Die zeigen den Leuten, wie es geht. Bei manchem fällt sowas auf fruchtbaren Boden", sagte Peter Meier, der Inhaber eines kleinen Zimmereigeschäfts im Dorf.

„Da ist irgendein Durchgeknallter unterwegs, der es drauf anlegt, gefasst zu werden. Das ist ähnlich wie mit den Brandstiftungen unten in der Kernstadt im letzten Jahr. Sowas wird ums Haar zur Serie. Wir sollten alle, die irgendwie verdächtig wirken, provisorisch bei der Polizei in Erbach melden. Oder gleich selbst zur Rede stellen." Bauer Hatzinger stellte sein Bierglas auf den Tisch und wischte sich den Schaum von den Lippen.

„Ich glaube sogar, dass das irgendwie mit den Rumänen zusammenhängen könnte, die vor einigen Wochen in diese zwei verfallenen Häuser in Fürstengrund eingezogen sind. Die schrecken vor nichts zurück. Die braten auch Igel in Lehm und essen sie als Delikatesse!", warf Meier in die Runde.

„Also wirklich Peter, jetzt mach mal halblang", ereiferte sich Hufschmied Gräber, der im Hauptberuf eine kleine Schlosserei betrieb. „Du kannst doch nicht jeden, der eine schiefe Nase hat, unter Generalverdacht stellen. Jeder Rumäne könnte ein Kindsmörder sein. Das ist doch Bullshit. Sowas entbehrt jeder Grundlage. Außerdem sind viele Gewerke froh, dass die Rumänen mit Hand anlegen. Eisenbiegen, Silikonfugen ausspritzen, das macht doch kein Deutscher mehr."

„Na, ich hab über einen von denen was Komisches läuten hören ..."

Hans Müller, der Betreiber der einzigen Bäckerei, die im Dorf verblieben war, orderte eine Runde Wildsautropfen und meinte: „Tut mir leid, Leute. Aber das hält man nur mit ordentlich viel Promille im Blut aus. Auf euer Wohl. Diese Lage geht auf mich!"

„Der Mörder muss doch irgendeinen Bezug zu der kleinen Annemarie gehabt haben. So ein Kind greift man sich doch nicht willkürlich!", erhob Gräber die Stimme.

„Woher willst du denn wissen, dass es keine Frau gewesen ist?", hielt Hatzinger dagegen.

„Weil allein das Kreuz, das der Drecksack in den Bahnkeller geschleppt hat, kaum von einem zarten Wesen geschultert werden kann."

„Naja, es sei denn, die frühere Magd von Hatzingers Vater wäre noch unter uns. Die Elise legte sich die ausgewachsenen Sauen in den Nacken, um sie zum Ausweiden in den Schlachtraum zu bringen", meinte Müller scherzhaft. Man stieß an, trank bedächtig und hing seinen Gedanken nach.

„Ich will ja nichts sagen, aber der Pfarrer Gutermut hat immer so einen Blick drauf, wenn er die Mädels aus dem Singkreis verabschiedet. Ist mir neulich aufgefallen, als ich meine Enkeltochter abgeholt habe. Nicht, dass ich den Pfaffen beschuldigen will. Aber wenn jetzt herauskäme, dass er der Mörder ist; wundern täte mich das nicht!", sagte der Bäcker.

„Hä? Die katholischen Kuttenpisser sind doch alle schwul!", wusste Gräber. „Guckt euch den Skandal bei den Regensburger Domspatzen oder bei den Wiener Sängerknaben an. Allesamt Hinterlader, diese Arschlöcher. Wenn ich was zu sagen hätte, flögen die im hohen Bogen raus aus diesem verkappten Trachtenverein der bigotten Altarkellner. Ab mit dem Ding und Ruhe ist!"

Ein tiefer Schluck Weißbier folgte dem Statement des Hufschmieds. „Auf den Amboss mit den beiden Teilen und mit dem Hammer drauf. Mit viel Glück können die Schweine dann selbst den schönsten Sopran im Knabenchor singen."

„Dürften die katholischen Pfarrer heiraten, wäre dies was ganz anderes", schaltete sich Petra ein, die gerade ein Tablett mit frischem Hefeweizen brachte. „Denen bleibt doch nix anderes übrig, als ihre Gene als Flugsamen zu verstreuen!"

Hatzinger belegte die Bedienung mit einem strafenden Blick und sagte: „Das sind immer diese Allgemeinplätze. Einer sagt was und die anderen nicken es ab. Es gibt auch gute Seelen unter den katholischen Priestern. Beim Gutermut weiß ich es nicht. In der Kirche ist der immer äußerst aufrichtig und höflich. Wenn der beim Singkreis auch mal einen Blick wirft. Rausschwitzen kann er's ja schließlich auch nicht!"

Weitere Schnapsrunden machten die Münder lockerer, die Ansichten und Verdächtigungen abstruser. „Also, wenn ihr schon die Knabenchöre und deren Sangesausbilder ansprecht, sollte man mal die Scheu überwinden und auch Bad Tölz anführen", sprach Gräber mit leicht verwaschener Zunge. „Das ist irgendwo da unten in Bayern. Die hatten auch so perverse Säue. Jetzt haben sich ehemalige Mitglieder getraut, ihr Leid in Kindertagen der Öffentlichkeit mittzuteilen. Wer sagt denn, dass sich eine solche Sau, der die Opfer ausgegangen sind, nicht in den Odenwald zurückgezogen hat und dort neue Opfer sucht?"

„Jetzt lasst mal die Kirche im Dorf!", nahm Charly hinter der Theke das Sprachbild auf. „Wir reden hier nicht von Schwulen. Und außerdem stand nichts davon in der Zeitung, dass das arme Kind vergewaltigt worden ist. Gucken wir uns lieber mal im näheren Umfeld um, wer da nicht richtig tickt oder was auf dem Kerbholz hat. Gerüchteweise hat die Kripo den Leander Anschütz aus der Bad Königer

Bachgasse länger in der Mache gehabt. Nichts gegen Behinderte. Die können ja nix dazu. Aber bei diesen Eltern. Kennt ihr die? Gegen deren Alkoholkonsum seid ihr hier allesamt Milchbubis!"

Man spürte förmlich, wie sich Charlys Worte in die Gedanken der Stammtischler hineingruben. Eine gefühlte Minute herrschte Stille. Nur das Klappern der Bestecke aus dem Nebenraum war zu hören.

„Na, wie schaut's? Wollt ihr noch einen Wildsautropfen, um die Diskussion zu befeuern?", scherzte Petra. Die Art und Weise, wie sie das Angebot unterbreitete, war den Männern aufgrund des tadelnden Blickes der Bedienung etwas unangenehm, die Sache an sich hingegen keineswegs. Einmütig entschied man sich für eine Abschlussrunde. Heute war Mittwoch, es ging gegen Elf und morgen mussten die meisten arbeiten. Einiges wurde noch beredet, dann erhob man sich von den Stühlen, fischte die Jacken von den Haken und ging nach Hause.

Bauer Hatzinger, der sich mit alkoholfreien Bieren begnügt hatte, betrat seinen Hof. Fast wäre er mit einem vorüberhuschenden Etwas zusammengerannt. Im Stall muhte aufgeregt eine der Kühe. Ihre Tragzeit ging zu Ende. Sie würde bald kalben.

23

Auch bei den Kunkelmanns war, wie überall in der Gegend, der Mord das Thema Nummer eins. Karl verfolgte halbherzig die Tagesthemen und hatte eine Tüte Chips in eine Schüssel gedrückt, damit es beim Aufklauben nicht so knisterte. In mechanischer Regelmäßigkeit schob er sich die Knusperteile in den Mund

„Ich glaube, ihr habt es mit einem Kopisten zu tun", murmelte Lena.

„Ich sagte ja, es könnte ein religiöser Eiferer sein. Bei Heidelberg soll diese aus Ägypten stammende christliche Gemeinde einen ihrer Schwerpunkte in Deutschland haben. Das haben sie neulich im Fernsehen gesagt."

„Du meinst die Kopten. Das ist etwas anderes. Ich rede von einem Kopisten, also einem, der etwas nachmacht oder vervielfältigt. Wie damals der Kujau mit seinen angeblichen Tagebüchern von Adolf Hitler."

„Dann sag´s doch gleich. Sind diese Chips eine andere Sorte, als die, die wir sonst haben?" Der Hauptkommissar versuchte, seinen Fauxpas zu kaschieren.

„Nein, die gleichen. Aber einen Fehler kann man ja mal zugeben. Ich irre mich auch manchmal", gab Lena etwas genervt zurück.

„Und an wen oder was denkst du da?"

„Ich lese ja viele Krimis. Und mir ist aufgefallen, dass mir die Sache mit den Augenlidern irgendwo schon mal begegnet ist."

„Und wo war das?"

„Das ist es ja eben. Ich weiß es nicht genau. Die Nordländer gehen subtiler vor, nicht so drastisch. Und wenn, dann führen sie es irgendwie psychologisch besser aus, nicht so direkt und brutal. Ich glaube, dass es kein norwegischer oder schwedischer Autor war. Einer aus Island schon gar nicht. Lass mich nachdenken. Mein Gott, wie wird man doch so vergesslich", meinte Lena.

„Kein Wunder, bei solch einer Menge an geschriebenem Zeugs. Mir würden bei dieser Masse die Augen aus dem Kopf fallen", gab Kunkelmann zu.

„Ich glaube, es könnte dieser Deutsche gewesen sein. Stilistisch und vom Plot her eher gewöhnlich. Aber äußerst erfolgreich. Wird auch super von den Medien gepuscht. Wie heißt er noch gleich? Egal, jedenfalls zieht der mit seinen Leseshows durch die Lande und lässt sich phänomenal abfeiern. Die Jungs von der Bad Königer Band, die ihr Studio in der alten Ölmühle in Richtung Kimbach betreiben, begleiten ihn übrigens mit ihrer Musik auf seinen Reisen. Ist ja auch egal, jedenfalls ist er wohl derjenige, der einen seiner Bösewichte auch die Augenlider entfernen lässt."

„Und wie schaut es mit dem Kreuz aus? Gibt es da auch einen deiner literarischen Täter, die das so arrangiert haben?"

„Das mit dem Kreuz ist ja ein ganz altes Motiv. Das kommt in der Geschichte mehrmals vor."

„Wenn du mir jetzt noch sagst, in welcher Geschichte ..."

„Na, in der Geschichte halt. Diejenigen, die sie erforschen, nennt man Historiker. Und jetzt werde du nicht gleich hysterisch, nur weil mir auf Anhieb irgendwelche Krimis nicht einfallen."

„Dann eben nicht. Wir können ja auf irgendeine schlaue Quizsendung warten, in der diese Frage gestellt wird", grummelte Karl.

„Jetzt sei nicht so pampig. Warte einfach mal. Ja, da gibt es jemanden, der beschreibt eine Kreuzigung in Köln. Da hat der Täter auf einem Schutthügel aus dem letzten Weltkrieg sein Opfer an ein Kreuz genagelt. Aber auch da muss ich mit dem Namen leider passen."

„Kann ich verstehen, der Zweite Weltkrieg ist ja auch schon eine schöne Weile vorbei", sinnierte Kunkelmann in einer Ernsthaftigkeit, die alles andere als gespielt wirkte.

„Na, was ist euch denn über die Leber gelaufen?", fragte Thomas, der zum Wäschewechsel aus Frankfurt gekommen war und die Eltern im Wohnzimmer schweigend auf ihren Stammplätzen vorfand.

„Haben sie dein Gehalt gepfändet oder bist du bei den Schnüfflern rausgeschmissen worden, Papa?"

„Weder noch, mein Sohn. Aber die Sache mit dem toten Mädchen vom Güterbahnhof in Bad König nimmt mich ganz schön mit. Wir kommen kaum einen Schritt weiter, alles dreht sich auf der Stelle. Keiner hat was gesehen, keiner kann was sagen. Als Verdächtiger wird ein geistig behinderter Bub gehandelt, der zu so was gar nicht in der Lage ist. Aber wir müssen den Sachverhalt eben überprüfen. Die Hessenschau hat neulich auch schon über den Fall berichtet."

„Und wie waren die Reaktionen aus der Bevölkerung oder wie man da sagt?"

„Es gab keine. Abgesehen von diversen Meldungen über persönliche Betroffenheit und wie schlimm so was doch sei, kam nix. Manche haben gemeint, wir sollten uns beeilen. Der Täter liefe schließlich noch frei herum. Alles Schlauberger. Als ob wir dies nicht auch wüssten!"

„Naja, mit dem Beeilen ist das bei deinen Kilos ja so eine Sache", wagte Thomas einen Witz.

„Hör mal, mein Sohn. Ich verstehe ja Spaß. Aber hier geht mir der berühmte Arsch auf Grundeis. Auch wenn er noch so dick ist. Dir kann ich´s ja sagen: Wir haben verdammte Angst vor einer Serie. Mein Kollege Heiner schläft schon nicht mehr richtig. Und Wagenknecht, unser Chef, steht unter dem Druck der Öffentlichkeit und der Presse. Man will Ergebnisse sehen. Aber woher nehmen? Man muss sich das mal vorstellen: Da schlägt so ein Hirnkranker ein zwölfjähriges Kind ans Kreuz und trennt ihm die Augenlider ab. Wie pervers ist das denn? Die Mama kennt sowas nur aus ihren Krimis, die sie täglich in sich hineinfrisst."

Besser Krimis als Granatsplitter, wollte Thomas sagen, verkniff sich dies aber und holte aus: „Der Täter hat sein Opfer an ein Kreuz genagelt und ihm die Augenlider abgetrennt. Das lässt tief blicken. Rein psychologisch gesehen öffnet sich mir da ein ganzes Buch. Man kann darin lesen und die Inhalte interpretieren."

„Was hast du denn mit Psychologie am Hut? Ich dachte, du studierst Medizin?"

„Richtig gedacht, Papa. Aber wer später mal in die Therapie gehen will, der sollte sich auch mit Freud und Konsorten beschäftigen."

„Warum willst du denn in Therapie gehen? Hast du was, was du uns nicht sagen kannst?", argwöhnte der besorgte Vater.

„Nein, so meine ich das nicht. Es kann sein, dass ich mal Psychotherapeut werden will. Und da sind früh angelesene Fakten durchaus von Vorteil. Deswegen habe ich in diesem Fach auch einige Kurse belegt."

„Und was liest du aus dem, was ich dir eben erzählt habe?"

„Nun, da gibt es verschiedene Ansätze", dozierte Thomas. „Das mit dem Kreuz kommt ja einer Bestrafung gleich. Man will das Opfer lange quälen, schließlich wären Erhängen oder die Guillotine deutlich schnellere Methoden, um jemanden ins Jenseits zu befördern. Die Römer hatten dies mit ihren rebellischen Sklaven so gehandhabt, die Phönizier haben es auch praktiziert. Allerdings fesselten sie ihre Opfer ans Kreuz und ließen sie über Tage verdursten. Die Makedonier haben dann genagelt und ihr Werk meist auf Hügeln zur Schau gestellt. Es sollte schließlich jeder sehen.

In eurem Fall war das ja nicht öffentlich. Dies ist Gott sei Dank vorbei. Deshalb der versteckte Ort im Bahnkeller. Kann sein, dass das Kind erst nach seinem Tod angenagelt wurde. Sozusagen als Schauobjekt und Symbol für irgendwelche Sünden. Das müsste man anhand vorhandener Male feststellen können. Denn Lebendige wehren sich, wenn sie es können. Da wären Ausrisse an Händen und Füßen zu sehen.

Aber dafür habt ihr ja eure Rechtsmediziner, die dies begutachten. Ein zwölfjähriges Mädchen ist in der Regel leicht, sonst müsste man, allein aus Gewichtsgründen, drauf achten, dass man die Nägel durch die Handgelenke und nicht durch die Handflächen treibt."

Kunkelmann glotzte seinen Sohn mit Kuhaugen an. „Woher weißt du das alles?"

„Ich habe mich dafür interessiert, als der Fall in der ‚Rundschau' stand. Da habe ich mal die Geschichtsbücher aufgeschlagen und nachgeforscht!"

„Und wie interpretiert der historisch gebildete Psychologe die abgeschnittenen Lider?"

„Die sind wohl ein Hinweis darauf, dass das Opfer vor seinen ver-
derblichen Taten keinesfalls die Augen verschließen soll. Auch gibt er
ihm damit die Möglichkeit der Reue. Hätte der Täter das Kind ge-
hasst, hätte er es irgendwo erschlagen und im Müll entsorgt. Hat er
aber nicht. Er wollte, dass das Mädchen gefunden wird und dass man
seine Schlüsse aus der Sache zieht. Auch glaube ich, dass es jemand
aus der Gegend sein muss. Denn den alten Keller kennt ein Orts-
fremder definitiv nicht. Ich vermute sogar, dass es ein Mann ist. Wie
im Zeitungsbericht vom Spohrnagel stand, waren es Balken, an denen
das Mädchen gemartert wurde. Und Balken schleppt keine Frau über
mehrere Meter in dieses Verlies."

Kunkelmann blies anerkennend Luft durch die Zähne und Lena
hatte die Illustrierte aus den Händen gelegt, um den Ausführungen
ihres Sohnes folgen zu können.

„Also wenn du mich fragst, Karl, ist an dem, was der Thomas da
eben gesagt hat, durchaus was dran. Man muss sich in diese Installation oder Inszenierung hineinversetzen, um einen Anhaltspunkt zu
bekommen."

„Was mir aufgrund der Brutalität des Vorgangs sehr schwer fällt",
entgegnete der Ehemann. „Aber prinzipiell ist dies eine durchaus
moderne Herangehensweise. Das ist schon richtig. Sie kommt aus den
USA und man nennt es Profiling. Eher was für Psychologen als für
Polizisten. Wir setzen da lieber auf das Auswerten von Indizien. Aber
wer den Täter fängt, hat recht. Die Art und Weise der Strategie ist
egal."

„Da gibt es gewisse Krimis aus Ostfriesland. Bei der dortigen Kriminalinspektion arbeitet eine Kommissarin, die macht das ähnlich. Sie
begibt sich an den Tatort und lässt die Eindrücke auf sich wirken. Das
bringt sie dann immer ein schönes Stück weiter."

„Also das haben unsere Streifenpolizisten Linn und Ostermann
auch getan. Und der Heiner Ehrenreich ebenso. Das Einzige, was auf
sie gewirkt hat, war ein Kotzreiz. Ich finde, du solltest da Fiktion und
Realität nicht vermischen!"

„War ja nur so eine Idee. Ich bin froh, mit diesen Abgründen des
menschlichen Verhaltens nichts zu tun zu haben. Das würde mir den
Glauben an das Gute auf der Welt nehmen", sagte Lena.

„Den habe ich schon lange verloren. Trotzdem müssen wir uns
immer wieder aufrappeln und die Bösen hinter Schloss und Riegel
bringen. Sonst gewinnen sie die Oberhand und das ganze System
kollabiert", analysierte der Hauptkommissar.

24

Am Montag um zehn Uhr trafen sich die Kollegen im Konferenz-
zimmer der Inspektion. Als Gast hatte sich auch Kriminaldirektor
Wagenknecht eingefunden. Frau Bachmann hatte Kaffee hingestellt und jedem einen Krapfen neben die Tasse gelegt. Auf Karl
Kunkelmanns Teller thronte ein zuckergussglänzender Granatsplitter. War das Zuneigung, höfliche Aufmerksamkeit oder wollte
ihn die Bachmann bloßstellen?

Plötzlich fiel Karl die von Lena angeregte Diabetesuntersuchung
bei Dr. Berger wieder ein. Morgen werde ich mich vielleicht um
einen Termin kümmern, dachte der so Beschenkte und biss herz-
haft in den braunen Berg.

„Einen schönen guten Morgen, könnte ich jetzt sagen", eröffnete Wagenknecht die Sitzung. „Aber das tue ich nicht, denn dieser
Morgen ist nicht schön. Draußen läuft noch immer ein morden-
des Monstrum herum, dem wir unbedingt habhaft werden müssen."

„Nun, Chef. Monstrum würde ich dieses kranke Hirn nicht
nennen, das verleiht ihm etwas von Größe. Und dieses Arschloch
... sorry, ich meine dieser noch nicht gefasste Täter, ist eher ein
kleiner Schwachsinniger, dem die Sicherung durchgebrannt ist",
sagte Heiner Ehrenreich sofort.

„Gut, Kollege. Ich will den Täter nicht heroisieren. Da haben
Sie vollkommen recht. Was haben wir denn bis jetzt eigentlich,
Herr Kunkelmann?"

Gerade hatte Karl gesehen, dass sich der eine Riemen seiner
Ziehharmonika, die er im rückwärtigen Schrank aufbewahrte,
durch die klaffende Tür zwängte.

„Was machen Sie denn da?", fragte der Boss.

„Gleich, Herr Wagenknecht. Ich will nur schnell dieses widerspenstige Schulterholster wieder an seinen Platz legen."

Wagenknecht beobachtete den Vorgang und fragte: „Gibt es die
jetzt auch mit roter Polsterung und eingestickten Edelweißen in
den Riemen?"

„Das war ein Geschenk von bayrischen Kollegen, die mal hier
zu Besuch waren. Ist eine Sonderanfertigung für zwei Kollegen,
die Dienstjubiläum hatten. Der eine hat mir sein Holster überlassen. Er fand es zu kitschig", log Karl mit leicht rotem Kopf. Ob
der Chef was gemerkt hatte? Er wusste es nicht.

„Nun, da ich aus bekannten Gründen ja erst etwas später ins Geschehen eingebunden war, und das meine ich rein sachlich", wagte sich Karl vor, „muss ich sagen, dass wir eigentlich so gut wie nichts haben. Gefunden und untersucht wurden ein Zigarettenstummel, der aber einem die Leiche auffindenden Bahnbediensteten zuzuordnen ist und eine abgegriffene Kinderpuppe, die wir gern als Zutat des Täters gewertet hätten. Doch die gehört einem geistig zurückgebliebenen Buben aus der Kernstadt, der sich öfter in dem Keller rumtreibt, um gelegentliche Rendezvous' von Jugendlichen zu beobachten. Und bei seinem letzten Besuch in diesem feuchten Loch hat er tatsächlich den Herrn Jesus am Kreuz gesehen. Er glaubte, jemand habe den Heiland dorthin verschleppt. Näher rangehen wollte er nicht. Das hatte er sich nicht getraut. Am Kreuz und dem Tuch keine Abdrücke, nur DNA-Spuren des Mädchens. Einstiche steriler Kanülen in der Halsvene und der Nachweis von Schlaf- oder Betäubungsmitteln. Den hat Dr. Stahlmann aus Frankfurt selbst erbracht. Zweifel sind da auszuschließen. Kein Sperma zu finden, keine Defloration, keine Gewalteinwirkung im Intimbereich."

„Ich finde", warf Marco Wiesemann von den ebenfalls anwesenden Technikern ein, „ihr solltet auch mal diesen Pfarrer unter die Lupe nehmen. Bei dem, was man alles über die katholischen Priester so liest, gehört der doch zumindest ins Visier genommen, wenn nicht gar dessen Alibi überprüft!"

„Also wirklich, Marco", echauffierte sich Ehrenreich. „Dieser aufrechte Mann hat mich begleitet, als ich den Richters die Todesnachricht überbracht habe. Das wäre ja der Hammer. Nein, das glaube ich nicht. Keine Spur führt zu ihm. Ich habe kaum einen einfühlsameren Menschen kennengelernt als diesen Diener Gottes!"

„Genau deswegen. Wer sagt dir denn, dass der sich nicht in seine Jugendgruppen reingewühlt, ich meine reingefühlt, hat?"

„Aber Herr Wiesemann. Jetzt ist Schluss mit Ihrem Sarkasmus. Lassen Sie mir bloß die Himmelskomiker aus dem Spiel. Gar nicht dran zu denken, was die für ein Fass aufmachen, wenn da tatsächlich ermittelt werden würde. Und wenn deren Hirte auch noch damit was zu tun hätte. Eine Katastrophe!", jammerte Wagenknecht. „Das wäre wesentlich schlimmer als die gelegentlichen unrechtmäßigen Interventionen unseres Landrats in die Polizeiarbeit. Und lästiger dazu!"

„Aber ganz außer Acht lassen können wir den Gutermut nicht. Da hat der Marco nichts Falsches gesagt. Schließlich ist er an den Kindern ziemlich nahe dran", lenkte Kunkelmann ein.

„Viele dieser Kuttenpisser sind an ihren Kindern ziemlich nahe dran. Ich habe da einen Bekannten aus Regensburg, der hat mir von den Skandalen im Knabenchor bei denen berichtet. Da möchte man am liebsten an Entmannung der kompletten Brut denken!", ereiferte sich der Mann vom Erkennungsdienst.

„Herr Wiesemann, ich verstehe Sie ja. Aber Ihr Hass auf die Kirche hat hier keinen Platz. Machen Sie den bitte mit sich aus. Hier hat der nichts verloren!"

„Also Sie wollen nicht, dass sich der Karl mal mit dem Mann unterhält und ihm vorsichtig auf den Zahn fühlt? Verstehe ich das richtig? Das kommt ja beinahe einer Unterlassung gleich!"

„Mensch, Wiesemann. So meine ich das doch nicht. Falls gravierende Verdachtsmomente bestehen, muss diesen natürlich nachgegangen werden", ruderte Wagenknecht zurück. „Aber nur falls! Wir sind schließlich eine sauber ermittelnde Behörde. Nicht wahr, Herr Kunkelmann?"

Karl nickte und biss in seinen Granatsplitter. Daraufhin ergab sich zwangsweise eine Pause. Wie auf Kommando beschäftigten sich jetzt alle mit der vor ihnen liegenden Backware und schlürften dazu den mittlerweile lauwarmen Kaffee.

„Gut, meine Herren", beendete Wagenknecht die kurze Zäsur, „schauen wir also, ob wir nichts übersehen haben. Sollte sich gar nichts bewegen, werde ich über den Präsidenten einen Auftritt in der Sendung, die früher der Zimmermann moderiert hat, erwirken. Dann kann die Republik ermitteln und alle Welt weiß, dass die Erbacher Kripo aus einer Handvoll Kappen besteht, die nichts auf die Reihe kriegen!"

„Danke für das Kompliment, Chef", rief Ehrenreich in die Runde.

„Gern geschehen. Nein, nicht gern geschehen. Aber mir gehen langsam die Nerven durch in dieser Sache. Der Spohrnagel vom ‚Odenwälder Echo' fragt, im Netz geht mir ‚Fakt im Odenwald' auf den Geist, die ‚Hessenschau' will jetzt abermals berichten und dann sitzt mir noch die Politik im Genick. Herr Ehrenreich, Kollegen, entschuldigen Sie den verbalen Ausrutscher. Ihr seid alle prima Männer."

Über die Gesichter der Truppe rollte ein verständnisvolles Lächeln und Karl Kunkelmann sagte: „Chef, Sie sind halt auch nur ein Mensch!"

„Danke, Herr Kunkelmann. Schön, dass Sie dies erkannt haben. Und prima, dass Sie wieder im Team sind. Es geht doch nichts über langjährige Erfahrung."

Kunkelmann grinste verlegen. Eins zu null für den Boss.

25

Gegrüßet seist du, Maria, voll der Gnaden, der Herr ist mit dir. Du bist gebenedeit unter den Weibern, und gebenedeit ist die Frucht deines Leibes, Jesus. Heilige Maria, Mutter Gottes, bitte für uns Sünder jetzt und in der Stunde unseres Todes. Amen.

Mit reinem Wasser habe ich gewaschen und den Unrat beseitigt. Der Meister war zufrieden und hat mich gelobt. Ich muss kein schlechtes Gewissen haben. Jetzt kann das Kind bereuen und darf dann im strahlenden Glanz der Reinheit vor Gott treten. Er wird es loben und lieben, so wie mich der Meister lobt und liebt. Denn ich bin der Besen, der den Kehricht beseitigt. Ein Sünder bin ich nicht. Denn die Sünde war vorher. Jetzt ist nur Reinheit. Die verderbten Gedanken sind verflogen. Ehre sei Gott in der Höhe. Ich fürchte kein Unglück. Sein Stecken und Stab trösten mich. Wie Annemarie, der ich die Voraussetzungen zum Eintritt in das Reich Gottes bereitet habe, werde auch ich bald weiden auf einer grünen Aue. Doch zuvor muss ich dienen und meine Lauterkeit unter Beweis stellen. Noch ist keine Ende in Sicht, noch sind die Dinge im Fluss. Ich bin das willfährige Werkzeug des Herrn. Seine Hand lenkt mich und schützt mich vor den Heerscharen des Teufels. Die Mächte der Finsternis hocken in ihren Löchern und warten auf Mephistos Befehl. Doch wir werden sie teeren, federn und kreuzigen, damit sie keinen Schaden mehr anrichten können. Mitleid? Das ist fehl am Platze. Denn die Sünder haben sich in die Hände des Bösen begeben, ohne darüber nachzudenken. Der Mensch ist frei in seinen Entscheidungen. Auch Kinder ahnen intuitiv, was böse und was gut ist. Annemarie, ich kenne dich schon lange. Sei dankbar, dass ich dir die Möglichkeit gegeben habe, wieder auf den rechten Weg zu finden. Wenn auch in einer anderen Welt. Wir werden diese Kumpanei der Ungläubigen ausrotten und ihre Köpfe zertreten. Keiner von den Barbaren soll übrigbleiben auf Gottes Erdboden. Jeden werden wir finden, alle werden wir bestrafen. Wir werden jäten und ausmerzen, bis das helle Licht der Reinheit ohne Schatten auf die Menschheit fällt. Amen!

26

Dienstagmorgen gegen acht Uhr saß Karl Kunkelmann hinter dem Steuer seines Dienstwagens. Die ganze Nacht hatte er sich Gedanken über das Vorhaben gemacht und war zu der Entscheidung gekommen, die Sache durchzuziehen. Allein der Korrektheit halber. Heiner Ehrenreich hatte er mit internen Dingen betraut und Marco Wiesemann, den leitenden Spurensicherer, mitgenommen. In den amerikanischen Filmen mit Peter Falk geht Inspektor Columbo immer alleine zu den Verdächtigen, in Deutschland sollte man immer zu zweit sein. Kunkelmann hielt dies aus vielerlei Gründen für richtig. Sicherheit, Beweisfestigkeit von Aussagen und ein Schutz bei eventuellen Übergriffen waren nur drei davon. Wiesemann sollte sich im Hintergrund halten und mögliche Auffälligkeiten ins Auge fassen. Der Kollege war nämlich nicht nur ein guter Spurensicherer, sondern auch ein hervorragender Beobachter. Ein Verdächtiger? Nein, das war Horst Gutermut nicht. Aber die Kollegen hatten recht, dass man dem Pfarrer auf den Zahn fühlen musste. Schließlich hatte er als Leiter der katholischen Jugendgruppe häufigen Kontakt zu Annemarie gehabt. In Kunkelmanns Magen rumorte es. Dies lag wohl nur zum Teil am eben gerade verschlungenen Granatsplitter, sondern an der Fremdheit der Situation. Obwohl atheistisch oder zumindest agnostisch eingestellt, dümpelte im Innern der Seele des Hauptkommissars ein diffuser Respekt vor Kirchenleuten, wenn nicht sogar ein Quäntchen Angst. Bei seinen seltenen Kontakten mit Priestern bekam er immer ein schlechtes Gewissen. Ähnlich wie bei Grenzübertritten. Auch da stellte sich nervöses Grummeln im Bauch ein, wenn der Zöllner nach den Papieren fragte.

„Irgendwie habe ich ein ungutes Gefühl dabei", nuschelte Kunkelmann.

„Wieso?", hakte der Spurensicherer nach.

„Weil ich glaube, dass der Schuss nach hinten losgehen kann und die konservative Presse uns als Kirchenkritiker darstellen wird."

„Aber das nimmt uns noch lange nicht aus der Pflicht, Personen, die etwas zur Aufklärung beitragen könnten, zu befragen. Das hat was mit normaler Polizeiarbeit und Berufsethos zu tun."

„Ja, stimmt. Ich weiß. Aber ich kenne auch die ölige Schlüpfrigkeit der Vertreter Gottes auf Erden. Die können sich winden wie Aale, wenn es darum geht, den sauberen Talar nicht zu beschmutzen. Hinzu kommt die Angst vor weiteren Kirchenaustritten nach den ganzen

Skandalen mit den kleinen Kindern in letzter Zeit. Da haben viele Menschen, sogar tief gläubige Katholiken, jener bigotten Gesellschaft gekündigt. Die fühlten sich in ihren Grundfesten erschüttert."

„Kein Wunder. Das schlägt ja auch dem Fass den Boden aus, was da in den Knabenchören und anderswo passiert ist. Dabei reichen die Missbräuche ja bis ganz nach oben, die Arroganz dieses Typen aus Limburg mit seinem millionenteuren Prunkbau mal ganz außer Acht gelassen", stimmte Wiesemann seinem Gesprächspartner zu.

„Der Gutermut soll aber einer der fortschrittlich Denkenden sein, so ein Jeanstyp."

„Naja, wir werden ja sehen, wie er uns empfängt und was er zu erzählen hat."

Gemütlich kroch der angejahrte Opel auf das Pfarrhaus zu.

„Sag mal Karl, hast du eigentlich die Frau Sauer am Leib?"

Kunkelmann stutzte, denn er wusste mit der Frage des Fährtenlesers nichts anzufangen.

„Wie bitte?"

„Ich meine, ob du deine Pistole dabei hast? Ihr habt doch noch die SIG-Sauer in Gebrauch, oder?"

Jetzt lachte Kunkelmann und sprach: „Ich habe die Frau Sauer am Leib. Aber die kann keinen Schaden anrichten, nur angeben. Wenn die einer an meiner fülligen Hüfte sieht, weiß er, dass der Dicke nicht durch Sportlichkeit überzeugt. Mit der Frau Sauer hat man ganz andere Argumente in petto."

„Und wieso kann der Prügel keinen Schaden anrichten?"

„Weil ich das Magazin nicht befüllt habe. Ich habe nämlich schreckliche Panik davor, dass ich im Affekt das Ding tatsächlich mal benutze. Doch dann führe ich mir immer die Ergebnisse der letzten Schießprüfungen vor Augen und die Gefahr eines Treffers relativiert sich spontan. Aber ich sage mir: Prävention ist der beste Schutz. Nicht auszudenken, wenn ich jemanden verletzen würde. Ich bekäme das mit meinem Gewissen nie geregelt!"

„Oha. Was sagt denn der Wagenknecht dazu?"

„Was soll der schon sagen. Nichts. Er weiß es ja nicht. Und außerdem vergisst der bei den paar Mal im Jahr, wenn er mit rausgeht, fast immer, sich im Schrank seine Knarre zu greifen. Die Kaffeetasse steht halt näher!", witzelte der Ermittler.

„Oder die Mikrofone der Presse", ergänzte Wiesemann.

„Hör mir bloß auf!"

Der Druck auf den Klingelknopf der Pfarramtspforte ließ die Melodie des Big Ben ertönen. Nach dem zweiten Läuten öffnete Alma Schmucker die Tür einen Spalt und empfing das Duo mit einem Blick, wie ihn strenge Grundschullehrerinnen ungehorsamen Knaben angedeihen lassen.

„Sie kommen außerhalb der Öffnungszeiten. Das Büro ist noch geschlossen. Hier auf dem Schild können Sie sehen, wann der Pfarrer Besuch empfängt", sagte Alma Schmucker in geschäftsmäßigem Ton.

„Tut mir leid, aber das haben wir vollkommen übersehen", entschuldigte sich Kunkelmann und bat darum, trotzdem eintreten zu dürfen. „Wir müssen den Herrn Pfarrer nämlich in der Angelegenheit Annemarie Richter sprechen!"

„Und wer ist wir?"

„Schon wieder muss ich mich entschuldigen. Es ist tatsächlich noch sehr früh am Morgen. Karl Kunkelmann, mein Name. Dies ist Marco Wiesemann. Wir sind von der Erbacher Kriminalpolizei und bearbeiten den eben angesprochenen Todesfall."

Beide Männer hatten nun ihre Dienstausweise gezückt und hielten sie der Haushälterin entgegen. Plötzlich tauchte neben dem alten Fräulein ein wahrer Adonis in Sporthose und Muskelshirt auf.

„Immer hereinspaziert, Gottes Acker steht jedem offen!", strahlte Horst Gutermut und wies mit der Hand in den Hausgang hinein. Irgendwie wurde Kunkelmann das Gefühl nicht los, dass man ihn bereits erwartet hatte.

Im Pfarrbüro angekommen, wischte sich der Priester mit einem Handtuch den Schweiß vom Gesicht.

„Sorry, aber ich war gerade bei meinen morgendlichen Übungen im Trainingsraum. Sie wissen ja, dass ein gesunder Geist in einem gesunden Körper wohnt", witzelte der Kirchenmann und taxierte dabei etwas zu auffällig Kunkelmanns Rundungen.

„Wie hält man es denn heutzutage mit dem Sport bei den Staatsdienern?", verstärkte er sein Missfallen am Aussehen des Kommissars und lächelte dabei süffisant.

„Wie hält man es denn heutzutage mit den Kinderschändern in der katholischen Kirche?", schoss Wiesemann ohne Vorwarnung ab.

Gutermuts Gesicht überzog ein Anflug von Röte und er begann, mit den Kieferknochen zu mahlen. Doch dies nur sehr kurz.

„Öha, warum denn gleich so aggressiv, Herr Inspektor?"

„Herr Wiesemann reicht. Inspektoren gibt es nur in Österreich. Und bei der Kirche. Oder heißen die Leute, die hier nach dem Rechten sehen, Inspizienten?"

„Gönnen wir uns eine Atempause. Dürfen wir uns setzen?", fragte Kunkelmann.

„Selbstverständlich, nur zu!"

„Sie werden verstehen, Herr Pfarrer, dass uns der Fall furchtbar zu schaffen macht. Das schlägt auch routinierten Beamten auf den Magen und verfolgt uns bis in die Freizeit. An einen erholsamen Schlaf ist gar nicht mehr zu denken. Verzeihen Sie bitte unsere emotionale Entgleisung!"

„Kein Problem, meine Herren. Sie sind ja auch nur Menschen. Und was da passiert ist, geht schließlich an keinem schadlos vorüber. Wir bereiten gerade einen Gottesdienst zum Gedenken an das arme Kind vor."

Wiesemann fand, dass sich Kunkelmann hatte überfahren lassen und unterstellte dem aalglatten Priester eine seifige Abgebrühtheit. Innerlich kochte der Spurensicherer vor Wut, doch der Profi in ihm ließ diese nicht nach außen dringen.

„Möchten Sie vielleicht einen Kaffee haben? Frische Brötchen und Croissants sind ebenfalls im Angebot. Mit etwas Warmem im Bauch redet es sich doch gleich besser. Und vor allem entspannter."

Als ob sie schon den direkten Auftrag erhalten hätte, begann Alma Schmucker mit steinerner Miene den runden Konferenztisch im Arbeitszimmer einzudecken, um dann frisch gebrühten Kaffee, verschiedene Marmeladen und Honig sowie Brötchen und Hörnchen zu servieren.

„Schildern Sie uns doch bitte mal Ihren ganz persönlichen Eindruck von Annemarie Richter. Sie war ja in der katholischen Jugendgruppe aktiv", eröffnete Karl Kunkelmann das Gespräch.

Horst Gutermut faltete die Hände und blickte versonnen zur Zimmerdecke. „Das ist gar nicht so einfach, wie Sie vielleicht glauben. Irgendwie war sie, wie Mädchen in so einem Alter eben sind. Etwas albern, ein wenig keck. Aber im Gespräch dann doch eher schüchtern. Innerhalb der Gruppe jedoch schien Annemarie meist sehr gelöst."

„Was meinen Sie damit?"

„Nun, sie neckte gerne die Jungs. Einen zog sie immer wegen seiner Akne im Gesicht auf. Sie prophezeite ihm, dass aus jedem seiner paar Pickel lediglich ein Haar wachsen wird und dass er als Erwachsener dann aussehen würde wie Catweazle in der Serie aus den 1970er Jahren. Scheinbar wird das auf irgendeinem Privatsender gerade wiederholt. Einem anderen sagte sie ständig, dass er sich mehr pflegen müsse, sonst käme nachts der Waschbär und würde die Reinigung übernehmen. Allerdings fräße das Tier nach vollbrachtem Säubern seine Opfer mit Haut und Haaren auf."

„Also Harmlosigkeiten mit einer Prise Boshaftigkeit?"

„Würde ich so nicht sagen. Das waren ja noch die milden Vorkommnisse. Oft wackelte sie mit dem Po und imitierte diese abgedrehten Tänzerinnen, die sich den Mädchen im Internet präsentieren. Dabei zuckte sie auch manchmal mit dem Unterleib. Kein Wunder, dass so was unsere älteren Jungs ganz wuselig machte."

„Das haben Sie aber gut beobachtet."

„Wollen Sie mir jetzt daraus einen Strick drehen? Schließlich habe ich ja eine angeordnete Aufsichtspflicht. Sie müssen sich unsere Gruppenstunden so ähnlich wie Schule vorstellen. Anders als bei den Evangelischen wird hier was gelernt. Katholische Jugendarbeit ist schließlich kein Wunschkonzert!"

Hörten da die Ermittler aus dem so leger auftretenden Pastor den verkappten Hardliner heraus? War das lockere Auftreten Gutermuts lediglich einstudierte Fassade?

„Um Gottes willen, Herr Pfarrer. Wir wollen Ihnen doch keinen Strick aus Ihrer Pflichterfüllung drehen. Nur kann ich auch am Wackeln mit dem Po nichts Verwerfliches finden. Das sind eben pubertierende Heranwachsende. Unser Thomas hatte sich mit zwölf damals einen Tennisball in die Hose gesteckt, um seinen Schulkameraden den ständig potenten Typen vorzuspielen. Auf seiner Geburtstagsfeier bekamen wir das einmal mit. Lena, also das ist meine Frau, fand das ganz schrecklich. Ich bin darüber einfach hinweggegangen und habe sein pubertäres Gehabe einfach ignoriert. Aber ich schweife ab."

„Und Sie haben sich keine Gedanken über die möglichen Folgen bei Ihrem Sohn gemacht? Manche werden dieses ständige Produzieren, was Sie als nicht verwerflich bezeichnen, nie wieder los und verkommen zu üblen Machos."

„Glauben Sie das denn wirklich?"

„Das hat mit Glauben nichts zu tun, das sind Tatsachen. Ich kann Ihnen gerne einschlägige Literatur mitgeben, die beweist, dass die Verderbtheit schon in der frühen Pubertät ihren Anfang nehmen kann!"

„Und die heute Verderbten sind die Vergewaltiger von morgen?"

„Das habe ich nicht gesagt. Wehret aber den Anfängen! Vorbeugen ist besser als Heilen. Junge Zweige sind noch biegbar. Ein knorriger Ast lässt sich nicht mehr formen."

Wiesemann wurde beinahe schlecht ob all dieser Plattitüden.

„Eben scheint mir aber sehr der Seelenhirte aus Ihnen zu sprechen", formulierte Kunkelmann seine Kritik.

„Wer denn sonst, lieber Herr Kommissar? Der Teufel etwa?"

Wiesemann begann auf seinem Stuhl leicht zu schaukeln und zeigte in Mimik und Gestik eine dezente Nervosität.

„Entschuldigen Sie, dass ich unterbreche. Aber wo ist denn hier die Toilette?", stoppte der Kriminaltechniker den unerträglichen Monolog. „Es scheint, dass mir das Sauerkraut von gestern Abend ein wenig auf den Magen geschlagen ist."

„Am besten, Sie gehen in den ersten Stock. Dort befindet sich das Klo für die Gäste des Hauses. Linke Flurseite, zweite Tür. Hier unten im Bad ist meine Haushälterin wohl gerade mit der Wäsche zugange", erklärte Gutermut und wies mit der Hand zur Treppe.

Oben angekommen, arbeitete der Fachmann für Spurensicherung schnell und effektiv. Die erste Tür beherbergte allerlei Putzzeug. Essigreiniger, Bohnerwachs, Bürsten, Lappen und Eimer waren säuberlich drapiert in Regalen angeordnet. Die dritte Tür links führte in die Bibliothek des Kirchenmannes. Alle vier Wände waren zugestellt mit Büchern. Hier schien ein fleißiger Sammler am Werk zu sein. Julius Beßmers „Offenbarung, Dogma und Glaube" stand neben Buckleys „Der leidende Gottesknecht". Erich Maria Finks „Die Demut des Papstes hat gesiegt" klemmte zwischen Gerhard Hermes´ „Glaube oder Ärgernis" und Hurnaus „Die Schule der Exorzisten". In den unteren Regalen konnte Wiesemann Aristoteles, Kant, Heidegger und Habermas ausmachen. Ein wilder Reigen der Philosophie präsentierte sich hier.

Dann reflektierende Buchrücken, die sich schnell als Videos entpuppten: „Die Geschichte der O", mehrere Folgen der legendären Reports über Schulmädchen aus den 1970ern und einige Titel, die auf so genannte Reality-Filme neueren Datums verwiesen. Das Gros der ordentlich eingereihten Schober hinter dem Vorhang sagte Wiesemann nichts, zeigte jedoch auf den Covern junge Mädchen, die gewiss noch weit von der Volljährigkeit entfernt waren. Im eigentlichen Pfarrbüro sah es definitiv anders aus. Das hatte Heiner Ehrenreich berichtet.

Am Ende des Flurs befand sich das Schlafzimmer des Pfarrers. Über dem Kopfteil des Bettes hing das Kreuz mit dem Herrn Jesus, auf der Bettdecke lag ein aufgeschlagener Bildband mit kopulierenden Paaren. Da hatte wer wohl nicht gewusst, dass die Polizei kommen würde und das Aufräumen vergessen.

Anschließend setzte sich der Magengeplagte auf die Toilette, imitierte mit Händen und Mund diverse Enddarmgeräusche, spülte, wusch sich die Hände und ging wieder nach unten ins Besprechungszimmer. Beim kurzen Blick aus dem Flurfenster sah Marco Wiesemann, wie Alma Schmucker im Hof die Wäsche aufhängte. Mehrere Soutanen waren dabei. Der alte Campingbus mit den berühmten Fischen auf der Heckklappe verwies wohl auf eine gewisse Reiselust des Priesters.

„Dann darf ich Sie im Sinne Richard Härings den Moraltheologen zuordnen?", wagte Kunkelmann sich vor.

„Ah, die Staatsgewalt hat sich vorbereitet? Doch Vorsicht: Lassen Sie sich nicht auf Fachdiskussionen mit einem Priester ein. Sie könnten den Kürzeren ziehen!", schmunzelte Gutermut. „Herr Kunkelmann, Moraltheologie ist ein weiter Begriff und nicht mit konservativer Strenge oder engen Auslegungsbeschränkungen der Bibel gleichzusetzen. Sehen Sie, ich bin Theologe und vertrete die Moral. Deswegen bin ich nicht zwangsweise ein Moraltheologe. Sie sind ja auch Polizist und verurteilen so genannte Polizeimethoden. Oder täusche ich mich da etwa in meiner Vermutung?"

Kunkelmann schwitzte. Rhetorisch konnte er es mit dem geschulten und eloquent argumentierenden Kirchenmann nicht aufnehmen. „Doch, da haben Sie recht."

„Wie? Sie unterstützen Polizeimethoden? Da habe ich recht?"

„Nein, natürlich tue ich das nicht. Ich bin ein Freund sanfter Verhörmethoden."

„Also ist dies doch ein Verhör und es hat sogar Methode?"

Gutermut schien sein Spiel großen Spaß zu bereiten.

„Nein, Hochwürden. Das ist kein Verhör und Methoden sind uns in normalen Gesprächen völlig fremd. Vielleicht lesen Sie zu viele Krimis? Frau Kunkelmann übrigens auch", wagte Marco Wiesemann eine die Situation rettende Einlassung und knuffte seinen Kollegen in die Hüfte.

„Fragt sich, wer da zu viel Fernsehen schaut. Ich bin weder Pfarrer Braun noch Don Camillo. Hochwürden haben heute frei. Herr Pfar-

81

rer genügt vollkommen. Oder besser Herr Gutermut. Denn wer heißt schon mit Nachnamen Pfarrer?", schmunzelte der Kirchenmann.

Eins zu null für den Kuttenträger, der hier im Sportdress sitzt, dachte der Spurenfachmann. Doch er wusste auch, dass Karl, trotz einer manchmal zu Tage tretenden Begriffsstutzigkeit, bei Ermittlungen den naiven Schutzmann vom Lande mimen konnte. Das hatte er sich bei Columbo abgeguckt.

„Also gut, Herr Gutermut. Annemarie Richter war ein Mädchen, wie die anderen auch. Etwas keck, aber keinesfalls besonders auffällig. Und wie bei allen anderen auch, haben Sie während der Gruppenstunden versucht, sagen wir mal, den katholischen Geist in der Runde zu fördern. Was bedeutet das denn für Sie?"

„Da wäre zum einen der Papst zu nennen, der als herausgestellte Person über allen Gläubigen steht und sozusagen als Meister und Vorbild fungiert. Er bestimmt, was wichtig ist und wonach wir uns zu richten haben. Natürlich werden beim Abendmahl die Hostie zum Körper und der Wein zum Blut des Herrn Jesus. In punkto Ehe ist es so, dass einmal Verheiratete nicht geschieden werden sollten. Geschieht dies dann doch, werden sie vom Abendmahl ausgeschlossen. Das sind ungefähr die Dinge, die ich den Kindern zu vermitteln versuche."

„Ist das nicht ziemlich konservativ im Gegensatz zum evangelischen Glauben?"

„Konservativ heißt bewahrend. Was ist daran schlecht? Sie bewahren doch auch lieber Ihr Geld auf, als dass Sie es für sinnlose Dinge ausgeben. Oder sehe ich das etwa falsch?"

Wiesemann musste zwangsläufig an die stattlichen Mengen Granatsplitter denken, die Karl Kunkelmann konsumierte.

„Sie verstehen es, zu scherzen", sagte der Hauptkommissar.

„Natürlich, wir Katholiken sind ein lustiges Völkchen. Oder kennen Sie bessere Fastnachter? Und wer braut das beste Bier? Unsere wackeren Mönche in ihren Klöstern, wo sie keine Frau beim Sieden des Göttergebräus stört."

„So gesehen wird mir der Katholizismus richtig sympathisch", lachte jetzt auch Kunkelmann.

„Und diese Werte sind es, die wir durch Spiele, Lesestunden oder auch Musik rüberbringen wollen. Trotz des zugegebenermaßen eng abgesteckten Rahmens, geht es während der Gruppenstunden recht lustig und locker zu. Die katholische Kirche ist schließlich kein Feind von Freuden der Sinne. Nur eben im Verständnis ihrer Ideen, Leitlinien und Grundsätze. Wir unternehmen Ausflüge und Freizeiten mit Bootfahren oder Radeln. Letztes Jahr waren wir im Zeltlager in der Lüneburger Heide. Und im Jahr davor sind wir auf der Lahn mit dem Kanu gepaddelt. Hier trägt kein Bub mehr den berühmten Einheitsschnitt und kein Mädel stakst in weißen Kniestrümpfen und kariertem Faltenrock daher. Selbst der Pfarrer fühlt sich in ausgewaschenen Jeans und einem Holzfällerhemd am wohlsten.

Haben Sie was dagegen, wenn ich rauche?", unterbrach Gutermut seine Rede.

„Falls Sie dies mit Ihrem Glauben vereinbaren können, natürlich nicht. Auch ansonsten ist es mir egal. Ich kann Sie ja nicht bevormunden. Und ehrlich gesagt: Wenn ich die hübschen Pfeifen hier sehe, muss ich immer an meinen Vater denken. Der schmauchte auch solche Kloben. Der Duft nach Vanille im Rauch erinnert mich an meine Kindheit."

„Ich bevorzuge syrischen Latakia. Die hellen Virginias sind eher was für Weicheier!"

„Sie meinen, mein Vater war ein Weichei?"

„Herr Kunkelmann, jetzt übernehmen aber Sie die Rolle des Witzboldes! Doch Spaß beiseite. Auch wenn es ungesund ist, das Schmauchen hat für mich was Beruhigendes, ja beinahe Meditatives. Bücherlesen, Pfeifenrauchen und Kraftsport. Das ist meine Trinität des Lebens. Abgesehen vom Glauben und der Erfüllung meiner christlichen Pflichten natürlich. Übrigens hatte der berühmte Baptistenpastor Charles Haddon Spurgeon aus England auch geraucht. Und der war wirklich sehr tief im Glauben verwurzelt. Ein sattelfester Diener Gottes. Trotz des kleinen Lasters."

Gutermut griff sich eine Bruyère-Pfeife vom Regal, stopfte sie mit dunklem Tabak und entzündete die Füllung mit einem langen Streichholz. Nach einigen Zügen hatte er den kleinen Raum in duftenden Rauch gehüllt. Kunkelmann beobachtete den Prozess aufmerksam, wobei er ein leichtes Händezittern des Pfarrers registrierte, was er aber auf den zuvor geleisteten Kraftaufwand beim Gerätetraining schob.

„Annemarie war ein fröhliches Kind. Das hat man besonders im Chor gemerkt. Egal ob nun Kanon oder Folksong, ob traditionelles Kirchenlied oder Pop. Die kleine Annemarie Richter war immer voller Inbrunst dabei. Besonders wenn jemand brummte, und davon haben wir einige, wies sie die Misstönenden immer auf ihre schiefen Lagen hin. Nett, aber bestimmt. Hätte man ihre Stimme gefördert, wäre aus ihr vielleicht ein neues Talent geworden. Gute weibliche Sängerinnen jugendlichen Alters sind seltener als man glaubt. Und Talent hatte sie ohne Zweifel."

„Meinen Sie, dass da von zu Hause hätte mehr kommen müssen?", hakte Kunkelmann nach.

„Müssen nicht, aber können. Mehrmals hatte ich die Richters auf die Fähigkeiten ihrer Tochter hingewiesen, doch ohne Erfolg. Sie sei bestens integriert und habe viel Freude mit der Landwirtschaft des Nachbarn. Beim Hatzinger könne sie auf einem sehr gutmütigen Pferd reiten, was aufgrund der Wohnlage in Wiesbaden ja nie möglich gewesen sei. Außerdem komme sie mit dessen gleichaltriger Tochter Paula bestens aus. Verstehen Sie mich nicht falsch, die Leute sind geschlagen mit dem, was da passiert ist. Aber etwas mehr Offenheit gegenüber meinen Empfehlungen hätte ich schon erwartet."

„Sie sagen bei Hatzinger. Sie reden von dessen Tochter. Warum sprechen Sie denn in der Einzahl und nennen nicht die Familie?"

„Ganz einfach. Weil vor ein paar Jahren die Mutter verstorben ist. Seitdem zieht sich der Mann immer mehr zurück, ist nur noch für die Kleine da und für seine Tiere. Selbst seine geliebten Stammtischbesuche in der ‚Linde' hat er fast ganz eingestellt. Einem Pfarrer wird viel zugetragen, wie Sie sehen."

„Das kann ich gut verstehen. Ein Kind alleine großzuziehen, ist ja auch eine gewaltige Aufgabe für einen Mann. Dazu kommt noch der Bauernhof. Für mich wäre das nichts. Wenn ich mir vorstelle, dass Lena plötzlich weg wäre. Naja, mal abgesehen von den Vorteilen der Freiheit. Was ich sagen will, unser Thomas studiert in Frankfurt Medizin und kommt immer am Wochenende. Jetzt hat er neulich versucht, die Waschmaschine in Gang zu setzen. Das ging natürlich schief, weil er sich noch nie mit dem Ding beschäftigt hat. Ich konnte auch nicht helfen. Deshalb wäre es eine Katastrophe, wenn Lena ... also nicht nur deshalb ..."

Marco Wiesemann hüstelte vernehmlich. War das jetzt wieder die Columbo-Methode oder die manchmal recht unbedarfte Naivität des Ermittlers, fragte sich der Mann von der Spurensicherung.

„Mein lieber Herr Gesangsverein! Jetzt reduzieren Sie ihre Frau ja auf eine Hausversorgerin. Wir leben doch nicht mehr in den 1950er Jahren. Also wenn meine gute Seele Alma – der Name passt, wie Sie sicherlich gemerkt haben – mal frei hat, und das steht ihr einmal die Woche zu, ist es für mich überhaupt kein Problem, die Waschmaschine selbst zu bedienen. Solche Dinge hat mir schon meine Mutter beigebracht. Ob dies allerdings daran lag, dass ich schon nach der Kommunion Priester werden wollte, und sie mein freiwillig aufgebürdetes Junggesellenleben vorausgeahnt hatte, weiß ich nicht. Jedenfalls sind mir die Dinge des täglichen Lebens durchaus geläufig."

„Dann können Sie also auch Bettwäsche ordentlich zusammenlegen, Hemdkragen richtig behandeln und so komplizierte Stoffe wie Seidenschals oder Samttücher mit der richtigen Temperatur plätten und falten?"

„Selbstverständlich. Viele meiner Glaubensbrüder in den Klöstern versorgen sich völlig autark. Da ist handwerkliches Geschick gefragt." Jetzt hatte Marco Wiesemann verstanden.

„Gut, Herr Gutermut. Dann war es das wohl fürs Erste. Wir versuchen uns halt über Leute, die Annemarie gekannt hatten, an einen Ansatz zur Lösung des Falles heranzutasten. Andere Möglichkeiten haben wir kaum. Denn es hat ja angeblich keiner was gesehen. Und die Gegend um die alten Lagerhallen beim Bad Königer Bahnhof ist zugegebenermaßen ziemlich dünn besiedelt. Die Farbenfabrik am Ende dieser von den Politikern vergessenen Straße hat ja auch vor einigen Jahren dichtgemacht. Von daher können wir aus dieser Richtung ebenfalls nicht mit eventuellen Zeugen rechnen. Naja, vielleicht ist uns ja Kommissar Zufall behilflich. Danke für Ihre Einschätzung und die freundliche Bewirtung. Falls ich mal ein frisch gebügeltes Hemd brauche und meine Gattin nicht da sein sollte, komme ich vorbei und bitte Sie um Hilfe", scherzte Kunkelmann und rüstete zum Aufbruch.

„In dieser Hinsicht kann ich Sie gerne unterstützen. In der eigentlichen Sache leider nicht. Kommen Sie gut nach Erbach, und grüßen Sie mir den Bürgermeister. Der war mal evangelischer Kollege, bevor er das Gehalt verglich und die höheren politischen Weihen annahm." Gutermut verabschiedete die beiden Kriminalen mit einem Schmunzeln.

Karl kannte das Oberhaupt der Kreisstadt nur flüchtig, wusste aber vom Hörensagen, dass den Bürgermeister eine Aura der Distanziertheit und Arroganz umwehen sollte.

27

„Das schlägt dem Fass den Boden aus!", echauffierte sich Marco Wiesemann auf der Rückfahrt zum Revier. „Gerade der muss den Bürgermeister arrogant nennen. Hast du nicht gemerkt, wie der dich hat ablaufen lassen?"

„Du meinst, wie er versucht hat, mich ablaufen zu lassen!", entgegnete Kunkelmann gelassen. „Natürlich habe ich das. Doch glaube ich nicht, dass der was mit der Sache zu tun hat."

„Langsam, mein Lieber. Hör mir erst mal zu. Als ich das Sauerkraut loswerden wollte, hatte ich gelogen. Zwar habe ich mir auf der Toilette die Hände gewaschen und zuvor ordentlich gespült, doch mein Interesse galt den anderen Zimmern. In seiner Bibliothek hortet der saubere Kirchenmann ein Konvolut an Softpornos und auf dem Bett lag ein aufgeschlagener Bildband, dessen Inhalt beinahe das Kamasutra toppt."

„Ach du liebe Scheiße, bist du des Wahnsinns? Hast du komplett den Verstand verloren? Ich hatte dich als stillen Beobachter mitgenommen, weil der Heiner gar zu einfühlsam von dem netten Pfarrer gesprochen hatte. Du solltest dir ein Bild von dem Typen machen und keine Bilder suchen!"

„Jetzt reg dich doch nicht so auf!"

„Ich soll mich nicht aufregen? Spinnst du? Wir hatten dazu überhaupt nicht das Recht. Am Ende hat der Herr Detektiv auch noch was angefasst? Natürlich hat er das. Sonst wüsste er ja nichts über den Inhalt nämlichen Bildbandes. Mensch, Marco. Wir hatten keinen Durchsuchungsbeschluss, warum auch. Und Gefahr war schon gar nicht im Verzuge. Zudem ist das nicht verboten. Trotz aller Katholizität oder wie das heißt, kann der Mann ja schließlich nicht alles rausschwitzen. Du bist in dessen Privatsphäre eingedrungen. Du hast dich benommen wie ein blutiger Anfänger. Enttäuschend ist das, sehr enttäuschend. Wenn der Priester was merkt, ist die Kacke am Dampfen. Dann kannst du wieder geklaute Fahrräder mit Rußpulver bepinseln und ich darf ins Archiv, weil ich einen KTA mit ins Ermittlungsgeschehen eingebunden habe. Scheiße, verdammte!"

So hatte der Sozius seinen Fahrer noch nie erlebt. Kunkelmann war der sprichwörtliche Kamm geschwollen. Die Schlagadern am Hals konnte man sehen und die fülligen Backen nahmen eine ungesunde lila Farbe an. Plötzlich trat der Kommissar auf die Bremse und fuhr rechts ran. Gerade hatten sie im Dörfchen Zell die Hauptstraße erreicht.

„Warte hier, bei Strassers gibt es die besten Granatsplitter weit und breit", bellte Kunkelmann und verschwand im Laden. Wenige Minuten später warf er eine stattlich gefüllte Tüte mit vielsagendem Duft auf die Rückbank des Autos und knallte dem Kollegen eine kleinere Ausgabe des papiernen Beutels direkt auf den Schoß. „Da sind Weingummis drin, damit du beim Bereuen wenigstens ein paar Tränen verdrückst!"

Im Revier angekommen, herrschte dort bereits heller Aufruhr. Diesen vermittelte im Stockwerk der Kripo schon der Blick von Frau Bachmann, deren Augen die eben eingetroffenen Mitarbeiter mit einer Mischung aus Unverständnis und Mitleid fixierten.

„Sie sollen sich beide umgehend beim Chef melden", informierte die Sekretärin. „Der Herr Wagenknecht scheint einen Tobsuchtsanfall erlitten zu haben, als er vorhin dieses Telefongespräch führte!"

„Mit wem hat er denn telefoniert, der Herr Wagenknecht?", tastete sich Kunkelmann vor.

„Mit irgendjemandem von der Kirche, glaube ich. Aber jetzt fragen Sie nicht nach Namen. Ich habe das Gespräch nur durchgestellt."

„Schon okay. Das reicht mir bereits. Äh, könnten Sie uns bitte ein Glas Wasser bringen, Frau Bachmann. Hier ist die Luft ziemlich dick. So müssen wir nicht extra in unsere Teeküche im Erdgeschoss. Denn der Chef wollte uns ja sofort sprechen, gell?"

„Kein Problem, bringe ich Ihnen sofort."

„Frau Bachmann?"

„Ja, Herr Kunkelmann?"

„Wie ich leise durch die Tür hören kann, ist Wagenknecht schon wieder am Telefon. Und das klingt nicht so, als ob er mit seiner alten Mutter spricht. Könnten Sie vielleicht, ich meine natürlich ohne direkt zu lauschen, mal in Erfahrung bringen, wer da jetzt schon wieder was von ihm will, wo er doch uns so dringend sprechen muss?"

Mit einem koketten Augenaufschlag verschwand die Sekretärin im Vorzimmer und kam mit einer Flasche Mineralwasser und zwei Gläsern gleich darauf wieder heraus. Kunkelmann und Wiesemann saßen derweil auf ihren beiden Stühlen wie auf dem berühmten Büßerbänkchen.

„Wieder mit der Kirche", ließ die Bachmann wissen. „Aber diesmal klingt er noch unterwürfiger."

Wie von innen aufgetreten, flog plötzlich die Tür aus dem Schloss und knallte gegen die Wand. Im Rahmen stand Kriminaldirektor Wagenknecht in kämpferischer Positur und schnappte: „Kunkelmann, Wiesemann. Reinkommen!"

Mit gesenkten Köpfen betraten die beiden das Büro ihres Chefs.

„Wissen Sie, mit wem ich vor Kurzem telefoniert habe? Oder besser: Können Sie sich denken, wer mich vorhin angerufen hat?", eröffnete Wagenknecht.

„Nein, woher sollten wir dies wissen können?", versuchte es Kunkelmann auf souverän.

„Der Dekan des Kreises Erbach. Und wissen Sie auch, wer mich gerade eben am Telefon zur Minna gemacht hat? Nein? Sagen Sie nichts! Es war der Generalvikar des Bistums Mainz. Der vertritt den Bischof und verfügt über dessen komplette Kompetenzen. Jetzt warten wir hier ein Weilchen, dann wird der Apparat abermals läuten. Dann wird wahrscheinlich der Kardinal dran sein, der mich auf eine Auseinandersetzung mit dem Papst vorbereiten will. Oder der Stellvertreter des Herrn auf Erden ruft gleich direkt aus Rom hier an. Schluss damit, ich habe auf Späße keine Lust! Dekan und Bischof reichen. Sagen Sie mal: Sind Sie vollkommen durchgedreht? Hätte ich Ihre falsch datierte Kündigung lieber doch unterschreiben sollen, Herr Kriminalhauptkommissar?"

Marco Wiesemann stutzte, sagte aber nichts.

„Wie können Sie denn so saublöd sein und in den Unterlagen eines Priesters herumwühlen, ohne auch nur den geringsten Grund dafür zu haben?"

„Jene Unterlagen waren wohl eher Tisch- oder Bettvorlagen", murmelte Wiesemann.

„Unterlagen, Vorlagen, Ablagen. Sie haben in den privaten Gemächern eines Herrn Hochwürden nicht herumzuschnüffeln! Apropos herumschnüffeln, Herr Kunkelmann. Warum haben Sie denn den Chef der Kriminaltechniker mitgenommen? Der ist doch gar kein Polizist, geschweige denn Beamter. Das ist gegen die Dienstvorschrift. Wir ermitteln hier in einem hoch sensiblen Fall und Sie erlauben sich solche Eigenmächtigkeiten. Was denken Sie sich eigentlich dabei?"

„Eben genau deswegen. Weil wir in einem komplizierten Fall ermitteln, habe ich den Marco, also den Herrn Wiesemann, dem Kollegen Ehrenreich vorgezogen. Der nämlich hatte mit dem Priester bei der Übermittlung der Todesnachricht an die Richters schon Kontakt.

Deshalb hielt ich ihn eventuell für ein wenig befangen. Marco, also Herr Wiesemann, sollte eigentlich nur zuhören bei meinem Gespräch mit Gutermut. Dann musste er mal aufs Klo. Da hat er wohl aus Versehen die falschen Türen erwischt und ist in seine berufliche Falle getappt. Leider ist mit ihm dann der Spürinstinkt durchgegangen und er hat sich im Schlafzimmer des Priesters dazu verleiten lassen, ein bestimmtes Hochglanzheft auf dessen Bett durchzublättern."

„Hochglanzheft? Der Dekan sprach von wichtigen internen Papieren!"

„Jaaa, so kann man es auch nennen", nuschelte Wiesemann.

„Jedenfalls fordert der Generalbischof, oder wie der Hauptvikar da heißt, sofortige Aufklärung der Angelegenheit."

„Dann kann ja der Marco, also der Herr Wiesemann ..."

„Nein und nochmal nein. Der Marco, also der Herr Wiesemann, kann gar nichts. Quatsch. Sie bringen mich völlig durcheinander. Der kann schon was, nur soll er keine Briefe schreiben und nicht unerlaubt schnüffeln, sondern wie der Schuster bei seinem Leisten bleiben. Ich rette Ihnen beiden ausnahmsweise mal den Allerwertesten. Ich hoffe, Sie wissen dies zu würdigen. Wie weit sind Sie denn jetzt in der Sache gekommen? Die politische Seite sitzt mir ja auch noch ständig im Nacken!"

„Wir klopfen gerade alle Leute ab, die das Mädchen gekannt hatten. Und dazu gehört auch zwangsläufig dieser Priester. Ob er verdächtig ist, wird sich noch zeigen. Momentan jedenfalls nicht."

„Na, hoffentlich bleibt das so. Schauen Sie zu, dass wir bald irgendeinen Erfolg verbuchen können. Und sei er auch noch so klein. Danke, meine Herren. Das war's für heute ...“

Haben sie dich abgeholt, du Hoffnung der Welt? Mit ihren metallenen Werkzeugen werden sie in dir pulen und nach den Gründen deiner Lichtwerdung suchen. Wer war das? Wie kann man so etwas tun? Fragen, die sie sich stellen werden. Ich war das, weil ich das Böse tilgen muss und das Gute retten. Der Meister und Gott wissen, dass nur durch Leiden die höchsten Weihen erzielt werden können. Das Wandeln auf dem Acker des Herrn fordert Reinheit. Kein Schmutz soll ins Paradies getragen werden, wo du jetzt bald sein wirst. Denn ich habe dich der Erkenntnis zugeführt, indem ich dich in einen Spiegel blicken ließ. Ohne die Last der hinderlichen Lider. Von diesen habe ich dich zuvor befreit. Du wirst jetzt mit stets offenen Augen sehen, wie wir die alles beherrschende Idee umsetzen, wie wir den Dämonen den Nährboden entziehen. Niemand soll uns mehr quälen dürfen. Ich habe dich für den Eintritt in den Freiraum des Seins vorbereitet. Stolz sein darfst du, denn du bist der Beginn des Anfangs. Du bist der Anfang vom Beginn einer neuen Zeit. Keine Laster werden dich mehr plagen, keine schlüpfrigen Träume sollen deinen Schlaf je wieder stören. Dafür habe ich gesorgt. Bald werden wir uns wieder sehen, Annemarie. Dann werden wir wie immer gut miteinander auskommen. Die Ungläubigen muss ich noch überzeugen. Doch das wird dauern, meine liebe Kleine. Es gibt noch viel zu tun. Ich bin der Arbeiter des Herrn, der Knecht des Meisters. Wo mein Samen hinfällt, wird Gutes gedeihen. Gleich einer Pflanze, die durch reichlich Regen und satte Sonne ans Licht strebt, wirst auch du sehr bald das ewige Licht schauen und den höllischen Schmerzen des Fegefeuers entgehen. Ich habe dich gerettet, wie ich bald noch weitere Menschen von ihren Zwängen des unwürdigen Lebens befreien werde. Von der Peripherie hin zum Zentrum werde ich vorgehen. Zuerst die Lieben, dann das Liebste. Jeder soll seine Chance bekommen. Alle warten sie schon auf mich. Doch ich muss aufpassen, der Feind rückt näher. Gleich einer Kakerlake will er mich zertreten, wie eine räudige Krankheit will er mich ausmerzen. Er irrt, er täuscht sich, er kann nicht erkennen. Freut euch, Ihr Zukünftigen. Ich bin euch schon ganz nahe. Näher als Ihr denkt. Ich bin unter euch, ohne dass Ihr es wisst. Und dies muss auch so sein. Ich muss mein Versteck schützen und meine Verkleidung wahren. Nur so kann ich euer Retter sein. Frohlocket darüber, dass es mich gibt. Danket dem Herrn, denn er ist freundlich und seine Güte währet ewiglich.

„Schlechte Laune?", fragte Lena Kunkelmann, als Karl den Schlüsselbund auf das Schränkchen in der Diele donnerte.

„Würdest du mit einem überdrehten Kriminaltechniker arbeiten
müssen und hättest einen Choleriker zum Chef, würdest du auch
nicht in aller Ruhe den Sonnenkuss beim Yoga durchführen können",
schmetterte der Gatte schroff zurück.

„Gerade dann, mein Lieber. Es böte sich der Herabschauende
Hund an. Das entspannt ungemein. Allerdings erfordert der ein wenig
Gelenkigkeit. Was macht übrigens dein Termin bei Dr. Berger?"

„Lass den Herabschauenden Hund mal hocken. Ich probier's mal
mit der Übung des Aufspritzenden Weißbieres. Ist noch eins im
Kühlschrank?"

„Falls du gestern diese geistig entspannende Übung in deinem un-
säglichen Fleiß nicht dreimal wiederholt hast, müsste sich noch eine
Flasche in der Ablage befinden."

„Jetzt hör endlich auf mit deinem albernen Zynismus. Ich sage ja
auch nichts, wenn du dir ab und zu einen Caparol Spritz genehmigst!"

„Ab und zu ja. Aber immer nur einen. Denn die Doris macht das
Gift, um in deinen Worten zu reden!"

„Wieso Doris, das heißt doch Dosis?"

„Und es heißt auch Aperol und nicht Caparol. Das ist nämlich die
Farbenfirma in Ober-Ramstadt. Was macht denn die Sache mit dem
ermordeten Kind?"

„Das ist ja der Mist, da tut sich aber auch rein gar nichts. Die Befragungen versanden, Wagenknecht drängelt und mir macht man
Druck."

„Reg dich nicht auf, am Wochenende bekommen wir Besuch. Und
weil du gerade vom Weißbier sprichst, darf ich dir mitteilen, dass der
nette Lehrer aus der Sauna in Seefeld auf Stippvisite hier vorbei-
kommt."

„Dieser großspurige Saubazi betritt unser Haus? Wo hat der denn
die Adresse her?"

„Die habe ich ihm gegeben, wenn du erlaubst. Er ist auf der Fahrt
zu Dr. Martens in Hamburg. Und da hat er sich gedacht, mich einmal
zu beehren. Nett von ihm, gell?"

„Ihr könnt dann ja ins Eckstübchen drüben gehen und eine Rinds-
wurst essen. Mit Viechern kennt sich der Kerl sicherlich aus. Ich gu-
cke Tatort", raunzte Kunkelmann.

„Nein, mein Dickerchen. Du wirst den idealen Gastgeber mimen, dich fürchterlich freuen und eine tollen Abend mit dem Herrn Oberstudienrat verbringen. Er freut sich schon drauf, mit einem pfundigen Mannskerl ratschen zu können. Das hat er am Telefon gesagt."

Mit dem frühen Sonntagabend nahte denn auch ein stattlicher blauer BMW, der forsch in die kleine Straße einbog, in der die Kunkelmanns wohnten. Ihm entstieg ein sportlich aussehender Mann mittleren Alters, dessen drahtigem Oberkörper ein Trachtenjanker etwas vom Aussehen des jungen Luis Trenker verlieh.

„Wo wolle Sie dann hie?", fragte Adele Kumpf, die ausnahmsweise mal am Fenster nach dem Rechten sah.

„Servus, junge Frau. Lena Kunkelmann hoaßt die Dame, die i suach. Ist die denn do dahoam?"

„Ja, die is do dehaam, awwer der Herr Kommissar aach, gell!"

Oberhofer überhörte die kleine Spitze und schritt mit Elan durch den Vorgarten des Polizisten.

„Die Mama ist in der Küche", sagte Thomas, der sofort zur Klingel gestürmt war, als er das Läuten vernommen hatte.

„Wenn du mer jezad no sogst, wo die Küchn is?", polterte der Gast und stiefelte in den Hausflur.

„Zweite Tür rechts", schob Thomas nach und Oberhofer begab sich in diese Richtung. Natürlich hatte auch Karl jenes beinahe schon aggressive Schellen vernommen, doch der Hausherr hielt sich zurück.

„Ob der Bub schon früher Bescheid gewusst hatte als ich?", fragte er sich in den nicht vorhandenen Bart hinein.

Mit von den Vorbereitungen errötetem Kopf und nassen Händen, die sie gerade an ihrer Kittelschürze abwischte, empfing Lena den Gast aus Bayern. Handkäse mit Musik hatte sie zubereitet, um den Bajuwaren in die Köstlichkeiten der hessischen Spezialitäten einzuführen.

„Glaubst´s denn. Die Frau Oberkommissar als Sterneköchin, ha, ha, ha."

„Hallo und Grüß Gott, Herr Oberhofer. Das freut uns aber, dass Sie einen Abstecher in unser bescheidenes Heim machen!", jubelte Lena etwas überschwänglich.

Karl, der noch im Wohnzimmer hinter der Zeitung klemmte, fragte sich in diesem Moment, wie er das Wort Abstecher auf die Schnelle am günstigsten auslegen könnte. Da schlug schon der Franz in der Wohnstube auf.

„Ja, da schau her, der Herr Jennerwein! Lesen´s was im Blatterl über die aktuellen Fäll?", fiel der joviale Lehrer über ihn her. „I sog eahna oans: Die Haderlumpen und auch die Mörder, dös sann immer die Unauffälligsten. Weil mir sann ja quasi Kollegen. In meinem Deutsch-Leistungskurs, do hamm mir letztjährig amoi einen Tatort-Film analysiert. Aus München, mit dem Reitmayer oder wie der Ermittler do hoaßt. Und da hamm mir ausikriagt, dass der Täter in die meisten Fäll der ist, den man gar nicht in Verdacht gehabt zu haben scheint."
„Wie meinen Sie jetzt? Ähh, meinst du jetzt?"
„Naja, erstens kommt es anders, und zweitens als man denkt. Aber Vorsicht: Errare humanum est. Dös hoaßt, dass Irren männlich ist. Ha, ha, ha!"
Schneller als gedacht, war ein hessisch-bayrisches Bündnis hergestellt. Mit Handkäse und Weißbier. Oberhofer langte ordentlich zu und Karl bemerkte, dass die Kunkelmanns ja quasi halbe Bayern seien, so nahe an der Grenze. Bis Boxbrunn oder bis Mömlingen seien es schließlich nur wenige Kilometer. Doch hatte der Hauptkommissar nicht mit der geografischen und historischen Beschlagenheit des Oberstudienrats gerechnet. Denn als nach dem gefühlten vierten Weizen diese Bemerkung fiel, erhob sich der Lehrer und polterte: „Bürscherl, pass auf! Mit den Franken hamm mir rein gar nix am Huat. Die hat uns der Deifel aufbundn. Außerdem ratschen die da unten bei Arschaffenburg, oder wia dös hoaßt, genauso wie ihr da heroben. Wer vom Bäggää und vom Metzgää red, wird gar niemals nicht ein Bayer werden!"
Darauf fischte sich der Besuch zwei weitere in Zwiebeln, Essig und Öl eingelegte Handkäse aus der Schüssel und schickte selbige mit einem neuen Weißbier in Richtung Magen. Hoffentlich wird ihm die Musik in der Nacht ein hübsches Konzert bereiten, dachte Kunkelmann. Und er sah vor seinem inneren Auge, wie sich die Bettdecke im Gästezimmer bereits im Takt der nach außen drängenden Abluft rhythmisch hob.
„Woaßt noch in Seefeld, wie di dei Hosn im Schritt zwickt hot? A Build für die Götter. Und zupft hast´s, und bracht hat´s nix. Schenkel wia a Schlachtross und wampert dazu! Ha, ha, ha."
„Also wenn ich so aussehen würde wie du, wäre ich ja nicht mehr ich. Und ich will schon noch ich sein und nicht du", verteidigte sich der Gastgeber sinnentleert und mit bereits leicht verwaschener Sprache. Über den Fall Richter wurde nicht geredet, da der Gast davon nichts wusste und Karl dienstliche Verschwiegenheit wahren konnte.

Allerdings endete das gemütliche Beisammensein in einem mittleren Gelage, währenddessen der Bayer den Horst Seehofer beinahe perfekt imitierte und Karl den von den Toten wieder auferstandenen Heinz Schenk gab.

Vor dem Einschlafen fragte er sich allerdings, warum dieser Lederhosenheld ihn eigentlich Jennerwein genannt hatte. Mit dem legendären Räuber vom Schliersee hatte Karl nun wirklich nichts am Hut. Trotzdem ging ihm bis zum Übergang ins Traumland die Melodie des bekannten Liedes nicht aus dem Kopf: „Es war ein Schütz in seinen besten Jahren ...", spielte jemand in Kunkelmanns Unterbewusstsein auf der Harmonika. Er selbst konnte es nicht gewesen sein. Das Instrument lag im Waffenschrank auf dem Revier.

Der Montagmorgen gestaltete sich schwierig. Während gegen sieben Uhr der Gast schon unter der Dusche pfiff – ausgerechnet das ohrwurmartige Lied vom Wildschütz Jennerwein – schlürfte Karl in seiner Koje bereits die zweite Aspirin.

Nachdem sich Lena, weshalb auch immer, von den feiernden Herren verabschiedet hatte, hielt die Männer nichts mehr. Bis um zwei Uhr saß man bei gepflegten Getränken, die mit je drei Stamperln 36%igem Wildsautropfen langsam ausgeschlichen wurden. Wie immer wenn Karl alkoholmäßig übertrieb, schien sich auch diesmal eine Maus auf seiner Zunge niedergelassen zu haben. Zumindest fühlte sich das Teil irgendwie fellig und trocken an. Im Kopf wummerte eine Schlagwerkband und vor den Augen tanzten gelbe Flecken einen optischen Salsa. Kaltes Wasser im Gesicht und eine die Mundhöhle malträtierende Zahnbürste richteten den Hauptkommissar wieder einigermaßen her. Das Frühstück bestand für beide Kombattanten aus je einer Tasse schwarzem Kaffee und einem eisernen Schweigen der Hausfrau. Trotzdem verabschiedete man sich herzlich und versprach zu gegebener Zeit einen eventuell anzudenkenden Gegenbesuch in München. Als Karl beim Verlassen des Hauses in den Garderobenspiegel schaute, blickte ihm ein um mindestens zehn Jahre gealterter Mann ins Gesicht.

Nach zwei, drei Startversuchen sprang der Postkäfer mit dem H-Kennzeichen an und führte seinen Halter ins Revier. Die schnell eingeworfenen Pfefferminzpastillen konnten die deutliche Fahne nur dezent abmildern. Langsam kroch die arbeitende Bevölkerung in ihren Blechkarossen in die Betriebe und Büros. Viele bogen an der großen Kreuzung nach Darmstadt ab, Kunkelmann musste nur zehn Kilometer bis Erbach bewältigen.

Etwa auf halber Strecke wurde der Kriminalbeamte von einem Einsatzfahrzeug der Polizei überholt. Im Vorübergleiten grüßte mit einem Tippen an den Mützenrand Thomas Linn, der mit Schichtkollege Helge Ostermann wohl zu einem dringenden Einsatz unterwegs war. Bestimmt denken die jetzt, ich sei geschrumpft, überlegte Karl. Denn als er das Martinshorn vernommen hatte, machte er einen bedenklichen Buckel hinter dem Lenkrad. Die Angst, mit Alkohol am Steuer erwischt zu werden, saß tief. Heiner Ehrenreich war dies vor einigen Jahren so ergangen. Entgegen seiner Gewohnheit hielt Kunkelmann dann auch nicht an der Unfallstelle an, sondern schlich vorbei, lächelte und klopfte demonstrativ auf seine Armbanduhr. Helge Ostermann, der gerade mit dem Aufnehmen der harmlosen Karambolage beschäftigt war, zeigte den Siegerdaumen und nickte. Vor nicht allzu langer Zeit hatte Karl nämlich in einer solchen Situation gestoppt und den wegen Vergehens gegen das Betäubungsmittelgesetz zur Fahndung ausgeschriebenen Fahrer tatsächlich dingfest machen können.

Die Geräuschkulisse im Konferenzraum reduzierte sich auf die Stärke eines leisen Palavers, als Karl Kunkelmann das Zimmer betrat. Irgendwas schien die Kollegen umzutreiben, weshalb sie entgegen ihrer sonstigen Gewohnheiten diesmal nicht stoisch vor sich hinguckten und an ihren Bleistiftstummeln nuckelten.

„Na, weshalb so viel Beweglichkeit im Taubenschlag?", scherzte Karl Kunkelmann und nahm den Platz an der Stirnseite des Tisches ein. Kriminaldirektor Wagenknecht war nicht zugegen, wahrscheinlich hatte er einen Termin außer Haus.

„Wir haben einen Tipp bekommen, dem wir nachgehen sollten", sagte Heiner Ehrenreich und nippte an der Teetasse. „Scheinbar hat da jemand den Faden zu den Rumänen in Fürstengrund gesponnen und will uns auf diese Fährte locken."

„Und wer ist dieser Jemand?"

„Seinen Namen wollte er nicht nennen. Wahrscheinlich aus der Angst heraus, selbst in unsere Ermittlungen einbezogen zu werden. Maier, der Dienstgruppenleiter der blauen Jungs, hatte Telefondienst und hat das Gespräch entgegengenommen.

„Verstellte Stimme, ehrlich klingend. Natürlich ein Prepaid-Handy. Keine Chance, das Teil zu identifizieren. Sieht man ja mittlerweile in jedem Krimi, wie man eine anonyme Botschaft absetzt. Aber auf

Band ist das Gespräch natürlich gebannt. Das Aufnahmegerät läuft ja rund um die Uhr."

„Und was war nun konkret die Aussage des ominösen Anrufers? Dass wir mal bei den Rumänen gucken sollen, wäre ja wohl als Argument zu wenig. Ich glaube, da fühlt sich wieder irgend so ein Betonkopf um seinen Arbeitsplatz betrogen. Das sind alles konservative Idioten, die meinen, dass sich die Eisen auf den Baustellen von selber biegen", ärgerte sich Kunkelmann.

„Nein, Karl. Das glaube ich nicht. Der Typ sagte, dass er flüchtig jemand kenne, der ihm eine konkrete Person benannt habe, die man in Hinsicht des Falles überprüfen müsse. Einen gewissen Dimitru Ionescu. Irgendwie habe ich den Verdacht, dass da was dran sein könnte. Schließlich beschuldigt man ja nicht einfach irgendeinen wildfremden Menschen."

„Okay, dann lasst uns die Sache mal beleuchten. Aber mit der nötigen Diskretion. Ich möchte nicht hören müssen, dass die Erbacher Kripo ausländerfeindlich sei. Dann hocke ich nämlich wieder vor dem Wagenknecht. Und das ist kein Kindergeburtstag!"

Froh darüber, dass endlich Bewegung in die Sache kam, zapfte sich Karl einen doppelten Espresso am Automaten und widmete sich den Rest des Morgens der spärlichen Aktenlage zu diesem vertrackten Fall.

Gegen Mittag verließen Kunkelmann und Ehrenreich das Polizeigebäude, holten sich aus der Garage ein neutrales Dienstfahrzeug, das Ehrenreich steuerte, und fuhren an den beiden hässlichen Hochhäusern vorbei in Richtung Fürstengrund. Außer einem bekannten Lokal für regionale Speisen hatte dieses triste Straßendorf wenig zu bieten, sah man mal vom einigermaßen erfolgreichen Tischtennisverein ab. Wie in vielen Ortsteilen der einzigen Odenwälder Kurstadt machte sich auch hier gewerbliche Ödnis in der Infrastruktur breit. Bäcker, Metzger und Lebensmittelladen waren schon seit einigen Jahren verschwunden. Deren Funktion hatten zwei Großmärkte vor den Toren des Heilbades übernommen. Wer hier wohnte, brauchte ein Auto. Sonst war er aufgeschmissen. Die Kommissare passierten mehrere in den 1950er Jahren mit Eternit verkleidete Häuser, die ihnen ihre grauen Fassaden zeigten. Nach ungefähr einem Kilometer waren die beiden auf Sichtweite an die einer Baracke ähnelnden Gebäude herangekommen. In einem der Anwesen wohnte früher ein dorfbekanntes Original, über das es viele kaum glaubhafte Geschichten in der Umgegend gab. Jahrzehnte hatte man die beiden Wohnplätze dem Verfall preisgegeben, denn die genauen Eigentumsverhältnisse waren ungeklärt. Bis die Rumänen kamen. Da war Wohnraum gefragt und die Stadt stellte solchen großherzig zur Verfügung.

Ehrenreich parkte den Wagen einige Meter vor der Adresse und die beiden Beamten machten sich zu Fuß auf den Weg. In den schmalen Vorderhöfen sahen sie zwei kleine Kinder unter mächtigem Geschrei in die Pedale ihrer Dreiräder treten. Auf den Stangen vor den Fenstern wehte frisch gewaschene Arbeitskleidung im Wind. Kunkelmann wunderte sich, dass sich darüber wohl noch keiner beim Ordnungsamt beschwert hatte. Und wenn, dann ohne sichtbaren Erfolg. Aus der leicht geöffneten Eingangstür, die sich im hinteren Teil des ersten Hauses befand, wehte Essensgeruch. Die sechs Klingelknöpfe waren nur teilweise beschriftet, ein Zeichen für Desinteresse, häufig wechselnde Mieter oder für bewusst gewählte Anonymität. Die Briefkästen quollen über, lediglich Werbeprospekte reckten ihre Botschaften aus den Klappen. Post empfing man sowieso nur von zu Hause. Und dafür hatte man schließlich seine Smartphones. Die moderne Welt war auch in Rumänien angekommen.

Was wusste Kunkelmann eigentlich über dieses Land? Ceausescu, Straßenkinder, Hermannstadt und Bukarest, die bekannte Blechbläserband Fanfare Ciocarlia und unsägliche Armut. Auch Sinti und Roma kamen ihm in den Sinn. Aber das war's auch schon. Und im Hinterkopf der eine oder andere Eintrag in deutschen Strafregistern.

Unter lautem Klopfen an der Haustür betraten die Kommissare den schummrigen Flur, der nach kaltem Zigarettenrauch und Katzenurin roch.

„Buna ziua!", grüßte Ehrenreich höflich, als ihm eine junge Frau mit einem Wäschekorb unterm Arm entgegentrat. Den Gruß hatte der Beamte kurz vor der Abfahrt im Internet nachgeschlagen.

„Guten Tag?", antwortete die Angesprochene mit am Ende angehobener Stimme. Die Verwirrung stand ihr förmlich in den Augen. Besuch von Deutschen war hier eher selten. Es sei denn, jemand aus der Nachbarschaft hatte sich beschwert und die Behörden schickten ihre Büttel. Mit den Worten „Dimitru Ionescu, va rog!", stellte Kriminaloberkommissar Ehrenreich weiterhin seine Sprachkenntnisse unter Beweis.

„Lassen Sie uns doch in Ihrer Sprache reden, da kommen wir bestimmt weiter", strahlte ihn sein Gegenüber aus smaragdgrünen Augen an. „Darf ich fragen, wer Sie beide sind?"

Schnell zückten die Eindringlinge ihre Ausweise und stellten sich vor.

„Dimi. Okay. Der ist nicht hier", erhielten sie als Antwort auf ihre Frage. „Und wissen Sie warum nicht?"

„Woher sollten wir das wissen?", sprang Kunkelmann dem sich eröffnenden Spiel bei.

„Weil Sie beide eine Uhr tragen. Und wenn Sie darauf gucken und etwas überlegen, merken Sie, dass Sie Dimi zu einer Zeit besuchen wollen, in der nicht nur er, sondern auch die meisten Deutschen auf der Arbeit sind!"

„Das stimmt, das haben wir wohl nicht bedacht", gab Ehrenreich zu.

„Oder haben Sie geglaubt, er liegt sturzbesoffen im Bett und suhlt sich im bei unsereinem wohl üblichen Faulenzertum?"

„Mitnichten, junge Frau. Wieso sprechen Sie denn so gutes Deutsch?"

„Weil ich in Bukarest ein paar Semester Germanistik studiert habe, bevor ich meinem Bruder gefolgt bin und ihm nun den Haushalt hier führe. Und dieser Bruder heißt Dimitru Ionescu. Darf ich wissen, weshalb Sie ihn sprechen wollen?"

„Nun, das ist eher so eine blöde Formsache, muss aber überprüft werden. Wir würden es ihm gerne selber sagen. Auf welcher Baustelle ist er denn zu finden?", fragte jetzt Karl Kunkelmann.

„In der Waldstraße in Bad König. Sie können es nicht verfehlen. Da zieht irgendein Investor wieder mal ein Altersheim hoch. Aber glauben Sie mir: Seine Papiere sind in Ordnung!"

„Daran zweifeln wir auch nicht im Geringsten. Wir benötigen ihn eher als Informanten, oder besser als Hilfe in einem schwierig gelagerten Fall. Vielen Dank für Ihre freundliche Auskunft und noch einen schönen Tag!"

30

Soviel muss noch getan werden, doch sind die Gegebenheiten schlecht. Verantwortungsvolles Handeln verlangt nach Freiheit, fordert uneingeschränkte Bewegung im Raum. Die mittlerweile bekanntgewordenen Tatsachen um deine vorherbestimmte Seligwerdung, liebe Annemarie, hindern mich in meinem Tun. Vorsicht und Zurückhaltung sind momentan angesagt, damit ich weitere Sünder mit ihrer Erlösung beglücken kann. Und dann der Regen. Seit Tagen prasselt es ununterbrochen auf Gottes geweihten Acker. Ein Risiko für jemanden wie mich, der nicht gefunden werden darf. Nein, Angst habe ich keine vor einer Ergreifung oder wie man das nennt. Doch es gibt noch keinen geeigneten Nachfolger hier in unserem Landstrich. Ich bin der einzige legitime Vollstrecker der Pläne des Meisters. Ich werde ihn nicht enttäuschen. Gut, dass es das Internet gibt und ich mich mit dessen Möglichkeiten vertraut gemacht habe. Allzu häufig nutze ich es nicht. Einmal täglich reicht. Zu groß sind meine Bedenken, von den Feinden gehackt zu werden. Da hacke ich viel lieber selbst. Und zwar mit der gerechten Axt des Herrn, meines Gottes. Auch wenn es das eigene Fleisch und Blut erfordern sollte. Der Herr verlangte von Abraham, ihm den eigenen Sohn zu opfern. Der Allmächtige weiß nämlich, was er tut und ist niemals ungerecht. „So tötet nun alles, was männlich ist unter den Kindern, und alle Frauen, die nicht mehr Jungfrauen sind; aber alle Mädchen, die unberührt sind, die lasst für euch leben", das sagt das Buch Mose, welches zur Bibel gehört. Und die Bibel ist das Buch der Bücher. Sie gehört nicht ausgelegt und interpretiert, sondern befolgt. „Wenn jemand bei einem Manne liegt wie bei einer Frau, so haben sie getan, was ein Gräuel ist, und sollen beide des Todes sterben." Mose ist ein guter Mann gewesen. Er hat erkannt, dass nur die natürliche Liebe zwischen Mann und Frau die wahre Liebe ist. Die Homosexuellen, jene kranken Geister, gehören ebenfalls eliminiert. Doch das ist nicht meine Aufgabe. Denn diese Kreaturen müssen in die Hölle einfahren. Ich hingegen bin der Glücksbote, der die aufgrund ihrer Jugend verblendeten Kinder ins Himmelreich führt. Ach, diese Nässe, dieses schreckliche Wetter. Ausgebremst bin ich in meinem Wirken. Fußabdrücke, Reifenspuren, alles hinterlässt Nachweise meines Tuns. Habe ich Pech, wird mir manches zur Falle. Wenn sie zuschnappt, bin ich gefangen. Und das, wo ich doch lange noch nicht am Ende bin! Ich sehe euch, Ihr gefährdeten Mädchen. Ich beobachte euch. Ich fange euch, Ihr auf die Erlösung Wartenden. Ich bin es, der sie euch bringt. Harret der Dinge, die da kommen mögen! Und Ihr werdet schwelgen in ewigem Glück und in unendlicher Zufriedenheit. Kein Trieb wird euch jemals mehr quälen und vor Entscheidungen stellen. Macht euch keine Gedanken, Ihr Mädchen. Am Schluss, wenn unsere Aufgabe erfüllt ist, werden wir Satan das Genick brechen und den Teufel aus der Welt vertreiben. Dann sind sie angebrochen, die Zeiten der Glückseligkeit. Habt Ge-

duld, vertraut auf mich. Gestern haben sie im Radio gesagt, dass sich das herbstliche Wetter spätestens in vierzehn Tagen wieder stabilisieren soll. Ich werde die Zeit nutzen. Skalpelle überprüfen, Kabelbinder testen und den Vorrat an Schlafmitteln auffüllen. Freut euch, Ihr Lieben. Bald werdet Ihr geadelt sein. Dann dürft Ihr rein und sauber vor den Herrn treten.

31

Stahlmatten, Armierungseisen und aufgeschichtete Hohlblocksteine verrieten von weitem schon die Baustelle, in deren Mitte ein dunkeloranger Kran seinen Ausleger in den Himmel reckte. Tiefe Reifenspuren zeugten von regem Lastkraftwagenverkehr, ziemlich zentral imponierte ein hellblaues Toilettenhäuschen. Am Rand des betriebsamen Platzes parkte ein gelber Betonmischer, dessen Trommel ein unüberhörbar schleifendes Murmeln in die Szenerie mahlte. Nach der Farbe des Mischers zu urteilen, hatte wieder mal die allgegenwärtige Firma Leber den Auftrag bekommen. Die Arbeiten befanden sich offensichtlich im Standby-Modus. Mittagspause. Mehrere Pfützen mit lehmbraunem Wasser umgehend, bahnten sich Karl Kunkelmann und Heiner Ehrenreich einen Weg zu einem der beiden Bauwagen, die als Pausenquartiere zu dienen schienen. Stimmengewirr und das Klappern von Essbestecken drangen nach draußen. Karl klopfte, und an der Tür erschien ein blonder Hüne im Blaumann, dessen Kiefer mit dem Zerkleinern von Nahrung beschäftigt war. Bevor er zu sprechen begann, wischte er sich ein kleines Rinnsal Fett vom markanten Kinn.

„Was wollen Sie?", fragte der Mann in etwas harschem Tonfall.

„Guten Appetit, wir hätten mal eine Frage", sprach Kunkelmann und wurde abrupt unterbrochen.

„Falls Sie von den Zeugen Jehovas kommen, müssen Sie sich eine andere Adresse suchen. Hier wohnt niemand. Außerdem befinden Sie sich auf einem Gelände, das für Privatpersonen gesperrt ist. Zu gefährlich. Lesen hilft im Allgemeinen. Gleich am Eingang prangt das gelbe Schild in Augenhöhe!"

Konnte man sie wirklich mit missionierenden Vertretern der erwähnten Glaubensgemeinschaft verwechseln? Dummerweise trugen beide Polizisten ausnahmsweise mal Anzüge, was ihnen einen zweifelhaften Anflug von Seriosität verlieh.

„Oder sind Sie Handelsvertreter? Wir brauchen dringend noch mehr Schutzhelme. Fordert die Baupolizei. Können Sie uns welche besorgen?"

„Leider nein", enttäuschte Heiner Ehrenreich den forsch auftretenden Mann, der sich zwischenzeitlich als der zuständige Polier vorgestellt hatte. Dabei drückte der Ermittler unbewusst die rechte Seite seines Blazers aus irischem Tweed etwas nach hinten.

„Oha, Sie scheinen von der Polizei zu sein?", räumte der Vorarbeiter sofort ein.

„Ja, das stimmt. Wir haben wieder mal vergessen, uns vorzustellen. Kreiden Sie es bitte unserem Alter und den Dienstjahren an. Aber wie haben Sie das denn erraten?"

„Die Ausbeulung an Ihrer rechten Seite ist bestimmt kein deformierter Hüftknochen", meinte der Athlet im Blaumann. „Und wenn doch, gehn Sie lieber schnell zum Orthopäden. Der kriegt das vielleicht wieder hin. Die kennen sich übrigens auch mit vorstehenden Metallen aus!"

„Sie scheinen mir ja sehr beschlagen zu sein und gar nicht aufs Maul gefallen!"

„Danke, während meines Ingenieurstudiums hatten wir auch einen Rhetorikkurs. Nur mit technischen Fähigkeiten allein kann man heutzutage keinen Staat mehr machen. Aber auch das hat nix gebracht. Bisweilen arbeite ich als Polier. Falls Sie den ersten Bauleiter oder den zuständigen Architekten sprechen wollen, muss ich Sie vertrösten. Die kommen erst morgen wieder."

„Wir suchen einen Herrn Dimitru Ionescu, der hier beschäftigt sein soll", klärte Kunkelmann den Maurerpolier auf.

„Den Dimi? Da müssen Sie rüber zum anderen Wagen, da haben die Rumänen ihr Quartier. Nicht, dass wir die nicht mögen täten, aber die wollen halt unter sich sein. Ausgerechnet der Dimi. Der ist einer der anständigsten in der Truppe. Und mit den Papieren ist alles in Ordnung. Schwarzarbeiter haben wir hier nicht. Außer im letzten Jahr mal kurz einen jobbenden Studenten aus dem Kongo!", schmunzelte der degradierte Ingenieur verschmitzt.

„Vorsicht mit solchen Bemerkungen. Ruckzuck schleift Sie einer wegen rassistischer Äußerungen vor den Kadi!", warnte Ehrenreich.

„Wie man jetzt die Hautfarbe von Menschen aus Afrika nun allerdings nennen soll, das weiß ich auch nicht. Meistens ist das ja auch gar nicht nötig. Jedenfalls ist maximalpigmentiert genauso falsch."

Mittlerweile stand die Tür zum benachbarten Bauwagen offen. Ob es sich um eine vielleicht begründete Neugierde der sich darin befindlichen Männer handelte, war nicht zu sagen.

Die Kommissare wurden mit rumänischer Folklore empfangen, die sich gar nicht so fremd und doch irgendwie nach Karpaten anhörte. Bergig halt, nach Wiesen und Heustadeln, überlegte Kunkelmann und dachte für einen kurzen Moment an seine Ziehharmonika im Waffenschrank. Mit verunsicherten Blicken schauten ihnen mehrere Augenpaare entgegen, und als sie sich als Polizisten auswiesen, entstand eine allgemeine Nervosität.

„Keine Panik, die Herren. Wir interessieren uns nicht für Bleiberecht, Aufenthaltsgenehmigungen, eventuelle Asylanträge oder jobbende Studenten aus ihrem Land", rief Kunkelmann in die Menge der Männer hinein und schob nach: „Verstehen Sie mich eigentlich?"

„Meiste ja, alle nicht", antwortete ein kleiner, sympathisch wirkender Kerl mit wirrem, braunem Haar und einem Stirnband. „Was Sie möchten, bitteschön?"

„Wir würden gerne mit Dimitru Ionescu sprechen!", übernahm Heiner Ehrenreich und schaute in die verunsicherte Runde.

„Das bin ich", kam eine sonore Stimme von der hinteren Bank.

„Dürfen wir Sie bitten, für einen Moment nach draußen zu kommen?"

„Aber nur kurz. Pause gleich um."

„Kein Problem, der Polier weiß Bescheid."

Über der Oberlippe des Angesprochenen sammelten sich dezente Schweißperlen und der Mann kam die paar Stufen herab zu den wartenden Beamten.

„Erschrecken Sie bitte nicht, Herr Ionescu. Wir haben lediglich ein paar Fragen, die wir Ihnen aber gerne auf dem Präsidium stellen würden. Außerdem müssen Sie ja auch gleich wieder arbeiten. Haben Sie zufällig Ihren Pass dabei?"

„Pass immer dabei."

Ein kurzer Blick Kunkelmanns auf das Bild bestätigte dem Hauptkommissar, dass er es mit dem Inhaber des Dokumentes zu tun hatte: geboren am 19.03.1969 in Oniceni, Kreis Suceava, Rumänien. „Könnten Sie übermorgen bei uns vorbeikommen? Dann haben wir die Sache aus dem Kreuz."

„Was ist mit einem Kreuz?", wollte der Angesprochene wissen.

„Ach, das ist so eine Redensart. Wie sieht es denn bei Ihnen gegen 17 Uhr aus? Würde das gehen?"

„Zeit passt. Arbeit um 16 Uhr fertig. Wo genau ist Polizei in Erbach?"

Kunkelmann reichte dem Mann sein Visitenkärtchen und schrieb zuvor die ausgemachte Uhrzeit darauf. Dann verabschiedeten sich die beiden Polizisten.

„Und, Karl? Was meinst du?", fragte Ehrenreich.

„Nun ja, etwas nervös hat der Gute schon gewirkt. Aber das wundert mich nicht. Ist ja auch ein anstrengendes Leben so zwischen der Heimat und hier. Was die Jungs da tun, ist ebenfalls kein Zuckerschlecken. Eisen biegen, Fugen mit Silikon füllen, Steine schleppen. All das, was unsere Landsleute nicht mehr machen wollen. Dafür gibt es dann ein paar Kröten, was für die Rumänen aber wiederum richtig viel Geld zu sein scheint. Ich weiß nicht, was man da drüben bei denen verdient, aber die Welt wird es nicht sein. Nur so zum Spaß kommen die ja nicht alle hierher. Jetzt müssen wir uns auf dem Revier zusammensetzen und überlegen, was wir den Ionescu überhaupt fragen sollen. Zu dumm, dass sich dieser ominöse Anrufer anonym gemeldet hat. Konkrete Mitteilungen, die wir verwerten können, gibt es ja nicht. Ich frage mich, ob wir mit unserer Aufwartung nicht zu schnell gewesen sind."

„Warten wir mal ab, was der schlaue Computer weiß. Vielleicht spuckt der ja was aus, das uns zupass kommt. Würde mal langsam Zeit werden, dass wir da einen Ansatz bekommen. Sonst dreht der Wagenknecht noch am Rad. Und dann weiß man ja auch nicht, wie das weitergeht!"

„Wie meinst du das jetzt? Du denkst doch nicht etwa an eine sich anbahnende Serie? Hör mir bloß auf, das würde ich in meinem Alter nicht durchhalten. Noch dazu haben wir hier im tiefen Odenwald ja kaum Erfahrung mit Mord und Totschlag. Das letzte, was mir dazu einfällt, war die Sache mit diesem heimtückischen Mediziner, der mit einem Narkosemittel den alten Buchschlager umgebracht hat. In Höchst ist das damals passiert. Ich war noch bei den Grünen und habe das nur am Rand mitbekommen. Jedenfalls ist der feine Herr Doktor ganz spektakulär bei einem der Verhandlungstermine aus dem Gericht getürmt. Dann wurde er gefasst, hatte eingesessen und wurde wegen guter Führung frühzeitig aus der Haft entlassen."

„Ich habe davon gehört. Der hat doch dann wieder seine Zulassung gekriegt und irgendwo im Bayrischen abermals einen gekillt."

„Ja, diesmal sauber erschossen. Angeblich würde er jetzt mit fehlender Approbation im Knast immer noch ärztlich tätig sein und dem

Gefängnismediziner assistieren. Die Hoffnung auf Wiederzulassung kann er aber endgültig begraben. Eine frühere Klassenkameradin, die damals in Darmstadt als Physiotherapeutin gearbeitet hat, hat mir erzählt, dass sie über die Kälte, mit der dieser Mann sämtliche Vorwürfe abgestritten hatte, total perplex gewesen sei. Sie war als Gast bei den meisten Prozesstagen im Saal. Muss ein hochintelligenter Mann sein, so wortgewandt, wie der sich verteidigt hätte. Und auf das Narkosemittel kam man nur, weil der benachbarte Apotheker sich gewundert hatte, weshalb ein konservativ behandelnder Mediziner solche Mittel wie Brevimytal benötigt."

„Und zur Tarnung hat er dann noch Feuer gelegt und wollte das komplette Anwesen abfackeln. Das ging schief. Er wollte halt an die Versicherungssumme ran. Der Buchschlager war sein Vermieter und schlicht nur im Weg. Zur falschen Zeit, am falschen Ort. Meine Fresse, wo Geldgier überall hinführen kann!", sinnierte Ehrenreich.

Auf dem Rückweg setzte sich Karl Kunkelmann ans Steuer. Der Oktoberhimmel entließ aus seinen aschgrauen Wolken wieder mal kurze Regenschauer, welche die trübselige Laune der beiden Insassen noch weiter verschlimmerte. Dieser Herbst hatte es ganz schön in sich.

„Ich weiß ja nicht, wie es dir geht, Heiner. Aber ich muss jetzt mal was essen. Da vorne bei Edeka fahr ich kurz raus und hole mir was. Soll ich dir was mitbringen?"

„Ja, danke. Ein Vollkornbrötchen mit Schinken und Ei, bitte. Die gibt es immer frisch belegt an der Theke beim Bäcker."

Fünf Minuten später kam Karl Kunkelmann mit zwei Papiertüten wieder zum Wagen zurück. Aus der einen lugten zwei zuckerglasige Gipfel, die eine frappierende Ähnlichkeit mit den spitz zulaufenden Enden von Granatsplittern hatten.

Auf der Wache angekommen, fütterte Heiner Ehrenreich den Polizeicomputer mit den Personendaten des Rumänen. Neben dem Bildschirm dampfte die obligatorische Tasse mit Tee. Mehrere Kollegen diskutierten lautstark den beinahe brachliegenden Fall. Schnell lag das Ergebnis der Suche vor: keine Eintragungen. Also doch, da hat irgend so ein fremdenfeindlicher Idiot versucht, den Bauarbeiter mit Schmutz zu bewerfen. Seit Beginn des Zuzugs von ausländischen Arbeitern nahm diese Tendenz unter den Menschen immer mehr zu und Rumänen wurden automatisch mit umherziehendem Volk, Tagdieben und potenziellen Verbrechern gleichgesetzt. Aber immer nur die einfachen Leute. Der junge Dr. Valescu, der in der Erbacher Klinik als Assistenzarzt auf der Inneren arbeitete, war von solchen Niederträchtigkeiten nicht betroffen. Es sei denn, er nannte seinen Namen. Da blickte mancher Patient ab und zu etwas irritiert. Dessen Kollegin aus Uganda war vor einigen Monaten freiwillig gegangen. Einige wenige Kranke wollten sich nicht von Menschen mit der dort üblichen Hautfarbe behandeln lassen. In jener Hinsicht war der Odenwald mittelalterliches Terrain geblieben.

„Nix hat er gewusst, der Kollege Computer. Keine Eintragungen über diesen Ionescu konnte der Schlaumeier finden", bemerkte Ehrenreich, als Karl Kunkelmann einen Blick auf das Display warf.

„Langsam, Heiner. Ich hätte es gerne genauer. Irgendwie habe ich das Gefühl, dass mit dem Typen irgendwas nicht stimmt. Freundlich war er, klar. Aber das wären wir auch, wenn plötzlich zwei Bullen vor der Tür stünden. Das ist ganz normal. Auch das leichte Schwitzen auf der Oberlippe würde ich nicht abnormal nennen. Das vegetative Nervensystem lässt sich schlecht beeinflussen. Bei Grenzübertritten zitterte mir sogar manchmal die Hand. Gut, dass wir jetzt Schengen haben. Aber der Gesamteindruck. Da war irgendwie sowas Komisches. Ich kann es nicht erklären. Jedenfalls werde ich versuchen, bis übermorgen bei den rumänischen Behörden was zu erfahren. Kann klappen, kann auch schiefgehen. Wir haben ja keinen Tatverdacht und auch keine fassbare Begründung. Von dem seltsamen Anruf mal abgesehen. Auf zum Marsch durch die Instanzen!"

Reisender rumänischer Handwerker im Visier

Kripo findet Ermittlungsansatz im Fall Richter

ERBACH (spohr.) Untermauert durch die investigative Vorgehensweise dieser Zeitung, die sich auch auf verlässliche Informanten aus Polizeikreisen stützt, darf trotz nachrichtentechnischer Sendepause aus dem Revier vermutet werden, dass die Ermittler einen Rumänen in die engere Wahl der Tatverdächtigen gezogen haben. Der Mann schlage sich durch Hilfstätigkeiten auf diversen Baustellen durch und sei bisher wohl nicht durch Straftaten aufgefallen. Jetzt wolle man im Ursprungsland des Betreffenden nachhaken, ob dort etwas gegen den eventuel-

len Delinquenten vorliegt. Unsere Quelle bezweifelt, dass dies ergebnisführend sein kann, da auch in einem Land wie Rumänien datenschutzrechtliche Bestimmungen gültig seien. Jedoch dürfe man ob der Tragweite der Tat nichts unversucht lassen, den Mörder so schnell als möglich dingfest zu machen. Dabei sei, nach Ansicht unseres Informanten, auch ein sich an den Vorschriften vorbeischlängelnder Weg durchaus denkbar.

„Verdammt nochmal, was ist denn das für eine Scheiße!", brüllte Karl Kunkelmann, als er zu Hause nach den Tagesthemen auf die Online-Ausgabe der Lokalzeitung stieß. „Das kann ja wohl nicht wahr sein. Hat der Heiner noch alle Tassen im Schrank? Jetzt spinnt der Kerl im höchsten Grade. Wenn das der Wagenknecht liest, kann ich meinen Hut nehmen und im Keller Akten sortieren!"

„Sortieren ist keine schlechte Idee", schaltete sich Lena in den Monolog ein, die gerade aus dem Keller kam und eine Kiste vor sich hertrug. „Da unten sieht es aus wie bei Hempels unterm Sofa. Nimm dir doch mal vor, diesen ganzen Wust an Farbtöpfen, Kanistern mit Altöl und Dosen mit Verdünnern endlich zum Sondermüll zu bringen. Oder glaubst du, das fließt von alleine dorthin?"

„Tut mir leid, aber dafür ist jetzt keine Zeit!", schleuderte ihr der Gatte seine Antwort entgegen. Und bevor die Herzensdame zu einer ihrer Litaneien über Faulheit und Lethargie ansetzen konnte, drückte Karl ihr das Tablet von Thomas in die Hand und wies auf den betreffenden Artikel.

„Oh Gott. Das ist ja schlimm. Wie können die denn sowas preisgeben?"

„Denen geht es um Auflage. Preisgegeben hat diesen Mist ein anderer, und den kaufe ich mir jetzt!", schrie Karl, schnappte sich den Autoschlüssel und brauste im Käfer von dannen.

Er stellte den Wagen einige Meter vor dem ‚Treff' ab, riss die Tür auf und stiefelte wutentbrannt auf einen Eckplatz an der Theke zu. Die meisten Feierabendgäste wunderten sich über das forsche Auftreten des neuen Gastes. Bestimmt einer, der gehörigen Durst verspürt, sagten sich wohl einige. Nur Heiner Ehrenreich nicht. Der klemmte grübelnd auf seinem Stuhl, in der Hand ein Glas Cognac, das er mit fragender Miene beäugte. Er war so tief in seinen verspäteten Tagtraum versunken, dass er den neben ihm stehenden und prustenden Kollegen gar nicht bemerkte.

„Komm mit raus!", schnauzte Kunkelmann.

„Was ist denn mit dir los?", fragte Ehrenreich völlig überrumpelt und fassungslos.

„Das weißt du genau!"

„Frau Wirtin, holen Sie bitte mal die Online-Ausgabe unserer Tageszeitung auf Ihren Laptop da!", sprach Kunkelmann jetzt Herta ziemlich gehetzt an.

„Ist der Heiner Ihr Chef? Gehören Sie auch zu der Truppe? Glückwunsch, endlich mal was Handfestes in diesem schrecklichen Fall. Auf Seite drei steht es. Das hat der Spohrnagel prima herausbekommen. Tja, die Jungs von der Zeitung, die sind schon auf Zack!"

Kunkelmann unterdrückte eine Antwort, schnappte Heiner am Ärmel und verschwand mit ihm vor der Kneipentür. Mit neugierigem Blick folgte der Finanzbeamte Frank Meusel dem Geschehen.

„Sag mal, was hast du dir denn dabei gedacht?", stürmte Kunkelmann im Hof der Gaststätte auf Ehrenreich ein.

„Warum, ich bin fast jeden Abend hier. Meinem Sohn geht es gut und die Menge habe ich auch im Griff. Glaub mir bitte. Ich will ja nicht meinen Job verlieren."

„Da bist du aber jetzt kurz davor. Und wenn ich es mit Zwang durchsetzen muss. Du hast mich dienstlich und vor allem menschlich schwer enttäuscht", sagte Karl.

„Kurz vor Redaktionsschluss haben sie den Text da wohl noch reingedrückt. Bestimmt waren die Druckmaschinen schon am Laufen. Und morgen ist es in der Printausgabe."

„Um Himmels willen", entfuhr es Ehrenreich, der plötzlich noch fahler im Gesicht wurde. „Das ist ja furchtbar! Karl, ich schwöre dir hoch und heilig, dass diese Infos nicht von mir stammen", jammerte der Oberkommissar. „Ich will auch keinen verdächtigen. Aber als ich den Computer mit den Daten des Ionescu gefüttert habe, standen einige von den Fachhochschulstudenten um mich herum und glotzten auf die Mattscheibe. Mich würde nicht wundern, wenn von dieser Seite was nach draußen getragen worden wäre."

Kunkelmann hatte sich etwas beruhigt und überlegte. „Möglich ist das natürlich. Aber wo kommen wir da denn hin?"

„In Teufels Küche?"

„Wenn es nur das wäre. Solche Plappermäuler stellen ja die ganze Polizeiarbeit in Frage. Da kann man nur hoffen, dass der Wagenknecht den Mist noch nicht gelesen hat."

„Und der Ionescu. Sonst kommt der übermorgen mit Sicherheit nicht zum Gespräch."

„Stimmt. Jedenfalls fange ich den Chef morgen früh gleich ab und versuche den Schaden zu begrenzen. Und du machst bitte nicht mehr so lange. Schließlich solltest du ausgeschlafen sein, wenn das Chaos über uns hereinbricht!"

„Bestimmt nicht. Ich bezahle jetzt und gehe heim. Das habe ich auch dem Moritz versprochen. Aber ganz allein mit dem Kleinen. Und das jeden Tag. Der Bub tut mir so leid. Viele können nicht verstehen, dass ich Ablenkung brauche und in der Kneipe ..."

„Lass gut sein Heiner. Ich weiß."

Kunkelmann klopfte dem Kollegen auf die Schulter, machte kehrt und drückte sich hinter das Lenkrad seines gelben Volkswagens.

Zu Hause holte er sich erst mal eine Flasche Schwarzbier aus dem Kühlschrank, die neueste Kreation der lokalen Brauerei. Dazu passten zwei der herrlichen Weißwürste, die der Lehrer aus dem Freistaat mitgebracht hatte. Zusammen mit dem Odenwälder Bauernbrot hätte man fast an eine hessisch-bayrische Verbrüderung der lukullischen Art denken können. Süßer Senf fehlte, aber die Konzessionen an das benachbarte Bundesland hatten ja auch ihre Grenzen. Kunkelmann aß die Würste mit der Haut. Das Freilegen des gesottenen Bräts war ihm zu kompliziert. Morgen Kinder wird´s was geben, dachte der Kommissar und begab sich abermals in die Küche. Ob Wagenknecht gleich lospoltern würde? Streicheleinheiten jedenfalls waren nicht zu erwarten. So ein Mist auch. Was musste irgendein Depp von der Fachhochschule auch so einen Käse herumschwätzen. Und dieser komische Spohrnagel. Den Henry-Nannen-Preis würde er dafür nicht bekommen. Man sollte einen solchen Schmierfinken ausschließlich Porträts von Vereinen oder Berichte über die Jahreshauptversammlungen der reichlich vorhandenen Kaninchen- und Taubenzüchter schreiben lassen. Sagen konnte man dies aber nicht. Ruck-zuck wäre die Kripo wieder eine unsensible Bande, die sich ihren geballten Frust aus den Fäusten kloppen muss. Mit der Presse war nicht zu spaßen. Was wäre denn, wenn es gar nicht weiterginge und man schlüge bei ‚Aktenzeichen XY' auf? Ihn würde da keiner hinbringen. Das war was für den Herrn Kriminaldirektor oder sonst einen aus der oberen Etage. Stopp, dachte Kunkelmann. Da waren auch schon Hauptkommissare vor der Kamera. Wurde das live übertragen? Vor seinem inneren Auge sah er sich schon einen zurechtstottern. Es half nichts, es musste etwas geschehen. Das dritte Bier machte angenehm schläfrig und

Karl Kunkelmann kroch in die Koje. Lena war bereits in Morpheus´ Arme gesunken. Ihre regelmäßigen Atemzüge wirkten beruhigend.

Kunki, was ist los? Ausgebrannt? Schiss vor dem Versagen? Wo ist denn unser toller Hecht aus der Seefelder Sauna? Streng dich mal an, alter Mann. Da wurde ein Kind auf bestialische Weise umgebracht und du alte Rahmnase kriegst nix raus! Geh doch wieder ins Archiv. Lesen kannst du ja. Nicht besonders toll, aber immerhin. Und beim Doc warst du auch noch nicht, du Schisser. Diabetes? Cholesterin? Hast du schon Atemnot beim Rennen? Aber das tust du ja nur, wenn du schnell aufs Klo musst. Arme Sau. In deiner Haut möchte ich nicht stecken! Ein Granatsplitter gefällig? Oder gleich zwei? Du Weichei hast dich überhaupt nicht unter Kontrolle. Von der Form her siehst du schon aus wie dein Auto. Lenkst du schon mit dem Bauch? Schaffe dir mal ´ne schicke Chaise an. Was soll denn der Thomas über so eine Lusche von Vater denken? Und Lena? Meinst du der bayrische Stenz wäre nur so zum Spaß dagewesen. Der hat dich schön ausgetrickst. Und du hast nix gemerkt, als er dich mit Weißbier abgefüllt hat und dann mit deiner Lena im Gästezimmer ...

„Lena!", schrie Karl aus voller Kehle. Schweißgebadet saß er im Bett und hörte sein Herz hämmern. Vor den Augen tanzten gelbe Sternchen, sein Mund war staubtrocken und die Blase drückte immens. War das nicht die Alte aus dem Urlaub, die ihm da im Traum Vorhaltungen gemacht hatte?

„Hä? Was is´n?", knödelte jemand neben ihm verwaschen hervor und verstummte gleich darauf wieder. Danach verfiel Karl Kunkelmann in einen bleiernen Schlaf.

Im Büro herrschte trister Alltag. Protokolle wurden getippt, Akten herumgetragen und man telefonierte. Dem ersten Eindruck nach hätte der Raum auch das weitläufige Arbeitszimmer von irgendwelchen Steuerberatern oder Rechtsanwälten sein können. Und dann stand er da, der leibhaftige Wagenknecht. Plötzlich und unvermittelt, aber nicht gänzlich unerwartet.

„Ich will weder wissen, wer das war, noch wie es zu diesen tumben Aussagen gekommen ist. Ich will nur, dass man diesen hirnverbrannten Idioten teert, federt und hinter Schloss und Riegel bringt. Sollte einer unserer Praktikanten von der Polizeischule dahinterstecken, darf man mit meiner Genehmigung den Herrn oder die Dame gerne beim Rektor der Fachhochschule melden, damit er ihn des Hauses verweist. Detekteien und Sicherheitsdienste suchen ja immer wieder mal Personal. Zudem gehe ich davon aus, dass da Geld geflossen ist. Aber auch das möchte ich nicht wissen. Irgendwann haben Sie mich soweit und ich werde wegen eines Burnouts krankgeschrieben werden müssen. Übrigens habe ich mich bei noch länger andauerndem Stillstand zu einer Verlautbarung bei XY entschlossen. Suchen Sie sich schon mal Ihre schönste Krawatte aus, Kollege Kunkelmann. Denn dann haben Sie Ihren großen Auftritt!"

„Karl, kannst du mal kommen?", rief Heiner Ehrenreich gegen Mittag aus dem Nachbarzimmer. „Es ist kaum zu glauben, aber die rumänischen Kollegen haben sich tatsächlich gemeldet und ihre Ergebnisse zu Dimitru Ionscu geschickt."
„Und die wären?"
„Das wird dich überraschen. Der saubere Handwerksbursch war kurzzeitig in der Kreisstadt seines Bezirks in Haft gewesen. Zwar im zarten Alter von 21 Jahren, aber immerhin."
„Trunkenheit am Steuer und dabei ein schwangeres Huhn überfahren?"
„Von wegen. Ein ganz anderes Kaliber. Er muss damals ein 14 Jahre altes Mädchen in seinen Wagen gezerrt und beinahe vergewaltigt haben. Zudem gab es schon zuvor einen Vermerk wegen unsittlicher Belästigung einer jugendlichen Nachbarin. Das kam zwar alles in Landessprache rüber, aber ich habe es gleich übersetzen lassen. Du siehst, Karl, so sehr daneben hat unser anonymer Anrufer wohl doch nicht gelegen!"
„Oha, das ist ja interessant. Geahnt habe ich es natürlich nicht. Aber irgendwie ist mir der Kerl komisch vorgekommen. Manchmal kann ich mich eben immer noch auf das Gespür eines alten, erfahrenen Polypen verlassen", grinste Kunkelmann.

Exakt um 17 Uhr am folgenden Tag klopfte Frau Bachmann an die Tür von Kunkelmanns Büro. Hinter ihr stand der einbestellte Rumäne und blickte sich leicht verunsichert im Raum um. Er trug eine Trainingsjacke mit einem Wappen auf der linken Brust und verwaschene Jeans. Seine Füße steckten in auf Hochglanz polierten Lederstiefeln. Ionescu war frisch rasiert und verströmte den dezenten Duft eines teuren Herrenparfums.
„Schön, dass es geklappt hat", sagte Karl Kunkelmann mit einem Lächeln auf den Lippen und reichte dem Besucher die Hand. Die Innenfläche schwitzte, was etwas bedeuten konnte, aber keinesfalls musste. Kunkelmann bot Ionescu den Stuhl gegenüber des Schreibtisches an und ließ sich selbst in seinen schwarzen Sessel plumpsen.

Heiner Ehrenreich war ebenfalls zugegen, grüßte freundlich und nahm einen Platz an der Fensterbank ein.

„Möchten Sie etwas trinken? Wir können mit Kaffee, Tee, Wasser oder Cola dienen."

„Dauert länger?", fragte Ionescu.

„Das kommt darauf an, wie sich unser Gespräch entwickelt", entgegnete der Hauptkommissar.

„Eine Kaffee, bitte."

„Frau Bachmann, wären Sie so lieb und würden unserem Gast einen solchen besorgen?", wandte sich Ehrenreich an die Sekretärin, die schon Anstalten machte, sich mit verschränkten Armen in einer Ecke zu postieren.

„Ja, Herr Ionescu, es verhält sich folgendermaßen", begann Kunkelmann zaghaft. „Wie Sie ja sicher mitbekommen haben, wurde kürzlich die Leiche eines jungen Mädchens in Bad König gefunden. In der Zeitung war es gestanden und der ganze Odenwaldkreis spricht darüber. Anscheinend auch jemand, der bei uns anonym angerufen und Ihren Namen genannt hat. Jetzt ist es so, dass unser System alle eingehenden Anrufe aufzeichnet und wir diese mit Erlaubnis der Staatsanwaltschaft auswerten und so vielleicht, verbunden mit einer gehörigen Portion Glück, den Sprecher ermitteln können. Allerdings war die Stimme elektronisch verzerrt und ist somit nicht verwertbar. Hochgelobte Filter, wie sie in Kriminalfilmen manchmal vorgeführt werden, sind ansatzweise vorhanden, aber in der Praxis doch eher Zukunftsmusik."

Was rede ich eigentlich so geschwollen um den heißen Brei herum, dachte Kunkelmann während seiner langatmigen Ausführungen.

„Ich nichts verbrochen. Böse Menschen mögen nicht Rumänen. Sagen, nehmen Arbeit weg, obwohl sonst keiner die macht. Deutsche Feinde von Ausländern!", erregte sich sein Gegenüber und nippte nervös an der Tasse.

„Ja, Herr Ionescu, da haben Sie sicherlich recht. Trotzdem mussten wir dem Hinweis nachgehen und schauen, was wir finden."

„Keine Verbrechen begangen, nix Straftaten. Nur Arbeit!"

„Genau deshalb sitzen wir jetzt zusammen. Denn bei uns, also bei den deutschen Behörden, existiert auch keine Akte über Sie. Aber eben nur bei uns nicht. Wir haben, da Mord ja das schwerste Verbrechen überhaupt ist, tiefer gegraben und bei den rumänischen Kollegen angefragt. Und da liegt doch etwas vor!"

Ionescu trat der Schweiß auf die Stirn. Dann begann er zu zittern und unvermittelt traten ihm Tränen in die Augen.

„Ich wissen, Herr Kommissar. Das mit dem Mädchen. Dafür habe gebüßt. War sehr jung und dumm. Damals bin freiwillig zu Therapeut. Schäme mich heute noch. Aber ist halbe Ewigkeit her oder wie man sagt in Deutsch. Ich bin anständiger Mann geworden und lebe in Wohnung mit Schwester. Nix Mädchen. Unschuldiges Kind, nicht mehr leben. Ich aber nichts getan. Glauben mir, bitte", schluchzte Ionescu.

Ehrenreich und Kunkelmann mussten an sich halten, um diese arme Haut nicht zu trösten. Es musste Professionalität gewahrt werden. „Herr Ionescu, beruhigen Sie sich bitte. Wir müssen überprüfen, wo Sie zum vermuteten Tatzeitpunkt gewesen sind. Glauben hilft uns nicht weiter. Sie stehen ja nicht in Verdacht, doch wäre es besser, wenn Sie jemanden hätten, der bezeugen kann, dass Sie das gar nicht gewesen sein können", klärte Kunkelmann den völlig aufgelösten Mann auf.

Nach einigen Schlucken Kaffee schien sich dessen Nervosität etwas gelegt zu haben. Mit feuchten Augen krempelte der Mann den Ärmel des linken Unterarms bis über den Ellbogen hoch und wies auf eine ungefähr zwanzig Zentimeter frisch aussehende Narbe, die mit mehreren Stichen genäht worden war. „Habe mich bei Arbeit auf Gerüst tief an Rostnagel gerissen. Erst wieder drei Tage auf Baustelle. War Woche in Krankenhaus, weil plötzlich Fieber. Infektion mit Antibiotikum durch Tropf behandelt. Eine knappe Woche in Erbacher Klinik."

Nun war auch dieser Ansatz geplatzt, was den Ermittlern nicht unlieb gewesen ist. Man war wieder bei null und hoffte auf Kommissar Zufall. „Ich hatte mir schon sowas gedacht", merkte Heiner Ehrenreich an. „Die kleine Annemarie Richter ist frei von jedem Hinweis auf ein Sexualdelikt. Und diese Inszenierung deutet auch eher auf irgend so ein durchgeknalltes Arschloch hin."

„Heiner, wenn wir dich nicht hätten. Ich wüsste nicht, wer sonst noch solche offensichtlichen Folgerungen kommentieren könnte. Mir ging es eben ums Prinzip. Und da gehörte der Ionescu halt mit ins Bild."

„Du musst nicht gleich pampig werden, mein Lieber. Soll ich den einwöchigen Aufenthalt im Krankenhaus schnell checken?"

„Ich glaube, das können wir uns schenken. Ich bin mal kurz beim Bäcker."

32

Ich muss vorsichtig sein. Nicht um meinetwillen. Wenn sie mich finden, kann mir das egal sein. Aber es geht um die Mädchen, um diese armen, sündigen Geschöpfe. Ich bin das Werkzeug des Herrn und darf nicht versagen. Deshalb muss ich durchhalten, bis der Plan erfüllt ist. Zudem darf ich die Erwartungen des Meisters nicht enttäuschen. Das wäre ja noch schöner. Kaum dabei und schon wieder draußen aus dem Kreis der Auserwählten. Wenn ich nur keine Dummheiten mache. Dieses Schweigen, dieses Vorspielen des unauffälligen Bürgers, das ist so anstrengend. Immer muss ich aufpassen, dass ich mich nicht verplappere. Ich bin doch kein Schauspieler. Auch sind meine Nerven keine Drahtseile. Der Druck ist immens. Herr, gelobet seist du. Aber deine Prüfungen sind nicht leicht. Ich weiß, dass die Arbeit des Reinigens eine Ehre ist. Und ich werde dich nicht enttäuschen. Doch habe ich Angst vor dem Versagen, vor einem schwachen Moment. Am liebsten wäre ich unsichtbar. Dann hätten die Häscher keine Chance. Noch tappen sie im Dunkeln, denn ich habe keine Spuren gelegt. Ich werde nicht verdächtigt. Keiner sieht in mir den Täter, lediglich den freundlichen Nachbarn von nebenan. Das ist meine Tarnung. Doch was, wenn sich der Knoten zuzieht? Wenn die Maschen des Netzes enger werden und ich nicht mehr hindurchschlüpfen kann? Herr, gib mir bitte die Kraft und die Ausdauer durchzuhalten. Wie? Nein, Mitleid habe ich mit der kleinen Richter nicht. Schließlich hat sie gesündigt. Allzu offenherzig, gar zu leger war sie gewesen. Das Teuflische in ihr musste sterben. Als Engel sollte sie zu dir kommen, mein Herr. Ist sie schon da? Hat sie ihre lange Reise bereits beendet? Schön so. Mach dir keine Gedanken, Herr. Bald wird sie eine Spielkameradin bekommen. Und du wirst sie läutern und den rechten Dingen zuführen. Noch muss ich mich zurückhalten, in meiner Höhle bleiben und das Geschehen aus der Ferne beobachten. Ruhig, Brauner. Lass dich nicht nervös machen. In der Ruhe liegt die Kraft. Wie gut, dass es die Kirche gibt und den Glauben. Die Predigten von der Kanzel tun mir gut. Die Heilige Schrift ist mein Lebensbrevier und Ratgeber in stillen Stunden. Und derer erlebe ich genug. Schön, dass die Natur so nah ist in unserem schönen Odenwald. Unter dem Laubdach der Bäume fühle ich mich am wohlsten. Ich glaube, ich werde zur Beruhigung demnächst einen langen Spaziergang machen müssen.

Die zwei Tage bis zum Wochenende verliefen ruhig und mit Routinearbeiten. Zwar stand der Mordfall nach wie vor im Fokus und an allererster Stelle. Keine Frage. Aber der Rest erledigte sich ja auch nicht von selbst. Wie Wagenknecht wohl auf das Ergebnis der Vernehmung des Rumänen reagieren würde, fragte sich Kunkelmann. Nun, das würde man schon sehen. Karl Kunkelmann stellte sich erst mal auf zwei freie Tage ein. Bereitschaft hatten diesmal jüngere Kollegen. Sie waren quasi als Feuerwehr auf Abruf eingeteilt, falls etwas Unvorhergesehenes passieren würde. Gut so, dachte sich der Hauptkommissar, denn für dieses Wochenende hatte sich der Sohnemann angesagt.

Am frühen Abend traf er ein. Als Indiz für die längere Anwesenheit des Knaben diente ein Haufen schmutziger Wäsche, die im Keller vor der Maschine lagerte. Ganz so, als habe ihr die Trommel den Eintritt verwehrt.

„Na, Bub", begann das Familienoberhaupt, als er Thomas in sein Smartphone vertieft auf dem Sofa lümmeln sah.

„Wie immer, keine Neuigkeiten. Die Uni steht noch, die Leichen sind noch immer nicht lebendig und die Professoren glauben, die Weisheit mit Löffeln gefressen zu haben."

„Oha, jetzt lehn dich mal nicht so weit aus dem Fenster. Mancher Meister ist schon aus dem Himmel gefallen!"

„Es muss heißen: Es ist noch kein Meister vom Himmel gefallen", korrigierte Thomas seinen Vater.

„Auch recht", entgegnete dieser. „Wo ist denn eigentlich die Mama?"

„Die ist zu Edeka gefahren, um dort fürs Wochenende Granatsplitter und Weißbier einzukaufen. Sie möchte nämlich nicht, dass du unter kalten Entzug gerätst, wenn dein Sohn mal ein Wochenende zu Hause verbringt. Der ist nämlich noch kein Arzt und darf solche Fälle deshalb nicht behandeln!"

„Hey, jetzt mach mal langsam mit deinem Zynismus. Ich möchte nicht wissen, was ihr auf euren Partys so alles konsumiert. Kannst froh sein, dass dein Papa kein Drogenfahnder ist, sonst würde er dir mal an die Wäsche gehen!"

„Papa, das bedeutet auch was anderes. Du meinst wohl meine Taschen filzen? Keine Bange, ich bin sauber. Entgegen früheren Zeiten haben Drogen eine eher untergeordnete Bedeutung für Studenten. Besonders bei den Medizinern. Da geht es ums Bestehen der Tests. Und das kann man nur mit klarem Kopf!"

„Apropos klarer Kopf. Kann es sein, dass da jemand, der mir nahe steht, von einem Anflug frühzeitiger Demenz heimgesucht wurde? Irgendwer hat nämlich in wahrscheinlich verwirrtem Zustand seine Schmutzwäsche vor, anstatt in die Maschine gepackt. Vielleicht glaubte derjenige, dass der Vorwaschgang so heißt, weil er vor dem Gerät stattfindet. Kümmerst du dich bitte, bevor deine Mutter ausrastet und wieder mich in dringenden Tatverdacht nimmt?"

„Klar doch", lachte Thomas und schlich in Richtung der Kellertreppe.

So liebte der Hauptkommissar das Familienleben. Unaufgeregt und witzig, gewürzt mit dem schlagfertigen Humor des Sohnes. In Anwesenheit von Frau Kunkelmann durfte er das Wort Keller allerdings nicht in den Mund nehmen, denn Lena erinnerte ihn stets an das Chaos im Untergeschoss, das sich nicht von alleine in eine strukturierte Ordnung verwandeln wollte.

Als sich der Hauptkommissar mit der Zeitung bewaffnet in seinen Ohrensessel gepflanzt hatte, klackte die Haustür und er vergrub sich tiefer in die Lektüre des Blattes. Keine Meldungen über den sich dahinschleppenden Fall. Dem Himmel sei Dank.

Lena kam prustend und ins Wohnzimmer und sagte: „Du hättest mir ja mal helfen können, den Einkauf aus dem Auto zu holen!"

„Wenn ich dich hätte anfahren hören, mein Schatz, hätte ich dies selbstverständlich getan. Aber die Autos sind heutzutage so leise, dass man sie selbst aus nächster Nähe nicht hört." Lena fuhr einen zwölf Jahre alten Passat-Kombi mit Dieselmotor.

„Sag mal, hast du eigentlich nochmal was von deinem bayrischen Lehrer gehört?"

„Erstens nein, und zweitens: Was soll die Spitze? Er ist genauso dein Lehrer wie mein Lehrer. Schließlich haben wir den Franz Oberhofer gemeinsam in Seefeld kennengelernt. Und wenn du was zum Rumwühlen suchst, empfehle ich dringend den Keller. Dort hortet jemand Eimer, Dosen und kleine Fässchen. Auch finden sich leere Schachteln, Kisten und Kästen in deren unmittelbarer Nähe."

Er hatte es gewusst. Der Keller. Einmal Thema, immer Thema. Das gemeinsame Abendessen mit Thomas brachte die Mutter auf andere Gedanken und der hochgestreckte Daumen der rechten Hand des Sohnes symbolisierte dem Vater, dass die Wäsche mittlerweile ihren Weg gefunden hatte.

Den Samstag verbrachte die Familie mit Unkrautjäten, Rasenmähen und dem Kehren der Straße, das freiwillig Thomas übernommen hatte.

„Na, Bub? Bist de aach widder mol do?", fragte Adele Kumpf, die zufällig gegen Mittag ihre Bettdecke aus dem Fenster schüttelte.

„Ach was, wie komme Sie dann do druff? Isch bin doch in Frank-furt!", repetierte Thomas den tumben Angriff auf seine Person.

„Äldere Leut darf mer net ärschern, mein Liewer!", lachte die betag-te Dame zurück.

Als Thomas noch in den Windeln gelegen war, hatte Frau Kumpf öfter mal auf ihn aufgepasst. Jetzt sehnte er sich in die Anonymität der Großstadt zurück.

Der zweite Abend in der Heimat war dann hauptsächlich den Pla-nungen für Sonntag gewidmet. Karl Kunkelmann, der zwischendurch immer wieder einnickte, was keinesfalls mit den fünf konsumierten Weißbieren, sondern mit der sauerstoffarmen Luft im Raum zusam-menhing, machte auch diverse Vorschläge. Schließlich entschied man sich für einen ausgedehnten Spaziergang auf der Steinbücher Höhe, wo man sich so richtig das Hirn durchpusten lassen konnte. Denn der Pfad führte über einen langen Feldweg, der, lediglich von ein paar Bäumen gesäumt, dem Wind eine perfekte Angriffsfläche bot. Ver-längerte man den Weg, lockte eine Einkehr im Gasthaus ‚Zur Erho-lung', unter den Einheimischen nur „Käs-Back" genannt. Karl hoffte inständig darauf, auch wenn er die weitere Strecke insgeheim schon verfluchte.

Der Sonntagmorgen lockte mit blauem Himmel und einer klaren Luft, durch die man vom Aussichtspunkt Spreng aus bestimmt die Skyline von Frankfurt würde sehen können. Lediglich schlappe 55 Kilometer Luftlinie trennten den Wohnort der Kunkelmanns von der Mainmetropole. Wenn man Glück hatte, zeigte sich sogar der Feld-berg als höchster Punkt im gegenüberliegenden Taunus. Als Fahrzeug wählten die Ausflügler den kaum zu hörenden Passat, da er ausrei-chend Platz für Proviant, wetterfeste Kleidung und die Familie bot. Der Käfer hingegen war schon mit Kunkelmann alleine beinahe komplett ausgefüllt.

„Habt ihr auch alles?", fragte der dienstfreie Hauptkommissar.

„Bis auf unser gewichtigstes Gepäckstück, ja", flachste Thomas und winkte seinen Vater auf den Beifahrersitz. Sie parkten an den Fünf Buchen, die eine kleine Bucht für haltende Fahrzeuge umschlossen. Der Wind pfiff gehörig und die Wolken ritten bereits einen anständi-gen Galopp.

„So ein Mist. Wo das jetzt bloß herkommt? Vorhin war doch alles noch eitel Sonnenschein", grummelte Kunkelmann.

„Naja, wir sind ja nicht aus Zucker. Apropos: Warst du jetzt eigentlich schon bei Dr. Berger gewesen oder war an allen Tagen Mittwoch und die Praxis geschlossen?"

Auf manche Sätze muss ich nicht reagieren, sagte sich der Familienvorstand und stülpte sich die Kapuze seiner Regenjacke über den Kopf. Vereinzelt fielen bereits erste Tropfen und der Himmel verfärbte sich in ein unheilvolles Anthrazit. Böen jagten über den Weg und Lena musste ihren Regenhut mit beiden Händen festhalten. Thomas hatte mit den Unbilden der Natur keine Probleme. Draufgängerisch stapfte er los, in der Hoffnung auf ein herrliches Kochkäseschnitzel. Aufgeregte Krähen krakeelten in der Luft und taumelten scheinbar planlos vor den eifrigen Wanderern her. Am Horizont wetterleuchtete es. Das aufziehende Gewitter bereitete sich auf seinen Frontalangriff vor.

„Wollen wir nicht lieber umkehren?", schrie der Vater gegen den Sturm an.

„Ach nein, Karl. Lass mal gut sein. Ein paar Schritte tun dir gut und das Unwetter wird sich sicherlich gleich verziehen!", antwortete die Gattin.

Dass Lena auch immer auf meine Gesundheit anspielen muss, ärgerte sich Karl Kunkelmann. In letzter Zeit stakste sie mit Stöcken durch die Natur. Anscheinend wähnte sie Kröten auf dem Weg, die es aufzuspießen galt. Nichts für den Vater. Eher würde er an einem Turnier in Hallenhalma teilnehmen.

Jetzt saute es so richtig runter. Wie Bindfäden goss es, die Wolkenberge entleerten ihre reichlich gefüllten Kübel. Dummerweise peitschte nun der Sturm die heftigen Güsse, sodass ein klares Sehen nicht mehr möglich war und die Wassermassen fast horizontal auf die Wanderer prallten. Zu weit vom Auto weg und zu weit vom Gasthaus entfernt. So eine Scheiße, dachte Kunkelmann. Kein Mensch unterwegs, außer wir Idioten.

Trog ihn der Schein? War das Einbildung? Aus der Entfernung und bei dem Wetter war es kaum zu erkennen, aber da näherte sich doch jemand. Da kam doch wer auf sie zu. Wo kam denn der plötzlich her? Ein Auto war jedenfalls nicht zu sehen. Der Mann oder die Frau gewahrte die Entgegenkommenden nicht, denn er oder sie war beschäftigt. Hatte diese Person noch alle Tassen im Schrank? Selbst auf hundert Meter Entfernung war zu sehen, dass dieser Mensch in einem Buch las. Dabei nickte er ständig mit dem Kopf. Kunkelmann fühlte sich an das Verhalten orthodoxer Juden beim Gebet erinnert. Auch die Kleidung schien schwarz zu sein. Vereinzelt verwischten jetzt Nebelfetzen das seltsame Bild. Als die Kunkelmanns näher kamen, war die komische Erscheinung plötzlich verschwunden. Wie vom Erdboden verschluckt. Thomas, dem das nicht ganz koscher war, lief ein paar Meter das steile Feld in Richtung Steinbuch hinab, wo er die Figur mit fliegenden Rockschößen, fast wie auf der Flucht, auf das Dorf zustürmen sah. Hatten sich jetzt irgendwelche abgedrehten Künstler auf dem alten Gehöft außerhalb des Ortes niedergelassen? Karl Kunkelmann wusste von nichts und bewertete das Vorkommnis als etwas unüblich, aber keinesfalls als absonderlich. „Wir leben in einem freien Land und da kann jeder tun und lassen, was er möchte", belehrte er Lena und Thomas. „Und wenn jemand bei strömendem Regen von nirgendwo kommt und nach irgendwo hin will, ist dies auch seine Sache. Wahrscheinlich hat der Kauz eine Abkürzung nach Hause genommen. So vergeistigt wie dieser Geist trotz des Regens in seinem Buch studiert hatte, könnte es fast ein Geistlicher gewesen sein!"

„Mensch, unser Papa macht Wortspiele. Und das auch noch absichtlich", kommentierte Thomas.

So ein blöder Zufall aber auch. Dass diese Familie ausgerechnet bei Wind und Wetter diesen doch eher selten begangenen Weg entlangschleichen musste. Hatte er sich verdächtig gemacht? Ach was. Höchstens von einem komischen Kauz, der bei Regenwetter in einem Buch gelesen hatte, konnten sie erzählen. Wahrscheinlich hielten sie die Bibel für einen Wanderführer, denn auf die Entfernung war es unmöglich, das Druckwerk als die Heilige Schrift zu identifizieren. Außerdem gab es keinen Grund zur Besorgnis, denn niemand in der Gegend ließ irgendwelche Vermutungen verlauten. Er hatte ja ein offenes Ohr für das Gerede im Dorf. Das Ganze war ein unlösbares Rätsel. So würde es bleiben. Sollten sie sich doch die Zähne dran ausbeißen. Er war geschickt und handelte überlegt. Das Wohnmobil, in dem er jetzt das schwarze Sonntagsgewand gegen ein Holzfällerhemd und Jeans tauschte, hatte er in einer kleinen Seitenstraße abgestellt. Und ein Camper auf den Höhen dieses Mittelgebirges war schließlich nichts Außergewöhnliches. Viele Odenwälder besaßen diese praktischen Schlafbusse, mit denen sie während der Sommermonate in Spanien oder Italien einfielen. Irgendwann würde er mal in den Vatikan fahren wollen. Kam man da überhaupt rein? Das bezweifelte er ein wenig. Wahrscheinlich stand die Schweizer Garde davor und verwehrte mit ihren Hellebarden den Zutritt. Dann würde er irgendwo in der Nähe einen Stellplatz suchen. Aber den Papst wollte er unbedingt einmal sehen. Koste es, was es wolle.

In Gedanken versunken fuhr er die Landstraße lang und tastete sich durch die regennasse Geografie nach Hause. Auf keinen Fall durfte er die Messe abends um acht Uhr verpassen. Dies war nicht nur ihm äußerst wichtig. Was sollten denn die Leute denken, wenn er nicht erschien? Er duschte ausgiebig, zog sich abermals um und nahm eine Kleinigkeit zu sich. Irgendwann die Tage würde er einkaufen müssen. Dann fütterte er den alten Kater, bestieg abermals das Wohnmobil und fuhr nach Bad König zur katholischen Kirche. Um 19.30 Uhr war er da. Er hasste Unpünktlichkeit. Lieber kam er etwas früher. Schon am Eingang drängelten sich die Menschen. Jeder wollte einen guten Platz erhaschen. Denn während des Gottesdienstes würde Gutermut sicherlich auch einige Worte über Annemarie verlieren.

„Na, hat es dich bei diesem Sauwetter auch in die behüteten Hände des Herrn getrieben?", fragte ein entfernter Nachbar.

Er nickte freundlich und schwieg. Das musste genügen. Überhaupt wollte er nicht allzu viel sprechen. Denn man wusste ja nie, was sich die Menschen so zusammenreimten.

Als Gutermut die Kanzel betrat, wurde es still. Lediglich das unvermeidliche Scheuern von Kleidung an den Körpern der Kirchgänger war zu vernehmen. Dann und wann schnäuzte sich jemand die Nase oder hüstelte leise. Es duftete dezent nach Weihrauch. Trotz aufgedrehter Heizung war die Feuchtigkeit nicht aus den alten Mauern zu vertreiben. Jacken und Hosen dampften ihre Nässe aus. Es roch nach Wolle und dezent nach Schweiß. Fulminant setzte die Orgel ein und ließ ihm einen feierlichen Schauder über den Rücken laufen. Immer, wenn er solch getragene Musikstücke hörte, machte sich in seinem Innern eine Art Respekt vor jener Leistung der alten Meister breit, denen es gelang, seine Gefühle nachhaltig zu stimulieren.

Viele bekannte Gesichter nahm er wahr. Alleinstehende ältere Frauen bildeten die Mehrheit. Aber auch Familien hatten sich zum Gottesdienst für Annemarie eingefunden. In einer der vorderen Reihen gewahrte er Yvette, dieses kleine Luder. Sie war mit ihrer Mutter gekommen, um den Worten des Priesters zu lauschen. Für ihr junges Alter war sie recht weit entwickelt und stellte ihren aparten Körper seines Erachtens demonstrativ zur Schau. Wahrscheinlich klebte die Hose wieder förmlich am Körper, um Beine und Po der Heranwachsenden zu betonen. Was waren das nur für Eltern, die so eine Mode zuließen? Er würde sich kümmern. Nicht mehr lange, und auch dieses Geschöpf durfte sich auf einen kuscheligen Platz im Himmel freuen.

Im Kopf entwickelte er bereits die passende Methode. Sie würde Gott gerecht werden. Kommt Zeit, kommt Rat. Alles war gut.

„… hoffen wir, dass die Behörden den brutalen Mord an der jungen und unschuldigen Annemarie Richter bald aufklären werden. Lasset uns beten!"

Wie denn? Was redete der Mann für einen Müll? Seine Installation als brutalen Mord zu bezeichnen, war eine Unverschämtheit sondergleichen. Hätte Gutermut von einem Kunstwerk gesprochen, hätte er es verstehen können. Aber so? Wusste der Priester überhaupt, wie viel Arbeit er in die Planung und Durchführung investiert hatte? Und von wegen unschuldig. Wie konnte der Mensch da oben auf der Kanzel so etwas behaupten? Sah er denn nicht die alltäglichen Vergehen der jungen Mädchen gegen Anstand und Moral? Gerade er müsste doch wissen, was es bedeutete, ein Leben im Namen des Herrn zu führen. Wie konnte dieser Gutermut so eine laxe Haltung unterstützen und diese mit dem Begriff der Unschuld an die Gemeinde verkaufen? Und Mord? Das ist ein verfrühter Heimgang, eine Erlösung aus dem Sündenpfuhl. „Lasset die Kindlein zu mir kommen!" Wer hat das gesagt? Kennt dieser Kasper sich in der Bibel denn gar nicht aus? Warte, dir werde ich zeigen, was diese Einladung des Herrn bedeutet. Und dann hole ich dich von der Kanzel, du Satan im Priestergewand!

Innerlich kochte er vor Wut. Nach außen hin zeigte er keine Regung. Er verfolgte aufmerksam den Rest der Predigt, faltete die Hände, wenn es angesagt war und murmelte den Gesang mit. Zum Ende des Gottesdienstes verließ er die Kirche als einer der letzten. Wie alle, reichte er beim Abschied dem Priester die Hand. Für selbigen war es eine Art Dankesbezeugung und Anerkennung, für ihn das Versprechen bald wiederzukommen und ihn abzuholen.

33

Auch wenn die Tat erst wenige Tage zurücklag und der Stachel des Schmerzes tief eingedrungen war, führte kein Weg dran vorbei. Kunkelmann musste sich ein Bild über das Opfer machen. Und dies konnte wohl niemand besser zeichnen als die Eltern. Nachdem Friedrich Richter einem Besuch zugestimmt hatte und auch dessen Ehefrau keine Einwände hegte, vereinbarten sie einen Termin. Auf Kunkelmanns Bitte hin begleitete ihn der Kollege Heiner Ehrenreich.

„Scheiße, wir müssen einfach da hoch fahren", sagte der Ermittler.

„Leider ist dies so, Heiner. Mir wäre es auch lieber, dass sich dieses Scheusal durch einen Fehler offenbart und wir uns den Weg nach Momart sparen könnten. Wie schrecklich muss das sein, plötzlich sein Kind zu verlieren!"

Sofort registrierte der Hauptkommissar, was er da gesagt hatte und entschuldigte sich bei seinem Kollegen. „Macht nix Karl. Ich bin zwar nicht darüber hinweg, aber ich habe mich in eine Art Kokon eingesponnen, der mich vor den intensivsten Gefühlen abschirmt. Ist ja auch ziemlich lange her."

„Wenn ich mir vorstelle, dass irgend so ein Idiot meinem Thomas was antun würde, wäre meine Pistole nicht im Waffenschrank auf der Wache, sondern entsichert in meiner Jackentasche!"

„Das ist ja das Fatale. Man will sein Kind rächen, tut es aber letztendlich doch nicht. Das zeichnet uns als Menschen aus. Auge um Auge? Zahn um Zahn? Wenn die Wunde zu heilen beginnt, sieht man das eher vom Verstand her. Übrigens hatte ich damals über mehrere Tage die Knarre mit heimgenommen."

Sie quälten den alten Opel über die schlechte Straße nach Momart hoch. Am Waldrand unternahmen vereinzelte Grüppchen das gleiche Unterfangen zu Fuß. Sie wollten wohl ins Gasthaus ‚Zur Linde', um sich eins, zwei Stücke von dem unschlagbar guten Käsekuchen einzuverleiben. Karl langte in die Tüte zwischen seinen Beinen, kappte einem Granatsplitter den Gipfel und schob ihn sich in den Mund. Den Rest reichte er Ehrenreich mit den Worten: „Iss, das gibt Kraft!"

Nach der scharfen Rechtskurve tauchte die Wirtschaft auf. Malerisch fügte sich das etwas an den bayrischen Baustil erinnernde wuchtige Gebäude in die Landschaft. Auf der Terrasse waren alle Plätze besetzt. Das Wetter und die gute Luft bescherten dem Inhaber eine wahre Flut an Feinschmeckern. Sie parkten den Wagen kurz hinter dem Ortsschild und gingen die letzten hundert Meter zu Fuß. Unweit vernahm man das fröhliche und helle Klingen eines Ambosses. Irgendwo musste wohl eine Schmiede sein. Etwas weiter entfernt kreischte eine Säge ihr Leid in die Stille des Mittags. Der Rest der Bevölkerung war in den umliegenden Städtchen auf Arbeit oder gab sich einer Siesta hin. Von einem unweit gelegenen Aussiedlerhof muhten hungrige Kühe, auf einer Koppel grasten friedlich mehrere Pferde. Blauer Himmel, eine milde Sonne. Warum fahre ich eigentlich so gerne ins Allgäu und nach Österreich, fragte sich Karl Kunkelmann.

Das Haus der Richters erinnerte die Polizisten an ein Anwesen aus dem Katalog für ‚Schöner Wohnen'. Schon von Ferne war die Akkuratesse zu sehen, mit der alles angelegt worden war. Penibel war untertrieben. Wahrscheinlich wurde hier der Rasen mit der Nagelschere geschnitten. Die Haustüre wirkte in ihrer Schlichtheit teuer und elegant, aber auch nüchtern und neutral. Kunkelmanns hingegen hatten ein Schild mit ‚Welcome' angebracht und Thomas war früher ganz stolz auf die geschnitzte Holzscheibe mit den Worten ‚Hier wohnen Karl, Lena und Thomas Kunkelmann' gewesen. Davon war man hier weit entfernt. Lediglich der in schwarzer Normschrift angebrachte Nachname verriet die Identität der Bewohner. Nachdem der ‚Big Ben' ertönt war, öffnete Friedrich Richter. Drinnen war es kälter als draußen, merkte sich Karl Kunkelmann seinen ersten Eindruck. Er war eine Art interner Ermittler bei den Polizeibehörden und zeigte seine Anwesenheit vornehmlich durch Unterschriften. In seinem Dezernat sorgte er für Frieden in der Truppe und wurde deshalb scherzhaft Friedensrichter genannt. Persönlich gesehen hatten die beiden Kriminalkommissare den Ministerialbeamten vor diesem Ereignis noch nie.

Vor ihnen stand ein hochgewachsener, sportlich wirkender Mann mit hoher Stirn und einer Lesebrille auf der Nase. Seine scharf gezeichneten Gesichtszüge ließen auf eine gewisse Entscheidungsfreude schließen. Die Stimme jedoch war brüchig und alles andere als entschlossen und fest, was mit den Nachwirkungen der Geschehnisse zusammenhängen konnte. Mit einer fahrigen Handbewegung bat er den Besuch hinein und führte die Ermittler ins Wohnzimmer. Hier regierte eine kühle Architektur das Einrichtungskonzept. Schwarze Ledersessel und ein ebensolches Sofa bildeten die Sitzgruppe um einen Tisch aus Rauchglas, auf dem kein Gegenstand und kein Stäubchen die Platte in ihrem matten Glanz störte. Ein Kunstdruck von Kasimir Malewitschs „Der Holzfäller" an der Wand zeugte von Richters Vorliebe für den Kubismus und klare Formen. Die übrigen Wände waren mit Buchregalen verstellt, deren Inhalt vorwiegend aus Bildbänden über Malerei bestand. An der Schmalseite, die wohl ins Esszimmer führte, zeugte ein hochwertiger Plattenspieler vom Höranspruch des Paares. Man gab sich der Klassik hin. Mehrere Meter Vinyl waren hierfür ein verlässlicher Zeuge. Sigrid Richter saß auf der Sofakante, die Hände im Schoß gefaltet, die Gesichtszüge unbeweglich, wie in Stein gemeißelt. Dezent tickte eine Uhr und teilte die monotone Zeit in exakte Teile. Kunkelmann stellte sich nochmal persönlich vor und begann seine zuvor zurechtgelegten Fragen zu sortieren.

Heiner Ehrenreich ließ das Stimmungsbild des Schweigens auf sich wirken. Irgendetwas suggerierte ihm, dass diese klinische und aseptische Ruhe schon vor dem Mordfall Gast im Hause der Richters gewesen war.

„Herr Richter, ich möchte Ihnen gerne einige Fragen stellen. Sind Sie damit einverstanden?", begann der Hauptkommissar.

„Auch wenn ich es nicht wäre, müssten Sie ihre Arbeit tun. Keine Sorge, beginnen Sie bitte!"

„Ich möchte gerne, dass Sie mir Ihre Tochter aus Ihrer ganz persönlichen Sicht beschreiben. Was für eine Art Mädchen war sie? Hatte sie irgendwelche Vorlieben? Hatte sie viele Freunde?"

„Als wir noch in Wiesbaden wohnten, litt Annemarie unter der kulturellen Vielfalt der Stadt. Das klingt jetzt komisch, aber so war es. Da gab es die Klavierstunden und den Geigenunterricht, auch die Kunstakademie für Kinder hatten wir ihr geboten. Aber die Kleine versank immer mehr in Apathie. Beste Schulleistungen, keine Frage, aber es nagte etwas in ihr. Sie war eine Einzelgängerin, was übrigens gar nicht so schlecht sein muss. Negative Einflüsse durch falsche Freundschaften kennt man ja. Aber ihre Traurigkeit saß tiefer. Wir konnten sie doch nicht zum Psychologen schleppen! Ein exakter Zeitplan und eine feste Struktur sind meines Erachtens sehr wichtig im Leben eines jungen Menschen. Aber hier schien dies kontraproduktiv zu sein. Immer öfter igelte sie sich in ihrem Lernzimmer ein, sprach wenig und funktionierte nur. Wir lieben unser Kind über alles, müssen Sie wissen. Ihr Verhalten hat uns zum Umdenken bewogen. Dann sind wir hierhergezogen."

„Nur wegen der Befindlichkeit des Mädchens?"

„Nein, das Haus auf dem Land kam ja auch meiner Frau sehr recht. Sie reitet gerne. Und in Wiesbaden ist es mit Terminen in den Ställen der Umgegend eher schlecht."

„Hat denn Annemarie gleich Anschluss gefunden, wo sie doch ein Stadtkind war und das Landleben gar nicht kannte?"

„Das war es ja. Sofort ist das Kind aufgeblüht. Als ob jemand in ihr einen Schalter umgelegt hätte. Wir hatten unsere Tochter noch nie so glücklich und gelöst erlebt, nicht wahr, Sigi?"

„Du hast vollkommen recht. Wir hatten sie noch nie so glücklich erlebt", echote die Gattin, ohne ihre Mimik dabei zu verändern.

„Ich würde fast von einer Explosion der Fröhlichkeit sprechen wollen", konkretisierte der hohe Landesbeamte.

„Wie erklären Sie sich denn jenen plötzlichen und radikalen Sinneswandel?", hakte Kunkelmann nach.

„Das hing mit der Tochter unseres entfernten Nachbarn zusammen, der gleichaltrigen Paula Hatzinger. Seit dessen Frau gestorben war, schien sich das Mädchen regelrecht verpuppt zu haben. Der Vater mit dem Hof beschäftigt, ständig irgendwelche Arbeiten und keine Zeit für die eigene Tochter. In der Schule haben sie sich dann angefreundet und Annemarie ist es gelungen, Paula dieses Korsett, das ihr die Trauer über den Verlust der Mutter angelegt hatte, aufzuhaken."

„Und wie hat sich das geäußert?"

„Nun, Annemarie begann sich anders zu kleiden. Sehr zu unserer Sorge. Sie war ja schließlich mitten in der Pubertät. Plötzlich trug sie knallenge Jeans, betonte ihre kleine Oberweite und begann sich zu schminken. So kannten wir unsere Tochter nicht. Immer dezent und züchtig war sie gewesen."

„Wir hatten sie darauf angesprochen", meldete sich Sigrid Richter. „Sie sagte, dass Landleben Lust macht und Paula fröhliche Eindrücke braucht."

„Das hört sich ja fast so an, als sei der Umzug die beste Idee überhaupt gewesen!", gab Heiner Ehrenreich plötzlich schmunzelnd hinzu, wonach betretenes Schweigen eintrat. Den maßregelnden Blick seines Vorgesetzten wusste er problemlos einzuordnen.

„Und wie hat sich die Freundschaft der Mädchen in Ihren Augen dargestellt?"

„Ich glaube, dass Annemarie die Tochter des Bauern leidgetan hat und sie eine Art Helfersyndrom entwickelte. Denn plötzlich begann dieses stille und labile Mädchen sich ebenfalls zu stylen. In der Freizeit ritten sie über die Wiesen und durch die Wälder, kurvten mit ihren Rädern durchs Dorf und waren voller Freude, wenn die Gruppenstunden der katholischen Kirche bei Pfarrer Gutermut nahten."

„Hatte Annemarie einen Freund?", fragte Kunkelmann plötzlich.

„Sind Sie wahnsinnig? Sie wäre in Kürze erst 13 geworden! Wo denken Sie denn hin? Trotz ihrer extrovertierten Wandlung, war sie doch noch ein Kind!"

„Ich meine ja auch nicht, ob sie in irgendeiner Weise sexuell aktiv war. Lediglich ob sie sich mal über einen Jungen besonders positiv geäußert hatte, sich mit einem Klassenkameraden traf oder so. Da habe ich mich wohl falsch ausgedrückt. Mit zwölf Jahren sind körperliche Kontakte zwar nicht die Regel, doch auch keine Ausnahme. Wir leben in einer anderen Zeit. Die Entwicklung ist weiter fortgeschritten." Karl Kunkelmann kam sich wie ein Gesellschaftsphilosoph vor.

„Nicht, dass ich wüsste. Sie hatte allerdings ihre soziale Ader entdeckt und kümmerte sich manchmal um einen behinderten Jungen unten aus der Stadt."

„Was meinen Sie mit kümmern?"

„Nun ja, sie trafen sich gelegentlich im Gruppenraum vor den Übungsstunden. Da half sie ihm, seine Hausaufgaben für die Sonderschule zu erledigen."

„Wie hatten sie sich denn kennengelernt, wissen Sie das?"

„Annemarie erzählte, dass der Junge immer am Gymnasium vorbeigelaufen sei und so schrecklich einsam und traurig durch den Zaun geguckt hätte. Uns war dieser Kontakt nicht besonders angenehm. Man weiß ja nie. Aber sie ließ sich nicht davon abbringen, dem Buben etwas Unterstützung zu geben. Ich sagte ja schon, seit wir hierhergekommen sind, hatte sie sich im Wesen total verändert. Aber wir hatten das akzeptiert, schließlich handelte es sich ja um unsere Tochter!"

„Wie haben Sie denn diese Verbindung gesehen, Frau Richter?", stieg jetzt Heiner Ehrenreich ins Gespräch ein.

„Der Knabe ist auf eine gewisse Weise viel ehrlicher als alle anderen Menschen, die ich kenne. Irgendwie authentischer. Und immer, wenn Annemarie mit ihm zu tun hatte, kam sie ausgeglichen und mit sich selbst zufrieden nach Hause. Sich um Leander zu kümmern, das hatte unserer Tochter gut getan."

„Wie standen Sie denn zum veränderten Outfit des Mädchens? Hat Sie das belastet?"

„Wie Sie sehen, pflegen mein Mann und ich eher den klassischen, etwas konservativen Stil. Ich möchte behaupten, wir stecken in unserer altfränkischen Garderobe fest. Ich zum Beispiel bekam von meinen Eltern nie Jeans gekauft. Die Mode lief an mir vorbei. Nein, das war schon in Ordnung mit Annemaries Wandlung. Zwar hätte es etwas dezenter sein können, aber die jungen Dinger laufen ja alle so herum."

„Würden Sie sich als streng bezeichnen, besonders in Erziehungsdingen?", wollte Ehrenreich wissen.

„Überhaupt nicht. Annemarie durfte alles haben, was ihr gut tat. Musikstunden, Unterstützung für die Schule, sogar ein gerüttelt Maß an Freizeit zur eigenen Verfügung hatten wir ihr zugestanden. Freiheit heißt nämlich nicht Chaos, sondern das sichere Schreiten an langen Zügeln. Aber an die Kandare haben wir sie nicht genommen", versuchte Sigrid Richter ein kleines Wortspiel.

Die Kommissare wurden den Eindruck nicht los, dass die Trauer über den Verlust ihres Kindes zwar keinesfalls gespielt war, aber festgelegte Bahnen nicht verlassen konnte. Alles schien definiert. Bloß nicht das Gesicht verlieren, die Privatsphäre musste mit allen Mitteln gewahrt werden. Hier waren zwei Menschen in sich selbst gefangen und konnten aus ihrer inneren Einsamkeit nicht ausbrechen. Die Kälte, die Kunkelmann empfand, schien nicht durch äußere Einflüsse hervorgerufen zu sein. Sie ging von den Richters selbst aus.

Nachdem sie ihre Visitenkarten hinterlassen und dem Paar viel Kraft gewünscht hatten, verabschiedeten sie sich mit dem Hinweis, jederzeit für die Trauernden erreichbar zu sein.

Als Karl Kunkelmann die Haustür ins Schloss gezogen hatte, wurde es schlagartig wärmer. „Und Heiner, was hältst du von dem Gespräch?"

„Ehrlich gesagt, glaube ich, dass die beiden eine Therapie nicht nur jetzt nach der Tat nötig haben, sondern dass das Paar schon vorher für die Psychologen ein gefundenes Fressen gewesen wäre. Glaubhaft sind sie, daran ist nicht zu rütteln, aber wenn Steifheit und Prinzipienreiterei einen Namen haben, dann lautet der in diesem Falle Richter."

„Ich glaube, dass sich die Kleine ein bisschen wie im goldenen Käfig vorgekommen sein muss", überlegte Kunkelmann.

„Ein bisschen ist gut. Ich vermute, dass sie jede Minute ohne Kontrolle genossen hat!"

In Gedanken versunken verließen die beiden Ermittler das Anwesen der Richters und nahmen den Weg zurück. Von Ferne drang abermals das aufgeregte Muhen von Kühen an ihre Ohren. „Ob die wohl als Überraschung den Bullen in den Stall gelassen haben?", scherzte Ehrenreich, als sie auf der Höhe des nahegelegenen Aussiedlerhofes angekommen waren.

„Keine Ahnung, aber lass uns doch dem Bauernhof mal einen spontanen Besuch abstatten. Das müsste die Hofreite der Hatzingers sein. Vielleicht ist ja die Tochter daheim und kann uns etwas Nützliches sagen."

„Wie willst du denn unser plötzliches Auftauchen begründen?"

„Gar nicht. Jeder weiß doch, was sich unten im Ort zugetragen hat. Da ist doch durchaus mal mit einer Visite von Kriminalbeamten zu rechnen."

Sie gingen zum Auto und fuhren anschließend gefühlte fünfhundert Meter über einen Feldweg, dessen mit Gras bestandene Mitte drohte, dem Dienstfahrzeug die Ölwanne aufzureißen. In unregelmäßigen Abständen kratzte es verdächtig am Unterboden. Das Profil von Traktorreifen hatte sich tief in die Fahrrinne eingegraben. Als sie in einer kleinen Haltebucht vor dem Hof stoppten, wirkte dieser verlassen. Bis auf das Muhen der Kühe zeugten nur ein paar aufgeregt herumspringende Hühner von landwirtschaftlicher Geschäftigkeit. Die Menschen schienen sich verabschiedet zu haben.

„Hallo?", rief Karl Kunkelmann mehrmals in Richtung des etwas angejahrten Wohnhauses. Keine Antwort. Langsam gingen sie auf die angelehnte und vom Wetter gezeichnete Haustür zu, immer bereit, sofort zu fliehen. Schließlich wussten sie ja nicht, ob der vermutete Hofhund gerade in der Küche ein kleines Mittagsschläfchen hielt. Ähnlich wie mancher Briefträger hatten auch die Kommissare schon ihre Erfahrungen mit den vierbeinigen Bewachern gesammelt. Bevor sie klopften, schauten sie sich abermals auf dem Anwesen um. Ausrangierte Maschinen, von denen sie nicht wussten, wofür sie gebraucht wurden und ein anscheinend defekter Unimog standen ungeordnet herum, der betonierte Platz war reichlich mit den Hinterlassenschaften der Rindviecher verschmutzt. Ein gepflegter Bauernhof sah anders aus.

Plötzlich erschraken die Beamten beinahe zu Tode. Mit einem lauten Knarzen öffnete sich ganz langsam der Türspalt und ein Mädchenkopf schaute scheu heraus. „Mein Vater ist nicht da und ich darf auch keinen reinlassen", sagte mit schüchterner Stimme das Kind, bei dem es sich wohl um besagte Paula handeln musste.

„Das ist auch gut so. Man weiß ja nie, wer kommt", pflichtete Heiner Ehrenreich dem Mädchen bei.

„Aber in diesem Fall ist alles okay", ergänzte Karl Kunkelmann und holte Dienstmarke und Ausweis hervor. „Wir sind von der Polizei in

Erbach und haben ein paar Fragen, dann lassen wir dich wieder in Frieden."

„Woher weiß ich denn, dass die Dokumente echt sind?", kam es recht keck aus dem Mund des Mädchens.

„Sehr gut. Du hast ein Lob verdient. Leider haben wir unsere Personalausweise nicht dabei. Somit können wir das nicht beweisen. Aber ich verspreche es dir hoch und heilig. Wir sind Karl Kunkelmann und Heiner Ehrenreich von der Kriminalpolizei. Deswegen haben wir keine Uniformen an."

„Polizisten tragen in Filmen immer Pistolen. Sie aber haben keine Waffen dabei."

Jetzt vollführten Kunkelmann und Ehrenreich quasi synchron eine Bewegung, die auch aus einem schlechten Mafiastreifen hätte stammen können. Mit der rechten Hand schoben sie ihre Jacken zur Seite und gaben den Blick auf die beiden Dienstwaffen frei. Sie trugen die in Hessen übliche Pistole P6 des Herstellers ‚SIG Sauer' am Gürtel und verschafften sich durch ihre martialische Geste Anerkennung, Respekt und Akzeptanz.

„Oha!", entfuhr es dem Mädchen und das Eis schien gebrochen. „Also reinlassen darf ich Sie nicht, das hat der Papa verboten. Aber wir können uns ja draußen unterhalten."

„Gute Idee, dann kann man dich ja auch von der Straße aus sehen und du kannst um Hilfe rufen, wenn wir frech werden sollten", scherzte Ehrenreich. „Aber sag mal, wo ist denn dein Vater? Und warum schreien die Kühe denn so?"

„Entschuldigung, ich habe das ja ganz vergessen. Ich heiße Paula und mein Vater ist mit dem Traktor auf dem Feld. Wir haben sehr viel Arbeit seit die Mama gestorben ist. Deshalb schreien die Kühe auch so. Ich muss dringend füttern. Aber mein Referat für die Schule muss ich auch fertigmachen. Und das mit der Annemarie ist ganz schlimm. Ich muss immer daran denken."

Die Überforderung des Kindes war förmlich greifbar. „Ich will dem Papa ganz viel helfen, weil der so furchtbar traurig ist und nicht alles alleine machen kann. Aber in der Schule muss ich doch auch lernen ..."

„Das kann ich gut verstehen. Wir wollen dich auch nicht lange aufhalten. Kannst du uns bitte ein bisschen von Annemarie erzählen?"

„Was möchten Sie denn wissen?"

„Nun ja, ihr wart ja wohl beste Freundinnen, da erzählt man sich doch so manches. Auch Dinge, die Erwachsene gar nichts angehen.

Weißt du, ich habe einen Sohn, der hält mich für schrecklich altmodisch. Und mit seinen Kumpels spricht der bestimmt über Sachen, die ich gar nicht verstehe. Aber wir wollen doch diesen abscheulichen Mörder finden. Da würden wir dich bitten, auch wenn es dir schwerfällt, ein wenig darüber zu plaudern, wie Annemarie so war. Wir sagen auch bestimmt nichts weiter. Polizeigeheimnis!"

„Annemarie war klasse. Die hat irgendwie alles nicht so ernst genommen. Zu allem wusste sie einen lustigen Spruch. Immer, wenn ich sie daheim abgeholt hatte, konnte man das genau merken. Zu Hause war sie total verklemmt, aber wenn sie dann draußen war, hat sie umgeschaltet. Dann war sie plötzlich wie umgedreht. Ich glaube, dass sie strenge Eltern hat, ich meine hatte. Wir haben oft bei uns gespielt und sind auf Bento geritten, das ist unser alter Hengst. Ein Opa und deshalb sehr gutmütig. Auch hat sie gerne im Stall mitgeholfen, gefüttert, saubergemacht, die Melkmaschine angeschlossen. Gut, dass die Richters umgezogen sind. In der Stadt war alles viel doofer gewesen, hat sie gesagt. Manchmal war sie so überdreht, dass der Papa nur mit dem Kopf geschüttelt hat. Ich muss ihn ja immer fragen, ob ich dies oder das anziehen darf. Die Annemarie hat sogar Geld bekommen, damit sie sich super Klamotten und Schminke kaufen konnte. Ihre Eltern haben das gemacht, damit sie glücklich wird. Die haben alles für Annemarie getan. Die haben zwar keinen Bauernhof, dafür aber viel Geld."

„Wenn die Annemarie so locker drauf war, dann haben sich bestimmt auch die Jungs für so ein aufgeschlossenes Mädchen interessiert", tastete sich Kunkelmann vor.

„Ganz schön geguckt haben die, wenn die Annemarie mit ihren schönen Haaren und den knallengen Jeans über den Schulhof stolziert ist. Besonders die aus den höheren Klassen haben Stielaugen gemacht. Unsere Buben sind da ja noch weit zurück. Die spielen lieber irgendwelche Sachen auf dem Smartphone."

„Und gab es da jemand, der sich besonders um deine Freundin bemüht hatte? Du weißt sicher, was ich meine. Einen Kavalier der alten Schule. Hat ihr jemand den Hof gemacht?"

„Uns könnte mal jemand den Hof machen, so wie der aussieht. Der Papa und ich schaffen das alleine nicht!"

Jetzt merkte Kunkelmann, dass sich sein Alter auch in der Ausdrucksweise niederschlug. „Das glaube ich. Ich meine, ob einer der Jungs mit ihr gehen wollte oder ob sie einen Schwarm hatte, verstehst du?"

„Dann sagen Sie es doch gleich. Nein, das wüsste ich. Die Annemarie hat nur gelockt und dann die Burschen abblitzen lassen. Geträumt hat sie sicher von einem Freund, aber gehabt hat sie keinen. Der Papa sagt, dafür hätte es noch lange Zeit. Erst sollten wir mal richtig in der Schule lernen und zu Hause helfen. Äpfel würden auch erst gepflückt, wenn sie reif sind. Und wie sollte das auch gehen? Bei diesen Eltern? Die sind unheimlich nett, irgendwie auch locker. Aber altmodisch sind sie auch."

„Kennst du eigentlich auch den Leander Anschütz?"

„Na klar, der ist ein ganz Lieber. Der hat sich immer gefreut, wenn er uns aus der Schule oder vom Chor hat kommen sehen."

„Das heißt ja, dass er auf euch gewartet hat."

„Er hat eigentlich auf alle Jugendlichen gewartet und gehofft, dass die sich etwas mit ihm abgeben. Aber die meisten wollten mit dem Leander nichts zu tun haben. Sie sagen, er sei nicht richtig im Kopf. Dabei ist der doch nur ein wenig langsam und braucht viel Zeit, bis er etwas versteht. Zu Hause hat er es nicht einfach und die Annemarie hatte ein großes Herz. Sie hat ihm manchmal am Lindenplatz mit den Aufgaben geholfen. Der ist nämlich gar nicht doof, der Leander, nur eben sehr schüchtern und etwas verlangsamt. Aber ich sage Ihnen was. Uns gegenüber war der ein richtiger Kavalier. So mit Begrüßung und so. Die anderen Jungs sind Luschen gegen den Leander."

Plötzlich vernahmen die Beamten das langsame Lauterwerden von Traktorgeräuschen. „Jetzt muss ich aber wieder rein, die Wäsche und was zu essen machen. Der Papa kommt gleich vom Feld. Wenn er Sie sieht, fragt er mich, wer denn da zu Besuch gewesen ist. Und wenn ich es ihm erzähle, glaubt er sicher, ich hätte etwas verbrochen", lächelte Paula etwas ängstlich und verabschiedete sich mit einem Knicks.

„Was hältst du von dem Mädchen?", fragte Ehrenreich.

„Sehr nett und höflich. Aber auch ungemein unter Druck. Seit dem Tod der Mutter schmeißen der Vater und sie den Aussiedlerhof wohl ganz alleine. Das lockere Reden fand ich auch irgendwie konstruiert und künstlich lebendig, irgendwie hektisch und aufgesetzt. Als ob sie normalerweise in einer ganz anderen Wortwahl spricht. Sie schien richtig froh zu sein, mal lossprudeln zu können."

„Ja, irgendwie war das nicht authentisch. Stell dir aber mal vor, du müsstest mit zwölf für den Vater sorgen und den Hof in Ordnung halten."

„Das kann ich ja mit über 50 nicht, also den Hof in Ordnung halten. Lena kehrt immer, da ich es stets vergesse", flachste Kunkelmann. „Aber Spaß beiseite, was sie gesagt hat, ist durchaus glaubhaft. Nur wie sie es gesagt hat, ihre sogenannte Fiktion, eher nicht."

„Das heißt Diktion, Fiktion ist frei Erfundenes."

„Wie gut, dass wir einen Fremdwortexperten in der Truppe haben. Ich wüsste nicht, wer sonst meine Versprecher korrigieren sollte. Aber trotz allem habe ich Verständnis für die Tochter. Man muss auch mal an den Vater denken, welche Verantwortung der Mann hat. Da ist zum einen der Punkt mit der Erziehung, wo er sicher keine Fehler machen will. Zum anderen lastet ja auch ein immenser wirtschaftlicher Druck auf so einem Anwesen. Ich möchte nicht in der Haut von diesem armen Tropf stecken."

„Man müsste den beiden sagen, dass es in solchen Fällen staatliche Hilfe gibt. Aus irgendeinem Förderprogramm oder so. Ich habe gelesen, dass es jetzt extra eine Ausbildung für Helfer in solchen Notsituationen gibt. Vielleicht kommen wir ja nochmal nach Momart. Dann können wir sie informieren. Oder ich bitte das zuständige Amt, dies zu übernehmen. Kommt wahrscheinlich besser, als wenn die Bullen ein zweites Mal vor der Haustür stehen."

„Jetzt nimm dich aber mal zusammen und beschmutze dein eigenes Nest nicht mit diesem verpönten Namen. Normale Bürger werden mit Beamtenbeleidigung belegt, wenn sie mit diesem bösen Wort einen Kieberer ansprechen."

„Was ist denn ein Kieberer?"

„Ach, Herr Schlauberger. Das wissen Sie nicht? Dasselbe wie einer von der Schmier. Wobei man ersteres in Österreich sagt und der zweite Ausdruck aus dem Rotwelschen stammt, mein lieber Herr Zivilgendarm!"

„Und was ist Rotwelsch?"

„Das ist die Gaunersprache, die aus dem Jiddischen und der Sprache der Sinti und Roma entstanden ist und bis in das zwanzigste Jahrhundert noch vereinzelt gesprochen wurde. Im Knast sind noch Teile davon lebendig. Da machen die ihren Fifi aus Brot, Obst und Saft. Und mit Fifi ist kein Hund, sondern selbst angesetzter Alkohol gemeint, der jedoch einen riesigen Kater verursachen kann. Ebenso könnte der Ausdruck auch aus dem Rotwelschen stammen, aber das weiß ich nicht genau."

„Wo hat man dich denn so schlau gemacht?"

„Man sollte halt manchmal eine Wissenschaftssendung im Fernsehen anschauen, anstatt nur Fußball zu glotzen. Oder mal ein Fachbuch konsultieren. Lesen schadet nämlich nachhaltig der Dummheit!"
Sein Gegenüber ließ diese Aussage unkommentiert stehen.

34

Schon auf dem Weg zur Praxis von Dr. Berger glaubte Karl Kunkelmann den typischen Geruch des auf gemütlich getrimmten Wartezimmers wahrnehmen zu können. Alte Zeitschriften, durchmischt mit einem Anflug von Desinfektionsmitteln, einer leichten Ahnung von Menschenschweiß und feuchter Kleidung. Nach einem tiefen Seufzer öffnete er die Tür und fand das Vorzimmer gerappelt voll vor. Schniefende Kinder rutschten auf den Schößen ihrer Mütter herum, ein Mann mit Augenklappe streckte seinen gegipsten linken Arm vom Körper weg, ein altes Ehepaar hielt sich an den Händen und flüsterte sich tröstende Worte zu. Neben dem einzigen freien Platz hockte ein Mann mit rotem Kopf und fleckigem Hemd. Man konnte die Alkoholfahne riechen. Sicher einer, der krankgeschrieben werden wollte, dachte der Hauptkommissar.
„Frau Behnke?", rief die Sprechstundenhilfe und eine grauhaarige ältere Dame machte sich unter angestrengtem Stöhnen auf den Weg ins Behandlungszimmer. Da Kunkelmann nicht genau wusste, was ihm bevorstand, nahm eine kleine Nervosität von ihm Besitz. Lena hatte es nach Wochen endlich geschafft, den Gatten zum Mediziner ihres Vertrauens zu lotsen, indem sie ihn einfach für einen Check-up angemeldet hatte.
Seit vielen Jahren war Dr. Berger der Hausarzt der Familie, hatte Thomas schon als Kind betreut und war sowas wie ein alter Bekannter, den Karl Kunkelmann allerdings am liebsten von hinten sah. Denn der sportliche Endsechziger mit der grauen Igelfrisur und den schlauen Augen hielt nichts von Schönfärberei. Traf er den Kommissar zufällig beim Bäcker, hatte er keine Hemmungen, ihn auf die immer mehr werdenden Kilos anzusprechen. Auch, wenn Kunden im Geschäft waren. Da kannte der erfahrene Hausarzt keine Gnade. Jetzt war es kurz vor zwölf. Im wahren Sinne des Wortes.

„Herr Kunkelmann, bitte!", tönte es durch das Wartezimmer nach einer gefühlten halben Stunde unbequemen Sitzens. Als der neue Patient die Tür zum Untersuchungszimmer öffnete, scannte ihn Dr. Berger von oben bis unten ab. „Ich schätze, das sind gefühlte 30 Kilo zu viel. Adipositas Grad II, nicht die Schilddrüse, keine genetische Disposition. Ihr Vater war schlanker, wenn ich mich recht erinnere. Extremer Konsum von Granatsplittern, ich schätze die aus dem Café Rudolph, abends mehrere Weißbiere und dann was Deftiges hinterher. Zu wenig flüchtende Verbrecher, kein Grund zum Rennen. Aber erst mal guten Tag, mein lieber Herr Kunkelmann!"

Karl nickte, wobei er sich fragte, ob er gerade den Gruß erwidert, die Vermutungen bestätigt oder beides zugleich getan hatte.

„Wie fühlen wir uns denn so?", fragte Berger jovial.

„Wie Sie sich fühlen, weiß ich nicht. Aber ich habe gerade etwas Herzrasen und wahrscheinlich erhöhten Blutdruck. Zudem bricht mir gleich der Schweiß aus!", sagte Kunkelmann so gelassen, wie er dies momentan konnte.

„Das ist die Angst, mein Freund! Das schlechte Gewissen. Setzen Sie sich mal hin", befahl der Arzt und legte seinem Patienten eine Blutdruckmanschette um den Oberarm.

„Systolisch 160, diastolisch etwas höher als 95. Da heißt es aufpassen in Ihrem Alter. Herzinfarkt und Schlaganfall drohen. Schon mal was vom metabolischen Syndrom gehört?"

„Wie heißt das Symptom? Nein, ehrlich gesagt, eben zum ersten Mal."

„Darf ich Ihnen mal in die Fingerkuppe pieken? Ich möchte Ihren Blutzuckerwert bestimmen. Wann haben Sie zuletzt etwas gegessen?", fragte Berger.

„Vor einer halben Stunde, schätze ich."

„Und was war das?"

„Nun, das war ..."

„Halt, ich weiß es. Es war ein Granatsplitter!"

„Sie sind nicht nur Arzt, Sie können auch hellsehen", bestätigte Karl Kunkelmann die Vermutung. Berger hatte eine kleine Praxis. Das, was anderswo ein Team an Helferinnen erledigte, machte er selbst. Seine Sprechstundenhilfe war vorwiegend für die Termine und die komplizierten Abrechnungen mit den Kassen zuständig.

„Oha, wir sind auf 180!", ließ Berger ihn wissen. „Wie meinen Sie das?" „Damit meine ich den zu hohen Blutzuckerwert. Der muss im Laufe des Tages runter. Und überhaupt: Treiben Sie Sport?"

Karl Kunkelmann sah an sich hinab und blickte dann in das ahnungsvolle Gesicht des Mediziners. „Sie müssen mich nicht auch noch demütigen", entfuhr es dem Polizisten.

„Mache ich doch gar nicht. Kann ja sein, dass Sie aktiver Spieler von Hallenhalma sind. Oder Angeln. Oder Motorsport gucken!"

Kunkelmann lächelte dünn und verneinte jede körperliche Anstrengung.

„Hören Sie gut zu: Sie nehmen langsam etwas ab und als Lohn dafür biete ich Ihnen eine Darmspiegelung an. Ich kenne da einen Internisten, der macht das wunderbar. Der kann sogar gleichzeitig die Speiseröhre untersuchen. Mit zwei unterschiedlichen Sonden natürlich. Auf dem Wege des Entgegenkommens quasi", feixte Dr. Berger und lachte laut auf. Anschließend wurde der dicke Mann auf den Ergometer gesetzt und mit Elektroden beklebt.

„Keine Auffälligkeiten am Herzen, aber die getretene Zahl an Watt ist beschämend. Täglich zweimal mit dem Rad nach Momart hoch und wir kriegen das wieder in den Griff!"

„Apropos in den Griff kriegen, Herr Dr. Berger. Es ist ja alles andere als ein Geheimnis, dass wir den Fall mit dem Kindsmörder überhaupt nicht im Griff haben. So gut wie keine Anhaltspunkte, keine Zeugen, nur irreführende und falsche Hinweise. Und da wir ja beide unter Schweigepflicht stehen, also anderen Leuten nichts sagen dürfen, wollte ich mal fragen ..."

„Jetzt machen Sie es doch nicht so kompliziert. Was wollen Sie denn wissen?"

„Ja, also. Bei diesem Einbruch in die Apotheke neulich. Da wurden ja Medikamente entwendet. Ich frage mich, ob das nicht irgendwie zu dem vertrackten Fall passen könnte. Würden Sie mir mal verraten, was Dormicum oder Midazolam eigentlich ist? Und was Pentobarbital so anrichtet? Letzteres hat die Gerichtsmedizin als Zusatzergebnis neulich nachgereicht."

„Also, mein lieber Herr Hauptkommissar. Ich sage Ihnen das jetzt in meinen Worten. Die Erklärungen stehen bestimmt auch auf Wikipedia, aber wenn dort was Medizinisches erklärt wird, kapiert das keine Sau."

Kunkelmann stutzte und hinterfragte seine Aufnahmefähigkeit von komplexeren Texten. Ob Berger mit der Bemerkung speziell ihn gemeint hatte?

„Dormicum ist ein Benzodiazepin. So ähnlich wie Valium, also ein Durch- und Einschlafmittel. Nur ist es wesentlich stärker und wirkt

134

kürzer. Es kann auch Krampfanfälle durchbrechen. Ideal ist es für den Rettungsdienst, wenn man schnell ein Abtauchen in Morpheus Arme hervorrufen will. Sagen wir mal als Vorbereitung auf eine hurtige Narkose, wenn man beispielsweise eine Schulter wieder einrenken möchte oder einen Unterschenkelbruch richten muss. Zusammen mit dem Schmerzmittel Ketamin klappt das dann prima. Vorteil: Der Patient erinnert sich nicht mehr. Es macht eine sogenannte Amnesie. Nicht zu verwechseln mit Amnestie, das ist was anderes. Da sollten Sie sich auskennen."

Aha, dachte Kunkelmann. Auch der weiß, dass ich manchmal Wörter vertausche.

„Umbringen kann man damit nur schwer jemanden. Der müsste sich verschlucken und daran ersticken oder irgendwie so. Denn das Medikament hat einen Ceiling-Effekt. Das heißt, dass es bei seiner maximalen Wirkstärke aufhört. Da können Sie dann nichts mehr ausrichten. Ceiling ist der englische Ausdruck für Zimmerdecke. Da geht dann nichts mehr durch. Pechvögel hat es aber auch schon gegeben. In der Medizin ist nicht alles vorhersehbar. So und jetzt zum Pentobarbital. Das ist ein Mittel aus der Gruppe der Barbiturate. Der Name leitet sich weder von der kleinen Puppe noch von diesem früheren Nazi ab."

Für wie blöd hält der mich eigentlich, schoss es Kunkelmann ins Hirn. Aber er wollte den Vortrag nicht unterbrechen.

„Das waren vor den Benzodiazepinen die üblichen Schlafmittel. Damit konnte sich jeder nach Belieben wegschaffen. Weil kein Ceiling-Effekt. Capisco? Sie nehmen eine Handvoll der Tabletten oder spritzen sich eine bestimmte Menge und ihr Schlaf wird so tief, dass das Herz aufhört zu schlagen, die Atmung verlangsamt sich und setzt schlussendlich ganz aus. Wird heute so gut wie gar nicht mehr verschrieben."

„Und warum gibt es das Mittel dann noch, wenn es so gefährlich ist?", hakte Kunkelmann nach.

„Abgesehen von speziellen Indikationen beim Menschen, wird Pentobarbital von den Veterinären, also den Tierärzten, verwendet. Damit lassen sich nämlich ohne sonderliche Komplikationen, wie Zucken oder Krämpfe, die lieben vierbeinigen Gefährten einschläfern. Das geht ganz ruhig vonstatten. Die Pumpe bleibt stehen, die Lunge schnauft nicht mehr. Und Rex ist tot. Rex war unser alter Schäferhund. Fast 15 Jahre ist er geworden, bevor er vom tierärztlichen Kollegen mit Pentobarbital in die ewigen Jagdgründe befördert wurde."

„Glauben Sie, dass jemand, der Pentobatal entwendet, über dessen Wirkung Bescheid weiß?"

„Klar, Herr Kunkelmann. Sonst könnte er ja auch Baldriantinktur mitnehmen. Das macht auch müde. Nee, der wusste genau, wie das wirkt."

„Ähm, wenn ich jetzt Ihrer Überweisung zur Darmspiegelung zustimme, dann schlafe ich doch während der Prozedur auch. Das hat mir ein Kollege erklärt. Und der konnte sich hinterher auch an nichts erinnern. Kann es sein, dass der dieses Dormicum bekommen hat? Und ist es denkbar, dass man, falls das gerade aus ist, auf Pentobatal zurückgreift? Der Jackson ist doch auch nicht mehr aufgewacht. Wobei ich gar nicht weiß, ob der zuvor eine Spiegelung hatte. Man sagt ja, er sei süchtig gewesen."

Jetzt lachte Dr. Berger aus vollem Herzen. Er schien sich über die Sorgen des Hauptkommissars vortrefflich zu amüsieren.

„Nein, wo denken Sie hin. Was den Michael Jackson in den Himmel oder auch in die Hölle expediert hat, heißt Propofol und gehört in die Gruppe der Narkotika. Damit erreicht man einen schlaffähnlichen Zustand. Die meisten reden sogar noch dabei. Gut für den Untersucher. Wenn der Patient pupst, kann er ihn bitten, sich etwas zu drehen, ha, ha, ha! Keine Panik, das Zeug ist sicher. Wer es sich natürlich literweise in die Venen kippt, kann auch mal verlieren. Aber das macht ein anständiger Arzt nicht. Da fällt mir ein: Kennen Sie den Fall von dem Orthopäden aus Höchst, der den Vermieter damals mit Brevimytal, einem Narkosemittel, umgebracht hat?"

„Ja, da war ich noch bei den grünen Kollegen. Ich kann mich dunkel erinnern." Jetzt hatte Kunkelmann genug von den Nachhilfestunden in Pharmazie.

„Glauben Sie mir, so eine beschauliche Ruhe unter Propofol ist eher angenehm und nicht abstoßend. Kollegen erzählten mir, dass ihnen Patienten bei Spiegelungen schon die intimsten Dinge preisgegeben haben!"

Karl Kunkelmann würde nichts preisgeben. Darauf konnte sich der Doktor verlassen. Er hatte nämlich keine intimen Dinge zu erzählen.
35

Bei der morgendlichen Konferenz blickte jeder Teilnehmer in enttäuschte Gesichter. Die Ermittlungen hatten nichts ergeben, woran man sich langhangeln konnte. Der Ansatz mit dem Rumänen hatte sich als Einbahnstraße erwiesen und der katholische Gemeindepfarrer schien auch aus der Sache raus zu sein. Dafür hatte man sich mächtigen Ärger mit den kirchlichen Behörden eingefangen, der für eine kurze Zeit zu eskalieren drohte. Der Einbruch in die Apotheke konnte nicht in direkten Zusammenhang mit den Geschehnissen gebracht werden, für weitere Aufrufe an die Bevölkerung war bereits zu viel Zeit vergangen. Kurz gesagt, die Beamten standen vor einem Scherbenhaufen und wussten nicht, wie sie die Teile sortieren sollten. Manche sprachen von einem Puzzle, bei dem man nur nicht die entsprechenden Stücke in der richtigen Reihenfolge fand. Nur, dass bei einem Puzzle irgendwann alles passte. Hier passte von Anfang an nichts.

„Es ist aber auch wie verhext", bemerkte Heiner Ehrenreich und nippte an seinem Tee. „Wie kann das sein? Da wird ein zwölfjähriges Mädchen brutal geschlachtet und nicht mal ein einziger verwertbarer Hinweis geht bei uns ein. Alles nur Mutmaßungen und Spekulationen!"

„Und gegenseitige Verleumdungen oder wenigstens der Ansatz dazu", ergänzte Karl Kunkelmann.

„Auch beim Apothekeneinbruch hat der Täter äußerst umsichtig gehandelt und keine Spuren hinterlassen. Sicher ist lediglich, dass er wohl wusste, wo sich das Lager befand. Denn genau an dieser Seite des Hauses ist er in das Gebäude eingedrungen. Und ihm war von Anfang an klar, was er wollte. Die Zusammenstellung der Medikamente passte für sein Ansinnen exakt. Das sagte mir Dr. Berger neulich. Ich werde den Verdacht nicht los, dass der Täter irgendeinem Medizinberuf nachgeht. Arzt, Krankenpfleger, Mitarbeiter eines Rettungsdienstes oder von mir aus auch Veterinär."

„Und wenn der Einbrecher gar nicht der Täter ist?", fragte ein Kollege in Ausbildung.

„Nun, das würde mich wundern, da ja die entwendeten Medikamente im Körper der kleinen Annemarie gefunden wurden. Aber Sie haben vollkommen recht. Jede Annahme bedarf des Beweises. Sehr aufmerksam, junger Mann!"

Dem Angesprochenen bogen sich die Mundwinkel nach oben und er grinste wie ein Honigkuchenpferd. Kriminaldirektor Wagenknecht saß am schmalen Ende des mit Tassen und Gläsern vollgestellten Tisches. Bis jetzt hatte er sich eines Kommentars enthalten, doch sein nervöses Nagen an einem der Brillenbügel kündete von dem Zündstoff, dessen Lunte er bald entzünden würde.

„Also meine Herren", hob er plötzlich an, „was sich hier vollzieht, ist ein wahres Trauerspiel. In meinen langen Jahren als Kriminalpolizist habe ich es noch nie erlebt, dass sich eine Ermittlung dermaßen hinzieht. Meistens kommt irgendwann Kommissar Zufall zu Hilfe und führt uns auf die richtige Fährte. Aber der scheint Urlaub zu haben, sich im Krankenstand zu befinden oder sonst irgendwie abgetaucht zu sein. Was ist das nur für eine Scheiße. Die Bevölkerung wartet darauf, dass wir den Täter fassen. Die Schulen sind kurz davor, aus Angst ihre Pforten zu schließen und viele Eltern lassen ihre Kinder gar nicht mehr auf die Straße. Was ist denn hier los? Ist denn keiner in der Lage, diesem Scheusal das Handwerk zu legen?"

„Also Chef, erst mal ist das mit den Schulen übertrieben. Dann können wir nur handeln, wenn wir Ansätze haben. Und die haben wir nicht. Wenigstens noch nicht. Wir können ja keine Scheinverhaftungen vornehmen, nur damit die Bürger beruhigt sind", entgegnete Karl Kunkelmann.

Jetzt schaltete sich der Auszubildende ein. „Wer sagt uns denn, dass wir es mit einem Einzeltäter zu tun haben? Vielleicht agiert hier eine völlig durchgeknallte Gruppe?"

„Junger Mann", dampfte Wagenknecht, „sind Sie von allen guten Geistern verlassen? Erstens wäre solch ein Konstrukt der absolute Gau, zweitens gibt es rein gar nichts, was für eine solche Annahme spricht, drittens zeigt die Spurenlage am Tatort, dass es sich um einen Einzeltäter handelt und viertens sollten Sie erst mal nachdenken, bevor Sie solche unqualifizierten Bemerkungen machen. Des Weiteren möchte ich gar nicht über Ihr Fortkommen während des Studiums spekulieren!"

Kunkelmann sah, wie sich der junge Kollege förmlich in sich zurückzog. Nicht, dass er vollkommen anderer Meinung gewesen wäre als sein Chef. Aber solche Methoden hatten mit einer modernen Pädagogik, die das Lob vor den Tadel stellte, rein gar nichts zu tun. Offenheit nach allen Richtungen musste die Devise lauten. Wenn dabei manchmal Mist herauskam, so war dies nur ein Zeichen dafür, dass in alle Richtungen gedacht wurde. Bei der nächsten Attacke gegen seinen Schutzbefohlenen würde der Hauptkommissar wohl etwas sagen müssen.

„Mein Gott. Und dann noch die Presse! Große Güte, die wollen ja auch gefüttert werden. Ich sehe den Kollegen Kunkelmann schon bei

XY stehen. Den kurzen Auftritt in der Hessenschau hatte ja ich freundlicherweise übernommen."

Kunkelmann merkte, wie er am Hemdkragen zu schwitzen begann. Nein, das würde ihm Wagenknecht nicht antun. Das war nur eine gemeine Drohung. Im Geiste sah er sich vor der Kamera stehen und ins Mikrofon des Moderators stottern. Nein, dazu war Wagenknecht zu narzisstisch veranlagt. Einen publikumswirksamen Auftritt im ZDF würde er sich keinesfalls entgehen lassen. Seine Ängste waren vollkommen unberechtigt.

„Außerdem hoffe ich nur, dass sich das LKA nicht anschickt, den Fall zu übernehmen. Sobald irgendwie ein breites öffentliches Interesse suggeriert wird, sind die Typen aus Wiesbaden nämlich sofort dabei. Dann dürfen wir als Handlanger vom Land zwar noch mitspielen, aber nur ganz am Rande. Akten von hinten nach vorne tragen. Ich sehe schon, wie sich die Cracks die Hände reiben und ihre sogenannten Profiler aus dem Zylinder ziehen. Die machen dann einen auf FBI und unsere Kollegen stehen da wie die Kinder beim Dreck. Man führe sich nur vor Augen, wer der Vater des Opfers ist und welche Möglichkeiten er hat. Kollegen, wir werden beobachtet. Sehen wir zu, dass wir endlich Ergebnisse vorweisen können! Das war´s von meiner Seite."

Zügig verließ Wagenknecht den Raum und ließ die Kommissare in ihrem Ermittlungsvakuum alleine zurück. „Es ist aber auch ein Kreuz", konstatierte Kunkelmann und schlug mit der Faust auf den Tisch. „Warum tut sich da denn nichts? Was soll diese verdammte Flaute? Bei einem Kindsmord ist doch die halbe Welt in Aufruhr. Selbst aus den Strafanstalten sollen sich in einem solchen Fall schon Knackis gemeldet und anhand ihres Insiderwissens mitgeholfen haben. Weshalb diese absolute Stille? Was machen wir verkehrt? Muss denn erst ein zweiter Mord passieren, bevor wir auch nur im Ansatz zu Potte kommen?

„Jetzt mach mal langsam Karl", beschwichtigte Ehrenreich, „wir dürfen uns vom Chef nicht unter Druck setzen lassen. Auch wenn dem Gott weiß wer im Nacken sitzt. Der Wagenknecht ist eine arme Sau. Der muss immer das Kerngeschäft und die Politik unter einen Hut bringen. Da haben wir es doch irgendwie einfacher. Lasst uns mal überlegen. Wenn ich mal anfangen darf?" Alle blickten auf den erfahrenen Ermittler und waren auf seine Ansätze in der vertrackten Geschichte gespannt. „Nachdem wir die Ergebnisse der Medikamentenanalyse ja haben und auch das Obduktionsergebnis von dieser

Kapazität aus Frankfurt vorliegt, ist für mich eines so sicher wie das berühmte Amen in der Kirche: Der Mörder oder die Mörderin, da will ich mich noch nicht festlegen, hat praktische Erfahrung in der Medizin. Und zwar weniger wegen der sorgfältig und nach Bedarf gewählten Medikamente, sondern aus einem ganz anderen Grund: Versucht ihr doch mal, eine Vene mit dem ersten Stich zu treffen. Das geht mit an Sicherheit grenzender Wahrscheinlichkeit schief. Jemanden eine Axt auf den Kopf hauen, das kann jeder. Oder auch mit dem Messer ins Herz stechen. Wenn man weiß, dass es links sitzt, wenn man es am rechten Fleck hat, ist dies ebenfalls nicht unbedingt die hohe Kunst. Aber eine Kanüle in eine doch recht flexible Vene zu stecken, das will geübt sein. Der Täter oder die Täterin hat kein einziges Mal daneben gestochen, sonst hätte das einen riesigen Bluterguss ergeben. Und außerdem spricht die Mitnahme der Medikamente ja auch für deren sehr wahrscheinlichen Einsatz. Der Mann oder die Frau muss gewusst haben, wie man auch in die doch eher kleinen Gefäße eines zwölfjährigen Mädchens eine solche Nadel einbringt, ohne allzu viele Fehlpunktionen zu riskieren. Ich tippe auf jemanden, der das entweder täglich ausübt oder auf jemanden, der das irgendwann mal gelernt und verinnerlicht hat. Meinetwegen einen ehemaligen Zivildienstleistenden, einen Angestellten von der Blutbank oder vielleicht auch den Assistenten eines Präparators aus dem Seziersaal an der Uni."

„Vielleicht hat ja der große Professor Stahlmann selbst Hand angelegt, da er pädophil ist?", flachste der junge Mann von der Polizeihochschule.

„Sie da!", zürnte Kunkelmann. „Für solcherlei blöde Späße haben wir leider kein Verständnis. Wenn Sie nicht mit dem nötigen Ernst bei der Sache sein können, darf ich Sie bitten, augenblicklich dieses Zimmer zu verlassen. Wir suchen noch dringend jemanden, der einmal die sich auf den Odenwälder Polizeistationen befindlichen Handschellen ölt. Aber passen Sie auf, dass Sie nicht bei Ihnen zuschnappen. Wegen sittlicher Unreife wurde schon so mancher in Ketten gelegt!"

Das saß. Mit roten Ohren verfolgte der Neue die Konferenz, ohne ein weiteres Mal ein Späßchen zu wagen. Nach einiger Zeit bemerkte er hingegen: „Herr Ehrenreich, warum schließen Sie eigentlich einen Junkie von vornherein aus? Die wissen doch auch, wie man eine Spritze setzt?"

„Lob für den Nachwuchs, mein Freund. Da haben Sie natürlich recht. Aber die Erfahrung zeigt, dass es irgendwo Parallelen geben muss zwischen Opfer und Täter. Damit meine ich, dass sie irgendwie auf der gleichen gesellschaftlichen Ebene agieren. Da liegen die genannten Berufsgruppen in ihrer sozialen Einordnung näher. Weshalb sollte ein Junkie die Tochter eines Ministerialbeamten töten? Wo ist der Bezug? Aber Respekt. Man hat schon Pferde kotzen sehen. Ganz ausschließen möchte ich das selbstverständlich nicht. Übrigens können Sie ruhig Heiner zu mir sagen, wenn dir das nichts ausmacht. Bis auf den Chef duzen wir uns hier alle!"

Kunkelmann rümpfte die Nase über diese Aussage, was aber keiner merkte. Schließlich ging es hier auch ein kleines bisschen um Autorität. Der Knabe war nämlich höchstens so alt wie Thomas. Und genauso selbstsicher im Auftreten. Das gefiel ihm wiederum. So einer könnte später mal die Presseabteilung leiten.

„Und noch was, Heiner", setzte der Student nach. „Weshalb differenzierst du stets zwischen Mann und Frau? Glaubst du wirklich, dass ein weiblicher Mensch so ein schweres Holzkreuz geschleppt haben könnte?"

„Nein, das nicht. Obwohl es im Odenwald viele so genannte Mannsweiber gibt. Die könnten das schon schaffen. Manch einer ist sogar mit einem solchen verheiratet. Da heißt es aufpassen. Die haben nicht nur Haare auf den Zähnen, sondern auch auf der Brust!"

Jetzt erfüllte ein befreiendes Lachen das Auditorium und löste die eher beklemmende Anspannung.

„Ich rede Quatsch. Das hat einfach praktische Gründe. So lange wir keinen Beweis dafür haben, dass es ein Mann war, will ich mich auf das Geschlecht nicht festlegen."

„Noch etwas anderes ist bemerkenswert an den Umständen", bemerkte Kunkelmann. „Ich bin mir beinahe sicher, nein, ich könnte sogar um einen Granatsplitter wetten, dass der Täter hier aus der Gegend stammt. Nicht aus Frankfurt, nicht aus Darmstadt und nicht aus Aschaffenburg oder Eberbach."

„Und wie kommst du darauf?", hakte Heiner Ehrenreich nach.

„Weil man wissen muss, dass es diesen alten Bahnkeller gibt. Der oder die hat sich nicht die Mühe gemacht, ewig nach einem geeigneten Ablageort für die Leiche zu suchen. Die Lokalität muss bekannt gewesen sein. Es war meiner Ansicht nach gewollt, dass man das Opfer auf jeden Fall findet, aber erst relativ spät. Auch hatte der Peiniger bewusst einen überdachten Raum ausgesucht, um die Szene nach seinen Vorstellungen zu gestalten. Ihr könnt mir glauben, da war einer mit Ortskenntnis am Werk. Und zwar keiner, der irgendwann hier mal zugezogen ist, sondern einer, der von Kindesbeinen an in der Gegend lebt. Ein Zugezogener oder ein Neubürger, wie das heute heißt, kennt das Verlies nicht. Ich selbst bin hier aufgewachsen und weiß noch, dass wir mal als Jugendliche für einen dubiosen Verlag irgendwelche Werbeblättchen austragen sollten. Weil wir zu faul dazu waren, haben wir uns entschieden, diese unhandlichen Packen in einem jener Keller verschwinden zu lassen. Keiner hatte den Verlust bemerkt und unser Geld haben wir trotzdem bekommen."

„Und euch davon eine riesige Tüte Granatsplitter gekauft!" Wieder war es der Neue, der diese unqualifizierte Bemerkung gemacht hatte. Diesmal musste selbst Kunkelmann über die Traute des unerschrockenen Kollegen lachen.

„Nein, Herr Kollege. Sie irren sich. Damals standen wir auf Amerikaner, falls Sie wissen, was das ist!"

„Ich dachte wir seien per du?"

Kunkelmann korrigierte sich widerwillig: „Nein, mein Bub. Du irrst dich. Wir standen auf Amerikaner, falls du weißt, was das ist!"

„Wahrscheinlich habt ihr die von Kennedy persönlich in die Hand gedrückt bekommen, als er seinerzeit dem Odenwald seinen Besuch abgestattet hat", scherzte der vorlaute Knabe. Dem Burschen war nicht beizukommen. Ob Kennedy tatsächlich mal im Odenwald war? Kunkelmann konnte sich nicht erinnern. Wollte ihn der Jungspund verarschen oder auf die Probe stellen? Er würde das zu Hause bei Wikipedia nachschlagen. Wenn es ihm gelang, ins Internet zu kommen, war das kein Problem. Ansonsten konnte ihm ja Thomas dabei helfen. Auch die Abfrage bei POLAS, dem polizeiinternen System für aktuelle ungeklärte Fälle und Recherchepool für offene Altlasten, ergab nichts. Alle Kindstötungen der vergangenen Jahre hatten eine sexuelle Komponente oder waren auf Misshandlungen in der Familie zurückzuführen. Die zurückliegenden Fälle aus Belgien konnten ausgeschlossen werden. Durchgeknallte Sektenmorde gab es ausschließlich in den USA. Somit waren die Ortskenntnis und das berufliche Umfeld die einzigen Hinweise, die man verfolgen konnte. Aber wo genau ansetzen? Die Aktenlage war dünn und alle im medizinischen Bereich tätigen Personen nach einem Alibi zu befragen, erschien aberwitzig. Zumal sich der Pathologe Stahlmann keineswegs auf einen exakten Todeszeitpunkt festlegen konnte. Zwei Mutmaßungen, denen man Gewicht verlieh, konnten nicht eingegrenzt werden.

36

In der ‚Linde‘ war die Hölle los. Unzählige Bedienungen flitzten hin und her. Man hatte einen 70sten Geburtstag und eine Goldene Hochzeit zu versorgen. Hinter der Theke kam Petra mit dem Zapfen nicht mehr nach. Der Stress war förmlich zu fühlen. Auch den Hauptgastraum hatte Charly für die Feierlichkeiten okkupiert. Dies betraf natürlich auch jenen Platz, an dem sonst immer die Stammtischler saßen. Jene treuen Besucher der Wirtschaft hatte man kurzerhand in einem winzigen Zimmerchen platziert, das normalerweise für Ersatzstühle, viele Packen Sitzkissen und mehrere Türme Aschenbecher aus den Zeiten, in denen man in der Kneipe noch rauchen durfte, vorgesehen war.

„So weit sind wir gekommen", sagte Meier, der Zimmermann. „Das hätte es beim alten Erich nicht gegeben. Aber dem Charly ist es wichtiger, die gut zahlende Bagage abzufüttern, als uns den Stammtisch zu gewähren."

„Jetzt mach aber mal einen Punkt!", hielt ihm der Hufschmied Gräber entgegen. „Möchtest du zwischen den vornehm gekleideten Herrschaften sitzen und ständig angerempelt werden, weil du wieder dein Bein mit dem lädierten Knie ausstrecken musst? Habt doch auch mal etwas Verständnis für die Wirtsleute. Die leben schließlich von solchen Feiern. Von den alkoholfreien Weizenbieren, die der Hatzinger sich einverleibt, kann kein Mensch sein Auskommen bestreiten!"

„Aber von den zehn bis zwölf alkoholhaltigen, die du dir jedes Mal einfährst schon", konterte der angesprochene Bauer und hatte das Gelächter auf seiner Seite.

„Mich betrifft das eh nicht", sagte Müller, der wieder seine kurze Verweildauer ins Feld führte. „Ich muss ja sowieso um drei in der Nacht aufstehen. Da habe ich für so große Mengen gar keine Zeit!"

„Weshalb du ja auch nur kleine Mengen zu dir nimmst. Täusche ich mich, oder hattest du beim letzten Mal elf Kurze auf dem Deckel?", meinte Hatzinger sich zu erinnern.

„Ist ja auch egal, irgendwie fühle ich mich hier ausgebootet. Selbst wenn es nur selten vorkommt. Und die Petra kommt auch so gut wie nie in die Besenkammer hier. Da könnte man bei lebendigem Leib verdursten!"

„Apropos, wenn du schon vom Sterben sprichst. Was machen denn die Ermittlungen im Falle der Richters? Verständlicherweise kommt der Friedrich momentan ja nicht zu unseren illustren Terminen. Man liest gar nix mehr in der Zeitung?"

„Kein Wunder, es gibt wahrscheinlich nichts zu berichten. Ich denke, der Kerl ist über alle Berge. Die Tschakos machen jetzt nur Routinearbeiten, um Tätigkeit vorzuweisen. Kreuzen mal hier und mal dort auf. Neulich, als ich auf dem Acker war, sind die auf unserem Hof erschienen und haben die Paula ausgequetscht. Hätte ich nur mal da sein sollen. Denen hätte ich was erzählt! Minderjährige ohne den Erziehungsberechtigten befragen. Wo führt denn das hin? Der Paula habe ich gesagt, dass dies verboten sei und sie die Staatsmacht bei ihrem nächsten Besuch auf ihren Vater verweisen soll. Sind bei euch auch schon die Bullen aufgekreuzt und haben Fragen gestellt?"

„Nein, warum auch. Wir haben damit ja nichts zu tun!", sprach der Bäcker.

„Wir doch auch nicht!"

„Klar, aber die Kinder waren doch gut befreundet. Da halte ich es für durchaus normal, dass die Kripo die eine oder andere Frage hat. Aber mal was anderes. Wo ist denn die Petra? Mir klebt die Zunge schon förmlich am Gaumen!"

Kaum hatte der Darbende seinen Satz beendet, flog die Tür auf. Herein kam die Bedienung mit einem Tablett voll mit frisch gezapften Weißbieren.

„Das soll ich euch von Charly übergeben. Er ersucht um Nachsicht wegen der Unannehmlichkeiten und hofft, dass ihr uns die Treue haltet und das Lokal nicht wechselt!"

„Seinen Sarkasmus kann er für sich behalten", trötete der letzte Vollerwerbsbauer im Dorf. „Seit die Berta ihre Beize geschlossen hat, sind wir ja auf euren Gourmettempel angewiesen. Der Charly hat jetzt das Monopol in der Gemeinde. Hat er auch an mein Alkoholfreies gedacht?"

„Lieber Herr Hatzinger. Das glaube ich nicht, bei dem Trubel. Aber ich habe daran gedacht, da ich am Zapfhahn stehe. Und als ich hörte, für wen die Runde bestimmt sei, habe ich eines ohne Sprit dazugestellt. Was sagen Sie jetzt?"

„Da sage ich vielen Dank. Aber seit wann siezen wir uns denn?"

„Bei Ihrem Wankelmut in der Laune, weiß ich manchmal nicht, woran ich bin. Sei's drum. Lass es dir schmecken!" Kaum hatte die Bedienung die Besenkammer verlassen, stießen die Stammtischler auf ihren Wirt an und wünschten ihm ein langes Leben. Gegen 23 Uhr regierten gelockerte Zungen die kleine Zusammenkunft im Nebenzimmer des Gasthauses. „Eines kann ich euch sagen: Bei der Berta hätte es das nicht gegeben, dass man uns in ein solches Kabuff verfrachtet hätte. Die hatte noch Anstand und Moral", ließ der Schmied verlauten.

„Wäre ja auch gar nicht möglich gewesen. Das ganze Lokal bestand ja nur aus einem Raum, der ungefähr so groß gewesen war, wie das Kabuff in dem wir jetzt sitzen!", erinnerte sich der Zimmermann unter den Handwerkern.

„Und von wegen Anstand und Moral", flocht Hatzinger ein. „Was damals auf dem Plumpsklo so abging, darüber will ich lieber nicht sprechen. Das ging auf keine Kuhhaut!"

„Kein Wunder, die Kuhhaut hatten ja auch damals schon deine Rindviecher um den Leib", lachte der Bäckermeister. „Und übrigens von wegen Anstand. Schau mal zu, dass deine Ochsen rechtzeitig gefüttert werden. Die kreischen ja zu Unzeiten das ganze Dorf voll!"

„Lass ihn", sagte Petra. „Der Mann hat schwer zu wirtschaften und dabei noch eine minderjährige Tochter zu erziehen. Ihr könnt nur meckern, aber in diesem Fall wäre wohl etwas Verständnis angebracht."

Betreten blickten die Gäste auf ihre Fußspitzen und gaben durch zustimmendes Murmeln zu verstehen, dass die Bedienung wohl im Recht sei. Bauer Hatzinger tat die Einwände der Kameraden mit einem Scherz ab, aber Petra konnte sehen, dass dem Mann die unsensible Art der anderen Männer aufs Gemüt geschlagen war. Unversehens zückte er den Geldbeutel und bezahlte seine Zeche. Als ihn die Kameraden fragten, wohin er denn wolle, lächelte er nur versonnen und antwortete: „Kühe füttern!"

37

Drei Tage später war es dann soweit und Karl Kunkelmann gewahrte die Unheil verheißende Situation: Die vierte Gewalt im Staat forderte ihr Recht auf Information ein. Terminverschiebungen waren nicht mehr möglich. Früh morgens traten die in der Sache ermittelnden Beamten vor die Presse. Man war ins nahegelegene Kulturzentrum ausgewichen, da die Räumlichkeiten im Erbacher Revier für den Ansturm an Zeitungs-, Radio- und Fernsehjournalisten platzmäßig nicht geeignet waren. Schon früh waren die Jungs vom HR angerückt und checkten die Kamera, das Tonaufnahmegerät sowie die richtige Position des Moderators. FFH Regional war aus Darmstadt gekommen und hatte einen bleichgesichtigen jungen Mann abgeordnet, der sich mit der Technik seines Recorders abzumühen schien. Auch das bayrische Lokalfernsehen war mit einem Team aus Aschaffenburg angereist. Das lokale Fernsehen aus dem angrenzenden Baden-Württemberg hatte eine professionell wirkende Dame geschickt, die intensiv auf ihren Kameramann einredete und ständig den Sitz ihrer Frisur kontrollierte. Für das ‚Main-Echo‘, die Tageszeitung aus Unterfranken, saß der erfahrene Alfred Siebenhain in den vorderen Rängen, der seine routiniert verfassten Texte auch an die Anzeigenblätter der Gegend verkaufte. Vorne links klemmte ein vollschlanker Mann mit Diktiergerät im Sitz, der für ein gerne gelesenes Internetportal schrieb. Er hatte erst jüngst einiges zur Aufklärung eines mittleren Skandals im Kreisausschuss beigetragen, wobei man dem Landrat vorwarf, für das neu zu konzipierende Standortmarketing des Odenwaldkreises seinen Nachbarn, einen für die Kreisstadt arbeitenden Medienmenschen, ins Boot genommen zu haben, ohne dass dieser die Voraussetzungen der Ausschreibung erfüllt hatte. Es war zur Anklage und zur Verhandlung gekommen, welche durch die vertrackte Aktenlage und das fehlende Erinnerungsvermögen wichtiger Leute den armen Richter an die Grenze der Überforderung brachte.

Das ‚Odenwälder Echo‘ war selbstverständlich ebenfalls vertreten und hatte den eifrigen Reporter Elmar Spohrnagel an den Ort des Geschehens beordert. Hektisches Treiben und aufgeregte Stimmen regierten die Szenerie. Kaffeebecher und Wasserflaschen wurden ausgegeben, von einer nahen Bäckerei hatte man Brötchen und Croissants besorgt. Karl Kunkelmann warf einen Blick durch die angelehnte Tür und fühlte sich augenblicklich unwohl, denn er hatte am linken Rand des Podiums ein Schild mit seinem Namen und seinem Dienstrang entdeckt. So waren Tatsachen geschaffen, die er zwar erahnt, aber innerlich noch nicht verarbeitet hatte. Bis jetzt hatte er Hoffnung auf Dispens gehabt. Zuletzt war diese dann aber gestorben. In weiser Vorahnung war er zu Hause bereits in eine dunkle Anzugsjacke ge-

146

schlüpft, die er sonst nur für Beerdigungen nutzte. Auch für Heiner Ehrenreich gab es ein Plätzchen, doch der hatte sich krank gemeldet. Um den Stuhl nicht unbesetzt zu lassen, hatte wohl das Fräulein Bachmann den Polizeihochschüler gebeten, sich an Heiners statt auf den Schemel zu setzen. Dabei hatte die gute Seele ihm immer wieder eingetrichtert, auf jeden Fall den Mund zu halten und den Chef sprechen zu lassen. Die Frage, ob er denn nur als Statist fungieren solle, hatte sie mit den Worten bestätigt, dass jede große Szene ihre Komparsen brauche.

Im Hinterzimmer des kleinen Saales hörte Kunkelmann leise Kriminaldirektor Wagenknecht unaufhörlich seine Begrüßung memorieren. Die Kollegen hatten Mitleid mit dem Boss. Obwohl er sich ganz gerne in die Öffentlichkeit begab, war ihm ein solches Aufgebot an Multiplikatoren ein wenig zu groß. Man konnte die Nervosität des Dienststellenleiters förmlich riechen. Ansonsten ein Ausbund an Reinlichkeit, war ihm wohl unlängst das Deodorant durchgebrochen. Neben riesigen Schweißflecken unter den Achseln, schlich sich ein stechender Geruch, der vom Versagen des Parfums zeugte, in Kunkelmanns Nase. Ständig musste er sich solche Szenen aus Kriminalromanen vorstellen und das erinnerte ihn an dramatische Schilderungen mit unschönen Dialogen, welche die betroffenen Ermittler meistens in Schwierigkeiten brachten.

„Herr Wagenknecht?", vernahm er eine Frauenstimme. „Würden Sie bitte in unser Provisorium kommen? Ich möchte Sie pudern!"

Karl Kunkelmann hatte Mühe, bei dieser Bemerkung nicht in lautes Prusten zu verfallen. Auch der Vorgesetzte war sichtlich überrascht, denn augenblicklich lief er knallrot an und der Schrecken ließ sein aufgeregtes Herumwuseln in stilles Verharren umschlagen.

„Sonst spiegeln sich die Lichter der Beleuchter zu sehr auf der Stirn!"

„Selbstverständlich junge Frau, ich komme sofort", antwortete Wagenknecht und hüstelte nervös. Im Pulk der Presseleute war auch einer zu sehen, der nirgends fehlen durfte, wenn Öffentlichkeit geboten war.

Horst Kluhr hieß der rundliche ältere Herr, wie Kunkelmann wusste. Er war vor dem verklagten Landrat oberster Chef im Kreis gewesen, hatte die so genannten „Kartoffel-Wochen" aus der Taufe gehoben und war überall ein gern gesehener Gast, der den Odenwald und dessen Vorzüge mit Herzblut in die Republik trug. Kein Fremdenverkehrsamt konnte Vergleichbares leisten. Wie er es ohne Presseausweis in den kleinen Saal geschafft hatte, wusste Kunkelmann allerdings nicht. Allein sein Erscheinen schien Legitimation genug gewesen zu sein. Fröhlich und mit einem warmen Lächeln auf den Lippen winkte er in die noch inaktiven Kameras und klopfte mehreren Anwesenden auf die Schultern. Das Ganze wirkte bei ihm in keiner Weise aufgesetzt. Horst Kluhr war halt so. Ein Sympathiebündel par Excellence.

Ein unangenehmes Pfeifen verkündete, dass die Mikrofone nun offen waren. Die Kameraleute hatten sich hinter ihren Okularen verschanzt, die Printjournalisten hielten Block und Bleistift bereit oder ließen die Finger über die Tasten ihrer Notebooks schweben. Als Direktionsleiter Wagenknecht die aus Fertigteilen zusammengestellte Bühne betrat und auf seinem Stuhl hinter dem aus einer Biergarnitur improvisierten Konferenztisch Platz genommen hatte, verstummte das emsige Gemurmel. Mit einem Räuspern und dem dezenten Klopfen auf eines der Mikrofone, signalisierte der Chefpolizist, dass er bereit war.

Karl Kunkelmann schob sich schüchtern und kopfnickend grüßend ebenfalls auf seinen Stuhl, den er umständlich auf die für ihn passende Position ausrichtete. Ein Grummeln im Magen verriet ihm rege Verdauungstätigkeit und er hoffte, dass sich keine Luftansammlungen im Darm bilden würden. Krampfhaft versuchte er den Objektiven der Fotoapparate auszuweichen, die gerade ein wahres Blitzlichtgewitter abfeuerten. Lässig saß der Praktikant auf seinem Stuhl und versuchte sich in Posen, die er wahrscheinlich in irgendwelchen Hollywood-Streifen gesehen hatte. Kunkelmanns rechte Hand wanderte für einige Sekunden auf den rechten Oberschenkel des Kollegen, was diesen beruhigen sollte.

„Ich darf sie alle zu der von uns anberaumten Pressekonferenz begrüßen", eröffnete Wagenknecht die Sitzung, wobei er die Oberhand seiner Behörde zu betonen versuchte. „Wir haben sie einbestellt, äh, ich meine eingeladen, um ihnen erste Erkenntnisse zum Ermittlungsstand im Falle des Tötungsdeliktes zu Ungunsten der Annemarie Richter mitzuteilen."

„Super, dass Sie den Grund unserer Anwesenheit erläutern. Sonst hätten wir gar nicht gewusst, weshalb wir hier sitzen", feixte der füllige Mann vom Online-Portal.

Steifer und verstockter hätte ich kaum beginnen können, dachte Wagenknecht.

„Gibt es denn überhaupt irgendwelche Erkenntnisse oder haben Sie diesen Termin nur aufgrund des Drucks der Medien und der Politik anberaumt?'", schoss Spohrnagel vom ‚Odenwälder Echo' seine Frage ab.

„Also meine Damen und Herren, mich wundert, ehrlich gesagt, diese überaus scharfe Polemik. Wenn sie sich in ihren Mutmaßungen und Unterstellungen etwas mehr zurücknehmen würden, wäre ich ihnen sehr verbunden."

„Herr Wagenknecht", hob nun Siebenhain vom ‚Main-Echo' an, „bringen Sie uns bitte auf den neuesten Stand der Ermittlungen!"

Kunkelmann schielte zu seinem Chef rüber und hoffte, dass der kurz und unumwunden das Wenige, was es zu sagen gab, der Presse mitteilen würde.

„Wie Sie wissen, meine Damen und Herren, ist ja der Kollege Kunkelmann für den Fall zuständig. Er hat die Gespräche mit den Zeugen geführt und ist tief in der Materie drinnen. Außerdem ist er ein fähiger Hauptkommissar mit jahrelanger Erfahrung, der weiß, wie man strategisch in so einer Situation vorgeht."

Karl Kunkelmann zog es jeglichen Speichel aus dem sowieso schon vollkommen ausgetrockneten Mund und er hoffte, dass Wagenknecht nun keinen Fehler machte. „Deswegen haben wir uns dazu entschlossen, dem Kollegen eine Art Schweigegelübde aufzuerlegen. Denn wenn man so intensiv mit einer Sache befasst ist, kann es durchaus sein, dass einem Dinge über die Lippen kommen, die dem aktuellen Stand vorgreifen. Ich bitte sie, dies zu akzeptieren und ihre Fragen an mich zu richten. Ich danke für ihr Verständnis." Kunkelmann hätte seinen Chef in diesem Moment knutschen können.

„Gut, dann fange ich mal an", ergriff Elmar Spohrnagel das Wort. „Da Sie ja noch gar nichts zum Sachstand gesagt haben, dürfen Sie das jetzt tun!"

„Vielen Dank für Ihre Erlaubnis, Herr Bohrnagel! Wir vermuten, dass der Täter aus der Gegend kommt. Dafür spricht die exakte Ortskenntnis. Auch sind wir uns sicher, dass er in irgendeiner Art und Weise einen Bezug zur Medizin hat. Das ergibt sich aus dem Hergang des Geschehens."

„Sie werden doch nicht den guten, alten Dr. Berger verdächtigen, ein Kind ermordet zu haben?", wagte sich der Mann von ‚FFH Regional' vor, den man sonst nur als näselnden Moderator im Dudelfunk des Senders vernahm.

„Guter Mann", schleuderte ihm Wagenknecht entgegen, „für Ihre derben Späße ist hier nicht der Ort. Falls Sie keine ernsthaften Fragen vorzubringen haben, ersuche ich Sie, das Feld zu räumen und sich

Gedanken über Ihre Berufswahl zu machen. Soweit ich weiß, werden für Kaffeefahrten immer irgendwelche Clowns gesucht!"

Die Kritik saß unter Kollegen und Pressevertretern gleichermaßen. Kurz aufbrandender Applaus zeugte davon.

„Wie schaut es denn mit dem verdächtigen Rumänen aus?", fragte einer der Fernsehleute vom HR. „Ist da was dran oder springt hier wer auf die allgemeinen Hetzkampagnen gegen Flüchtlinge und Fremde auf?"

„Weder noch, guter Mann. Der Betreffende war kurz in den Fokus der Ermittlungen gerückt. Aber er hatte ein Alibi."

„Schade aber auch", blökte irgendwer aus den hinteren Reihen.

„Das habe ich jetzt nicht gehört", wehrte Wagenknecht den dummen Einwand ab. „Ja, da hat wohl wer versucht, einen unbescholtenen Bürger zu belasten. Und die böse Kripo hat dies ad absurdum geführt."

„Stimmt es, dass auch ein katholischer Priester in Ihre Rasterfahndung geraten war und dass Sie nun erhebliche Probleme mit dem Bischof und dem Dekanat haben?", wollte Alfred Siebenhain wissen.

„Erstens: Wenn Sie polizeiliches Vokabular gebrauchen, dann verwenden Sie es auch richtig. Eine Rasterfahndung gab es damals bei Baader-Meinhof. Das hat hiermit rein gar nix zu tun. Zweitens: Ja, das war so, hat sich aber ebenfalls erledigt. Drittens: kein Kommentar."

„Was werden denn Ihre nächsten Schritte sein oder haben Sie weiter vor, auf der Stelle zu treten?", erkundigte sich Spohrnagel.

„Sie als Redakteur müssten doch von Sprache etwas verstehen. Wenn Sie schon nach nächsten Schritten fragen, impliziert das ja, dass sie voraussetzen, dass wir schon welche gemacht haben, oder?"

Mensch Meier, ist der aber heute gut drauf, dachte Kunkelmann. Das Rhetorik-Seminar scheint ihm bestens bekommen zu sein. Die großen Augen des Praktikanten kündeten davon, dass dieser das gleiche empfand.

„Nein, im Ernst. Wir tasten uns langsam vor, aber wir stehen keinesfalls kurz vor einem Zugriff. „Und was, wenn er oder sie ein zweites Mal zuschlägt?"

„Jetzt erwarten Sie vielleicht, dass ich sage, dass wir das zu verhindern wissen. Dem ist aber nicht so. Wir können nicht alle schützen und alle überwachen. Dann wären wir ja ein Polizeistaat. Meine Antwort auf Ihre Frage lautet: Das wäre das Schlimmste, was wir uns vorstellen könnten!"

150

„Aber", hakte Siebenhain nach, „man darf das ruhig mal sagen. Dann hätten Sie eine zweite Chance, den Täter zu ergreifen."

„Nun, liebe Gäste von der Presse, ich bin ein Mann des ehrlichen Wortes: Gott behüte. Aber das stimmt."

„Wie würden Sie denn Ihre bisherigen Anstrengungen zur Aufklärung des Verbrechens bewerten?", wollte der dicke Mann von der Online-Zeitung wissen.

„Lieber Herr ..." Wagenknecht kniff die Auge zusammen und schaute auf das kleine Schild am Revers des Journalisten. „Ah, jetzt. Lieber Herr Horn, diese Frage werde ich bewusst nicht beantworten. Leider musste ich schon oft erfahren, wie Mitglieder Ihrer geschätzten Zunft neutrale Aussagen gedreht, gewendet und in eigener Interpretation bewertet haben. Für solche Sprachspielereien und rhetorischen Kinkerlitzchen haben wir diesmal leider weder Muße noch Zeit. Ich bitte Sie, sich über die weiteren Entwicklungen mit unseren Verlautbarungen zu begnügen. Analysen geben wir erst ab, wenn der Fall aufgeklärt ist. Und glauben Sie mir: Wenn es etwas Neues im Fortgang zu berichten gibt, werden auch Sie eine Einladung erhalten. Vielen Dank, verehrte Presse. Das war´s für heute. Ich wünsche ihnen noch einen schönen Tag und uns allen eine sachliche Berichterstattung. Auf Wiedersehen!"

Auf das Gemurmel im Saal reagierte der Kripochef mit sturer Ignoranz, ordnete seine Papiere und verschwand ins Hinterzimmer.

Karl Kunkelmann folgte ihm, nur der Praktikant verharrte noch einige Sekunden auf seinem Stuhl. Als er sah, dass Spohrnagel sich auf ihn zubewegte, präparierte er sich für eine eventuelle Stellungnahme. Doch als Kunkelmann kurz den Kopf durch die Tür streckte und sich sehr vernehmlich räusperte, erinnerte sich der Polizeischüler seines Redeverbots und verließ schnellen Schrittes das Podium.

Wagenknecht sah aus, als habe man ihn durch den Fleischwolf gedreht. Die dezente Schminke war verlaufen, der Krawattenknoten verrutscht und die Gesichtszüge entgleist. Schwer atmend nippte er an einem Glas Mineralwasser und riss sich den Hemdkragen auf.

„Chef, das war hervorragend. Ich spreche Ihnen ein großes Lob aus!", sagte Kunkelmann zu dem derangiert wirkenden Mann ihm gegenüber. Der Praktikant hob nur den rechten Daumen.

„Danke, Kunkelmann. Aber ich fühle mich so, als ob ich einen Tag lang im Steinbruch gearbeitet hätte. Jetzt wissen Sie, dass es in manchen Situationen gar nicht so einfach ist, Vorgesetzter zu sein. Wegen der paar Kröten mehr, die mir das Land überweist, muss ich nämlich für solche Vorstellungen meinen Kopf hinhalten. Werde ich auch künftig müssen, aber die Aufgabe des Protagonisten in diesem Theater darf ich delegieren. Ich denke da an einen hervorragenden Hauptkommissar, der sich nach einer missglückten Kündigung wieder beispielhaft ins Team integriert hat. Auch, wenn er manchmal ungewöhnliche Wege beschreitet und dienstlich von seiner Begeisterung für das Ziehharmonikaspiel ab und an nicht lassen kann, darf jede Dienststelle froh sein, einen solchen Polizisten im Kollegium zu wissen."

Der angesprochene Ermittler konnte den aufkommenden Stolz nur schwer verbergen.

„Eine Frage Kunkelmann: Haben Sie noch einen Granatsplitter in Ihrer Schreibtischschublade? Mir wäre jetzt danach!"

Jetzt kroch dem Belobigten die ausgeprägte Schamesröte ins Gesicht. Leider musste er das Ansinnen des Chefs mit einem abschlägigen Kopfschütteln beantworten. Die letzte Kalorienbombe hatte er kurz vor Beginn der Pressekonferenz im Vorraum der Toilette verzehrt.

38

Sie kommen näher. Schritt für Schritt. Die Häscher sind mir auf den Fersen. Ihre Beharrlichkeit schickt sich an, Früchte zu tragen. Mir werden sie nicht den Strick um den Hals legen. Noch nicht. Wenn überhaupt, dann tue ich das selber. Doch es muss noch so viel erledigt werden. Die Aufträge erfüllen sich nicht von alleine. Was der Meister sagt, ist mir Befehl. Für die gerechte Sache gilt es zu kämpfen. All die verlorenen Seelen, all die armen Kreaturen. Ungläubiges Pack. Ich gebe euch die Chance auf ein Leben in Gott. Mich hat der Herr als Werkzeug gewählt. Ich werde ihn nicht enttäuschen. Er darf sich meiner sicher sein. Bis zum letzten Atemzug. Schläue ist jetzt gefragt. Ich darf sie nicht auf meine Fährte lenken. Haben die Bluthunde erst die Spur aufgenommen, werden sie nicht wieder von ihr ablassen. Sie werden mich hetzen wir ein Tier, mich mürbe machen und zu Fall bringen. Doch noch ist es nicht so weit. Was hat diese Pressekonferenz denn gebracht? Die Zeitungen haben nur allgemeines Geschwafel verbreitet. Der Ermittlungsdruck wird größer. Das ist gefährlich. Ich muss noch vorsichtiger werden. Dem Himmel sei Dank, dass mich allem Anschein nach tatsächlich niemand gesehen hat. Wer kommt auch nachts schon in jene gottverlassene Straße?

Wie gefällt es dir denn im Paradies, meine liebe Annemarie? Lebt es sich gut im Elysium, auf der Insel der Seligen? Irgendwann werden wir uns dort treffen. Dann kannst du mir berichten, du reiner Engel. Warte noch ein Weilchen. Noch bist du alleine unter den Glücklichen. Aber ich werde mich kümmern. Keiner wird mich daran hindern können. Sie hegen nicht den geringsten Verdacht gegen mich. Ich bin ein anständiges Mitglied der Gesellschaft. Ordentlich, brav und rechtschaffen. Die Frauenrechtlerinnen gehen auf die Barrikaden, wenn ein Mann sich an denen vergreift. Diese Schweine, sagen sie. Dabei locken die Mädels in ihren Miniröcken und engen Hosen, die den ganzen Unterleib abbilden, die geilen Böcke doch erst an. Welchem gottesfürchtigen Manne entschlüpft da nicht mal ein kleiner Gedanke? Dem Himmel sei Dank, dass es wenige sind. Aber die Schuld am Sittenelend in unserem Land tragen jene Geschöpfe mit ihrem unbedachten Kleidungsstil doch selbst! Nein heißt nein. Dann müssen sie aber auch das Reizen lassen! Und führe mich nicht in Versuchung. Ordnung, Sittsamkeit und Gottesfurcht sollen die Welt regieren. Wir dürfen uns nicht der Lässigkeit beugen. Nur eine glaubende Gesellschaft kann eine gute Gesellschaft sein. Eine Gesellschaft, in welcher Anstand, Frömmigkeit und Demut das Handeln bestimmen und die Menschen regieren. Ausmerzen und tilgen müssen wir die erschreckende Überbewertung der Sexualität in allen Lebensbereichen. Nur wer ein Kind zeugt, soll eine Frau anschauen. Nur wer sich fortpflanzt, darf den Weibern beiwohnen. Alles andere ist Schande, Wollust und Ekel. Jene so genannte Lässigkeit in der Mode, dieses Locken mit den Reizen führt nur in die Verderbtheit. Wir müssen darauf achten, dass die Städte Sodom und Gomorra nicht wieder erstarken und in ihren Mauern haltlose Orgien gefeiert werden. Die Sucht nach Sex macht unsere Welt krank und entfernt sie von Gott dem Herrn, der unter der Liebe das Allumfassende ihrer tiefen, menschlichen Kraft versteht und nicht dieses kurzfristige Erleben von trügerischem Glück. Daher müssen wir vorbauen und den Anfängen wehren. Sonst wird der Teufel diesen Kampf gewinnen, den er mit jedem anständigen Mädchen, das er in knappe Kleidung steckt, immer wieder aufnimmt. Doch ich werde als ein Krieger des Herrn auch ein Wächter der Sitten sein. Keines der jungen Geschöpfe soll ein Opfer des Königs der Hölle werden müssen. Ich werde unsere gefährdete Jugend aus den Krallen des Bösen reißen und sie ihrem einzigen Herrn, nämlich Jesus Christus, zuführen. Und sollte sie mich auch kriegen, diese infame von Luzifer befehligte Bande: Es werden immer wieder neue Gerechte kommen, die wissen, wie man die Sache angeht und regelt. Noch werde ich kämpfen. So wahr mir Gott helfe. Amen!

39

In Darmstadt war die Hölle los. Obwohl sich der Biergarten in der Dieburger Straße befand, die noch nicht zum Zentrum gehörte, und er somit problemlos einen Parkplatz hätte finden können, stellte er den Camper auf dem weitläufigen Gelände am Ostbahnhof ab. Im Falle eines Falles würde sich niemand an das kleine Wohnmobil erinnern können, da dieses Areal häufig von Reisenden mit solchen Gefährten als Halteplatz genutzt wurde. Schon senkte sich die Dämmerung über die Wissenschaftsstadt, aber der Strom der Jugendlichen, welche die Billigbadetage im Jugendstilbad nutzen wollten, riss nicht ab. Unaufhaltsam quoll die vergnügungssüchtige Armada aus dem Zug, der aus dem Odenwald gekommen war und auch Mädchen und Jungen aus Reinheim und Ober-Ramstadt in die Metropole gespült hatte. Seinen bevorzugten Stellplatz am Bahnhof von Bad König hatte er aufgegeben. Man wusste ja nie, wie sich die Sache entwickeln würde. Auch den unnötigen Zwischenstopp wegen einer im Endeffekt doch vermeidbaren Mahlzeit hatte er diesmal nicht wahrgenommen. Je weniger Leute ihn sahen, desto weniger konnten sich an ihn erinnern. Mit dem kleinen Rucksack auf dem Rücken und der etwas abgetragenen Alltagskleidung, konnte er gut in der Menge untertauchen. Man würde ihn für einen gewöhnlichen Touristen halten, schließlich waren die Künstlerkolonie und die Mathildenhöhe mit der berühmten Russischen Kapelle und dem Fünffingerturm nicht weit von hier.

Auch ging er bestimmt als akademischer Mitarbeiter der Hochschule durch, der sich auf dem Weg zum Campus, der sogenannten Lichtwiese, ein wenig verirrt hatte. Nicht zu schnell gehen und nicht zu langsam. Eins werden mit der Menge der Menschen. Graue Maus in einer grauen Stadt sein. So war es richtig. Das pittoreske Darmstadt, das vor dem Zweiten Weltkrieg so hübsch gewesen war, hatte sich nach den heftigen Bombardements insofern gewandelt, dass man schnell Fassaden aus Fertigbeton hochzogen hatte, um die hässlichen Lücken der abgerissenen Häuser zu schließen. Auf Stimmigkeit, Stadtbild oder gar Ästhetik hatte man nicht geachtet. Außer der ‚Goldenen Krone‘, einem heute als Beatlokal genutzten Restaurant, war von der alten Substanz kaum etwas übriggeblieben. Die erhaltenen Straßenzüge in den einzelnen Vierteln konnte man ebenso an einer Hand abzählen.

So sinnierend, lief er in unauffälligem Schritt seinem Ziel entgegen. Zum alten Biergarten musste er. Seiner Katakomben wegen war er regional bekannt und wurde touristisch ausgeschlachtet. Durch viele Seitengänge der ehemaligen Lagerstätte für Gerstensaft wurden die Besucher geschleust. Aber nicht durch alle. Als er auf Höhe des Jugendstilbades angekommen war, befiel ihn beim Betrachten der jungen Mädchen eine bekannte Empörung: Gerade warf eine dralle, ungefähr 17-jährige auf schamlose Weise ihr schulterlanges Haar zurück, blinzelte dabei mit einem zum Kuss bereiten Schmollmund ihren hageren Begleiter an und wackelte keck mit dem Po, der in eine viel zu enge Jeans gepresst war.

Eine Schwarzhaarige, die er auf höchstens 15 Lenze taxierte, trug ein Top, das fast bis zum Brustbein dekolletiert war, lediglich gehalten durch hauchdünne Spaghettiträger, die kaum vermochten, die schwellende Oberweite zu zähmen. Ihre Freundin, eine durch und durch perfide Person, exponierte sich mittels einer signalroten Shorts, die von den Hinterbacken mehr preisgab als sie verdeckte. Er war geneigt, dieses Geschmeiß sofort auf seine Unschicklichkeiten anzusprechen, aber das war nicht möglich, da im Endeffekt ein Gefahrenherd hieraus resultieren könnte. Sich geziemen, den Schmerz und die Wut aushalten. Dazu war er verdammt. Entrüstet starrte er auf die textile Freiheit und provozierte die so beäugten Mädchen zu einem unverschämten Lächeln, das ihn wohl als geilen Gaffer bloßstellen und als Spanner diskreditieren sollte.

„Wartet nur ein Weilchen, verderbte Brut. Auch ihr werdet der Gerechtigkeit nicht entgehen. Auch ihr werdet auf den Pfad der Tugend zurückgeführt werden und bald reine, unschuldige Engel sein. Ich werde die Flamme der Verderbtheit löschen, die in euch brennt", murmelte er in sich hinein.

Und so lenkte er unter dem Druck der überall sichtbaren Sittenlosigkeit seine Schritte zum Bierkeller in der Dieburger Straße. Auf die mittlerweile fast immer ausgebuchten Führungen durch die Katakomben, die unterirdisch viel weitläufiger waren als das eigentliche Gelände der im Sommer reichlich frequentierten Gartenwirtschaft, warteten auch diesmal gut zwanzig Touristen auf ihren Führer durch die Unterwelt, deren Räume in den Kriegen, neben dem eigentlichen Zweck, als Luftschutzkeller gedient hatten. Munter ging es zu während der einstündigen Erkundungen durch Darmstadts Vergangenheit, wobei die Lokalhistoriker immer etwas über die jeweiligen Räume zu erzählen wussten. Wahres und Denkbares. So schien es keinesfalls gesichert, dass der bekannte Schauspieler Günther Strack einst vor den Bomben der Engländer hier Zuflucht gesucht hatte. Zumal er einen Teil seiner Kindheit in Michelstadt verbracht hatte, wo der Vater Lehrer an der sogenannten Bauernschule gewesen war.

Dass aber die Brauerei Grohe eines der kalten Verliese als Außenlager für Exportbier genutzt hatte, war wiederum durchaus glaubhaft gewesen. Zur Ausstattung der Gäste gehörte neben Gummistiefeln auch eine Taschenlampe, mit der sie in einigen „erst jüngst entdeckten und noch nicht erforschten Gängen" schaudernd die nassschwarzen Wände ableuchteten. Denn elektrisches Licht gab es hier nicht, alles hatte man nach dem Durchbruch einer zuvor zugemauerten Tür so vorgefunden. Ganz bewusst wurde die Beleuchtung nicht auf Vordermann gebracht. Auf dem Boden standen in einer Ecke mehrere Bügelflaschen, die teilweise noch ungeöffnet waren. Ein altes Holzfass diente ebenfalls als Zeuge der Vergangenheit. Die graue Fuhrmannsmütze lag obenauf.

Das Touristikbüro wusste genau, wie man sich gut zahlendes Publikum in den Untergrund holte. Die historischen Flaschen hatten sie bei Grohe aus den übriggebliebenen, nicht entsorgten Beständen geholt und manche wieder gefüllt; mit Wasser, das war billiger. Das Fass stammte von der ehemaligen Anker-Brauerei und wurde so vor dem Verbrennen gerettet, und die mausgraue Fuhrmannskappe war die Mütze eines Werkschutzmitarbeiters bei Merck, die man mit Bier, Speiseöl und feinem Sägemehl künstlich gealtert hatte. Als absoluter Renner der Führungen erwies sich eine Ansammlung mehrerer Knochen und eines defekten Schädels, die irgendein findiger Kopf dem Vivarium abgeschwatzt hatte, wo in den 1970er Jahren ein damals berühmter Affe verendet war.

Auf welchem Weg die Gebeine den Weg in diesen Gang gefunden hatten, war völlig unklar. Keiner sprach darüber. Jedenfalls wurden sie als Erinnerung an die Schrecknisse der Bombardements ausgegeben und zu einer Art Gedenkstätte an das Grauen stilisiert. Innig hoffte man, dass sich unter den Gästen niemals ein Anatom oder ein Gerichtsmediziner zu den Skelettteilen äußern würde. Aber die Gefahr, dass ein solcher hier auftauchte, war aufgrund der Seltenheit dieses Berufsstandes eher gering.

Alle hielten im Vorraum ihre Eintrittskarten bereit. Auch er hatte ein Stück Pappe, das ähnlich aussah, in der Hand. Unauffällig ging er zur Seite, schlüpfte in den Spalt einer Tür, auf der „Betreten verboten" stand und war kein Teilnehmer der Exkursion mehr. Bei Nachfragen würde man sich kaum entsinnen können, denn die Gruppe schien aus lauter Individualisten zu bestehen. Im Zweifel konnte er sagen, dass er es sich doch anders überlegt hätte.

Hinter besagter Tür nahm er den Rucksack ab, wechselte in seinen weißen Talar und folgte dem schwachen Lichtschein. Nach einer gefühlten Minute vernahm er Gemurmel, das auf menschliche Stimmen schließen ließ. Die Beschreibung im Internet war demnach richtig gewesen. Dann stand er vor einer Metalltür, vor der er sich die mitgebrachte Maske über das Gesicht zog. Nach dem verabredeten Klopfsignal tat sich die Pforte auf. Er war angekommen. Der Raum, den er jetzt betrat, gehörte auch zum verwirrenden Labyrinth der einstmaligen Eiskeller. Die Luft stand hier förmlich. Er schätzte die Temperatur auf gefühlte 25 Grad. Der Geruch nach menschlichem Schweiß dominierte und die eng gestellten Stühle waren alle besetzt. Sein Kommen hatte keiner bemerkt, da jeder auf das kleine Podium an der Stirnseite blickte. Dort stand der Meister. Wie zum Segen hatte er die Hände erhoben, sein Blick strahlte mit großer Leuchtkraft. Unbeschreiblich war sie, diese Magie, die von ihm ausging. Eine Lichtgestalt, wie der Herr Jesus. Aber greifbar und präsent. Um die Schultern hatte er das nur ihm vorbehaltene Tuch gelegt. Dies war das einzige, was ihn von den Anwesenden unterschied. Noch sagte er kein Wort, doch wie von Geisterhand befohlen, ebbte das Gemurmel langsam ab.

Als alle schwiegen, erhob der Meister seine Stimme: „Liebe Freunde, liebe Brüder im Geiste! Ich bin überwältigt, so viele Menschen im Namen unserer Sache hier vor mir zu sehen. Das beweist, dass wir auf dem richtigen Weg sind. Dass wir unermüdlich voranschreiten müssen, um die Verderbtheit aus dieser Welt zu kehren. Mit eisernem Besen, der keine Sünderin verschont. Denn der Teufel hat ihnen die Schlechtigkeit implantiert, die sie in seinem Sinne ausnutzen. Durch ihre Kleidung, ihr Verhalten und ihre Sprache. Die Altvorderen sprachen vom Verfall der Sitten, wir wollen sie mit allen Mitteln bewahren. Und dort, wo er bereits stattgefunden hat, schlagen wir mit harter Hand zu. Niemals wieder soll ein aufrechter Knabe von zu Huren gemachten Mädchen verführt werden. Niemals wieder soll ein Verfehlter auf der Anklagebank einer ungerechten Justiz sitzen müssen, nur weil er den Reizen dieser Teufelinnen nicht widerstehen konnte. Nehmt das Schwert in die Hand und schickt sie in den Himmel, damit sie wieder zu unschuldigen Kindern werden können. Der Herr wird es euch lohnen. Seine Gnade wird mit euch sein. Und wenn auch die

Methoden und die Mittel brutal erscheinen mögen. Was sind denn die Methoden und die Mittel jener Verführerinnen? Wissen sie denn nicht, besonders diejenigen die sich im Religionsunterricht mit dem allmächtigen Herrn beschäftigen, was sie da tun? Habt keine Angst, liebe Brüder. Ist erst der böse Geist aus den Elenden gewichen, lernen sie die Strahlkraft des Herrn, unseres einzigen und gnädigen Gottes, kennen. Denn Christus ist ihr Leben und das Sterben ist ihr Gewinn, wie es so schön in Philipper 1, 21 heißt.

Und wer nimmt hier das Wort ‚Brutalität' in den Mund? Ist es nicht ebenso barbarisch, wenn diese Verführten mit wackelnden Hinterteilen und beinahe freigelegten Brüsten unsere aufrechten jungen Männer locken? Wenn sie ihnen auflauern, um sie mit ihrem Gift zu verführen? Wenn wackere, anständige Buben auf solch perfide Weise um ihre Anständigkeit gebracht werden, dann ist dies wahre Niedertracht und Gewalt. Denn niemals kann sich ein so Gelockter aus den Fesseln der Lust alleine befreien. Immer braucht es einen mutigen Mann, der dies nachhaltig tut. Einen, der das Corpus Delicti hart bei der Wurzel packt, mit Stumpf und Stiel ausrottet und vom Erdboden tilgt. Nur so kann es gelingen, in Anstand, Wohlbefinden und innerem Frieden zu leben.

Uns muss kein schlechtes Gewissen plagen. Wir schicken die Fehlgeleiteten zum Herrn, wo ihnen Liebe und Güte widerfährt. Er wird sie reinigen von all dem Schmutz, mit dem sie der Leibhaftige beworfen hat. Fest im Glauben, unerschütterlich in den Konsequenzen sind wir. Uns wird man preisen und loben. Denn wir handeln stets mit und in Gott dem Herrn.

Ihr zweifelt wegen des fünften Gebotes? Was ist denn der Tod? Der Tod ist Leben. Der Herr weidet die Glücklichen auf einer grünen Aue! Nie wieder wird ihnen ein Leid geschehen. Niemand wir ihnen wehtun können. Auch wir tun dies nicht, da wir Mittel und Wege kennen, den Schmerz zu vermeiden. Jeder von euch hat medizinisches Wissen und ist in der Lage, es auch anzuwenden. Somit ist dieser Übergang in den Himmel nicht mehr als ein unerwarteter Schritt, ohne Qual und ohne Leiden.

Ihr seid die Katalysatoren für deren Eintauchen in die Ewigkeit. Wo kein Reiz, da kein Leid. Wenn die tumben Narren erkannt haben, dass wir das Abgeschmackte aus der Welt entfernen und dabei die armen Seelen retten, dann werden sie anders über uns denken. Doch noch ist es nicht so weit. Daher seid immer auf der Hut und legt keine Spuren. Denn da, wo nichts ist, gibt es auch nichts zu verfolgen. Nur so kann unser großes Projekt weiter gedeihen, nur so können wir unser Ziel erreichen und die Jugend wieder in sittsame Zöglinge einer starken Kirche verwandeln. Dies wird ein langer Prozess, meine lieben Freunde. Aber er wird sich lohnen und am Ende auch uns zum Herrn und in dessen Paradies führen. Dem ersten Mutigen unter uns, der den Kampf mit dem Bösen aufgenommen hat, wünsche ich weiterhin ein gutes Gelingen. Wir sind stolz auf dich, mein Sohn! Und nun, liebe Freunde, lasst uns beten ..."

Andächtig murmelte er die Zeilen des Vaterunser mit und konnte es gar nicht fassen, dass der Meister ihn angesehen hatte. Wieder hämmerte sein Herz ein Stakkato in der Brust. Er wollte, ja er musste die Aufträge gewissenhaft ausführen. Solch einen liebevollen Menschen durfte er nicht enttäuschen.

40

Yvette Schleicher war ein lustiges Mädchen und immer für einen Scherz bereit. Zudem war sie Annemarie Richters beste Freundin gewesen. Sowohl in der Schule als auch während der Gruppenstunden der katholischen Kirche saßen sie nebeneinander. Aber auch im Privaten waren die beiden unzertrennlich. Yvette, Annemarie und Paula galten als eingeschworenes Trio, wobei letztere der Ruhepol im freundschaftlichen Dreigestirn war. Während die beiden ersten stets träumerische Höhenflüge starteten und in Gedanken fast extraterrestrische Sphären anstrebten, gelang es Paula immer, diese Spinnereien zu entlarven, mit der Realität zu verbinden und ihre Freundinnen auf den Boden der Tatsachen zurückzuschicken. Kurz gesagt, sie verstanden sich prächtig. Yvette hatte ein Faible für Make-up. Öfter wurde sie mit Annemarie in den beiden Drogerien des Städtchens gesehen, wo sie unter albernem Kichern Lippenstifte probierten, ihre Gesichter aus kleinen Töpfchen mit Rouge verzierten oder Parfümpröbchen schnorrten. Den Verkäuferinnen waren die beiden angenehme Gäste, auch wenn sie selten zu zahlenden Kunden wurden. Denn die Heiterkeit und das unbeschwerte Ausleben ihrer Jugend sorgten immer für gute Laune hinter den Regalen.

Arm in Arm schlenderten sie durch die Bahnhofstraße in Bad König, spielten Minigolf im Kurpark und waren, dank der geerdeten

Paula, eher selten mit ihren Smartphones beschäftigt. Paula hatte keines, lediglich ein einfaches Handy, mit dem sie telefonieren und SMS verschicken konnte. Sie liebte Bücher und zog sich, wenn sie nicht mit der Arbeit auf dem Hof oder mit ihren Freundinnen beschäftigt war, meist auf ihr Zimmer zurück, wo sie sich mit Lesen die Zeit vertrieb.

Yvettes Eltern waren beruflich häufig unterwegs. Der Vater arbeitete als Akquisiteur für ein überregionales Kulturmagazin, wofür er während der Woche die ganze Republik bereisen musste. Deshalb nannte ihn die Tochter scherzhaft einen Anzeigenjäger. Sein Arbeitgeber schwor auf den Erfolg persönlicher Kontakte, weshalb der Telefonverkauf als ein Tabu galt. Ihre Mutter war schon lange bei der Lufthansa als Flugbegleiterin beschäftigt. Früher auf Langstrecke, jetzt aber nur noch innerhalb Deutschlands, was zur Folge hatte, dass sie öfter daheim war. Übernachtungen in Hotels des Zielflughafens waren nicht die Regel, aber wenn der Anschlussflug es verlangte, durchaus mal möglich.

Von der Tochter wurde sie beneidet, da sie zur Haupturlaubszeit auch mal in Maschinen, die die Balearen oder die Kanaren anflogen, ab und zu aushelfen musste. Fragte man Yvette nach dem Aufenthalt der Mutter, rollte sie mit den Augen und antwortete: „Die aalt sich seit heute Morgen am Strand von Teneriffa und kommt morgen Abend wieder!" Für diese waren die anstrengenden Turns jedoch keine Erholung, sondern der pure Stress. Und von wegen am Strand aalen: Schlagkaputt nahm sie mit den Kolleginnen in der Hotelbar einen Drink und fiel todmüde ins fremde Bett.

Immer mehr dachte sie ganz ans Aufhören, da sie die 40 bereits überschritten hatte, Yvette sie in der heißen Phase der Pubertät sicher brauchte und eigentlich kein finanzieller Zwang bestand. Noch liefen die Aufträge und Abschlüsse ihres Mannes gut.

Als sie sich mal wieder Gedanken über ihre berufliche Zukunft machte, läutete es draußen an der Tür. Durch den Spion konnte sie zwei Männer sehen, die so gar nicht nach Zeugen Jehovas aussahen und einen eher gelassenen Eindruck machten. Da sie Haustürgeschäfte verabscheute, fragte sie über die Sprechanlage nach dem Begehr des ungewöhnlichen Besuchs.

„Mein Name ist Karl Kunkelmann von der Kripo in Erbach und das hier ist mein Kollege Heiner Ehrenreich. Dürfen wir kurz hereinkommen? Wir müssten mal mit Ihrer Tochter Yvette reden!"

Vorbildlich hielten die Kommissare diesmal ihre Dienstmarken und Ausweise ans Sichtfenster, doch Yvettes Mutter blieb skeptisch. Als weltläufige Frau hatte sie schon viel erlebt und wahrte ihre kritische Haltung.

„Prinzipiell ja, aber da ich gar nicht weiß, wie solche Dokumente ausschauen, würde ich doch lieber zuvor Ihre Dienststelle anrufen und mich schlau machen!"

„Beispielhaft, so müssten alle reagieren", sagte Kunkelmann und gab der Dame eine Rückrufnummer. Nachdem sie kurz verschwunden war, kam sie mit leicht errötetem Teint wieder und öffnete ohne Umschweife.

„Tut mir leid, meine Herren. Aber ich werde meinen Argwohn nicht los. Man hört ja so viel Schlechtes in den Nachrichten."

„Machen Sie sich keinen Kopf. Sie haben goldrichtig gehandelt. Ist denn die Yvette zu Hause?", fragte nun Ehrenreich.

„Ja, aber um Himmels willen, hat sie was ausgefressen? Das würde mich sehr wundern, sie hat uns noch nie enttäuscht."

„Entwarnung. Hat sie nicht. Wir möchten ihr lediglich ein paar Fragen zu Annemarie Richter stellen."

„Oje, das ist eine schreckliche Geschichte. Ich muss immerzu an die armen Eltern denken. Jeder, der Kinder hat, lebt doch zurzeit in Angst und Schrecken. Sowas kennt man nur aus Krimis. Was in einem solchen Menschen bloß vorgeht?"

„Tja, wenn wir das wüssten, wären wir vielleicht ein Stückchen weiter mit unseren Ermittlungen", konstatierte Kunkelmann.

„Warten Sie einen Moment. Ich hole unsere Tochter. Sie ist in ihrem Zimmer."

Hätten Kunkelmann und Ehrenreich das Alter von Yvette nicht gewusst, hätten sie das Mädchen, das ihnen jetzt entgegenkam, auf 16 Jahre geschätzt. Mit klarem Blick und einem höflichen Lächeln auf den Lippen kam sie auf die beiden zu und reichte ihnen die Hand. Wie viele junge Damen heutzutage, betonte sie durch einen speziellen Büstenhalter – Kunkelmann überlegte krampfhaft wie die Dinger hießen – ihre sowieso schon beträchtliche Oberweite. Der Bauchnabel war frei, das karierte Hemd über dem flachen Bauch verknotet. Dazu trug Yvette eine ausgewaschene Jeans mit Löchern in Höhe der wohlgeformten Knie.

Ehrenreich dachte augenblicklich an eine Folksängerin aus den 1960er Jahren, Bilder von Woodstock liefen wie ein Film vor seinem inneren Auge ab. Wie besagte Sängerin hieß, daran konnte er sich nicht erinnern. Jetzt glaubte er einen Hauch von Patschuli zu riechen. Aber das war wohl nur Einbildung oder Wunschdenken. Trotz des Ziehharmonikaspiels und der Verehrung des Hubert von Goisern, mochte Kunkelmann auch Bob Dylan und Joan Baez.

Im Gegensatz zum restlichen Körper, der ihn eindeutig an diese vergangene Zeit erinnerte, war das hübsche Gesicht des Mädchens etwas zu stark geschminkt. Irgendwie sah er hier Reminiszenzen an die ihm so liebenswerten Zeiten mit einer optischen Aufdringlichkeit vermischt, die ihm nicht zusagte. Yvettes Stimme war von unglaublicher Zartheit, angenehmer Lage und bester Modulation. Wahrscheinlich sang sie und spielte dazu auf der akustischen Gitarre.

„Meine Mutter sagte, Sie kämen wegen Annemarie?"

„Genau. Wir möchten, dass du uns mal ganz entspannt und mit deinen Worten schilderst, wie sie denn so war", wagte sich Karl Kunkelmann vor.

„Nun ja, entspannt ist eher schwierig in dieser Situation. Aber kommen Sie doch mit in mein Zimmer. Möchten Sie etwas trinken?"

„Nein, danke. Das ist sehr nett." Auch Ehrenreich war von der sprachlichen Eloquenz dieser Zwölfjährigen überrascht, die ihm eher unüblich für dieses Alter schien. Yvettes Reich jedoch wurde einer 16jährigen dann doch nicht ganz gerecht. Auf der Bettdecke saßen geschätzte zehn Teddybären, an die sich diverse Barbiepuppen schmiegten. Poster von Hunden, Pferden und Katzen zierten die Wände. Und tatsächlich: In der einen Ecke des Raumes lehnte eine Konzertgitarre. Kunkelmann musste schmunzeln. Er konnte sich auf seine Menschenkenntnis verlassen. Er wurde auf den Schreibtischstuhl verwiesen und Ehrenreich bekam den bequemen Sessel in der kleinen Sitzecke angeboten. Typisch, dachte der Hauptkommissar.

Nachdem es sich Yvette auf dem Bett gemütlich gemacht hatte, schaute sie ihren Besuch erwartungsvoll an.

„Ja, also, wie gesagt, ich bin Herr Kunkelmann und dort im kommoden Polstersessel sitzt mein Kollege Ehrenreich. Wir arbeiten bei der Kripo in Erbach und beschäftigen uns mit dem Fall deiner Freundin Annemarie. Eure Zimmer sind ja fast identisch eingerichtet. Hattet ihr die gleichen Hobbys und wart ihr euch auch von der Art her eher ähnlich?" Kunkelmann bedauerte seine schlechte Ausdrucksfähigkeit und schämte sich ein wenig.

„Ich glaube, dass viele Mädchen unseres Alters solche Zimmer haben", sagte Yvette. „Und was die Hobbys und Interessen betrifft: ja und nein."

„Wie dürfen wir das denn verstehen?" Abermals verfluchte der Polizist sein steifes Beamtendeutsch.

„Die Annemarie war eine ganz Liebe gewesen. Sie war meine beste Freundin", presste das Mädchen mit feuchten Augen hervor. „Aber man musste sie immer anstoßen, damit sie was mitmacht."

„Zum Beispiel."

„Wir haben halt gerne Blödsinn gemacht. Die Jungs gereizt, indem wir mit dem Hinterteil gewackelt haben und abgehauen sind, wenn sie näher kommen wollten. Auch den Pfarrer Gutermut haben wir mit solchen Späßchen gerne in Verlegenheit gebracht. Der wusste dann gar nicht, wo er hinschauen sollte. Aber immer mussten die Ideen für diese Mätzchen von mir kommen. Ich musste erst lange mit Annemarie reden, bevor sie den Klamauk mitgemacht hat. Kein Wunder, bei diesen Eltern!"

„Was heißt das jetzt?"

„Stocksteif sind die. In ihrem komischen Wiesbaden durfte die Annemarie fast gar nichts, hat sie erzählt, außer Klavier und Geige spielen. Mädchen von heute wollen etwas erleben, ein bisschen Gaudi haben. Nichts Schlimmes. Nur die Paula bremste uns manchmal. Ich befürchte, die glaubt wirklich, dass es einen Gott gibt."

„Findest du das denn schlimm?"

„Nein, ich bin ja tolerant. Aber dadurch wurde sie auch irgendwie zur Spaßbremse. Was die auch alles arbeiten muss auf dem Hof. Auf der anderen Seite lebt sie so richtig auf, wenn wir in Momart auf Bento reiten können. Das ist das alte, gutmütige Pferd der Hatzingers."

Nett, intelligent und unkompliziert, dachte Heiner Ehrenreich, der in seinem Sessel dem Gespräch aufmerksam folgte. Aber auch ziemlich altklug.

„Lass uns noch ein wenig über Annemarie reden", lenkte Kunkelmann wieder zum eigentlichen Thema zurück.

„Möchten Sie nicht doch einen Tee?", fragte Yvette ausweichend und die beiden Ermittler fanden, dass das Mädchen diese Pause vielleicht gebrauchen könnte.

„Also gut. Überredet. Wir sind gespannt, welche Sorte wir vorfinden werden. Nichts verraten!", zwinkerte der Hauptkommissar.

Nach zirka fünf Minuten kam Yvette wieder, unsicher ein Tablett mit zwei Tassen, Zucker und Milch vor sich hertragend.

Lobend nippte der Hauptkommissar am Earl Grey, lediglich sein Kollege schien mit dem Getränk nicht ganz so zufrieden zu sein.

„Beschreibe uns doch mal deine Freundin mit eigenen Worten", tastete Kunkelmann sich vor.

„Mit anderen Worten kann ich das auch schlecht", schmunzelte Yvette.

„Eins zu null für dich!" Vielleicht sollte er doch nochmal einen der angebotenen Rhetorik-Kurse besuchen?

„Also, wie soll ich sagen. Sie brauchte immer ihre Anlaufphasen. Diese verkappte und steife Wiesbadener Art ist sie nie so ganz losgeworden. Echt nicht. Aber wenn ich sie dann mit einem Gag überzeugen konnte, war sie sofort Feuer und Flamme."

„Was für Gags waren das? Ich kann mir nichts darunter vorstellen."

„Herr Kommissar, wissen Sie, was ein Smartphone ist?", konfrontierte ihn Yvette mit einer Grundsatzfrage zur modernen Kommunikation.

„Also, liebes Kind. Ich habe zwar die 50 längst überschritten, besitze selber nur ein einfaches Handy, habe aber einen Sohn in den Zwanzigern, der seinem alten Vater das mal erklärt hat", holte Kunkelmann aus.

„Gut, dann wissen Sie ja auch, dass man mit den Teilen hervorragend kommunizieren und chatten kann."

„Selbst dies ist mir nicht verborgen geblieben!"

„Also, wir haben immer solche WhatsApps in unserer Gruppe verschickt, mit denen wir die Jungs ärgern wollten."

„Nein, ich frage jetzt nicht nach WhatsApp, das weiß ich. Aber was du mit *solchen* meinst, das müsstest du mir bitte erklären."

„Ei, ja. Wir haben uns dann ausgemalt, ob wir die Buben zu einem Treffen zu dritt einladen und ihnen heiße Versprechungen machen sollten. Oder ob sie uns mal befriedigen könnten, weil wir so unterversorgt sind", brachte Yvette mit roten Ohren hervor.

„Und das haben die dann auf ihren Dingern da gelesen? Und ihr habt wirklich solche Ideen umgesetzt? Also ich muss schon sagen, bei allem Respekt, ihr seid gerade mal zwölf oder dreizehn Jahre alt. So was ist vom Jugendstrafrecht gesehen ..."

„Halt, Herr Kunkelmann. Lassen Sie mich doch ausreden! Nein, wir hätten das natürlich nicht gemacht. Und lesen konnte man das nur in unserer Gruppe. Die besteht aus Annemarie, Paula und mir. Also bestand. Jetzt sind wir ja nur noch zu zweit."

„Wo habt ihr denn solche Ideen überhaupt her? Ich bin ja keinesfalls prüde, gehe auch mal in die Sauna. Aber in deinem Alter, da wusste ich über so Sachen noch kaum Bescheid."

Bei der Bemerkung mit der Sauna glaubte Kunkelmann einen taxierenden Blick von Yvette zu spüren, sagte aber nichts.

„Youtube und so. Eben da, wo sich die Jugend rumtreibt", meinte Yvette mit einer kleinen Spur von Arroganz um die Mundwinkel.

Karl Kunkelmann glaubte wieder mal, dem Mittelalter zu entstammen, was ihm ja Thomas auch dann und wann attestierte. „Okay, ihr habt also nur Botschaften oder Vorschläge ausgetauscht und nichts unternommen. Warum?"

„Weil wir so etwas nie tun würden. Nicht alles, was der Fantasie entspringt, wird in die Realität umgesetzt." Diese innere Logik, dieser Redestil, das war die Ausdrucksweise einer Erwachsenen. Damit musste der Ermittler fertigwerden. Unsympathisch war ihm das schlaue Mädchen deswegen in keiner Weise. Eher im Gegenteil.

„Und weshalb habt ihr so einen Kram dann geschrieben?"

„Aus Spaß, und um uns auszumalen, was wir mit den unterentwickelten Jungs, die nur ihrem Dingsda hinterherrennen, so alles anstellen könnten, wenn wir denn wollten. Das war doch alles nur ein Spiel, verstehen Sie das denn nicht?"

Die Ermittler ließen diese Frage unbeantwortet.

„Okay, Yvette. Das war es wohl. Wir danken für den prima Tee. Mach´s gut. Tschüs!"

Doch Yvette schob nach: „Wenn dir noch was zur Sache einfallen sollte, hier ist meine Karte. Ruf mich dann bitte an!"

„Stimmt, so heißt es in den Kriminalfilmen immer", lachte Kunkelmann und schnippte sein Visitenkärtchen auf den Schreibtisch der schlagfertigen jungen Dame.

41

„Jetzt scheint es etwas voranzugehen", sagte der Zimmermann Peter Meier, als er bei Petra ein weiteres Weißbier geordert und seine Nase mit einer ordentlichen Portion Schnupftabak versorgt hatte.

„Beim Dachstuhlaufschlagen drüben am Wiesenweg habe ich neulich gesehen, wie beim Friedrich ein roter Opel gehalten hatte. Erst dachte ich, das sei ganz einfach nur Besuch. Aber mein Geselle hat dann erzählt, dass die Kripobeamten aus Erbach so einen Wagen öfter nutzen würden. Zu zweit waren sie und ziemlich lange drin im Haus der Richters."

„Wird ja auch mal Zeit, dass unsere geschätzte Staatsmacht endlich in die Gänge kommt!", setzte Horst Gräber nach. „Ich möchte nicht wissen, was in so einem frei herumlaufenden kranken Hirn vorgeht. Der kann doch schon Gott weiß was planen!"

„Hast du schon mal ein Gehirn auf Beinen gesehen?"

„Hä? Nee, wie soll das denn gehen?"

„Das frage ich mich gerade auch, denn genau das hast du eben gerade gesagt!"

„Doch nur im übertragenen Sinne, du Kappe!"

„Hört auf, über die schlimme Sache zu witzeln. Der Friedrich muss jetzt eine üble Zeit durchstehen", durchbrach der Inhaber des Bäckerladens das dümmliche Frotzeln seiner beiden Stammtischkollegen.

„Wie geht es ihm eigentlich?", wollte der Hufschmied nun wissen.

„Naja, was soll man da sagen. Dem armen Kerl wurde von irgendeinem durchgeknallten Idioten die Tochter genommen. Noch dazu auf eine bestialische Weise. Wie soll es einem da schon gehen. Aber soweit ich weiß, fährt er mehrmals die Woche ins Amt und geht seiner Arbeit nach. Vielleicht hilft ihm die Regelmäßigkeit der Arbeit über sein Leid hinweg. Nur die Frau, die soll unter starken Depressionen leiden."

„Kein Wunder. So richtig wohl hat die sich bei uns in Momart eigentlich nie gefühlt. Es heißt zwar oft anders, aber das glaube ich nicht. Weder in der Gymnastikgruppe noch bei den Landfrauen ist sie Mitglied geworden. Die vom Singkreis haben sie auch schon öfter angesprochen, aber ohne Erfolg. Spazieren geht sie viel. Im Wald und über die Felder in Richtung Weiten-Gesäß. Da hat sie der Hatzinger schon öfter gesehen, wenn er beim Pflügen war oder nach seinen Rindern Ausschau gehalten hat."

„Wo ist der eigentlich heute? Der Hans fehlt doch sonst fast nie."

„Ich nehme an, dass wieder eine seiner Kühe am Kalben ist oder dass er sich wegen des ständigen Malochens bei schlechtem Wetter einen tüchtigen Schnupfen eingefangen hat, keine Ahnung."

„Kann auch sein, dass er mit der Paula für die Schule paukt. Gerade in den Naturwissenschaften kann er dem Mädel bestimmt gut helfen. Er ist ja ein studierter Bauer, ein sogenannter Agrarwissenschaftler. Hätte der diesen heruntergekommenen Hof nicht geerbt, hätte unser

Hänschen bestimmt an der Uni eine glänzende Karriere hinlegen können. So anständig und strebsam wie der ist."

„Der liebe Gott hätte ihm dabei sicher auch geholfen, so oft wie dieser Kreuzkopf in die katholische Kirche rennt!", steuerte Meier bei.

„Darf es noch etwas sein, die Herren?", fragte Petra, die eben gerade am Tisch des Trios vorbeikam.

„Ja, aber das kannst du uns nicht geben. Und wenn, wäre das was für die Sittenpolizei", flachste Gräber und holte aus, um der drallen Bedienung einen Klaps auf den knackigen Hintern zu verpassen. Doch schon war die Fee entschwunden.

„Noch drei Weißbier!", riefen die Männer ihrer Versorgerin hinterher, die dem Befehl die Frage, „Wie heißt das Zauberwort?", hinterherschickte. Und wie aus einem Munde tönte es: „Bitte!"

„Glaubt ihr, dass die Männer aus Erbach wirklich dazu in der Lage sind, einen hinterhältigen Mordfall aufzuklären?", hakte Gräber weiter nach. „Ich will der Kripo im Kreis zwar keine Kompetenzen absprechen, aber ist dieser Fall für die paar Hansels nicht einfach zu groß? Wann hatten wir denn das letzte Tötungsdelikt im Odenwald? Ich kann mich nur an die Geschichte mit dem mordenden Orthopäden aus Höchst erinnern. Und das war meines Wissens im Jahr 1984 gewesen. Alle anderen waren, wie so häufig, irgendwelche Beziehungstaten, die meist als Totschlag gewertet wurden und der Verursacher erst gar nicht gesucht werden musste, weil er heulend vor den Beamten stand. Aber das hier? Ich weiß ja nicht, ob sich da nicht so mancher übernimmt. Sonst wären die doch schon wesentlich weiter!"

„Glaubst du", fragte Müller, „dass da die Darmstädter eingreifen müssten oder gar das Landeskriminalamt? Im Fernsehen reden sie von Profiling aus den USA. Das ist wohl irgendwas Psychologisches. Neulich habe ich wieder in irgendeinem Zusammenhang mit einem Tötungsdelikt an einem Kind in Nordhessen diesen Psychofachmann im Dritten gesehen. Der hatte sich da recht schlüssig geäußert. Steck oder Weck heißt der, glaube ich."

„Naja, wie da die Zuständigkeiten verteilt werden, das weiß unsereiner ja nicht. Aber der Bürgermeister von Höchst war früher auch bei der Kripo. An der Bergstraße, wenn ich mich recht entsinne. Das ist ein sehr umgänglicher Kerl, der hobbymäßig völlig im Tischtennis aufgeht. Der ist mit den Leuten auf du und du. Aber wenn man den so beobachtet und seine Stellungnahmen zu irgendwelchen kommunalen Dingen in der Presse verfolgt, merkt man eben doch, dass da ein solider Odenwälder agiert und kein Intellektueller am Werk ist."

„Soll das heißen, dass die hiesigen Kripoleute zu doof sind, um einen Mord aufzuklären? Ich glaube es geht los, da rührt sich in mir der überzeugte Lokalpatriot. Braucht es denn wirklich einen Kommissar Oberschlau aus der Stadt, um der Dinge Herr zu werden? Überlege mal, was du da eben gesagt hast, mein Freund. Das stinkt ja meilenweit nach Anmaßung und Hochmut. Petra, einen Schnaps, aber schnell ... bitte!"

„Oh Mann, du Esel, so habe ich das doch gar nicht gemeint. Ich kann mir lediglich vorstellen, dass die Erbacher Polizisten viel zu wenig Erfahrung haben in solchen Belangen. Und außerdem finde ich, dass jemand von außen wesentlich neutraler sein kann. Hier kennt doch jeder irgendwie jeden."

„Nun schlägt's aber die berühmte Dreizehn! Jetzt unterstellst du den Jungs auch noch Dünkel und Voreingenommenheit. Was glaubst du eigentlich, wer du bist!", schrie sein Kontrahent und knallte das Weißbierglas auf die Tischplatte.

In diesem Moment erschien Petra mit dem Schnaps, doch hielt sie die Gläser in weiser Voraussicht zurück. „Hört zu, ihr Kapazitäten. Wenn das hier in eine Wirtshausschlägerei ausarten sollte, die das letzte Mal um 1970 herum zur Kerb im alten Gebäude oben im Dorf stattgefunden hat, verweise ich euch gleich des Hauses und hole die uniformierten Kollegen der Leute, über die ihr euch gerade das Maul zerreißt!"

„Oha, oha. Hört mal. Die Frau Wirtin. Schau an! Wie wäre es, wenn du mit deiner Resolutheit in den ungelösten Fall eingreifen würdest? Ich sehe dich schon in der Glotze im tief ausgeschnittenen Dirndl dem Zimmermann Rede und Antwort stehen, ha, ha, ha!"

„Was, der Zimmermann im Fernsehen?", schob sich Müller schon ein wenig lallend von den Lippen.

„Nein, natürlich nicht euer Peter. In der Sendung XY wurde Eduard Zimmermann schon längst von diesem ehemaligen Eisläufer abgelöst. Und wenn ich wüsste, dass du zuschaust, würde ich mir zuvor das Konfirmationskleid von meiner Uroma anziehen. Schwarz, hochgeschlossen und bei uns noch im Schrank. Werner Vetterli und Peter Nidetzky machen übrigens auch nicht mehr mit. Das waren die Journalisten aus den Aufnahmestudios in Zürich und Wien."

„Ist ja gut, ist ja gut. Wir sind schon wieder ganz die Ruhe. Bringst du uns noch eine Runde?"

„Ich will es mir mal überlegen ..."

„Jedenfalls geht mir das alles nicht aus dem Kopf und ich finde, dass man da mal etwas Gas geben muss. Wie weiß ich auch nicht, aber das zieht sich jetzt schon eine ganze Weile so hin."

„Es gibt ja auch Fälle", warf Müller ein, „die werden niemals gelöst."

„Manche verstauben in den Akten und irgendwann wächst Gras drüber."

„Naja, so ist es auch wieder nicht. Mit den neuen Methoden der DNA-Analyse wurden schon Fragen gelöst, die mehr als 40 Jahre zurückliegen. Damals war die Wissenschaft eben noch nicht soweit. Heute kramen die aufgrund irgendeines Hinweises diese so genannten kalten Fälle aus den Aktenbergen und überführen den Täter. Das liest man immer wieder mal in der Presse. Mord verjährt schließlich nicht."

„Dann lasst uns mal inständig hoffen, dass diese Sauerei, die irgendein Arschloch mit der kleinen Annemarie gemacht hat, nicht zu einem dieser sogenannten kalten Fälle wird. Ich bin ja prinzipiell gegen die Todesstrafe, aber wenn es um Kinder geht, dann ..."

„Das hat damit gar nichts zu tun. Jeder verdient seine gerechte Strafe. Und Rübe ab ist meines Erachtens keine. Damit wird lediglich die Wut der anderen befriedigt. Der Betroffene hat keine Chance zur Reue. Das ist lediglich eine Vorstufe zu reiner Willkür und eine Reminiszenz an den Faschismus und alle anderen totalitären Staatsformen."

„Auf jeden Fall gehört dieser Mann eindeutig hinter Schloss und Riegel!"

„Woher weißt du denn, dass es ein Mann ist?", fragte die Bedienung.

„Weil Frauen in aller Regel nicht so brutal vorgehen!"

„Da kannst du recht haben, aber bewiesen ist es nicht. Übrigens kann der Mann, als den ihr den Täter einordnet, ja auch tief traumatisiert sein. Dann gehört er in eine Psychiatrie mit forensischer Abteilung."

„Mit was für einem Ding?", wollte Müller wissen.

„In ein Krankenhaus für geistig Kranke mit einer Station für Verbrecher, wollte sie sagen", half Gräber aus.

„Aha, auch noch durchfüttern, diese Typen. Im Steinbruch sollen sie arbeiten, ihr Leben lang. Mit Ketten an Händen und Füßen!"

„Wo gibt es, außer bei Brensbach, noch einen Steinbruch in der Gegend? Und wie kann man dort mit gefesselten Händen und Füßen arbeiten?"

„Weißt du was? Du hättest Schullehrer werden sollen. Die wissen auch alles besser und legen jedes Wort auf die Geldwaage! Muss ja nicht hier in der Nähe sein. Die nächsten Knäste sind auch erst in Pfungstadt oder Dieburg."

„Auf die Goldwaage heißt das, du Prolet."

„Du Idiot nennst mich einen Proleten? Weißt du eigentlich, was du dann bist?"

„Auch einer. Guck mal bei Marx nach. Der erklärt dir das. Aber ob du dessen Abhandlungen verstehst, bezweifle ich. Petra, eine nasse Runde zur Abkühlung, bitte!"

42

Grübelnd saß er in der Küche und blickte aus dem Fenster in die Dunkelheit. Nur schemenhaft konnte er die Scheune und das Stallgebäude erkennen. Obwohl es noch nicht sehr spät war, hatte sich der Tag bereits verabschiedet und Platz für die Nacht gemacht. Dass passte zu seiner Stimmung. Finstere Gedanken hatten ihn schon öfters heimgesucht. Der Auftrag begann an seinen Nerven zu nagen. Mit zunehmender Dauer machte sich Stress in ihm breit. Versagensängste besetzten seine Seele und ließen ihn bisweilen zweifeln, ob er der Aufgabe gewachsen war.

Was war das?

Ein Schatten auf dem Hof, den er nicht einordnen konnte.

Da, schon wieder. War da jemand auf seinem Grundstück? Jetzt blieb dieses Etwas stehen und verharrte wie eingefroren. Die Haustür quietschte in ihren Angeln, er hatte wohl vergessen, sie zu schließen. Er war unvorsichtig geworden. War das der Wind? Er nahm seine ganze Kraft zusammen und lauschte in die Stille. Nichts war zu hören. Plötzlich spürte er den Hauch einer Berührung am Hosenbein. Sofort zuckte er zusammen. Dann streifte ihn die Katze. Sie bettelte um Milch. Er musste das loswerden, diese übertriebene Erregbarkeit beim geringsten Anlass. Das war nicht gut. Langsam atmete er ein und wieder aus. Auf dem Herd stand noch ein Rest vom Mittagessen. Er hatte keinen Hunger, aber er musste etwas zu sich nehmen. Langsam schlich er zum Topf und drehte den Wahlschalter hoch. Graupensuppe könnte gehen. Auch ohne Appetit. Sollte der Magen rebellieren, würde er den Rest ins Klo schütten. Seiner Apathie folgend, führte er mechanisch den Löffel zum Mund und zwang die Brühe in sich hinein. Stille. Nur das Ticken des alten Regulators aus dem Wohnzimmer war zu hören. Früher hatte er diese Ruhe geliebt, wenn er in seinem Ohrensessel saß und sich in eines seiner vielen Bücher versenkte. Ach, die Bibliothek. Wie lange hatte er schon keinen Blick mehr in die Regale geworfen?

Jetzt machte ihm die absolute Geräuschlosigkeit Bange. Das war die Anspannung. Dieser ständige Zwang, auf der Hut sein zu müssen. Kein gelassenes Durchschnaufen mehr. Er fühlte sich wie die gedehnte Sehne eines Bogens, doch deren Entlastung war nicht in Sicht. Trotz der engen Bindung zu den Gleichgesinnten, war er in seinem Tun und Handeln alleine. Den Korpsgeist spürte er nur bei den Versammlungen. Sonst war da keiner, der ihm Mut machte oder ihn bestärkte. Sämtliches Handeln musste er selbst planen und ausführen. Das operative Geschäft, wie es der Meister bisweilen scherzhaft nannte, lag ausschließlich in seinen Händen. Später dann, wenn auch er das sogenannte Zeitliche gesegnet haben würde, dürfe er sich zum Lohn ebenfalls auf Glückseligkeit freuen. Doch hier, im irdischen Jammertal, musste er selbst sehen, wie er der Aufgabe gerecht werden und sie bewältigen konnte. Kein Boss, der ihm sagte, was er tun sollte. Kein Berater, der ihn bei Problemen unter seine Fittiche nahm. Kein lieber Mensch, der ihn tröstete. Da war nur Gott mit dem er sprechen konnte. Manchmal, wenn er sich in größter Not befand und kurz vor dem Verzweifeln schien, hatte er jedoch den Eindruck, dass der Herr, sein Gott, pausierte.

Er konnte rufen, beten, flehen. Da war keine Stimme zu vernehmen. Nein, er durfte mit dem Allmächtigen nicht hadern. Wenn das so war, dann hatte das einen Grund. Wahrscheinlich hatte er gefehlt, ohne es zu merken. Sein Kopf schwirrte, seine Gedanken fuhren Karussell. Was war das?

Das Geräusch kannte er. Ein dumpfes, kurzes und leises Brummen. Er stand auf und ging auf den Küchenschrank zu. Es lag in der Obstschale, die schon lange nicht mehr mit Früchten gefüllt war. Paula hatte ihr kürzlich neu erworbenes Smartphone vergessen, dieses unnötige Ding, das seine Tochter ständig beim Lernen unterbrach. Scheinbar ging es doch nicht ohne solche Teile. Er blickte auf das Display und sah die Menge an Symbolen, mit denen er nicht viel anzufangen wusste. Sie hatten sich gegenseitig immer vertraut. Bespitzeln war ihnen fremd, auch wenn sie seit einiger Zeit einen recht unterschiedlichen Tagesablauf hatten. Er kümmerte sich um den Hof; Paula schaute, dass der Haushalt in einer akzeptablen Stabilität florierte und beschäftigte sich mit den Angelegenheiten der Schule. Bisher konnte sie problemlos ihre Noten halten, auch wenn die Trauer um die verstorbene Mutter oft schwer auf ihr lastete. Die häufige Abwesenheit von zu Hause ließ er ihr durchgehen, nur der Umgang machte ihm zu schaffen. Irgendwie schien sie in den Sog der Liederlichkeit ihrer Altersgenossinnen geraten zu sein.

Es war ein Vertrauensbruch, aber er konnte der Versuchung nicht widerstehen. Er wollte wissen, was da eben angekommen war. Unsicher fixierte er die glatte Oberfläche und lauschte nach oben. Dezente Musik drang aus dem Zimmer des Mädchens. Dann sah er den Button mit dem stilisierten Hörer. Neben diesem leuchtete eine rote Eins. Ob das wohl eine soeben eingegangene Nachricht war? Paula würde es merken, aber er konnte nicht anders. Mit dem Zeigefinger tippte er auf das Bildchen, worauf sich die Oberfläche veränderte und einige Textzeilen lesbar wurden: *Hi P, weitermachen trotz AM. Lenkt gut ab. 1. große Pause: Jungs aufgeilen. Bluse 3 Knöpfe öffnen ☺ CU Y.*

Wie gebannt starrte er auf das Geschriebene, langsam stieg unbändiger Zorn in ihm hoch. Wut, Ärger und Traurigkeit vermengten sich zu einer ungesunden Mischung. Hatte seine Erziehung versagt? Er musste etwas unternehmen. Mit zitternden Fingern umschloss er die Teedose, die seine Frau von Paula zum letzten Geburtstag bekommen hatte. Unter dem Druck seiner kräftigen Hand knackte das dünne Blech und verformte sich zu einem hässlichen Klumpen.

43

Seit die Mutter ihrem langen Krebsleiden erlegen war, hatte sich ihr Vater verändert. Seine sowieso schon recht ausgeprägte Eigenwilligkeit hatte sich in einen manifesten Starrsinn verwandelt. Dieser gipfelte bisweilen in einem stoischen Egoismus, der in vielen Dingen mit einem eigenartigen Tunnelblick gekoppelt war. Manchmal glaubte sie, ihr Vater sähe durch die hindurch. Seine Gedanken schienen ihr unergründlich. Schon zuvor ein gläubiger Landmann, der seinen Boden ganz im Sinne des Herrn bestellte, jede Neuanschaffung auf ihre christliche Stimmigkeit überprüfte und alles, was mit genverändertem Getreide zusammenhing rigoros und aus innerer Überzeugung heraus ablehnte, schien seine Gotteshörigkeit nun ins Extrem zu kippen. Nicht nur, dass er jetzt vor jeder Mahlzeit betete oder ständig irgendwelche Verse aus dem Gesangbuch vor sich hin murmelte, er zitierte auch in Selbstgesprächen die Bibel: „Wer Wind sät, wird Sturm ernten!", war zu einem seiner Lieblingssätze geworden. Paula dachte manchmal an die Gemeinschaft der Mennoniten, die im mexikanischen Chihuahua lebten, dort die gesamte Milchwirtschaft kontrollierten und Diskussionen anzettelten, ob nun der Traktor mit Luftreifen versehen werden dürfe oder nicht. Auch der Konservatismus der Amish People aus den USA fiel ihr ein. Tief im Glauben verwurzelt, nutzten sie zum Warentransport noch Pferdefuhrwerke. Bei den Älteren galt das Auto als eine Erfindung des Teufels.

Das hatte sie mal in einem Fernsehbericht gesehen. Und das Tanzen war sowieso Sünde. Frauen und Männer folgten einer strengen Kleiderordnung. Dass sich ein Teil der Jugend heimlich ins Koma soff, wurde offiziell nicht erwähnt. Anstand und Sitte galten als unumstößliche Grundsätze. Doch auch da war manchmal der Geist willig, aber das Fleisch schwach. Häufig waren Ehen unter Verwandten geschlossen worden, denn mit Fremden oder gar Ungläubigen wollte man nichts zu tun haben. Angeblich sei es zudem nicht selten zu heimlichen Tötungen behindert geborener Säuglinge gekommen.

All dies beschäftigte das Mädchen, wenn sie sich die Wandlung ihres Vaters vor Augen führte. Er tat ihr leid. Die Ehe war gut gewesen und es hatte kaum Streit gegeben. Auch weil die Mutter sehr duldsam gewesen war und keine Ansprüche auf ein luxuriöses Leben gehegt hatte. Doch der ständige Verzicht auf alles Unterhaltsame und Kulturelle hatte aus der Frau, die in ihrer Jugend gerne Theatervorstellungen besuchte und auch mal ins Kino gegangen war, eine vorgealterte und enttäuschte Person gemacht, die an ihrer Demut darbte und litt. Gesprochen wurde darüber nie.

Irgendwann vor vielen Jahren, Paula war noch nicht in der Schule, musste die Mutter eine sogenannte Kur machen. Sie brütete nur noch vor sich hin, nahm kaum mehr Nahrung zu sich, ließ den Haushalt und die Körperhygiene schleifen, war ständig müde und heulte permanent. Der Arzt hatte damals von einer schweren Depression gesprochen, die nur durch einen stationären Aufenthalt in einer psychotherapeutischen Klinik geheilt werden könnte. Daran konnte sich Paula noch gut erinnern.

Dies alles fiel ihr beim Musikhören auf ihrem Zimmer ein. Soweit wollte sie es nicht kommen lassen. Obwohl sie erst in Kürze dreizehn Jahre werden würde, kapierte sie schon sehr viel von der Welt. Zum einen wollte sie ihren Vater nicht enttäuschen, der nun ganz alleine mit ihr war und den Hof bewältigen musste. Zum anderen wollte sie aber auch den Anschluss an das Leben nicht versäumen und mit ihren Freundinnen die Zeit der Jugend genießen. Deshalb fühlte sie sich hin- und hergerissen, ja sie kam sich teilweise vor wie zwei Personen, die allen gerecht werden mussten. Irgendwie hatte sie das komische Gefühl, dass sich ihr geliebter Papa zumindest innerlich immer weiter von ihr entfernte. Plötzliche Wutausbrüche und tiefe Trauer wechselten sich ab. So als suche er einen Schuldigen für das, was ihm widerfahren war. Gegen Paula jedoch hob er nie die Hand.

Befremdlich fand sie allerdings, was sie neulich im Stall als unfreiwillige Beobachterin gesehen hatte: Mit der Mistgabel spießte der Vater eine vorüberhuschende Ratte auf, der er dann mit der Machete, die für eine gelegentliche Säuberung der Gebüsche bereitlag, den Kopf abschlug. Da war sie erschrocken. So brutal hatte sie ihn noch nie handeln sehen. Auch der Rücken des alten Hengstes, ihres geliebten Bento, wies nun manchmal Striemen auf. Die Peitsche, derer dieser gutmütige Traber nie bedurfte, war nicht mehr in der Gerätekammer zu finden. Auch wirkte das sonst so gelassene Tier öfter nervös und unausgeglichen. Das alles machte ihr Angst und beschäftige ihre Gedanken. Aber sie fragte nicht. Tunlichst war sie bemüht, die Scherze, die sie mit den Freundinnen aussheckte, für sich zu behalten. Würde der Vater Kenntnis davon erhalten, wollte sie sich dessen Reaktion nicht vorstellen müssen.

So pflegte sie sorgsam ihre zwei Welten, die ihr ein gesundes Überleben in dieser extremen Lebensphase ermöglichten. Dem Vater war sie die beinahe hörige Tochter, die versuchte ihm jeden Wunsch und jedes Anliegen von den Lippen abzulesen. Für die Freundinnen war sie der gute und verlässliche Kumpel, der sich für keinen Scheiß zu schade war. Überhaupt war alles nur ein Spiel. Keines der Mädchen dachte auch nur im Ansatz daran, tatsächlich mit den Jungs etwas anzufangen. Sie alberten herum, feixten, kicherten und genossen ihr Teenagerleben.

Bis jetzt.

Der Mord an Annemarie ließ sie aufhorchen, doch dass diese Tötung Teil eines großen Plans gewesen war, konnten sie nicht wissen. Trotzdem drehten sie das Gas ein wenig herunter, fuhren die Frequenz der Scherze etwas zurück, behielten sie aber dennoch bei. Dass sie sich damit zur Zielscheibe eines kranken Menschen machten, konnten sie nicht erahnen.

44

Dem Täter auf der Spur?
Ein Kommentar von Elmar Spohrnagel

Kommissar Zufall lässt auf sich warten. Und das nun schon eine geraume Zeit. Ob der so sehnlich herbeigewünschte Beamte im Urlaub weilt? Keiner weiß es. Was allerdings jedem bekannt ist, scheint die Tatsache, dass die Erbacher Kripo mit der Lösung des Falles um Annemarie Richters Tod vollkommen überfordert ist. Um dies zu kaschieren, werden publikumswirksame Pressekonferenzen für sämtliche Medien abgehalten, deren Inhalte so leer sind wie Restmülltonnen kurz nach der Abfuhr. Mit Worthülsen und sinnfreien Äußerungen füttert man die Vertreter von Radio, Fernsehen, Onlineportalen und Zeitungen. Man baut auf Verdummung, setzt auf Verschleierung und versucht die eigene Unfähigkeit als Ermittlungsergebnisse zu verkaufen. Mit angelesener Rhetorik gaukelt ein gewisser Kriminaldirektor Wagenknecht Eloquenz vor, flankiert von einem dumpf vor sich hin glotzenden Kommissar und einem Bübchen, dem man nicht mal eine Faschingspistole bedenkenlos in die Hand drücken würde. Das Ganze wird getoppt durch grenzwertige Anfeindungen gegen eine freie Presse, die fast schon den Tatbestand der Beleidigung erfüllen. Fragen nach einer Verstärkung aus Darmstadt oder dem Hinzuziehen von erfahrenen Ermittlern des Landeskriminalamtes blockt man mit dem Verweis auf die Zuständigkeiten ab. Ist es wirklich nötig, bei Scotland Yard anzuklopfen oder Sherlock Holmes anzufragen? Wollen wir warten, bis sich eine detektivische Bürgerwehr bildet, die den Fall löst? Für alle Eltern ist diese Untätigkeit ein Schlag ins Gesicht. Man kann nur hoffen, dass sie nicht zurückhauen. Und wenn, wäre das zu verurteilen? Wer braucht eine Polizei, die sich auf ihren Lorbeeren ausruht und den Pensionsbezügen entgegenfiebert? Wir jedenfalls nicht. Jetzt ist es an der Zeit zu handeln. Und zwar sofort. Denn im Hinblick auf eine Lösung des Falles ist noch kein Land in Sicht. Ist überhaupt wer dem Täter auf der Spur?

Karl Kunkelmann war gerade nach Hause gekommen und freute sich auf eine kalte Flasche Weißbier. Vorsichtig schlich er in die Küche und hoffte, dass er dort nicht Lena begegnen würde, denn die verurteilte seinen Bierkonsum scharf, wobei sie stets auf dessen Revuekörper verwies und davor warnte, was Alkohol mit Menschen alles machen konnte. Besonders um diese Zeit war Hopfentee, wie Thomas das Therapeutikum seines Vaters nannte, ein Sakrileg. Wenn es schon sein musste, dann in der Kneipe, nach 20 Uhr, nie mehr als eine Flasche, aber am liebsten überhaupt nicht. Sie selbst trank so gut wie gar keinen Alkohol, vielleicht mal zu Silvester einen Fingerhut Sekt, doch das nur an Schaltjahren. Sie saß zeitungslesend am Küchentisch und harrte der Dinge, die da kommen mochten. Karl fischte einen Becher Naturjoghurt aus der Seitentür, drückte seiner Gattin einen Kuss auf die Backe und trat den Rückzug ins Wohnzimmer an.

„Na, Vadder, sind wir auf Karenz?", fragte Thomas, der am Abend aus wäschetechnischen Erwägungen von Frankfurt gekommen war.

„Nee, auf die Mama getroffen", gab der Vater zurück und löffelte missmutig das Milchprodukt.

„Naja, so ein bisschen Calcium wird der Leber schon nicht dauerhaft schaden", feixte der Sohnemann und schlug sich prustend auf die Schenkel.

„Hat dein Papa wieder einen Witz erzählt? Und wenn, zum wievielten Mal?", fragte Lena mit dem Lokalblatt in der Hand.

Die Männer schwiegen in lautloser Stille. Dann griff sich Karl Kunkelmann die Zeitung, die Lena wohlwissend in den dafür vorgesehenen Ständer gesteckt hatte. Zielstrebig schlug er die Lokalseiten auf, um nachzugucken, ob sich der Bürgermeister von Erbach wieder von der Presse die Stange halten ließ und mit seinen seifigen Erläuterungen salbadernd seine Idee zum misslungenen Marktplatzprojekt als Erfolgskonzept darstellen ließ.

In weiser Voraussicht warnte Lena Kunkelmann ihren Mann vor: „Pass auf, ehe du jetzt gleich vollkommen ausrastest: Dein Freund Spohrnagel hat einen ziemlich giftigen und bissigen Kommentar zum dem Mordfall, an dem ihr gerade arbeitet, verfasst."

Scheinbar gelassen blätterte Karl bis zur besagten Seite und tauchte in den Text ein. „Das darf doch nicht wahr sein. So ein Arschloch! Was bildet sich der Schmierlappen überhaupt ein? Was glaubt der denn eigentlich, wer er ist? Da hört sich doch alles auf. Dieser Schreiberling nennt mich einen dumpf vor sich hin glotzenden Kommissar.

Nicht Oberkommissar, nicht Hauptkommissar. Keine Ahnung von Recherche. Wahrscheinlich haben sie diesen Spohrnagel bei irgendeinem Anzeigenblättchen abgeworben!"

„Vatter, reg dich nicht auf", bemühte sich Thomas, seinen Erzeuger zu besänftigen. „Das ist eben die freie Presse. Die können schreiben, was sie wollen. Oder bist du etwa dafür, dass die Zensur wieder eingeführt wird? Schon mal was vom Hambacher Fest gehört? Und mit Titeln hast du es doch sowieso nicht. Da legst du doch sonst keinen Wert drauf. Außerdem ist dies ja nur eine läppische Dienstbezeichnung, die dein fast fürstliches Gehalt der Gruppe A 13 ausdrückt. Wenn ich mal promoviert bin, ja dann ..."

„Das ist ja die Höhe, da fällt einem noch der eigene Sohn in den Rücken! Ich lasse mich doch nicht von so einem Schnösel beleidigen!"

„Nein, das solltest du auch nicht. Aber obwohl ich keine Ahnung von Jura habe, bin ich mir vollkommen sicher, dass mit jener süffisanten Bemerkung der Tatbestand der Beleidigung nicht erfüllt ist. Und wenn ich mir dich vor meinem geistigen Auge so vorstelle, wie du da auf dem Podium gesessen haben könntest. Nun ja, ob das mit dem dumpfen Glotzen dann soweit hergeholt ist, das weiß ich nicht. Schließlich war dieser Spohrnagel ja live dabei. Er wird sich schon sein Bild gemacht haben."

„Wenn man solch einen Sohn hat, dem jeglicher Vaterstolz abgeht, dann braucht man keine Feinde mehr", sagte Karl Kunkelmann und ging in die Küche, von welcher er mit einer Flasche Weißbier zurückkam. Die Blicke der Gattin ignorierend, goss er das goldgelbe Getränk in sein Lieblingsglas und sagte: „Dieser Scheißkommentar und dann noch die Bemerkungen des Sprösslings. Da drängt es den beleidigten Mann zu einem entspannenden Schluck."

Thomas schielte zur Mutter, doch die hatte das doofe Argument ihres Mannes absichtlich überhört und wendete sich einer Quizsendung im Fernsehen zu. „Noch was, Papa. Vaterstolz meint etwas ganz anderes, aber egal."

Am Morgen darauf brannte die Luft im Büro. Kriminaldirektor Wagenknecht tigerte von Wand zu Wand und fluchte, was das Zeug hielt: „Wir seien zu doof, um unsere Arbeit zu machen, sagt dieser Schmierfink. Er nennt meine Rhetorik angelesen und bezeichnet Sie, lieber Herr Kunkelmann, als dumpf. Das schlägt doch dem Fass den berühmten Boden aus. Ich fordere Satisfaktion! Ich werde diesen Schreiberling anzeigen!"

„Langsam, Chef", wagte sich Heiner Ehrenreich aus seiner Deckung hinter dem Aktenschrank hervor. „Das Geschreibsel ist eindeutig als Kommentar gekennzeichnet. Mit einer Anzeige werden wir keinen Erfolg haben. Schon 1832 wurde im Rahmen des Hambacher Festes die Freiheit der Presse gefordert und auch durchgesetzt. Die dürfen schreiben, was sie wollen. Nicht mal für eine Rüge würde unser Protest ausreichen. Ich fürchte, wir müssen damit leben."

„Schön, dass wir einen Historiker in der Runde haben, der uns wieder auf den Boden der Tatsachen zurückführt. Ja, sollen wir uns denn so eine Unverschämtheit gefallen lassen, Kollege Ehrenreich? Sie machen Ihrem Namen ja reichlich Ehre mit Ihrem Wissensfundus über die Rechte der Presse!"

„Werden wir wohl müssen, Chef. Aber wir könnten es mit einer Gegendarstellung versuchen. Nur wer nimmt die? Das ‚Odenwälder Echo' hat ja eine Monopolstellung in der Gegend. Es gibt keine andere lokale Tageszeitung im Kreis. Und erlauben Sie mir die Bemerkung: So schlimm war das nun auch wieder nicht. Persönliche Angriffe gehen halt immer ans Ego, oder, Heiner?", vermittelte Kunkelmann.

„Äh, ja. Das stimmt. Ich finde, wir sollten diese Zeilen einfach nicht so ernst nehmen. Dass sich die Leser ihre Meinung über uns bilden, ist aber auch klar."

Über den Praktikanten, der am meisten mit Schmutz beworfen und als Säugling in Polizeidiensten hingestellt wurde, redete man nicht. Der Studierende war längst wieder in den Stuhlreihen seiner Hochschule versunken.

Die einzigen, die sich an den Schilderungen des Spohrnagel ergötzten, war der Autor selbst und eine gewisse Frau Bachmann, die sich in der Teeküche über die Schilderungen des Reporters trefflich amüsierte. Erst kürzlich hatte sie den Kriminaldirektor zum im Fachblatt angebotenen Rhetorikkurs angemeldet und der Gesichtsausdruck eines gewissen Hauptkommissars bei Überforderung war ihr ebenfalls nicht fremd.

Und noch jemand bezeichnete, trotz der traurigen Hintergründe, die Ausführungen des Redakteurs als ziemlich gelungen: ein junger Medizinstudent, der seinen Vater von Kindesbeinen an kannte und aufgrund dessen Erzählungen auch eine ungefähre Vorstellung von dessen Chef hatte. Vor seinem inneren Auge sah er die beiden Kapazitäten auf dem Podium sitzen. Neben ihnen grinste ein Baby in die Kamera, das eine Fastnachtspistole schwenkte.

45

„Na, Helge. Rüstest du wieder auf?", fragte Thomas Linn seinen Schichtkollegen Helge Ostermann bei Dienstbeginn mit einem süffisanten Unterton in der Stimme und einem gewinnenden Lächeln auf den Lippen. „Ja, man weiß ja nie, was der Tag so bringt. Und wenn das die personifizierte Scheiße ist, bin ich gegenüber einem sicherheitstechnischen Nudisten deutlich im Vorteil!"

Seit Jahren bildeten die beiden auch in der Freizeit miteinander verbundenen Oberkommissare ein Team, obwohl sie unterschiedlicher nicht sein konnten. Linn aß für sein Leben gerne, was man dem 40 Jahre alten Gemütsmenschen auch ein wenig ansah. Am liebsten widmete er sich dem evangelischen Posaunenchor, in dem er die Tuba blies. Mit drei Kindern und einer selbstständigen Hebamme als Frau war er der geborene Familienmensch, der über jede Dienstbefreiung glücklich war. Leider war seine Bewerbung als Fachkraft für Prävention, wobei er mit einer Handpuppe durch die hessischen Schulen getingelt wäre, abschlägig beschieden worden.

Helge Ostermann hingegen hatte seine Heimat in diversen Fitness-Studios und achtete auf eine gesunde Ernährung und eine vorzeigbare Figur. Seine Freundin lebte in Hamburg, weshalb sie seit Jahren eine Wochenendbeziehung führten, was Helge sehr recht war. Denn der Sport nahm seine ganze Freizeit in Anspruch. Kurz geschorenes Haar, ein kantiges Gesicht und stahlblaue Augen, dazu immer glatt rasiert und immer gut drauf. Irgendwie erinnerte der Polizist an Ken, Barbies treuen Freund.

Auch heute kam er makellos, bestens gelaunt und gut ausgeschlafen zum Tagdienst, während Thomas noch die schlaflosen Stunden wegen des Säuglings in den Knochen steckten. Flugs war er in die Uniform geschlüpft, hatte die Pistole und die Handschellen am Gürtel befestigt und war bereit für die Schichtablösung.

„Halt, mein lieber Cop", rief Ostermann, „der Sheriff ist noch nicht fertig!"

Linn begab sich wieder zu den Spinden und wartete, bis Helge die Schutzweste angelegt, das Ersatzmagazin am Koppel befestigt, die Lederhandschuhe in den Gürtel geklemmt, das Pfefferspray verstaut und den Teleskop-Schlagstock in das dafür vorgesehene Holster versenkt hatte. Dann heftete er sich noch sein Namensschild an, arrangierte das Sprechmodul des Handfunkgerätes an der linken Schulter und klemmte, natürlich gut sichtbar, seine verspiegelte Sonnenbrille in die rechte Hemdtasche. Nachdem am Gürtel auch die Taschenlampe verstaut war, trabten sie endlich zur Übergabe. Wer voranging, war klar. Das hatte sich in den Jahren so eingespielt.

„Sag mal, reichen dir eigentlich die Knarre und die Acht wirklich nicht? Die von der Kripo haben doch auch nix anderes dabei?", fragte Linn auf dem Weg durch den Gang den Kumpel.

„Erstens, mein Lieber, bin ich sehr ängstlich. Zweitens haben die von der Kripo ein wesentlich harmloseres Leben als wir und drittens, das sage ich dir jetzt zum zigsten Mal, beachte ich die Dienstvorschriften."

Thomas Linn nickte schmunzelnd, denn diese Antwort hörte er sich mehrmals im Monat an. Ihn dürstete nach einem gescheiten Bohnenkaffe, den ihr Dienstgruppenleiter hervorragend zu filtern wusste. Ein neumodischer Vollautomat, der Espresso pressen und Latte komponieren konnte, stand ihnen zwar zu, doch konnte dieser den selbst Gebrühten wohl kaum toppen. Es gab sogar Stimmen unter den Uniformierten, die behaupteten, dass sie ausschließlich wegen des hervorragenden Kaffees ihren Dienst noch nicht quittiert hätten. Die Kaffee-Ergebnisse bei der Edelpolizei im oberen Stockwerk fielen da ganz anders aus. Somit konnten die Blauen durchaus verstehen, dass der Kollege Ehrenreich auf Tee umgestiegen war. Und bei dessen Konsum musste jeder Aufguss von erlesener Qualität sein.

Triefäugig hing die Nachtschicht in ihren Stühlen. Diesmal waren die vier bemitleidenswerten Kollegen nicht dazu gekommen, die Liegestühle aufzubauen. Ständig war etwas anderes zu erledigen gewesen. Türöffnung, leichter Verkehrsunfall, Ruhestörung. Die Jungs wollten einfach nach Hause. Die Protokolle würden sie dann im nächsten Tagdienst in den Computer hauen. Nach zwei Tassen exquisiten Kaffees, die der Tchibo-Onkel stolz eingeschenkt hatte, waren die Lebensgeister geweckt. Selbst der behäbige Thomas Linn konnte sich nun den anfallenden Tagesaufgaben zuwenden. Auch wenn sie im Schichtbetrieb die Feuerwehr der Truppe waren, blieben die Routineaufgaben nicht aus. Heute galt es, den Finder eines vermissten Fahrrades zu befragen. Eine Ausnahmeaufgabe, da die dafür zuständige Ermittlungsgruppe, der fast nur ältere Kollegen angehörten, notorisch überlastet war. Als sie die Pforte passierten, begegneten sie Karl Kunkelmann, der die beiden höflich grüßte.

„Na, die Herren der berittenen Truppe, geht es wieder ins Feld?", fragte der Kripomann.

„Die einen gehen ins Feld und setzen sich den Gefahren des Tages aus, die anderen besetzen die Etappe und kümmern sich um die Formulare. Dir eine geruhsame Zeit, geschätzter Karl!" Helge Ostermann konnte sarkastisch sein. Eine Unart, die sich seit Jahren im Umgang der beiden Polizeieinheiten in Erbach etabliert hatte, allgemein kritisiert wurde, sich aber einer regen Inanspruchnahme erfreute.

„Siehst du", meinte Thomas Linn. „Jetzt haben wir fast neun Uhr und der Herr Kriminalhauptkommissar geruht das Büro im ersten Stock unseres ehrenwerten Gebäudes mit seiner Anwesenheit zu beglücken. Ich jedenfalls strebe eine ruhige Position im Präsidium in Darmstadt an. Da gibt es eine Art Administratorenposten, auf dem man sich mit der Überstundenregelung der Kollegen befassen muss. Eher eine Verwaltungstätigkeit. Um 16 Uhr fällt der Hammer und zu Hause kann ich dann auf der Tuba üben."

„Wenn das dein Ziel bis zur Pensionierung ist, wünsche ich dir alles Glück der Welt, dass du diese Stelle auch bekommst. Für mich käme eine solche Verwendung einer Strafversetzung gleich", wandte Ostermann ein.

Sie gingen über den gepflasterten Hof und Ostermann schloss den ‚Odin 10 / 20 /2' auf, wie der etwas angejahrte und ihnen heute zugeteilte Wagen mit Funkrufnamen hieß. Die ihre überlasteten Kollegen vertretenden Fahrradfahnder führte der Weg nach Beerfelden, einem pittoresken Städtchen, das durch seinen erhalten gebliebenen Galgen und die hübsch eingefasste Quelle des Flüsschens Mümling bekannt war. Als sie auf der Bundesstraße 45 das Dörfchen Lauerbach durchfuhren, warfen sie einen Blick auf das kürzlich hier eröffnete Steakhaus. Durch diesen Schlüsselreiz oder besser Schüsselreiz ausgelöst, meldete sich bei Thomas Linn der Hunger: „Mensch, Helge. Da jetzt so ein T-Bone-Teil reinhauen, das wär's", eröffnete er seinem Kollegen.

„Mir hängt der Magen wieder mal in den Kniekehlen."

„Und der Bauch über die Kniescheiben", frotzelte der Athlet am Steuer. „Lass mal gut sein. Ich habe gehört, dass der Kunkelmann heute eine Runde ausgeben will, da er neulich noch ein Jährchen auf sein Lebensalter draufgepackt hat."

„Bestimmt hat er wieder die Bäckerei um die Ecke leergekauft und jetzt haben die keine Granatsplitter mehr."

„Tja, so hat halt jeder seine Leichen im Keller. Beim Kunkelmann sind es abertausende Kalorien, die er durch enorme Zuckerberge aufnimmt. Apropos Zuckerberge. Irgendwer hat gesagt, dass er wegen eines Diabetes-Tests beim alten Berger gewesen sei."

„Naja, dem Karl geht´s halt wie mir. Der müsste sich viel mehr bewegen. Beim Betriebssport habe ich ihn schon ewig nicht gesehen."

„Wie denn auch, Thomas. Du bist ja selbst nie dort."

Dann knackte es verdächtig im Funk. Nachdem sie den Inhalt der an sie gerichteten Meldung erfasst hatten, sahen sich die beiden Streifenpolizisten völlig entgeistert an. Jedem blickte ein Zombie in die vor Schreck geweiteten Augen.

46

„Nein, Maus. Du musst das Futter für die Wildschweine auf die flache Hand nehmen, sonst können dir die Wutzen in die Finger beißen", warnte Ansgar Schenk aus Heusenstamm seinen Sohn Lenny.

„Musst du das so deutlich sagen?", fragte dessen Frau Esther. „Das macht ihm doch nur Angst und er traut sich dann nicht mehr!"

„Liebe Gattin, besser er weiß den Viechern mit Respekt zu begegnen, als dass er in der Notaufnahme landet, weil den Sauen der Daumen so gut geschmeckt hat. Die haben nämlich eine Kraft in den Kiefern, dagegen ist der Druck der Beißerchen von Hunden ein Witz", entgegnete der Familienvorstand.

Gemeinsam waren sie heute in den Eulbacher Park gefahren, weil er ihnen von Freunden empfohlen und als besonders eindrucksvoll geschildert worden war. Die Alte Fasanerie bei Hanau wäre zwar näher gewesen, aber die kannten sie schon zur Genüge. Fast jeden Sonntag fuhren sie in den Wildpark, um die imposanten Wölfe zu beobachten. Ansgar war wegen eines hartnäckigen Hustens krankgeschrieben, da tat die frische Luft gut. Als Pfleger im Offenbacher Stadtkrankenhaus wollte er weder die geschwächten Patienten, noch seine Kollegen anstecken. Obwohl die Personaldecke sehr dünn war, erlaubte er sich diesen Schritt. Esther musste erst am Abend wieder im Restaurant sein, wo sie sich als gelernte Gastronomiefachfrau ein paar Euro hinzuverdiente.

Wegen der Wisente waren sie gekommen, einer entfernten Verwandtschaft des nordamerikanischen Bisons, das die Weißen fast ausgerottet und den Ureinwohnern so ihre Nahrungsgrundlage genommen hatten. In mühevoller Nachzucht waren die ersten Ergebnisse einer Population der lebendigen Fleischberge in Polen geglückt und seit einigen Jahren erfreute man sich nun dieser mächtigen Tiere auch im Park bei Eulbach, den ein gewisser Friedrich Ludwig Sckell um 1800 herum in gräflichem Auftrag und mit landschaftsarchitektonischen Kenntnissen zu einem pittoresken Englischen Garten gemacht hatte. Der Flyer, den sie am Kassenhäuschen erworben hatten, versprach eine vielseitige Tour. Vorbei an der Büste eines ehemaligen Grafen zu Erbach ging es zu den Hirschgehegen, dann folgten die Wildschweine und ziemlich am Ende des weitläufigen Areals konnte man von einer Balustrade aus Holz einen Blick auf die Wisente werfen. Wenn sie sich denn zeigten. Denn sobald ein Kalb in der Herde war, verhielten sich die Kraftprotze scheu wie Rehe und kampierten irgendwo im letzten Winkel ihrer Wiese.

In einem kleinen Teich war eine winzige Kapelle angekündigt, in der dann und wann adlige Hochzeiten stattfanden. Man musste die gefühlten fünf Meter mit einem Kahn übersetzen, was Ansgar an den alten Song „Don´t pay the ferryman, until he gets you to the other side" von Chris de Burgh erinnerte. Als Zeuge einer vergangenen Zeit hatte man einen bearbeiteten Opferstein herangeschafft. Seltsame Gebilde, die man in wissenschaftlichen Kreisen mit obskuren und blutigen Kulthandlungen der Germanen in Zusammenhang brachte. Im Text waren die markanten Blutrillen auf der Oberfläche erwähnt.

Genial für Kinder in Lennys Alter war die in einem kleinen Maßstab nachempfundene Burg. Auch war von Kastelltoren, Säulen und anderen Artefakten die Rede. Schließlich befand man sich auf der Höhe des hessischen Limes. Fehlte nur noch, dass ein ambulanter Verkäufer von Holzschwertern auftauchte, der gegen Bares die stattliche Sammlung in Lennys Spielzimmer erweitern wollte. Doch dies wenigstens blieb den Besuchern aus Heusenstamm erspart. Lenny hatte schnell kapiert und die Keiler und Sauen saugten unter lautem Grunzen die Maiskörner aus der kleinen Handfläche. Wieder mal fragte sich Ansgar, warum eigentlich Wildschweine nach Maggi rochen. Und wieder fand er keine Antwort. Vor dem riesigen Geweih eines enormen Hirsches hatte Esther Respekt und traute sich nicht, diesen zutraulichen

Waldmeister zu füttern. Anders bei den Mufflons, die, warum auch immer, hier ebenfalls ihr Zuhause hatten.

Gemächlich ging es weiter. Wie im Faltblatt verkündet, bedienten die steinernen Versatzstücke eher romantische Vorstellungen, als dass sie sich in die heutigen Erkenntnisse eines modernen Denkmalschutzes fügten. Die Altertumsbegeisterung und deren verklärte Sichtweise trug wohl einiges zu den damaligen Gestaltungsideen jenes Friedrich Ludwig Sckell bei. Aber schön waren sie anzusehen, die wahren oder angeblichen Relikte, die von einem großen Obelisken geadelt wurden. Der leichte Nieselregen störte kaum, man trug wetterfeste Kleidung.

Niemand begegnete der Familie, die Temperaturen schienen zu fallen und gleich einem Flies aus Watte legte sich ein weißlicher Teppich aus Nebel auf die verzauberte Landschaft des Parks.

„Das ist ja jetzt beinahe wie im Märchen", rief Esther etwas überlaut in den Regenschleier. Dann setzte sie ihrem Söhnchen eine Mütze auf. Auch Ansgar stülpte sich die Kapuze seines Sweaters über den Kopf. Er war der einzige, der kein Cape dabei hatte, trotz der massiven Erkältung. Mit Wassertropfen von oben hatte er bei der Abfahrt nicht gerechnet. Munter patschte Lenny durch die Pfützen, bei den Wisenten erhob sich ein Schwarm Krähen und verteilte sich unter heiserem Gekrächze in der Luft. Ganz vorne, wo der Weg eine scharfe Biegung machte, glaubten die Schenks im Vorhang des kühlen Dunstes eine dunkelgekleidete Gestalt um die Kurve biegen zu sehen. Vielleicht ein einsamer Wanderer oder der Wildhüter, der an Sonnentagen den Kiosk betreute.

Heute war der kleine Laden nicht offen gewesen. Mit einer Sperrholzplatte fanden Schenks die Verkaufstheke fest verrammelt vor. Den Futtermais holten sich die Gäste für wenige Cents an den aufgestellten Automaten. Die Wetterprognose bescherte dem Parkwächter wenigstens in dieser Hinsicht einen freien Tag.

Getreu dem Motto „ein Schritt vor und zwei zurück" kämpfte sich der Knabe den Hügel zur Burg hoch, rutschte, stolperte und strauchelte. Bis er oben war und stolz den ihm applaudierenden Eltern winkte. Nach allen Seiten schaute Lenny von seiner erhabenen Position herunter und scannte die Gegend mit seinem kindlichen Adlerblick. Er sah das Kassenhäuschen in der Ferne und konnte bis zur Bundesstraße 47 schauen, wo vereinzelt Autos sein Blickfeld kreuzten.

Dann linste er durch eine der Schießscharten, verkündete stolz: „Mann!" und deutete auf einen imaginären Punkt in der Ferne.

Die Eltern drehten sich um, sahen aber nichts. Nach weiteren fünf Minuten war der Obelisk erreicht, der seine Spitze in den grauen Himmel reckte. An seinen Seitenflächen prangten Bronzetafeln mit den Lebensdaten des Gartengestalters und des ihn damals beauftragenden Grafen. Die Höhe der Anlage war mit 510 Metern über Null angegeben. Zudem galt sie als ältester archäologischer Park Deutschlands. Man hatte nicht vergessen, dieses Prädikat am Sockel des Obelisken zu vermerken.

Außer über den Haupteingang war der Park über zwei Wirtschaftswege mit Holztoren zu erreichen, deren Nutzung dem touristischen Publikum versagt war. Hier hatten nur der Wildhüter und seine Kollegen freien Zutritt. Über ein kleines Brückchen, das ein Rinnsal querte, stapften die Tapferen nun zum See. Lenny wollte endlich Enten sehen und selbstverständlich auch füttern. Langsam ließ der Regen nach, doch er vergaß, den Nebel mitzunehmen, der es sich jetzt auf dem Teich gemütlich machte. Von weitem war schon das zänkische Geschnatter der Vögel zu vernehmen. Wahrscheinlich stritt sich das Federvieh um einen Brocken Weißbrot, der sich im Wasser partout nicht auflösen wollte. Um einen Schluck aus ihren mitgebrachten Flaschen zu trinken, blieben die Schenks kurz stehen. Außer den aufgeregten Enten war kein Laut zu hören. In der Ferne rauschte ganz leise der Verkehr auf der Bundesstraße.

Das Gekeife der Enten wurde plötzlich vom heiseren und aufgeregten Rufen mehrerer Krähen verstärkt, die sich über irgendetwas zu echauffieren schienen. Wahrscheinlich hatte sie ein unbekanntes Ereignis von der Wiese der Wisente hierher gelockt.

Tippelschritt für Tippelschritt staksten die Schenks durch den feuchten Pfad, der bisweilen einen modrigen Geruch absonderte und in die Nasen der Spaziergänger schickte. Regenwürmer dümpelten in kleinen Lachen, manchmal zerplatzten kleine Gärblasen auf der Wasseroberfläche. Kurz vor ihren Füßen querte eine Maus den Weg, was Esther zu einem erschrockenen „Ihh!" animierte. Papa und der tapfere Lenny mussten über die ungewollte Reaktion der Mutter lachen und zementierten mittels Handschlag ihre Männerfreundschaft und ihren Mut. Langsam wurde das Geäst lichter und man konnte die Ufer des Sees erahnen. Auch die kleine Hochzeitsinsel mit der winzigen Kapelle darauf zeichnete sich schon ab. Das Ruderboot des Fährmanns reckte seinen Bug auf die Wiese. Das Heck schaukelte im Wasser. Die Ruder selbst lagen reisebereit in den Dollen und verliehen dem betagten Vehikel etwas Gegenwärtiges. Wann war wohl zuletzt jemand in diesem doch eher maroden Nachen transportiert worden?

Am Rand des Wäldchens angekommen, fehlten nur noch einige Elfen und Wassergeister, welche die romantische Szene bevölkerten. Da vorne, das musste der berühmte Opferstein sein. Sie taperten über die Wiese, ignorierten die allenthalben herumliegende Entengrütze und gingen Richtung Ufer.

„Haaalloo!", rief Lenny.

„Wem rufst du denn, mein Mäuschen?", fragte dessen Mutter. „Da ist doch gar keiner."

„Doch, Mama. Da, Frau!" Und Lenny zeigte in Richtung des Opfersteins. Hinter dem behauenen Findling lugte ein Hinterkopf hervor, die Haare wurden dann und wann von einer Windböe bewegt. Hatte sich da wer bei diesem Sauwetter an den See gesetzt?

„Woher weißt du denn, dass das eine Frau ist?"

„Die hat lange Haare!"

„Lass, wir gehen ein anderes Mal zu dem Stein", sagte Esther, „vielleicht ist die Frau traurig und will ihre Ruhe haben."

„Haaalloo, haaaloo. Du daaa!" Die Neugier des Jungen war nicht zu bändigen zumal er auch nach mehrmaligem Rufen keine Antwort erhalten hatte.

„Ich geh mal hin", sagte Ansgar und lief langsam auf den Stein zu, um die Person nicht zu erschrecken.

„Hallo, geht es Ihnen gut?", sprach er, kurz bevor er sie erreicht hatte. Keine Antwort. Ansgar wurde stutzig und lief links um den Opferstein herum.

Dann schrie er. „Scheiße!"

Erbrach sich im Schwall und wurde fast ohnmächtig. Hysterisch zitternd rappelte er sich auf, wankte zu seiner Familie, fingerte sein Handy aus der Tasche und drückte den eingespeicherten Notruf der Polizei.

47

Ich bin stolz auf mich. Hiermit ist mir ein wahres Kunstwerk gelungen. Gunther von Hagens wäre glücklich darüber, mich in seinem Team haben zu dürfen. Ich hätte einen hervorragenden Plastinator abgegeben. Schade, dass es zu dieser Aus-

stellung keine Vernissage geben wird. So perfekt, so hübsch, so ästhetisch. Und alles im Umfeld einer von Kennern angelegten Landschaft. Eine Inszenierung, wie sie stimmiger nicht sein kann. Da Vinci, Dürer, van Gogh, aber vor allem Caspar David Friedrich hätten ihre wahre Freude an solch berückender Schönheit gehabt. Auf alles habe ich geachtet, nichts übersehen. Die Szene ist bis ins kleinste Detail stimmig. Und harmonisch. Denn ohne Harmonie geht die Welt zugrunde. Zurzeit gibt es so wenig davon. Rohheit, Intoleranz und Sexismus haben das Sagen. Der Teufel hat den Menschen zum triebgesteuerten Tier gemacht, ihn auf seine Instinkte reduziert und das denkende und moralische Wesen herausgebrannt, getilgt, ausgelöscht. Wehrlos erliegen die jungen Frauen den Lockungen Luzifers, der sie mit den Genen der Geilheit infiziert. Willenlos marodieren sie durch Dörfer und Städte, locken Jünglinge in ihre verwerflichen Fallen und legen, einer Krake gleich, ihre Fangarme um die Gepeinigten. Selbst Priester unterstützen diese Zügellosigkeit, indem sie in ihren der Mode unterlegenen Gruppenstunden den Katholizismus aufzuweichen versuchen. Gelobet sei die Pius-Bruderschaft, unter deren Ägide solche Entgleisungen nicht stattfinden. Die Pfarrer, die ihre Haushälterinnen permanent penetrieren und dann beim ebenso sündhaften Glaubensbruder die Beichte ablegen, diese bigotten Geschöpfe der Unterwelt gehören ebenso vom heiligen Erdboden des Herrn entfernt und ins Feuer der Hölle getreten. Sei beruhigt, meine Kleine. Du bist jetzt auf dem rechten Weg. Du wirst zum Herrgott auffahren, an die Himmelspforte klopfen und eingelassen werden. Michael wird dir mit seinem Flammenschwert den Einlass nicht verwehren. Denn ich habe dich erlöst von dem Druck, unter dem du zu leiden hattest. Nur die Hülle ist hier auf Erden verblieben. Du wirst mir nicht böse sein. Wir kennen uns ja schon so lange. Es war einfach meine Christenpflicht, dir zu helfen und dich auf die Reise zu schicken. Du weißt ja, du bist da oben nicht alleine. Annemarie ist auch schon dort. Spielkameradinnen auf ewig seid ihr jetzt. Vom Elend der irdischen Welt erlöst. Und irgendwann komme ich dich besuchen.

48

Als Thomas Linn und Helge Ostermann noch von der Nachricht gezeichnet am Ort des Geschehens eintrafen, fanden sie auf einer nassen Parkbank sitzend einen Mann und eine Frau mittleren Alters vor, die mit stierem Blick und Augen, aus denen Tränen liefen, ins Leere starrten. Zwischen ihnen saß ein kleiner Junge, der in ein Schnüffeltuch weinte. Wenn jemand nicht wusste, wie ein psychischer Schock aussah oder was eine Traumatisierung bedeutete, brauchte er sich nur diese Familie zu betrachten. Die beiden Polizeibeamten verständigten umgehend den psychologischen Notdienst.

Ostermann fragte knapp: „Wo?" Und musste es kurz darauf wiederholen.

Mit dem Kopf wies Ansgar Schenk in Richtung des Opfersteins.

Als der weniger labile Kollege ging Ostermann langsam dorthin. Linn blieb bei den Zeugen, sagte aber ebenfalls nichts. Irgendwie schien die Zeit stehengeblieben. War das ein Film oder befanden sie sich in der Realität? Auf das Schlimmste gefasst, umlief Ostermann den Opferstein und sank auf die Knie. Vieles hatte er gesehen, aber so etwas?

Vor ihm saß an das Denkmal gelehnt ein zirka 15 Jahre altes Mädchen, das mit dem ausgestreckten rechten Arm und dem nach vorne gereckten Zeigefinger auf die mittlerweile wieder ruhige Wasserfläche wies.

Er sprach sie an, obwohl er wusste, dass sie tot war.

Die Szene war derart makaber, dass ihm irgendwelche Späße zu Halloween in den Kopf kamen. Damals. Als sie mit ihren Rübenköpfen die anderen Leute erschreckten und Laternen bastelten, die wie Gespenster aussahen. Aber das war kein Gespenst, das war auch keine ausrangierte Schaufensterpuppe. Das war ein junges Mädchen aus Fleisch und Blut. Wie aber war das mit dem Arm und dem Finger zu erklären?

Tatsächlich. Es war die noch bestehende Leichenstarre, die dieses Bild ermöglichte. Die Augenlider waren mit Sicherheitsnadeln an den Brauen festgesteckt, sodass auch bei nachlassendem Rigor mortis keine Gefahr bestand, dass dieses Kind die Augen schließen oder besser gesagt verschließen konnte. Denn auf einem Pappschild, das in einer Klarsichthülle steckte und auf den Knien des Opfers mit einem Gummi festgezurrt war, stand handschriftlich „Erkenne dich selbst!" geschrieben. Dabei war der Kopf so ausgerichtet, dass die Oberfläche des Teiches als Spiegel diente.

Nummer zwei, dachte Ostermann und erkannte das Muster des durchgeknallten Irren.

Thomas Linn hatte zwischenzeitlich die Kripo verständigt und die Spurensicherer mitbestellt. Aus dem unweit geparkten Streifenwagen hatte er dem Verbandskasten drei Silberdecken entnommen. Denn bis die zivilen Kollegen des Notdienstes vor Ort waren, wollte er die Familie da haben, wo sie sie angetroffen hatten. Ob das so sein musste, wusste er nicht genau. Aber er wollte keine Schwierigkeiten. Schließlich wusste man ja nie, wer bei der Edelpolizei gerade Dienst versah. Ebenfalls war ihm nicht genau bekannt, ob er schon wichtige Fragen zur Sache stellen sollte. Da gingen die Meinungen auseinander.

Was keineswegs falsch sein konnte, war das Festhalten der Personalien. Doch das verbot ihm sein Feingefühl für die Situation. Schließlich klemmte er sich abermals hinters Handy und bat eine Dame des psychologischen Dienstes darum, auch Heißgetränke und Kekse mitzubringen. Als Ostermann wieder zurückkam, schien er ein anderer geworden zu sein.

„So schlimm?", tastete sich Linn vor.

„Schlimmer! Ich glaube, die nächsten Schichten wirst du alleine fahren müssen. Es sei denn, du gehst da runter und schaust dir die Schweinerei an, die dieses perverse Arschloch angerichtet hat. Dann brauchst auch du ein paar Tage Abstand zu unserem Laden."

Jetzt setzte der Regen wieder ein und die beiden Polizisten entschieden sich dazu, den Streifenwagen auf den Fahrweg zu stellen. Der VW hatte eine Standheizung und der kleine Junge bibberte schon. Ob vor Kälte? Ob aus Angst? Wahrscheinlich waren beide die Ursache für das Schlottern des Buben.

Als Kunkelmann und Ehrenreich am Ort des Geschehens eintrafen, war die Spurensicherung mit Hans Deckert, Klaus Talstädt und deren Chef Marco Wiesemann schon am Arbeiten. Wegen des zu erwartenden Regens hatten sie einen Zeltpavillon über der Toten errichtet, der wenigstens die wichtigsten Spuren schützen sollte. Es wurden Abstände gemessen, auch die unwichtigsten in der Nähe liegenden Abfälle eingetütet und das Opfer von allen Seiten fotografiert.

Die vollkommene Blutleere des Leichnams überraschte die Fachleute, denn trotz der üblichen fahlen Blässe, die nach längerer Zeit oft in ein aschiges Grau spielte, war der Körper dieses Mädchens hier fast schneeweiß.

Die Antwort darauf fand Klaus Talstädt, als er bei seiner Durchsicht die Haare zur Seite nahm. Man hatte mit einem scharfen Gegenstand, wahrscheinlich mit einem Messer oder einem Skalpell, auf der gesamten Länge beide Jugularvenen durchtrennt. So unfassbar es war: Die junge Frau wurde geschächtet, wie dies Juden und Muslime an

Tieren vornehmen müssen, die für den Verzehr vorgesehen sind. Seltsamerweise war aber kaum Blut auf der Kleidung zu erkennen und auch die Wiese war nicht kontaminiert. Zwar hatte es geregnet, doch eine solche Menge Körperflüssigkeit hätte deutlich sichtbare Rückstände hinterlassen müssen. Fünf bis sechs Liter Blut versickerten nicht einfach im nassen Erdreich, zumal der Lehmboden eine Art Sperre bildete und Blut an freiem Sauerstoff relativ schnell gerann. Man hätte auf Verklumpungen, so genannte Koagel, stoßen müssen. Aber da war nichts. Lediglich die Schnitte klafften obszön an beiden Seiten des Halses.

Während der provisorischen Untersuchung erschraken Kunkelmann und Ehrenreich zu Tode, als sie in das entstellte Gesicht des Mädchens blickten: Jemand hatte auf bestialische Weise Yvette Schleicher umgebracht.

Nach einigen Sekunden der Lähmung drehte sich Heiner Ehrenreich um und nahm einen Schluck aus dem Flachmann, den er in der Jackentasche mitführte. Als er Karl Kunkelmann den durchsichtigen Abmahnungsgrund hinhielt, sagte dieser nichts, griff nach dem Fläschchen und ließ sich die Flüssigkeit ebenfalls in den Hals laufen. Die Spurensicherer sahen verständnisvoll weg. Das ging sie nichts an und außerdem war das eine Ausnahmesituation, wie sie extremer kaum sein konnte.

„Was habt ihr herausgefunden?", wandte sich Kunkelmann mit belegter Stimme an Wiesemann.

„Pass auf, Karl", begann der Spurenchef. „Wir haben den Berger angerufen, um offiziell den Tod des Mädchens zu bescheinigen. Er hat heute kassenärztlichen Dienst. Den Notarzt können wir uns hier sparen. Wer von den Pathologen zuständig ist, müssen wir oder ihr noch rausfinden. Tja, eine perverse Sache scheint das zu sein. Mit erheblichem Krankheitswert beim Täter, wenn du mich fragst. Lass es mich so drastisch sagen, wie es ist: Dieses Mädchen wurde geschlachtet. Besser gesagt geschächtet, wie es die Moslems und Juden tun. Sie lassen ihr Nutzvieh bekanntlich ausbluten. Genau dies ist hier geschehen. Das hier ist aber nicht der Tatort, denn man findet nirgends größere Mengen Blut, wie sie bei dem Vorgang geflossen sein müssen. Beide großen Venen am Hals wurden mit einem über zehn Zentimeter langen Längsschnitt eröffnet.

Jetzt werde ich spekulativ: Der Täter muss meiner Meinung nach das Opfer aufgehängt haben, um die Sache, entschuldige den Ausdruck, so sauber aussehen lassen zu können. Dafür sprechen die Abschürfungen an den Fußgelenken. Das waren keine schlichten Fesseln, das waren Stricke, um das Opfer an einem Balken oder was anderem zu fixieren. Dann kannte sich dieses Arschloch wohl auch mit den Todeszeiten aus. Warum? Weil nach dem Herzstillstand, wenn kein Kreislauf mehr stattfindet, der menschliche Körper bei kühlen Temperaturen zirka zehn Stunden braucht, um eine vollkommene Leichenstarre, die so genannte Rigor mortis, zu entwickeln.

Vorher muss er den rechten Arm und den Zeigefinger in Position gebracht haben, damit diese Inszenierung möglich geworden war. Fragt sich, wo er dies getan hat, wo er die Starre abgewartet und überprüft hat. Denn solche Dinge sind sehr von der Umgebungstemperatur abhängig. Nach 24 bis spätestens 48 Stunden löst sich der Zustand wieder. Das hätte ihm die Show vermasselt. Ich bin ja kein Kripomann, aber da hat es einer auf ganz großes Kino angelegt.

Der will irgendwas zeigen, auf etwas hinweisen. Was weiß ich. Aber das ist jetzt euer Ding. Wir haben in der näheren Umgebung alles eingetütet und archiviert. Lasst bitte ein paar Blaue da, wenn wir gehen. Wir müssen morgen nochmal kommen. Die sollen einfach nur die abgesicherte Stelle bewachen. Ach ja, was die angehefteten Lider bedeuten, dazu habe ich keine Idee. Den Opferstein oder wie der Felsbrocken hier heißt, hat er oder sie mit einem Hebel versetzt und ungefähr einen Meter bis an den Uferrand geschoben. Sonst hätte er seine Inszenierung nicht vornehmen können.

Wie du siehst, blickt die Kleine genau auf den Teich. Und dann das Schild aus Pappe mit den kryptischen Worten, sie solle sich selbst erkennen. Das hat doch irgendwas mit Religion oder Philosophie zu tun? Manchmal denke ich, ob nicht doch vielleicht Kriminalbeamter das Richtige für mich gewesen wäre. Aber da hätten mir die ganzen technischen Details gefehlt. Außerdem fotografiere ich so gerne. Und hier kann ich die ganzen Details bis hin zu Makro ...“

„Marco, es reicht. Danke. Bitte keine Analysen oder Geständnisse über verfehlte Berufe. Dann wäre ich ein zweiter Hubert von Goisern geworden. Wenn nur ein Funken Talent da gewesen wäre ...“, entgegnete Kunkelmann.

„Wieso?“, meinte Wiesemann. „Braucht es Talent, um Berge von Granatsplittern vertilgen zu können? Ich dachte immer, da reicht eine gewisse Portion an Verfressenheit!“

Nach diesem gequälten Scherz gewann die Realität sofort wieder Oberhand über die Situation am Teich. Kunkelmann lief langsam zum im Wasser schaukelnden Kahn hinüber. Mit Zeigefinger und

Daumen sich über das stoppelige Kinn streichend, meinte er zu dem hier schon stehenden Heiner Ehrenreich: „Sag mal. Wenn jemand ein Boot anlandet, dann legt er doch die Ruder meist im Innern ab. So wenigstens kenne ich das aus Filmen. Hier aber sind sie noch in ihren Haltedingern und pendeln im Wasser."

Erst jetzt sahen sie auch Trittspuren, die keinesfalls von Wiesemann und seinem Team stammen konnten. Soweit waren die emsigen Helfer der Kriminalisten noch gar nicht gekommen.

49

Er hatte sie im Einkaufszentrum getroffen und ihr angeboten, sie nach Hause zu fahren. So müsse sie nicht den schweren Rucksack schleppen und bis ins Zentrum des Städtchens laufen. Für sie war diese Gefälligkeit eine nette Geste. Nachdem sie ins Wohnmobil eingestiegen war, bat er sie, ihm ein wenig bei der Beseitigung des Chaos im Innern zu helfen. Dann hätten auch der Rucksack und die Tragetüte genügend Platz.

Den Wagen hatte er absichtlich am äußeren Feld der Parkbuchten abgestellt, damit bei einem unwahrscheinlichen Entgleiten der Situation niemand auf das Geschehen aufmerksam werden würde. Sie schichtete Kissen und legte unordentlich auf der Liegefläche verteilte Decken zusammen, stellte eine Ledertasche, wie sie Hebammen oder Hausärzte früher benutzt hatten, auf den Boden und beugte sich nach vorne, um zwei, drei Stofftieren einen passenderen Platz zuzuweisen. Dabei merkte sie an, dass der Bär und der Hase wohl immer noch Paulas Lieblinge seien. Dass er darauf nicht antwortete, hielt sie für nicht ungewöhnlich. Auch dass die Vorhänge zugezogen waren, erregte bei ihr keinen Verdacht. Schließlich musste ja niemand seine Unordnung sehen.

Als sie nach dem Hasen griff, drückte er ihr den in Chloroform getränkten Wattebausch auf Mund und Nase. Dabei lag er über ihr, wodurch sie keinerlei Chance hatte, sich gegen den Angriff zu wehren. Es dauerte nur wenige Sekunden bis die Ohnmacht eingetreten war. Durch die dämpfende Wirkung der Zellulose hörte man auch nicht ihr ersticktes Stöhnen.

Nachdem Yvette Schleichers Glieder erschlafft waren, nahm er die Spritze mit dem vorbereiteten Medikamentencocktail aus der Ledertasche und jagte sie zielsicher in die rechte äußere Halsvene hinein.

Die Menge an Pentobarbital hätte genügt, um ihr junges Herz zum Stillstand zu bringen. Das Zeug hatten auch schon die Nazi-Ärzte erfolgreich benutzt, um ihre Euthanasiegedanken praktisch umsetzen zu können. Und er wusste, dass auch Tierärzte sich damit in Apotheken versorgten.

Er nahm auf dem Fahrersitz Platz und lenkte den Camper in aller Seelenruhe die Bundesstraße 47 hoch in Richtung Eulbach. Kurz vor dem Park fuhr er in einen befestigten Waldweg, stoppte vor einem Tor und griff nach dem großen Bolzenschneider unter dem Beifahrersitz. Damit knipste er die Verschlusskette durch. Tage zuvor hatte er mehrmals bei vergleichbar schlechtem Wetter den Englischen Garten besucht und keinen Menschen dort angetroffen. Außerdem war es noch früh am Morgen, kein Wochenende und Ferien hatten die Kinder auch nicht. Dass ein Restrisiko bestand, wusste er. Das hatte er einkalkuliert. Dann wäre es das eben gewesen. Dann hätte der Herr ihm das Ende seines Auftrags befohlen und er wäre dem Schicksal ohne jeglichen Hader gefolgt. Doch noch schien der liebe Gott Gefallen an seinen Befehlen, die er durch die Stimme des Meisters kundtat, zu finden.

Kein Mensch war zu sehen, der Park wahrscheinlich noch verschlossen. Das Haupttor mit dem Kassenhäuschen befand sich am anderen Ende. Um unnötige Spuren zu vermeiden, ließ er den Bus vor dem Tor stehen, schulterte Yvette und lief die zirka 150 Meter bis zum Teich. Waldarbeiter würden den Camper wohl kaum entdecken, bei diesem Regen saßen sie in ihren Hütten oder waren gleich zu Hause geblieben. Auch Spaziergänger würden heute im Wald keine Freude finden. Die Gefahr, überrascht zu werden, war daher eher gering. Während des Laufens spürte er am Handgelenk des Mädchens noch den Puls. Fadenförmig, aber deutlich. Das war gut, umso besser und schneller würde das Ausbluten vonstattengehen. So konnte das Herz den Lebenssaft tüchtig nach draußen pumpen.

Wie erwartet, lag das Boot bereit. Es hatte wohl lange schon keinen der Blaublütigen mehr zur Insel befördert. Die Ruder waren unweit unter einer grünen Folie deponiert. Mit seiner Fracht und einigen wenigen Stößen war er am Ufer der Insel angekommen und setzte das Boot mit einem kräftigen Ruderschlag an Land. Durch frühere Gespräche mit dem Parkwächter wusste er, dass die Tür zur Kapelle nicht verschlossen war. Auch hatte sich bisher keiner getraut, diese winzige Fähre zu schnappen, um dort ein Gebet zu sprechen. Jedenfalls war ihm darüber nichts bekannt.

Er öffnete die knarzende und durch die Witterung verzogene Holztür und war einen Moment von der Schlichtheit im Inneren der kleinen Kirche enttäuscht. Geschätzte 15 Quadratmeter maß der Raum, der von einem einfachen und schmucklosen Altar mit Jesus am Kreuz dominiert wurde. Die zwei schmalen Bänke boten höchstens Platz für zehn Personen. Keine Wandgemälde, keine Fresken, kein Pomp. Hier herrschte künstlerische Armut. Eine Beleidigung des Herrn. An der Decke hing ein alter Leuchter, der einen Kranz aus abgebrannten Kerzen trug.

Das Schicksal war ihm hold. Er rückte eine Bank unter das massive Teil aus Schmiedeeisen und hob es mit einigem Kraftaufwand von seinem Haken. Jetzt war der Platz für Yvette frei, die sicherlich schon auf ihre Himmelfahrt wartete. Nach einem prüfenden Blick zum Ufer, der keine Gefahr erahnen ließ, nahm er das Mädchen aus dem Boot auf und legte es auf dem Boden der winzigen Kirche ab. Zuverlässig arbeitete der Puls im Körper des Kindes. Jetzt zog er Yvette die Stiefeletten aus und band den mitgebrachten Kälberstrick fest um ihre Fesseln.

Dann war das Glück gefordert: Hoffentlich würde der Haken halten. Doch 50 Kilogramm Gewicht, das müsste man ihm zutrauen können. Zumal bald ungefähr fünf Kilo von der Last in Form von Litern Blut abfließen würden. Nach einiger Kraftanstrengung gelang es ihm, Yvette kopfüber an den Haltehaken zu bugsieren. Der Sicherheit halber injizierte er noch etwas Midazolam nach. Das würde ein eventuelles Aufwachen verhindern, aber nicht den endgültigen Herzstillstand herbeiführen. Anders als bei Annemarie war dies hier nicht gewollt. Sollte es trotzdem passieren, war das aber auch entschuldbar. Er war ja schließlich kein Anästhesist. Das Mädchen war nun gut vorbereitet. Beim Zwicken unterhalb der Schulter zeigte Yvette keinerlei Schmerzreaktion. Sie war tief bewusstlos. Nun konnte das Fest beginnen.

Bevor er anfing, füllte er die beiden leeren Blumenvasen mit Wasser. Damit konnte er dem Leichnam das Gesicht waschen. Mit einem treffsicheren Stich und dem sofort darauf folgenden tiefen Schnitt öffnete er die hervorgetretene linke Jugularvene. Im Schwall schoss das Blut heraus und verteilte sich auf dem Boden, wo es sofort zu dampfen begann. Er musste an die Szenen der früheren Hausschlachtungen denken. Diese Sauerei hatte er nicht bedacht. Sofort setzte er das Messer an der rechten Halsseite an, wo er dann die gleichen Handgriffe vollzog. Langsam pumpte der Lebensmuskel das Blut aus Yvette Schleichers Körper. Er watete in dem klebrigen Saft, was ihm einen leichten Ekel verschaffte. Die Gefahr des Ausgleitens war nicht gering. Noch war seine Kleidung sauber. Das sollte sie auch bleiben.

Als die letzten Tropfen ausgepresst waren, wischte er mit einem mitgebrachten und ins Wasser der Vasen getränkten Handtuch das Gesicht des Kindes wieder rein. Danach befestigte er die Sicherheitsnadeln in den Augenlidern. Jetzt konnte er die Gerettete vom Haken nehmen.

Er legte Yvette vor den Altar und richtete die Glieder aus, wie er es sich vorgestellt hatte. Jetzt hieß es warten. Wie lange, das sagte ihm ein Buch über Pathologie, das er kürzlich in der Literaturhandlung Paperback in Bad König erstanden hatte. Was ausgefallene Fachbücher betraf, war Inhaber Joachim Steiger ein Ass in der antiquarischen Recherche. Das Blut musste er liegen lassen. Bei den zu erwartenden Temperaturen dürfte das hinsichtlich des Geruches kein Problem sein.

Und die Grafenfamilie? Es standen keine Hochzeiten an und die Gläubigkeit der jungen Adeligen war doch eher gering einzuschätzen. Wie der Parkwächter erzählt hatte, war schon seit ewigen Zeiten keiner mehr auf der kleinen Insel gewesen. Er verschloss die Tür, packte seine Gerätschaften ein und ruderte zum anderen Ufer zurück. In einer recht genau festgelegten Zeit würde er wiederkommen müssen. Hoffentlich gab es keinen Wetterumschwung. Doch in dieser Hinsicht waren die Prognosen für den Odenwald auf allen Radiosendern stabil.

Sicher, von niemandem beobachtet worden zu sein, ging er langsam zum Wohnmobil zurück. Zeugen seiner Anwesenheit waren lediglich ein paar Enten und die unvermeidlichen Krähen, die sich in alles einzumischen schienen. Doch dies konnte ihm egal sein. Ein Teil des Auftrags war erfüllt.

In der Nacht kam er wieder. Yvette war zu einem Brett geworden. Die generalisierte Leichenstarre gestaltete den Transfer ziemlich einfach. Bald lag sie auf dem Rücken im Boot. Der rechte Arm mit gestrecktem Zeigefinger und auch die Beine wiesen in den Himmel.

Ja, Yvette, so dachte er. Dorthin wird deine Seele entschweben. Oder ist sie schon da oben angelangt? Du wirst es mir bald erzählen können. Doch zuerst musst du bereuen. So will es der Herr, unser Gott. So möchte es der Meister haben.

Nach dem Anlanden hob er den Leichnam aus dem Kahn und setzte ihn an den zuvor richtig positionierten Opferstein. Dann drapierte er ihm das mitgebrachte Schild in den Schoß und sprach ein Gebet. Hier würde er nicht wieder herkommen.

50

Der Gedanke ließ den Ermittler nicht los. Auch Heiner Ehrenreich hielt die Vermutung von Karl Kunkelmann durchaus für möglich. Um Klarheit zu bekommen, baten sie Wiesemann per Internet auf seinem Smartphone die Telefonnummer des Parkwächters herauszufinden. Sollte es keinen Eintrag geben, war die Verbindung bestimmt über die regionale Touristikzentrale zu erfahren. Kurze Zeit später hatte der Spurensicherer den Ranger an der Strippe und verband ihn mit dem Hauptkommissar.

„Ja, hallo Herr Weyrauch. Hier spricht Karl Kunkelmann von der Erbacher Kriminalpolizei. Ich hätte da mal eine Frage. Wenn man das Boot auf dem Teich im Eulbacher Park benutzt hat, um zur kleinen Kapelle zu fahren, wie legt man dann die Paddel oder besser die Ruder ab? Packt man die in den Kahn hinein oder lässt man sie in ihren Haltevorrichtungen im Wasser pendeln?"

„Also, ich bin ja kein Seemann. Aber wenn ich einer wäre, würde ich die Ruder ins Boot legen. Sonst nehmen die ja bei den wenigen Malen, wo das Teil als Fähre benutzt wird, einen Schaden. Die Ruderblätter sind zwar imprägniert, aber auch nur aus einfachem Holz gemacht. Beim Alter des Bootes wären die sonst schon lange weggefault."

„Ach, Sie wissen, wie oft das Ding benutzt wird und wie alt es ist?"

„Ja, selbstverständlich. Wenn die Grafenfamilie zur Kapelle will, was vor drei Jahren zum letzten Mal vorkam, muss ich sie immer übersetzen. In die eigenen Navigationskünste haben die kein Vertrauen. Ich kann mich gut erinnern, als der junge Graf vor vielen Jahren als Steuermann sich ständig im Kreis gedreht und um Hilfe gerufen hat. Ein herrliches Spektakel für die Touristen war das gewesen. Und die Enten haben wie zum Hohn in einer Tour geschnattert und das

Schauspiel vom Ufer aus betrachtet. Aber warum wollen Sie das denn so genau wissen?"

„Wir ermitteln gerade in einem Fall, der sich hier zugetragen hat", erläuterte Kunkelmann vorsichtig, „und da spielt das Boot vielleicht eine Rolle."

„Soll ich kommen und Ihnen helfen?"

„Nein, das ist nicht möglich. Hier ist alles abgesperrt. Aber wenn wir Fragen haben, melden wir uns wieder bei Ihnen."

„Ich kann Sie aber zur Insel bringen, da ich weiß, wo die Ruder liegen!"

„Wo die Ruder liegen? In diesem Falle waren sie in ihren Halteösen befestigt. Daher meine Frage."

„Dann muss jemand unberechtigt den Kahn gekapert haben."

„Wo sind denn die Ruder normalerweise untergebracht?"

„Die liegen unweit des Sees unter einer schützenden Plane im Buschwerk versteckt!"

„Das muss der Nutzer also gewusst haben. Sind denn viele in den Ort der Aufbewahrung eingeweiht?"

„Nur ich."

„Wie kann es denn dann sein, dass sich Fremde der Ruder bemächtigen?"

„Indem sie einfach logisch denken. Keiner will die Teile ja ewig schleppen. Also müssen sie in der Nähe des Bootes liegen. Und wenn man sie nicht gleich finden soll, sind sie bestimmt abgedeckt. Im Wald eignet sich da eine grüne Plastikplane. Ich will damit sagen, dass das Versteck eher ein praktischer Lagerort als eine geheime Lokalität für Utensilien zur Inbetriebnahme eines Wasserfahrzeuges ist. Und sollte jemand tatsächlich zur Insel rübergefahren sein, dann wird er eine Enttäuschung erlebt haben. Die Kapelle ist nämlich alles andere als erbaulich. Fast kahl im Innern und dringend renovierungsbedürftig. Aber Sie wissen ja, wie das ist. Der Adel hat kein Geld und dem Staat ist es egal. Wir hatten schon mehrmals beim alten Grafen vorgesprochen, doch der Ertrag aus seinen Wäldern war ihm wichtiger als der Zustand seiner Kapelle."

„Ich verstehe. Sollten wir Sie noch benötigen, rufen wir wieder an. Besten Dank und noch einen schönen Tag!"

Wie kam er jetzt an ein Paddelboot? Karl erinnerte sich des aufblasbaren Walfisches von Thomas, den sie noch irgendwo im Keller hatten. Als er sich aber vorstellte, wie er auf diesem Teil die Fluten des Weihers durchpflügte, verwarf er den Gedanken sofort. Die rettende

Idee hatte Heiner Ehrenreich, der sich der DLRG-Gruppe des hiesigen Roten Kreuzes entsann. Die hatten so ein Teil mit Elektromotor, mit dem sie an den Wochenenden im Sommer auf dem Marbach-Stausee ihren Dienst versahen und die Badenden schon oft aus misslichen Lagen befreit hatten.

Über die Notrufnummer der Rettungsleitstelle ließ er sich vom Disponenten Jörg Naurod den privaten Anschluss des Leiters der lokalen Wasserwacht geben, verbunden mit dessen freundlich ausgesprochener Rüge, für solcherlei Anliegen doch nicht die 112 zu blockieren. Die normale Nummer war dem Ermittler jedoch nicht bekannt, da er, im Gegensatz zu den Kollegen von der uniformierten Polizei, nur sehr selten mit den Rettern des Roten Kreuzes zu tun hatte.

Im Team hatte sich auch wieder der Praktikant von der Fachhochschule eingefunden, der nun Erfahrungen in der Vorgehensweise an Tatorten sammeln sollte. Gleich zu Beginn der Untersuchungen zog er die Aufmerksamkeit der Ermittler auf sich, als er fragte, warum man denn ein neues Boot vor Ort haben wolle, wo doch das alte hier lag und vom Zustand her für eine Passage noch vollkommen in Ordnung sei.

Deckert rollte mit den Augen und Talstädt erklärte dem angehenden Kriminalisten, dass der vorhandene Kahn ein Beweismittel oder zumindest ein Indiz sei. Deswegen müsse er spurentechnisch untersucht werden und dürfe keine Verwendung als Fähre finden.

Dem Studenten fiel es wie Schuppen von den Augen und er errötete ob des dümmlichen Ansinnens. Eine Stunde später war denn auch das Elektroboot von der Wasserwacht eingetroffen. Durch eines der Gatter hatten die Jungs vom DLRG das Teil an den Teich gebracht. Auf einem leichten Trailer verortet, schoben sie das ersehnte Fahrzeug zum Ufer und ließen es langsam in den See gleiten. Da Kunkelmann nicht wollte, dass eventuelle Spuren auf der Insel vernichtet wurden, bat er Frank Wiechert, den Leiter der Wasserwacht, ihm die Funktionsweise zu erläutern.

„Das ist ganz einfach Herr Kunkelmann. Es gibt hier oben am Armaturenbrett einen Knopf, mit dem man den Strom ein- und ausschalten kann. Leuchtet die grüne Lampe, haben sie Saft. Jenes Teil hier ist der Gashebel. Je weiter sie ihn nach vorne drücken, umso schneller wird das Boot. Vorsicht, ein elektrischer Antrieb hat seine Tücken. Da geht es ohne viel Verzögerung gleich zur Sache, auch wenn die Endgeschwindigkeit eher ein Trauerspiel ist. Aber das braucht sie auf den paar Metern nicht zu interessieren. Mit diesem Schalter können sie festlegen, ob das Teil vorwärts oder rückwärts fahren soll. Immer schön drauf achten, sonst droht eine Havarie! Und was ist das da?"

Kunkelmann fühlte sich ein wenig vorgeführt. „Das sieht ganz so aus, als ob es das Steuerrad sei."

„Richtig erkannt. Damit lenken Sie das Schiff in die beabsichtigte Richtung. Blinker setzten nicht vergessen, ha, ha!"

„Und wo sind Fuß- und Handbremse versteckt?", fragte der Hauptkommissar scheinheilig. „Also, Herr Kunkelmann. Ein Wasserfahrzeug hat in aller Regel ..."

„Nein, Herr Wiechert. Das war nur ein Spaß. Ich kenne mich mit Booten ein bisschen aus. Denn bei uns im Keller, also früher, als unser Thomas noch klein war, da hatten wir ...", dann brach er abrupt seine angedachten Ausführungen ab und inspizierte seine persönliche Fähre als künftiger Steuermann.

Zwei Mann vom DLRG hielten das Boot, während sich Kunkelmann ans Lenkrad begab, der von Ehrenreich und Talstädt mit dem Fotoapparat begleitet wurde. Als Karl Kunkelmann sah, dass alle Passagiere an Bord waren, schaltete er den Knopf auf Grün und drückte den Gashebel nach vorne. Jedoch war das Lenkrad noch seitlich ausgerichtet, was Talstädt durch seinen Ausfallschritt fast die Kamera gekostet hätte und Ehrenreich auf die linke Sitzbank katapultierte. Schnell korrigierte der Kapitän seinen Fehler, nahm das Gas zurück und lief sachte in Richtung der Insel aus.

Nach einer Reise von sage und schreibe 15 Sekunden kamen die drei am Eiland an. Der Ausstieg gestaltete sich schwierig, da kein Anker in Sicht war und das Boot partout nicht auf das Ufer gleiten wollte.

„Langsam an die Böschung ran, bis Kontakt hergestellt ist. Dann das Gas weiterhin halten, damit der Andruck bestehen bleibt", rief Wiechert der Besatzung zu. „Danach steigen die beiden Herren aus, halten das Schiff am Tau des Bugs fest und lassen den Steuermann aussteigen, der zuvor das Gas wegnimmt, die Batterie ausschaltet und dann ebenfalls Land betritt. Zum Schluss das Schiffchen ans Ufer ziehen oder mit dem Tau an einem Baum festbinden. Kapiert?"

Kunkelmann grüßte mit der Hand an der imaginären Mütze zum Festland hinüber. „Und vor allem", ergänzte der Steuermann auf Zeit, „keine Panik auf der Titanic!"

Diesen Spruch hätte er sich auch sparen können, dachte Heiner Ehrenreich, als er seinem Vorgesetzten mit Schweißperlen auf der Stirn ans Ufer der Insel half.

Wie zu erwarten, empfing das Trio hier ein Teppich aus Entengrütze. Den Praktikanten hatten sie in weiser Voraussicht mit der Überwachung des Funkverkehrs beauftragt. Deutlich waren die Abdrücke von Männerschuhen zu erkennen, obwohl der Regen das Profil längst ausgewaschen hatte. Talstädt taxierte die Größe auf 45, was ihm durch die Vermessung mit einer speziellen Schablone bestätigt wurde.

Aus mehreren Positionen machte er Aufnahmen und meinte: „Muss wohl ein sehr gewichtiger Mann gewesen sein. Denn die Eindrücke des Kollegen Kunkelmann fallen wesentlich flacher aus."

Mit einem schalen Lächeln kommentierte der Chef die eher nett gemeinte Spitze des Fährtenlesers und entgegnete: „Ich bin mal gespannt, was der Klaus alles noch so feststellen wird. Anscheinend war er schon mit Lederstrumpf auf der Pirsch gewesen!"

In den Augen des sympathischen kriminaltechnischen Assistenten waren einige Fragezeichen zu erkennen. Für James Fenimore Coopers Romanzyklus war dieser eindeutig zu jung. Auch Thomas konnte der Vater leider nie mit der „Der letzte Mohikaner" begeistern.

Für die Dauer eines Moments sah sich Kunkelmann als Teil der Schauspieler um Hellmut Lange, der zu Weihnachten immer die Rolle des wohlwollenden Wildhüters im Mehrteiler des Fernsehens so perfekt dargestellt hatte. Irgendwie hatte das Anlanden und die mit Pflanzen zugewucherte Insel das Kind in ihm geweckt. Dies sollte sich ändern.

51

Die göttliche Vorsehung und der Heilige Geist sind meine Behüter. Sie allein wissen, wo es langgeht. Gott liebt alle Menschen. Doch müssen wir dazu auch liebenswürdig sein. Würdig der Liebe zu sein, das setzt eine Festigkeit des Geistes voraus. Diese gilt es, im Alltag des Lebensgangs zu zeigen. Die Schwachen fallen, ihnen steht die himmlische Läuterung bevor. Wo kämen wir hin, wenn all die Mädchen ihre jungfräulichen Körper zur Schau stellten? Wie die Tiere würden wir uns verhalten. Nur gesteuert von den Absichten verderblicher Triebe. Wie der Hammer das Werkzeug des Zimmermanns ist, so bin ich das Werkzeug des Herrn, meines Gottes. Er lenkt mich und er beschenkt mich. Sein Wille ist mein Weg. Forsch geht es voran. Das Verderbte wird mit Stumpf und Stiel ausgerissen. Leider ist mein eigen Fleisch und Blut ebenfalls vom Virus der Geilheit infiziert. Das schmerzt in meiner Seele. Ich darf nicht mit Gott hadern. Sein Auftrag muss mir Befehl sein. Ohne Ansehen der Person. Er misst mich mittels einer schweren Prüfung. Bald wird sich entscheiden, ob ich ein guter Jünger des Allmächtigen bin. Über den Meister spricht er und über den Meister kommen die Befehle. Als Krieger des Herrn bin ich zu absolutem Gehorsam verpflichtet. Da darf dein Vater nicht kneifen, liebe Paula. Ich werde dich heilen von deiner lästigen Sucht, die dich quält. Ich merke doch, wie du dich immer mehr und mehr zurückziehst. Du bist auf der Suche nach einer Lösung des Problems. Dein Papa wird dir helfen. Hab keine Angst. Ich bin für dich da. Die Yvette und die Annemarie habe ich auch gerettet vor dem Verderben und ihnen die Fahrkarte ins Himmelreich besorgt. Für dich, mein geliebtes Kind, werde ich ein Billet der ersten Klasse reservieren. Auch Mama, die du ebenfalls bei den Engelein treffen wirst, wird ziemlich stolz auf dich sein, dass du ihr so früh gefolgt bist. Ich stelle mir das recht amüsant vor, wie ihr drei Mädels da oben auf der Lyra spielt, den Herrn, unseren Gott lobpreiset und von eurem lästigen Leiden voll und ganz gesundet. Hier unten hattet ihr lediglich Pein und Kummer auszuhalten, wart den Fährnissen der Gefühle erlegen und wusstet in eurer Jugend nicht, wie man sich gegen die Versuchungen des Teufels wehrt. Er, der Leibhaftige, hatte die Oberhand gewonnen und euch nach seinem Ansinnen geleitet. Kein Priester, der euch geschützt hat, nur ein perverser Pater, der ebenfalls mit dem Bösen in Verbindung steht. Er wird auch eine Fahrkarte bekommen. Ein Ticket zur Hölle wird es sein. Dort soll dieser Unhold von Gutermut schmoren, bis er schwarz wird. Ich muss mir nur noch eine passende Methode überlegen, wie ich den Schweinepriester dort hinschicke. Naja, liebe Paula. Das soll nicht dein Problem sein. Diese Aufgabe hat dein Papa zu erledigen, der unter vielen ausgesucht worden ist, um wieder für Anstand zu sorgen auf Erden. Sein Leben liegt in Gottes Händen. Und wenn der Herr glaubt, dass es Zeit ist zu gehen, dann wird sich dein Vater nicht widersetzen. Denn er weiß ja, was Gehorsam, Ehrfurcht und Glaube bedeuten. Irgendwann in naher Zukunft werden wir wieder vereint sein, von den süßen Früchten des Himmels essen und uns am Manna des Göttlichen delektieren. Glaube mir, meine liebe Paula. Ich will für dich nur das Beste. Das ist die Aufgabe eines liebenden Vaters. Dass dieser manchmal zum Wohle seines Kindes mit harter Hand durchgreifen muss, das versteht sich von selbst. Doch ich werde eine sanfte Methode wählen und du wirst mich später dafür loben. Also, mein Kind. Lebe wohl, bis in ein paar Tagen. Wir sehen uns, wenn es aufgeht zur jauchzenden Himmelfahrt!

52

Als die Polizisten die paar Schritte zur Eingangstür der Kapelle machten, nahmen sie im Unterbewusstsein einen dumpfen Geruch war, den sie aber zuerst nicht einordnen konnten und den tierischen Hinterlassenschaften zuschrieben. Auch lag der seltsame Gestank nicht permanent in der Luft, denn es wehte ein recht böiger Wind. Nur in den Momenten einer Flaute schnupperten sie Beimischungen einer Note, die sie leider alle zu gut kannten. Hoffentlich nicht, dachte Kunkelmann, als Heiner Ehrenreich die Hand an die eiserne Klinke legen wollte.

„Halt!", schrie Klaus Talstädt. „Erst muss ich fotografieren und pinseln."

„Wie gut, einen aufmerksamen Fährtenleser im Team zu haben", lobte Kunkelmann den Kollegen von der KTA überschwänglich und ohne jegliche Ironie. Dann umschloss Ehrenreichs mit einem Latexhandschuh bekleidete Rechte den eisernen Knauf, wobei Talstädt ein leichtes Zittern feststellte. Jedoch mochte er nicht entscheiden, ob dies vom schwarzen Tee oder von der außergewöhnlichen Situation herrührte. Das Tor zur kleinen Kirche war nicht verschlossen, das hatte man ihnen gesagt.

Langsam zog der Oberkommissar die Pforte auf und machte sofort einen Schritt zurück. Als ob sie gegen eine Wand liefen, drang der Geruch nach geronnenem, altem Blut in ihre Nasen. Eine üble Mixtur aus Eisen und Aas. Kunkelmann fühlte sich, im Nachhinein leider passend, an die früheren Hausschlachtungen erinnert, wenn der Metzger nicht allzu sauber gearbeitet hatte und die Fleischklumpen noch tagelang das Ablaufsieb in der Waschküche der Großmutter verstopften.

Die einsetzende Dunkelheit verwehrte einen deutlichen Blick ins Innere.

Vorsichtig trat Heiner Ehrenreich ein und glitt sofort auf etwas Schmierigem aus. Gerade noch konnte er sich an Talstädt klammern, der die mitgebrachte Taschenlampe anknipste. Dann verschlug es den Ermittlern die Sprache.

Sie standen abermals vor einem See. Vor einem See aus eingedicktem Blut, das trotz der eher niedrigen Temperaturen im Kirchlein bestialisch stank und dünne Krusten gebildet hatte. Mittendrin lag ein schwerer altertümlicher Leuchter, der von der Decke gestürzt zu sein schien. Der Haken, der ihm wahrscheinlich über 200 Jahre Halt geboten hatte, war unbeschadet in einem tragenden Balken verschraubt.

„Mein Gott, wo sind wir hier?", kam es aus Talstädts Mund.

„Ich fürchte, wir befinden uns im Vorraum zur Hölle", antwortete Kunkelmann mit monotoner Stimme. Die Luft stand förmlich in dem kleinen Raum, denn die wenigen Fensterchen waren alle verschlossen. Alles schien unversehrt, lediglich eine der Bänke war unter den Haken geschoben und ebenfalls mit einer beträchtlichen Menge Blut besudelt worden. Neben dieser lagen zwei Blumenvasen aus Plastik und ein alter Lappen, der aller Wahrscheinlichkeit nach einmal ein Unterhemd gewesen war.

Plötzlich tickte Ehrenreich aus: „Verdammte Scheiße, wo ist dieses Arschloch? Wo treibt sich die Drecksau herum? An den Haken mit ihm! Aber vorher die Eier abreißen! Her mit dem Saukerl!"

Karl Kunkelmann legte dem völlig außer Rand und Band geratenen Kollegen die Hand auf die Schulter, doch der streifte sie sofort wieder ab.

„Nein, Karl. Jetzt reicht's. Zwei Mädchen. Warum nur Mädchen? Und was soll das blöde Schild mit den Worten „Erkenne dich selbst" darauf? Warum der Blick auf den See? Das ist doch alles inszeniert. Das Scheusal will gefunden werden. Das ist so ein Durchgeknallter, dem die Religion ins Hirn geschissen hat. Wir müssen diesen Kuttenpisser von Gutermut befragen, ob der vielleicht irgendeinen Verdacht hat!"

„Du hast absolut recht, Heiner. Aber wo genau setzen wir an? Ich bin es auch leid, mich immer mehr als Idiot zu fühlen. Donnerwetter nochmal, was ist das denn für eine Scheiße hier?"

„Karl, jetzt fang du nicht auch noch an auszuflippen. Das kann hier keiner gebrauchen. Besonders die Eltern der Mädchen nicht, denen irgendein hirnamputierter Idiot ihr Liebstes genommen hat. Ich habe selbst eine kleine Tochter. Gut geht es mir bei diesem Job keineswegs. Aber wir haben eine Chance. Wir kennen die Leute hier. Die Mordkommission aus Darmstadt aber weniger und die Kollegen vom LKA in Wiesbaden schon gar nicht. Deshalb lasst uns zügig, aber trotzdem konzentriert und auf keinen Fall kopflos vorgehen."

„Was schlägst du vor?"

„Ich schaue mir mal den Haken genauer an. Halte bitte mal die Lampe."

Talstädt watete durch die sich verfestigende rote Lache und förderte aus der hinteren Ecke des Raumes einen Holzstuhl zu Tage, der ihm als Trittstufe diente. Dann platzierte er ihn neben der wahrscheinlich vom Täter schräg gestellten Bank, stieg hinauf und ließ sich die Taschenlampe wieder reichen. Bei der Inspektion auf Sicht stellte er am Haken diverse Anhaftungen von Hanf fest. Zudem schien das massive Eisenteil unter einem für seine Haltekraft nicht ausgelegten Gewicht gelitten zu haben, denn es ließ sich durch Wackeln in seiner Verankerung bewegen. In Talstädts Kopf formten sich Bilder, die er tagelang nicht loswerden sollte.

„Vermutest du das gleiche wie wir?", fragte Heiner Ehrenreich den Kollegen.

„Leider ja. Wenn ich mir dies hier vor Augen führe und im Geiste mit den Schnittverletzungen am Hals des Mädchens in Verbindung bringe, lässt mein Instinkt nur einen Schluss zu: Der Täter hat das Kind aufgehängt und geschächtet. Da kann man nur hoffen, dass der Irre die Kleine zuvor irgendwie bewusstlos gemacht hat. Sollte es derselbe Täter sein wie bei der kleinen Richter, stehen wenigstens hierfür die Chancen günstig. In ihrem Körper wurden ja massenweise Sedativa und Narkotika gefunden. Hoffen wir, dass er wenigstens in dieser Hinsicht einen Rest an Menschlichkeit gezeigt hat. Die Antwort darauf wird uns die Gerichtsmedizin geben."

Die Hanfproben mit den blutig verfärbten Hautpartikeln schob Talstädt in ein Plastiktütchen, auf dem er eine Zahl und das Datum notierte. Als alles auf dem Digitalrecorder dokumentiert und mit der Kamera fotografiert war, verließen die Männer das Kirchlein und brachten das Polizeisiegel an der Pforte an.

Die Rückfahrt gestaltete sich etwas einfacher, doch das Boot hatten sie zuvor mit viel Kraftanstrengung herumgehoben. Eine Rückwärtsfahrt traute sich der Steuermann auf Zeit dann doch nicht zu.

Ohne die Erlebnisse auf der Insel zu erwähnen, versuchte Kunkelmann einen Zugang zu Ansgar Schenk, dem Mann, der das Verbrechen zuerst entdeckt hatte, zu gewinnen. Die frischen Eindrücke waren die realsten. Danach würde sich alles verwirren und an Wahrheitsgehalt einbüßen. Das war keine absichtliche Flunkerei vonseiten der Zeugen. So arbeitete das menschliche Gehirn. Besonders die schlimmen Erinnerungen versuchte es recht schnell von der Festplatte zu tilgen. Dies war von der Natur so angelegt, um Traumata bestehen und seelisch gesund bleiben zu können.

Mittlerweile saß die junge Familie bei Tee und Gebäck in einem zivilen VW-Bus und schien sich den Umständen entsprechend passabel zu fühlen.

„Herr Schenk, darf ich Sie kurz nach Ihren Eindrücken fragen und wie Sie auf die Leiche gestoßen sind? Natürlich nur, wenn Sie sich in der Lage dazu fühlen. Ach so, mein Name ist Karl Kunkelmann von der Kripo in Erbach."

„Eigentlich war es ja Lenny, der die Frau zuerst wahrgenommen hatte. Aber den möchten Sie bitte in Ruhe lassen. Wie Sie sehen, spielt er gerade mit dem Teddy, den Ihre Kollegin ihm gegeben hat."

„Selbstverständlich, gar keine Frage. Lenny wird als Zeuge nicht vernommen."

„Tja, wie war das? Wir hatten uns alle Sehenswürdigkeiten angeschaut, bis auf den bekannten Opferstein mit den sogenannten Wetzrillen. Dann wollten wir den Park verlassen, da es zu regnen begonnen hatte. Kinder scheinen ja einen besonders geschärften Blick für Dinge jenseits des Normalen zu haben. Jedenfalls machte uns Lenny auf eine Frau aufmerksam, die da an dem Opferstein lehnte. Erst war sie mir gar nicht aufgefallen, dann bemerkte auch ich das rötliche Haar, das über den Stein hinwegschaute.

Wir kamen von dieser Seite hier. Andernfalls hätten wir den Körper wohl ganz sitzen sehen. Aber da wäre ich gar nicht erst hin, denn wer will schon eine Frau beim Meditieren stören? Was mich stutzig gemacht hatte, war das Wetter. Wer setzt sich schon freiwillig auf eine pitschnasse Wiese und lässt sich vom Dauerregen durchweichen? Dann ging ich auf die Frau zu. Zuvor rief Lenny sie immer wieder an. Aber sie reagierte nicht. Das fand ich komisch. Und dann, als ich vor ihr stand, war mir der Zustand sofort klar.

Ich arbeite in Offenbach als Krankenpfleger und da sind Tote für mich nichts Überraschendes. Aber dies hier hat mich geschockt. Das hat nix mit den Verstorbenen auf Station zu tun. Ich fühlte mich wie in einem Film. Alles war auf einmal so unwirklich. Und ganz zurück in der realen Welt bin ich noch immer nicht."

„Haben Sie jemanden gesehen, Herr Schenk?"

„Nein, das heißt, da war ein Mann, den wir aber nur schemenhaft wahrgenommen haben. Der war uns weit voraus."

„Wie hat der denn ausgesehen?"

„Oh, da fragen Sie mich was, Herr Kommissar. Ich kann nur sagen, dass er schwarze oder zumindest tief graue Kleidung trug. Denn ich dachte mir noch, dass da einer läuft, der sich auch modisch dem Wetter angepasst hat. Dann war er plötzlich weg."

„Wie kommen Sie denn darauf, dass das ein Mann war?"

„Weil er einen männlichen Schritt drauf hatte. Frauen laufen anders, die haben ein anderes Gangbild."

„Stimmt, gut beobachtet. Ist Ihnen sonst noch etwas an dem Mann aufgefallen?"

„Davon abgesehen, dass er ziemlich zügig unterwegs war, nein. Aber das ist ja auch erklärbar, wenn es von oben so schüttet. Einen Schirm hatte er nämlich nicht dabei. Und er trug keine Kapuze."

„Konnten Sie das auf diese Entfernung denn sehen?"

„Ja, weil sich die Farbe der Haare vom Grau oder Schwarz der Oberbekleidung abgehoben hatte."

„Und die Haarfarbe, wie war die denn?"

„Tut mir leid, Herr Kunkelmann. Das weiß ich nicht mehr. Daran kann ich mich nicht erinnern. Und spekulieren möchte ich auch nicht."

„Das sollen Sie auch auf gar keinen Fall. Meinen besten Dank, Herr Schenk. Unsere Psychologin wird sich jetzt weiter um Sie und um Ihre Familie kümmern. Falls Ihnen noch was einfällt ... hier meine Karte."

Die Ergebnisse aus Frankfurt kamen recht zügig. Hatte Wagenknecht um bevorzugte Behandlung gebeten? Jedenfalls trug das toxikologische Gutachten die Unterschrift von Dr. Volker Stahlmann.

Pentobarbital und Midazolam konnten abermals zweifelsfrei nachgewiesen werden. Das Blut in der Kapelle war mit dem von Yvette Schleicher, was zu erwarten war, identisch. Die Vermutung, dass es sich um ein und denselben Täter handeln könnte, war zur sicheren Hypothese geworden. Zumal auch, trotz der erheblichen Verletzungen durch die Schnitte, die Einstichkanäle der Injektionsnadeln nachgewiesen werden konnten.

Die kriminaltechnische Untersuchung förderte noch ein weiteres wichtiges Indiz zu Tage: Das Hanfseil, mit dem Yvette Schleicher wahrscheinlich an den Fesseln aufgehängt worden war, zeigte mehrere Hinweise auf Tierhaare. Die sich nach einer genaueren Untersuchung als Fellreste von Rindern darstellten. Der Täter hatte demnach einen sogenannten Kälberstrick benutzt, mit dem man unter anderem auch Odenwälder Fleckvieh ein Halfter anlegen konnte.

„Und jetzt?", fragte Heiner Ehrenreich. „Wollen wir von allen im Odenwald weidenden Kühen eine DNA-Probe nehmen, um das passende Kälbchen zu entlarven?"

„Nein, Heiner", wagte sich Kunkelmann vor. „Im Umkreis der beiden toten Mädchen gibt es nur einen Bauern, der in Frage kommen könnte. Gesetzt den Fall, dass der Mörder tatsächlich Landwirt ist, was wir nicht wissen, denn solche Stricke kann sich ja Gott und die Welt besorgen. Sie liegen zuhauf in irgendwelchen Schuppen herum. Wir müssen unbedingt mit dem Bauern Hatzinger aus Momart sprechen. Bisher haben wir ja nur mit der Tochter geredet, die ..."

„Genau in dem Alter wie die beiden Opfer ist, die zudem noch ihre besten Freundinnen waren."

Keiner der Ermittler sagte mehr etwas. Nur der Praktikant erlaubte sich die Frage, ob er schon mal bei Hatzingers anrufen und den Besuch vorankündigen solle. Die Blicke der beiden Kommissare ersetzten eine Antwort und der Polizeischüler widmete sich wieder dem Funkverkehr.

„Du, Heiner", bemerkte Kunkelmann mit einem leichten Zittern in der Stimme, „ich glaube, wir haben zum ersten Mal in diesem vertrackten Fall einen echten Anhaltspunkt!"

53

Die vom Blut beschmutzten Schuhe hatte Karl Kunkelmann schon mit dem Wasser des Teiches notdürftig gereinigt und war mit Strümpfen in den Dienstwagen gestiegen. Für alle Fälle hatte er im Spind adäquaten Ersatz, in den er jetzt schlüpfte. Dann stopfte er sich einen Granatsplitter in den Mund, verließ das Polizeigebäude und krabbelte in seinen gelben Käfer. Auf der Heimfahrt ließen ihn die Gedanken nicht los. Dringend mussten sie mit dem bisher unverdächtigen Bauern sprechen.

Aber jetzt sah er dem Feierabend entgegen. Er freute sich auf einige Weißbiere, die ihm das Elend des Tages wenigstens für kurze Zeit in eine erträgliche Distanz rücken würden.

Als er über die Hintertür die Wohnung betrat, um den Kühlschrank einer Inspektion zu unterziehen, lief er Lena in die Arme, die sich gerade einen naturbelassenen Joghurt aus dem Seitenfach angelte.

„Na, Kunki. Wie war dein Tag? Auch was Kühles zur Regeneration holen?", fragte sie bestens gelaunt.

„Nee, lass mal. Später vielleicht. Ich wollte nur mal gucken, ob der Thomas nicht wieder vergessen hat, die Tür vom Eisschrank zu schließen", kam es dem Hausvorstand gequält über die Lippen.

„Das letzte Mal warst du das aber gewesen, der das Eisfach nicht geschlossen hatte und wir sämtlichen Fisch in die Tonne kicken mussten. Was wolltest du da eigentlich? Du isst doch gar kein Eis?"

Kunkelmann überhörte die Frage und schenkte sich einen Schluck Mineralwasser ein. Manchmal, wenn er vergessen hatte, zwei bis drei Flaschen Bier im Kühlschrank kaltzustellen, nutzte er nämlich das Eisfach, um diese schnell zu frosten. Das verkürzte die Wartezeit auf deren Inhalt erheblich. Einmal vergaß er aber, weil Hubert von Goisern im Fernsehen auftrat, die Getränke wieder herauszuholen. Das Bier war zu Eis gefroren und das Glas geborsten. Mühsam trennte er die Elemente und nannte sein Getränk dann Eisbock. Lena hatte von dem Missgeschick nichts mitbekommen, weil sie an diesem Abend ihren Kurs in Bauch, Beine, Po wahrgenommen hatte. Immer wieder fragte sich der Hauptkommissar, weshalb sie solche Stunden belegte. Beine hatte sie schon, einen kleinen Bauch auch und einen Po schon gar.

Jetzt riss ihn Lena aus seinen Gedanken: „Rate mal, wer gegen Mittag hier angerufen hat?"

„Tante Erna aus Oberursel?"

„Falsch. Dr. Martens aus Hamburg!"

„In Hamburg heißen alle Leute Martens. Wer soll das denn sein?"

„Na, der nette Mediziner aus Blankenese, den wir in Österreich in der Sauna getroffen hatten!"

Karl Kunkelmann schwante Böses. „Jetzt sag bitte nicht, dass dieser Fischkopp zu Besuch kommen will. Der oberschlaue Schulmeister aus München hat mir gereicht!"

„Sei doch nicht gleich so eklig, Bärchen!", beschwerte sich Lena und wusste, dass der Gatte es hasste, Bärchen genannt zu werden.

„Was wollte der Quacksalber denn?"

„Erst mal wollte der Herr Doktor mit mir reden und Erinnerungen auffrischen. Was haben wir gelacht, als wir über den Saunabesuch geschnackt haben! Und dann hat er uns angeboten, im Winter in sein

Ferienhaus zu kommen und dort eine nette Woche zu verbringen! Toll, gell?"

„Mit oder ohne ärztlichen Beistand?"

„Mit natürlich. Platz sei genug. Er könne dir auch ganz feine Joggingstrecken am Strand von Grömitz zeigen, dann wäre dein Riesenbauch schnell Vergangenheit, hat er gesagt."

„Im Winter habe ich keine Zeit. Da hat ein Serienbankräuber mehrere Überfälle auf Kreditinstitute in Michelstadt, Erbach, Höchst, Beerfelden und Reichelsheim angekündigt."

„Du bist aber auch ein Spielverderber. Nimm dir ausnahmsweise mal ein Weißbier aus dem Kühlschrank, damit du wieder erträglicher wirst."

„Ich glaube, mit nur einem ist es heute nicht getan. Mir ist saumäßig elend zumute."

„Warum denn das? War ein Granatsplitter schlecht gewesen?"

„Lena, lass bitte die Scherze! Ich glaube, wenn das so weitergeht, muss ich mich krankschreiben lassen."

„Na, dann mal raus mit der Sprache. Reden hilft. Was ist denn passiert?"

„Es wird eh in Kürze in der Zeitung stehen. Der große Unbekannte hat wieder zugeschlagen und ein weiteres Mädchen auf bestialische Weise getötet. Alles weist auf ein und dieselbe Person hin. Wir fürchten eine Serie."

„Das ist ja schrecklich. Muss man diesen Typen nicht sofort verhaften?"

„Dazu braucht es härtere Indizien. Was wir haben, ist etwas vage. Ich will mich auch nicht in eine Idee verrennen und dann als der Depp vom Dienst dastehen. Morgen fahre ich mit Heiner zu der Adresse und fühle dem Mann richtig auf den Zahn."

54

Heute fuhren sie über Zell in den Luftkurort. Früher schmückten sich viele Dörfer im Odenwald mit diesem Zusatz, denn außer fast reinem Sauerstoff, gab es in den einsamen Weilern wenig. Die Straße war zwar wesentlich kurvenreicher als die Strecke über Bad König, dafür konnte man aber zügiger fahren, denn deren Asphalt war einigermaßen in Ordnung. Die alte Straße vom Heilbad nach Momart widersetzte sich erfolgreich einer Ausbesserung und war somit Gift für die Bandscheiben.

Die Scheibenwischer des Opels arbeiteten im Akkord, es goss wie aus Kübeln. Langsam krochen sie über den notdürftig mit Schotter belegten Pfad auf den Aussiedlerhof zu. Nicht weil sie sich anschleichen wollten, sondern weil die Schlaglöcher dies quasi vorschrieben. Bei jeder Pfütze schoss eine braune Fontäne über die Windschutzscheibe und hinterließ einen Schmierfilm aus Matsch.

„Sieht bei Regenwetter ziemlich trist aus, der Bauernhof der Hatzingers", meinte Heiner Ehrenreich. Sie hielten auf dem Hofplatz und läuteten. Nachdem sie dreimal geklingelt hatten, gestanden sie sich ihre Dummheit ein.

„Ein Landwirt hat auch bei Regen zu tun. Wir gucken mal, ob sich der Hatzinger im Stall aufhält", schlug Kunkelmann vor.

In diesem Moment öffnete sich die Haustür. „Entschuldigung, ich hatte gerade Musik gehört, da habe ich das Klingeln gar nicht mitbekommen", sagte Paula.

„Macht ja nix. Ich glaube, wir müssen uns nicht mehr ausweisen, oder?"

„Nein, Sie waren ja erst neulich hier gewesen. Ich kenne Sie noch. Sie heißen Kunkelmann und Ehrenreich und kommen von der Kriminalpolizei aus Erbach."

„Gutes Gedächtnis, Hut ab! Paula, ich weiß nicht, ob du das mit der Yvette schon gehört hast?"

„Nein, was denn? Sie geht die ganze Zeit nicht ans Telefon."

Die Beamten ärgerten sich über ihre losen Zungen, denn ohne psychologische Unterstützung war es fahrlässig, dem Mädchen diese Nachricht zu überbringen. Doch ließen sich die Worte nicht wieder zurücknehmen.

„Warte mal kurz, bitte!", sagte Karl Kunkelmann und beauftragte Ehrenreich sofort, den psychologischen Notdienst zum Aussiedlerhof zu bestellen. Die diensthabende Kollegin sagte ihr Kommen umgehend zu.

„Also, was wir dir sagen müssen, ist ziemlich schlimm. Der Yvette ist nämlich was passiert", druckste Karl Kunkelmann herum. „Dürfen wir reinkommen?", schob er nach.

„Ja. Aber was ist denn geschehen? Sagen Sie bitte nicht, dass sie auch tot ist!"

„Paula, ich will ehrlich sein ... Yvette lebt nicht mehr." Augenblicklich verfiel das Mädchen in eine Art Starre und nickte andauernd mit dem Kopf. „Es tut uns schrecklich leid, aber gleich kommt eine nette Kollegin, die sich um dich kümmert. Wir hätten eine Frage: Wo ist denn eigentlich dein Vater?"

„Keine Ahnung, er ist mit dem Wohnmobil weggefahren. Der ist in letzter Zeit ganz komisch geworden, führt Selbstgespräche und hat in mein Smartphone geguckt!"

„Ist denn da was Verbotenes zu lesen?"

„Nein, aber normalerweise würde er sowas nie machen. Wir haben uns über die Jungs in der Schule lustig gemacht."

„Wie darf ich das verstehen?", hakte Kunkelmann in seinem unabsichtlichen Beamtendeutsch nach.

„Naja, dass wir sie reizen wollen, mit den Pos wackeln, die Blusen etwas öffnen und so."

„Und das findet ihr witzig?"

„Irgendwie schon, ist ja nur Spaß."

„Und was ist jetzt außer einer kleinen Peinlichkeit so schlimm daran, dass der Papa deine Nachricht gelesen hat?"

„Seit die Mama tot ist, hasst er alles, was mit gewagter Mode zu tun hat. Er sagte schon in seinen Selbstgesprächen und Gebeten, dass diese verwerfliche Brut ausgemerzt gehöre. Der Teufel habe sich in die Seelen der Mädchen geschlichen", schluchzte Paula vollkommen aufgelöst und hilflos.

„Paula, du musst jetzt versuchen ganz tapfer zu sein."

„Ich weiß, was Sie sagen wollen. Sie glauben, der Papa könnte die Annemarie und die Yvette totgemacht haben?", schluchzte die Kleine.

„Paula, erzähle uns doch mal ein bisschen von deinem Papa. Wie ist er denn so?"

„Ich habe ihn ganz arg lieb, aber ich habe auch Angst vor ihm. Weil er sich so verändert hat. Neulich hat er einer Ratte, die sich in den Stall verirrt hatte, mit der Machete den Kopf abgeschlagen und dabei hat er ganz irre Augen gehabt. Und dann glaube ich, hat er auch unseren alten Hengst, den Bento, mit der Peitsche gezüchtigt. Die steht eigentlich nur sinnlos rum. Keiner benutzt das Ding. Aber die Striemen auf dem Rücken des braven Pferdes lassen keine andere Vermutung zu. Seit die Mama tot ist, sind wir zu zweit hier auf dem Hof. Einen Knecht haben wir nicht und ich war das gewiss nicht gewesen. Fremde kommen hier auch keine her und auch keinen Bekannten mehr, seit der Papa so seltsam geworden ist. Auch geht er nicht mehr zum Stammtisch in die ‚Linde'. Da hatte er sich immer sehr wohlgefühlt."

„Ist dein Vater eigentlich ein gläubiger Mensch?", wollte Ehrenreich wissen, dem plötzlich die abstrusen Inszenierungen der Opfer in den Kopf kamen.

„Wir glauben alle an den lieben Gott. Deshalb gehe ich ja auch in die Gruppenstunden der katholischen Kirche. Und wegen dem Pfarrer Gutermut, der versteht alle Probleme und kann gute Ratschläge geben."

Den Polizisten stieg eine leichte Schamesröte in die Gesichter.

„Aber mein Vater übertreibt das irgendwie. Viele würden noch von den Früchten seines Zorns essen müssen, hat er neulich gesagt. Lauter so eigenartige Dinge. Er hilft mir auch nicht mehr bei den Sachen für die Schule. Den Pfarrer Gutermut hat er einen Blasphemisten genannt. Ich weiß gar nicht, ob es das Wort gibt oder was es bedeutet."

Auch Kunkelmann und Ehrenreich war der Begriff fremd.

In diesem Moment öffnete sich abermals die nur leicht angelehnte Tür.

55

Im soeben ausklingenden Gottesdienst hatte Pfarrer Horst Gutermut über den aus Buenos Aires in Argentinien stammenden Jorge Mario Bergoglio gesprochen, der seit März die Stelle des obersten Hirten der Katholiken innehatte und an die Stelle des freiwillig aus dem Amt geschiedenen Joseph Ratzinger gerückt war. Seine Wahl, so Gutermut, führe die Kirche auf einen milden Weg der Offenheit gegenüber Andersgläubigen, strebe eine funktionierende Ökumene an und sei auch für solche Dingen offen, die bisher als Sakrileg gegolten hatten. Dies sei in einer pluralistischen Gesellschaft, die mit einer Durchmischung der Ethnien einhergehe, nur zu begrüßen.

So zeichne den neuen Papst seine löbliche Bescheidenheit aus, denn er verzichte auf jeglichen Prunk. Auch eine gewisse Leutseligkeit werde ihm nachgesagt, was Gottes Stellvertreter auf Erden wieder zu einem real fassbaren Menschen mache. Zusätzlich spreche für ihn seine kritische Haltung gegenüber der erzkonservativen Pius-Bruderschaft, die eine Glaubensauslegung vertrete, die ins Mittelalter, aber nicht in die Neuzeit passe.

Damit wagte sich der Bad Königer Priester auf dünnes Eis, denn unter seinen Schäfchen saßen auch einige Wölfe, die nichts lieber täten, als jenen fortschrittlichen Kirchenmann mit Haut und Haaren zu fressen. Doch das störte den an das Gute im Menschen glaubenden Pfarrer nicht. Alles, was er im Gottesdienst sagte, musste für ihn stimmig sein. Trat er dabei manch verbohrtem Kirchgänger auf die Füße, so war das dessen Problem. Nie würde er Dinge predigen, von denen er nicht überzeugt war. In dieser Hinsicht war er mit sich und seinem Gott im Reinen. Gewissensnöte wegen Bigotterie würden ihn nicht plagen. Das hatte er sich schon im Studium vorgenommen und diesem Prinzip war er auch bis jetzt treu geblieben.

Sein Privatleben ging keinen was an. Er behauptete nie, ein Unschuldslamm oder ein Vorzeigekatholik zu sein. Feste Regeln bei der zu erziehenden Jugend, aber tolerante Ansichten gegenüber Minderheiten und Benachteiligten. Horst Gutermut war einerseits Hardliner, was die Pädagogik betraf, andererseits politisch fortschrittlich geprägt. Er kämpfte offen gegen den in der Provinz nicht selten zu Tage tretenden Schwulenhass an. Einer seiner besten Freunde lebte seit vielen Jahren in Berlin mit einem festen Partner zusammen und hatte es als Bühnenbildner zu weltweitem Ruhm gebracht. Zudem war Gutermut ein Verfechter und Verehrer des bekannten nicaraguanischen Priesters und Dichters Ernesto Cardenal, dessen an einen humanen Sozialismus erinnernden Thesen er während seiner Predigten gerne zitierte.

Vielen Bürgern war der Mann ein Dorn im Auge. Denn in Bad König herrschte nach wie vor ein Regiment der Strenge, wenn man sich das Weltbild der meist bürgerlich geprägten Kirchgänger vor Augen führte. Da hatte ein Revoluzzer als Priester nichts verloren. Wäre man von Natur aus nicht viel zu faul für einen Aufstand gegen den aufrechten Pfarrer, hätte man ihn schon lange zu Fall gebracht. Aber man genoss auch gerne dieses ewige Wettern gegen Gutermut. Das hielt die kalte Flamme des Hasses am Kochen und man hatte eine Garantie für zündenden Gesprächsstoff.

Besonders der in den Augen mancher Gemeindeglieder zu lockere Umgang mit der Jugend wurde nicht gerne gesehen. Denn in den Gruppenstunden wurden keine heiligen Gesänge geprobt, sondern soziale Probleme diskutiert. Gutermut setzte sich für eine Wiedereröffnung des Jugendzentrums ein und forderte beim Bürgermeister die Stelle eines hauptamtlichen Sozialarbeiters. All dies machte den engagierten Mann bei vielen Ortsbürgern zu einer Art Unperson, obwohl er fest zum Katholismus stand.

Völlig aus dem Ruder lief die in diesen Stunden angeregte Aufarbeitung der Ereignisse während der Nazizeit. Da hagelte es heftige Proteste aus einer bestimmten Ecke. Manche der Betroffenen saßen in hohem Alter noch in den Kirchenbänken oder hatten ihre braune Gesinnung erfolgreich an die Nachgeborenen weitergegeben.

Somit war die Thematisierung jener an Juden in der Pogromnacht verübten Scheinerschießung unter der Führung von Rektor und Ortsgruppenleiter Schäfer beim alten Wasserreservoir ein Datum, dessen man sich nur ungern im Städtchen erinnerte. Über 40 Hitleranhänger hatten viele jüdische Mitbürger, darunter die vor den beschämenden Ereignissen sehr angesehene Familie Frank, an einen zuvor ausgehobenen Graben getrieben, ihnen die Augen verbunden und mittels Platzpatronen deren Liquidierung vorgetäuscht. Diese wurde später in den Konzentrationslagern vollzogen. Noch heute kommen Nachfahren des frühzeitig in die USA geflüchteten Ludwig Marx ins Heilbad und suchen vergeblich das Gespräch.

Kurz gesagt, Gutermut war vielen Leuten im Wege, wenn er von der Kanzel seine von manchen als unmoralisch und lax empfundene tiefe Menschlichkeit mit Feuereifer verkündete. Auch diesmal reichten die Reaktionen von leisem Beifall bis zu versteckter Kritik, die sich mittels energischem Kopfschütteln und hasserfülltem Grummeln entlud. Beim Verabschieden vor der Kirchenpforte nestelte mancher an seiner Tabakspfeife oder vergrub die Hände demonstrativ in den Jackentaschen, nur um sie dem Pfarrer nicht reichen zu müssen.

Nachdenklich ging Gutermut wieder zurück, um auf dem Altar für Ordnung zu sorgen. Dem Küster hatte er freigegeben, der musste in einer dringenden familiären Angelegenheit nach Reichelsheim und durfte nicht zu spät kommen.

War da ein Geräusch? Gutermut verwarf diesen Anflug eines Gedankens und widmete sich weiter seinen Aufräumarbeiten. Doch, da war etwas. Als ob eine der Kirchenbänke knarzte, so hörte es sich an. Wahrscheinlich einfache Dehnungsgeräusche im jahrhundertealten Gestühl, dachte sich der Pfarrer. Ein Spiel der Temperaturen, welches die harten Sitzmöbel knacken ließ.

Wein oder roter Traubensaft? Wahrscheinlich befanden sich unter seinen Kunden auch einige Alkoholiker. Musste er darauf Rücksicht nehmen? Bei den Jugendlichen war das klar, aber wie geht man mit Erwachsenen um? Zwei Becher mit den beiden Inhalten zu nehmen, käme einem Outing gleich. Der trockene Alkoholiker wird den Weinbecher ansetzen, aber nicht trinken. Der nasse wird nippen. Diese und andere Fragen gingen ihm im Kopf herum, als das Knacksen der Bänke allzu deutlich wurde.

Gutermut drehte sich abermals um, sah aber niemanden.

Hatzinger hatte hinter einer der Säulen einen Platz gefunden, wo er vom Altar her nicht gesehen werden konnte. Als Gutermut das Aufräumen unterbrach und sich, warum auch immer, in die Bibel vertieft hatte, sah Hatzinger seine Chance. Leise schob er sich aus seiner Bankreihe heraus und ging wie in Trance ganz langsam auf den lesenden Priester zu.

Dieser nahm, als er kurz die Lektüre unterbrochen hatte, um über den Inhalt nachzudenken, auf der blitzeblank polierten Außenseite eines goldfarbenen Kelches eine Reflektion wahr, die ihn irritierte. Ohne jedoch die drohende Gefahr zu ahnen, drehte er sich um und erschrak. Wenige Meter vor ihm schritt Paulas Vater auf ihn zu. Schwarz gekleidet und mit einem Ausdruck in den Augen, der dem Pfarrer Angst machte.

„Herr Hatzinger, was führt Sie zu mir? Kann ich Ihnen irgendwie helfen?"

„Mir kann keiner helfen, aber ich kann vielen helfen und ich habe auch schon vielen geholfen. Und auch Sie werden nicht mehr länger unter Ihren Qualen leiden müssen, denn ich schicke Sie jetzt zu unserem Herrn. Dankbar werden Sie mir sein und nicht um Gnade flehen. Sie haben aus den Mädchen verderbte Wesen gemacht, die mit ihrem Verhalten und mit ihrer Kleidung Gott verhöhnen und sich in der Öffentlichkeit wie Huren gebärden. Zwölfjährige Kinder, die geistig in Sodom und Gomorra zu Hause sind. Jetzt werden sie eine neue Heimat erhalten und in den Himmel kommen. Ich habe sie dem Teufel entrissen und für ihr Wohl gesorgt. Der Erzengel Michael wird sie eintreten lassen ins Reich des Herrn und ihnen mit seinem Schwert nicht den Weg versperren. Jetzt ist die Zeit gekommen. Jetzt dürfen auch Sie sich auf das Paradies freuen. Ihr Wunsch ist mir Befehl!"

In diesem Moment nahm der so Sprechende die Hände hinter dem Rücken hervor und ließ den Pfarrer auf eine gewaltige Machete blicken, die der Bauer nun wie in Zeitlupe hochhob. Dabei langte er nach dem Talar des Priesters, den er mit der linken Hand packte. Gutermut war total verdutzt, doch er handelte wach und geistesgegenwärtig.

Schnell entriss er der Figur des Erzengels Michael, die in seiner Reichweite über dem Altar schwebte, das Schwert und wehrte den Hieb der tödlichen Waffe des Bauern ab. Dabei kam ihm sein sportli-

215

ches Training zu Hause an den Geräten zugute. Das machte ihn flink und schnell. Auch war er um einige Jahre jünger als sein Kontrahent.

Doch Hatzinger agierte ohne Plan, was eine Berechnung seiner Hiebe unmöglich machte. Hatte Gutermut den ersten Schlag mit Bravour pariert, zog Hatzinger nun von unten das Mordinstrument gegen den Gegner. Das Buschmesser sauste nur knapp am Gesicht des Geistlichen vorbei und durchschnitt die von Weihrauch geschwängerte Kirchenluft.

„Satan!", schrie Hatzinger und ließ erneut die Machete gegen das ihr entgegen kommende Schwert krachen.

Gutermut wollte den Angreifer nicht verletzen, wusste aber, dass dies nicht einfach sein würde. Wie in Rage schlug der Bauer nun um sich, doch wurden die Hiebe immer ungezielter. Gutermut kam der Mann vor wie ein verrückt gewordener Spiegelfechter. Plötzlich wurde ihm klar, dass er hier einen kranken Menschen, aber auch den von der Polizei gesuchten Mörder vor sich hatte.

„Herr Hatzinger", schrie er, „machen Sie sich doch nicht noch unglücklicher. Stellen Sie sich den Behörden. Ich werde ein gutes Wort für Sie einlegen."

In diesem Moment trat ihm der Bauer heftig gegen das linke Knie und holte abermals mit der Machete aus. Vergeblich versuchte Horst Gutermut das Schwert in die Höhe zu reißen. Dann wurde es schlagartig dunkel.

Als der Pfarrer erwachte, war ihm speiübel und sein Schädel brummte gewaltig. Auf dem Hinterkopf fühlte er eine riesige Beule, seine Hände waren blutbeschmiert. Warum auch immer, der Vater von Paula schien mit der flachen Seite des Buschmessers zugeschlagen zu haben. Als sich Gutermut aufgerappelt hatte und nach dem Handy griff, war die Kirche leer.

56

„Hallo?", rief die Frau vom psychologischen Dienst der Polizei und trat in den Hausflur. Nachdem sie ihren Ausruf wiederholt hatte, war Ehrenreich auf die erwartete Hilfe aufmerksam geworden und hatte sie ins Wohnzimmer gebeten. Dort saß Karl Kunkelmann mit Paula auf dem Sofa und versuchte ihr zu erklären, warum jetzt jemand kam, der sich um sie kümmern würde.

„Aber der Papa kommt bestimmt bald wieder, um nach mir zu schauen", sagte das Mädchen in einem flehenden Ton und Heiner Ehrenreich dachte das gleiche. Nur hatte er ganz bestimmte Umstände vor Augen, die alles andere als erfreulich waren. Die beiden Kriminalbeamten wähnten die Tochter des Bauern nämlich in allergrößter Gefahr. Deshalb bat nun Ehrenreich die Kollegin um ein Gespräch unter vier Augen in die Küche.

„Also passen Sie auf. Oder erst mal hallo, und schön, dass Sie so schnell kommen konnten."

„Kein Problem, aber für Höflichkeiten ist jetzt wohl nicht die Zeit."

„Stimmt. Also es ist so. Den Vater des Mädchens müssen wir näher beleuchten. Er steht im Verdacht, ihre zwei Freundinnen auf bestialische Weise umgebracht zu haben. Wir haben keine Ahnung, wo sich der Mann gerade aufhält, sind uns aber sicher, dass er in der nächsten Zeit hier auftauchen wird. Vielleicht halten ihn jetzt unsere beiden Autos vom Betreten des Hofes ab. Wir wissen es nicht. Seit einigen Stunden wird auch offiziell nach ihm gefahndet. Es ist nicht auszuschließen, dass eines der Opfer die Tochter sein könnte. Das zumindest lässt sich aus dem schließen, was die Ermittlungen ergeben haben. Der Mann ist krank und leidet wahrscheinlich unter religiösen Wahnvorstellungen. Wir müssen das Kind dringend für ein paar Tage woanders unterbringen."

„Okay, dann reden wir mit Paula darüber. Das ist vernünftig und ehrlich. Auch Kinder wollen nicht belogen werden", sagte die Kollegin, die sich als Diplom-Psychologin Sabine Reuter vorgestellt hatte.

„Paula", begann die Fachfrau im Wohnzimmer mit ihrer Arbeit, „du bist ja ein cleveres Mädchen und wirst verstehen, dass wir alles tun müssen, um dich zu schützen. Sonst bekommen wir die größten Probleme mit unseren Chefs. Kannst du das nachvollziehen?"

„Ja, das verstehe ich natürlich. Aber was kann ich denn tun?"

„Ganz einfach. Du gehst für ein paar Tage in eine Wohngruppe zu einer Pflegefamilie."

„Aber ich kann doch auch zu Oma und Opa nach Bad König."

„Genau das geht eben nicht. Du solltest an einen Ort, wo dich dein Vater nicht finden kann. Vielleicht liegen wir ja vollkommen verkehrt und dann kannst du bald wieder heim."

„Ich finde, dass er komisch geworden ist. Besonders zu unseren Tieren ist er in letzter Zeit so brutal. Das kenne ich von ihm sonst nicht. Ich komme mir so hilflos vor."

„Das ist normal Paula. Also bist du bereit für kurze Zeit zu netten Leuten zu gehen, wo du auch etwas zu Ruhe kommen kannst?"

„Ja, ich glaube das ist das Beste."

Während Sabine Reuter eine sichere Adresse klarmachte, packte Paula die Dinge, die sie für ein paar Tage brauchen würde und ging dann mit der Psychologin zu deren Wagen.

„Ach, Paula. Was ganz anderes", fragte Karl Kunkelmann. „Wie lange kann denn das Vieh ohne Fütterung auskommen? Wir können ja schlecht einen Knecht hier beschäftigen?"

„Die Fütterungsanlage kann man auf Automatik einstellen. Und der alte Hengst hat sowieso immer genug in der Krippe. Da würde ich schon vorsorgen, wenn dies nicht so wäre."

„Alles klar. Und komme bitte nicht heimlich zurück. Wir überwachen logischerweise auch den Hof."

57

Ausgerechnet du musstest dich einmischen und diesem Scheusal dein Schwert reichen. Du hast mich schwer enttäuscht, Michael. Du hast Daniel aus der Löwengrube gerettet und mich wolltest du hineinwerfen? Du Engel der Gerechtigkeit, wie bist du nur so geworden? Ich mühe mich redlich, um die Gefallenen zum Herrn zu senden und du machst mir einen Strich durch die Rechnung. Dem Elenden springst du bei, um mich zu vernichten. Du hast doch angeblich Satan aus dem Himmel geworfen und in die Hölle gestürzt. Warum machst du dich zum Helfershelfer des Bösen? Ich kann dich nicht verstehen. Angeblich hilfst du denen, die den Himmel aus den Augen verloren haben. Nun machst du das Ge-

genteil. Du schneidest ihnen den Weg zu Jesus Christus, unserem Herren, einfach ab. Fürst des Lichtes wirst du genannt. Mir bist du zum Rätsel geworden. Weshalb hast du deine Kraft auf diesen unmoralischen Menschen übertragen, auf diesen Prediger der Sünde, der junge aufrechte Mädchen mit seinen Worten verführt und ihnen Flausen in die Köpfe setzt? Er ist ein Diener des Teufels, der nur gerettet werden kann, wenn man ihn dem Allmächtigen unterstellt. Mich hat der Meister als Werkzeug entsendet und dieser Aufgabe zugewiesen. Was passiert hier gerade? Schmieden die himmlischen Heerscharen eine Intrige? Habe ich auf irgendeine Art und Weise gefehlt? Warum machst du mir die Erfüllung meines Auftrags so schwer? Ich bin wankelmütig geworden, wo es doch gilt, das eigene Fleisch und Blut vor der Verderbnis zu retten. Jetzt, wo ich die Tochter dem legitimen Vater übergeben will, stellst du mich vor Fragen, auf die ich keine Antwort weiß. Herr, verlasse mich nicht in dieser schweren Stunde der Prüfung. Sei mein Hirte und führe mich zu dir. Denn nur dein ist das Reich, und die Kraft und die Herrlichkeit. Bin ich deiner nicht wert? Warum haderst du mit deinem ergebenen Diener? Mir ist das Herz so schwer. Soll denn alles umsonst gewesen sein? Freust du dich denn nicht über die Schäflein, die ich dir gebracht habe? Ich weiß, eines ist mir ausgekommen. Aber diese Aufgabe fällt mir schwer. Das gebe ich zu. Doch ich bin ein guter Christ und werde meine Schuldigkeit tun. Denn auch sie soll erlöst werden von ihren Sünden. Hab keine Angst, mein Kind. Der Papa kommt!

58

Die Schicht von Linn und Ostermann hatten die Kollegen Reiner Weißgerber und Franz Maier übernommen. Das eigentlich zuständige Team befand sich aufgrund der erlebten Ereignisse im Eulbacher Park auf unbestimmte Zeit im Krankenstand. Die Maßnahme hatte der psychologische Dienst angeregt und beider Hausärzte waren anstandslos dieser Empfehlung gefolgt.

Ihren Streifenwagen hatten die beiden Beamten in der Garage gelassen und stattdessen auf ein ziviles Fahrzeug zugegriffen, das dunkelgrün lackiert war und in der Nacht wenig auffiel. Gleich bei der Einfahrt zum Hof der Hatzingers hatten sie hinter einem alten Holzstoß Stellung bezogen und mit der Überwachung der Zufahrt begonnen. Im Radio dudelte FFH, was den älteren Maier nervte. Radio Harmony sollte es sein.

Kaum schaute Weißgerber zur Seite, landete die Hand des älteren Kollegen am Suchlauf und plötzlich lief „Highway to Hell" im Äther.

„Das hast du wiedermal prima hingekriegt, Franz. Aber in dieser Situation passt das ja wohl ganz gut."

„Habe ich mir auch gedacht und deshalb dem Joachim gesagt, dass er seinem Buben, der dieses Musikprogramm zusammenstellt, jenen Titel ans Herz legen soll."

„Hä?"

„Ja, ich habe einen guten Freund, dessen Sohn als Moderator für den Sender arbeitet."

„Wundert mich nicht, ehrlich gesagt. Du kennst immer irgendwen, der irgendwas für dich erledigt. Mir müsste das auch mal so gehen. Zum Beispiel suche ich jemanden, der mir die Fliesen im Bad legt. Da kenne ich niemanden."

„Aber ich. Berthold heißt der und wohnt in Michelstadt. Bestimmt hast du schon bei seiner Frau in der ehemaligen Bäckerei Blumen gekauft. An den Wochenenden rennen die Kunden ihr den Laden ein."

„Wo das ist, weiß ich. Aber drinnen war ich noch nicht."

„Ist ja auch egal, jedenfalls ist der Typ ein prima Fliesenleger. Nach dem Zivildienst ist er allerdings nicht mehr offiziell ins Geschäft eingestiegen, sondern beim Rettungsdienst hängen geblieben. So ein kleiner, drahtiger mit grauen Haaren und Bart. Vom Sehen kennst du ihn bestimmt."

„Kann sein. Und den willst du mir jetzt empfehlen?"

„Was heißt da empfehlen. Wenn der Zeit hat, ist das vollkommen klar, dass der den Job macht. Er hängt insgeheim noch immer am Handwerk, gibt es aber nicht so gerne zu."

„Mensch Franz, auf dich kann man sich verlassen!"

„Und auf den Berthold!"

Während des Gesprächs der beiden Polizisten schlich Bauer Hatzinger von hinten an sein Anwesen heran. Schon früh hatte er den unbekannten Wagen hinter dem aufgeschichteten Holz entdeckt und die Staatsmacht darin vermutet. Er schloss die Kellertür auf und tastete sich ohne Licht durch bestens bekanntes Terrain. Beinahe wäre er allerdings auf die schwarze Katze getreten, die im Körbchen auf einer Treppenstufe ihren abendlichen Schlaf hielt.

In der Wohnung angekommen, rief er leise: „Paula, mein Kind. Wo bist du denn?" Als er keine Antwort erhielt, schlich er ins Wohnzimmer, um zu gucken, ob die Tochter beim Lesen auf dem Sofa eingeschlafen war. Doch auch hier Fehlanzeige. Nun betrat er das Zimmer der Tochter, in dem bereits die Rollläden heruntergelassen waren. Bestimmt steht morgen eine Klassenarbeit an, weshalb sie so früh schlafen gegangen ist, dachte sich Hatzinger.

Vorsichtig ging er zum Bett, sah im Dunkel des Raumes einen hellen Fleck in der Höhe des Kopfes und bekreuzigte sich. Dann riss er mit beiden Händen die mitgebrachte Machete hoch und zog voll durch. Das unerwartete Geräusch ließ ihn aufmerken und genauer hinschauen. Auf dem Kissen lag ein hellbrauner Teddy, den er mit der scharfen Schneide des Buschmessers halbiert hatte.

Sollte sie von alleine heim zum Herrn gefunden haben? Hat die reuige Sünderin ihre Taten erkannt und gehandelt? Dann ging er milde lächelnd aus dem Zimmer und verließ das Haus auf dem Weg, auf dem er gekommen war.

59

Bei der Durchsuchung des Gebäudes stießen die Leute von der Spurensicherung auf verschiedene Indizien, die den Bauern als einen kranken Menschen auswiesen. So fanden sie eine Dosierbox für Tabletten, die neben Blutdrucksenkern und Entwässerungsmitteln auch Citalopram gegen Depressionen und Melperon gegen unangenehme Begleiterscheinungen bei diagnostizierter Schizophrenie enthielt. Das Schild mit der Aufschrift „Erkenne dich selbst", das bei dem Opfer im Englischen Garten gefunden wurde, ließ darauf schließen, dass der Verdächtige eventuell nicht vorhandene Stimmen hörte. Dies wiederum passte zum Krankheitsbild und den zu vermutenden Zwangshandlungen.

In der Schublade eines Schränkchens fanden sich zudem bestätigende Diagnosen des Psychiaters Dr. Erhard Bittenstein, der seit Urzeiten in der Kreisstadt eine Praxis betrieb. Unter anderem war er die erste Adresse für Drogenabhängige, da er zum Methadon-Programm stand und die Devise vertrat, dass man jenen Menschen helfen und sie nicht kriminalisieren sollte. Da Karl Kunkelmann den Mann aus verschiedenen Einsätzen kannte und als umgänglichen und keinesfalls abgehobenen Mediziner schätzte, ließ er sich einen Termin in der Praxis geben.

Als Kriminalbeamter im Dienst wurde er von der Sprechstundenhilfe bevorzugt behandelt und zum Chef durchgelassen: „Na, Kunkelmännchen, was machen denn die Kopfweh? Drücken die nach dem fünften Bier morgens immer noch so auf die Stirn?", scherzte der Mann mit der Einsteinmähne und dem Seehundschnauzer.

„Doktor, ich dachte, es existiert eine Schweigepflicht? Hat der alte Berger beim Ärztestammtisch wieder geplaudert?"

„Ja, mein Guter. So hat jeder sein Neuröschen. Die einen picheln, die andern plaudern. Spaß beiseite, jetzt wird es wohl ernst. Warum besucht mich die Kripo? Habe ich zu viel Methadon an zu wenig Leute verteilt?"

„Das weiß ich nicht. Ich bin ja nicht vom Drogendezernat. Ich habe ein ganz anderes Anliegen", sagte Kunkelmann und legte dem Doktor die Arztbriefe mitsamt den Diagnosen des Gesuchten vor.

„Oha, der Hatzinger. Ja, ich habe davon gehört und darüber gelesen. Was wollen Sie jetzt wissen?"

„Ich sage es gerade raus: Trauen Sie diesem Menschen mit diesen unter anderem von Ihnen gestellten Diagnosen die beiden verübten Morde zu?"

„Ja und nein."

„Was heißt das, bitteschön?"

„Als Hatzinger nicht, niemals. Aber als armes Schwein, das ständig Stimmen von Gott hört und seine Probleme seit Jahren nicht therapieren lässt, auf jeden Fall."

„Warum haben Sie uns das denn nicht gesagt?"

„Weil ich bisher nicht gefragt wurde und weil ich unter Schweigepflicht stehe", antwortete Bittenstein und schaute mit seinem treuen Dackelblick dem Ermittler in die Augen.

„Ja, das war es dann wohl", verabschiedete sich Kunkelmann und gab dem Psychiater die Hand. Dieser jedoch zog ihn an sich ran und flüsterte ihm ins Ohr: „Wegen der bierbedingten Kopfschmerzen: Nehmen Sie vor dem Schlafengehen eine Aspirin und eine Paracetamol. Das spülen Sie dann mit einem leicht gesalzenen Mineralwasser hinunter. Hilft bombensicher. Aber nicht zur Gewohnheit werden lassen. Sie wären nicht der erste Polizist, der sich von mir wegen Alkoholismus behandeln lässt. Aber jetzt nenne ich gewiss keine Namen. Sonst habe ich bald wieder die Staatsmacht im Haus. Viel Erfolg bei der Fahndung. Aber Vorsicht: Solche Menschen sind unberechenbar! Machen Sie es gut und schöne Grüße an Ihre Frau, die hatte mal wegen gelegentlicher Schlafstörungen bei mir um Rat gefragt."

„Aha. Und was haben Sie ihr verschrieben?"

„Den schnarchenden Gatten auszuquartieren!"

60

Kriminaldirektor Wagenknecht atmete auf. Endlich ging es vorwärts. Man hatte konkrete Ermittlungsansätze, konnte auf einen dringend Tatverdächtigen verweisen und befand sich mitten in der Fahndung nach selbigem. Fast durfte man von Euphorie reden, die zwischen den Schreibtischen der Erbacher Kripo mit Händen greifbar schien und dem Team neue Flügel verlieh. Die Zeit des zermürbenden Wartens war zu Ende. Dennoch erreichten nur wenige Hinweise aus der Bevölkerung Karl Kunkelmann und seine Mitarbeiter. Trotz deutlicher Aufrufe im ‚Odenwälder Echo‘ und einer Meldung in der ‚Hessenschau‘, blieb es bei vagen Andeutungen. Keinem war Hatzinger in den letzten Tagen begegnet, niemand hatte den weißen Campingbus gesehen, manche hatten ihn mit den Kastenwagen von Handwerkern verwechselt und die Polizei so mit unnötigen Ausschlussverfahren beschäftigt.

Eine Frau aus Höchst sagte aus, sie habe den Verdächtigen erst jüngst in eine recht verrufene Kneipe gehen sehen, wollte damit aber nur ihren Schwager belasten, der eine entfernte Ähnlichkeit mit dem Gesuchten aufwies.

Doch der Strauß an bisweilen hanebüchenen Gerüchten war schnell verblüht. Abermals stand man vor einem Rätsel, dessen Lösung sich nicht mal ansatzweise offenbaren wollte. Jedenfalls war Paula in sicheren Händen. Sabine Reuter hatte sie bei einer Pflegefamilie in Beerfelden untergebracht, wo sie für ein paar Tage auf eigenen Wunsch statt das Gymnasium in Michelstadt die Oberzentschule in der Stadt am Berge besuchte. Diesen Kompromiss mussten die Ermittler eingehen, sonst hätte sich die Schutzbefohlene quergestellt. Denn das strebsame Mädchen wollte nicht vom Unterricht abgehängt werden.

Das Risiko, dass der Vater dies herausbekäme, hielt man für äußerst gering, wenn nicht gar für unmöglich. Soweit würde der sowieso schon gestresste Mann nicht denken.

Die Ermittler versuchten sich an einem Persönlichkeitsbild des Verdächtigen. Dazu befragten die Teams auch den Stammtisch in der ,Linde', der immer mittwochs tagte.

Der Schmied des Dorfes skizzierte den Hatzinger als einen freundlichen und tadellosen Menschen, der so gut wie nie dem Alkohol zusprach. Seit dem Tod der Frau sei er allerdings etwas schrullig geworden. Als er dies näher erläutern sollte, redete er von einer zunehmenden Pedanterie, wenn die Themen des Abends religiöse Fragen gestreift hätten. Da sei er mitunter laut geworden und habe eine deutlich konservative Position in Glaubensfragen vertreten. Peter Meier, der Zimmermann, hielt den Hatzinger für einen freudlosen Gesellen, mit dem man aber durchaus habe auskommen können und Bäcker Müller beschrieb ihn als einen Menschen, dem Gerechtigkeit über alles ginge. Doch sei er auch etwas überzeichnet in seinen Ansichten. So habe es in früheren Jahren manchmal Diskussionen mit der Ehefrau gegeben, ob man bei der Erkrankung eines Tieres im Stall nun den Veterinär hinzuziehen dürfe oder ob die Entscheidung über die Gesundung dieses Wesens allein Gott zu treffen habe.

Deutlich formte sich so ein Bild der religiösen Verblendung, was anhand der Beschreibungen von Pfarrer Horst Gutermut konkretisiert werden konnte. Karl Kunkelmann begab sich abermals zum Psychiater Erhard Bittenstein und bat ihn um seine Einschätzung zu den vorgefundenen Installationen.

„Nun, ich bin weder Therapeut noch Kunsthistoriker, sondern nur ein einfacher Nervenarzt. Aber wenn ich mir die Schilderungen der Auffindesituation der Leichen so anhöre, spielt da eine riesige Brutalität eine Rolle. Die will der Mann allerdings nicht und nimmt sie auch nicht als solche wahr. Er möchte lediglich sein Ziel umsetzen. Die Emotionen hat er abgekoppelt und ist lediglich auf die Gestaltung des Umfeldes konzentriert. Er sieht sich als eine Art Künstler, als Bildhauer vielleicht. Oder noch besser als Erretter. Da zählt die Ästhetik und nicht das Gefühl. Lassen Sie mich das Prozedere mit Gunther von Hagens und seinen in Plastik gegossenen Menschen vergleichen. Hätte der hochdekorierte Mediziner irgendwelche Empfindungen oder gar Mitleid, wären diese doch von der Fachwelt und dem allgemeinen Publikum äußerst geschätzten realen Darstellungen gar nicht möglich.

Der Hatzinger möchte meines Erachtens zwei Dinge bewirken: Erstens will er eine intakte Welt, wo die Liebe nur platonisch funktioniert. Das heißt, dass er sich gegen deren Sexualisierung ausspricht. Zweitens möchte er die sexualisierten und fehlgeleiteten Mädchen vor der Hölle retten und dem Himmel zuführen. Er kennt nur schwarz und weiß, gut oder böse. Dazwischen gibt es für ihn nichts. Was wiederum ein Zeichen seiner Krankheit sein kann. Und wie ich den gehetzten Mann einschätze, nimmt er auch seine verschriebenen Medikamente nicht ein, was fatal sein dürfte. Denn beim Vorliegen einer Persönlichkeitsstörung muss der Wirkspiegel der Arzneien erhalten bleiben, sonst kann der Mensch zum Überraschungspaket werden, wenn ich das mal so salopp formulieren darf." Somit ergab das brutale Vorgehen bei aller Absurdität ein nahezu schlüssiges Bild. Hundertschaften der Bereitschaftspolizei durchkämmten das Gelände, Hubschrauber mit Wärmebildkameras stiegen auf.

Unkundige hätten dieses Treiben der Suche nach einem aus dem Altenheim entschwundenen Bewohner zugeordnet. Doch man wusste Bescheid. Die Freiwilligen Feuerwehren und das Rote Kreuz boten ihre Mithilfe bei der Suche an. Doch die Polizeiführung nahm davon Abstand. Schließlich wusste man nicht, was im Moment des Auffindens in dem Bauern vorging. Und überhaupt: Wie war er bewaffnet? War es bei der Machete geblieben? Paula sagte zwar, dass der Vater noch nie zur Jagd gegangen sei und dass er weder Gewehr noch Pistole besitze. Doch war das sicher? Man musste dem Mann schnell habhaft werden, das war klar.

Sollte man ihm eine Falle stellen? Durfte man die Tochter als Lockmittel benutzen? Karl Kunkelmann stellte nämliche Frage, die zuerst moralisch als völlig abwegig verworfen wurde. Doch dann sagte Kriminaldirektor Wagenknecht: „Meine Herren, wir begeben uns jetzt auf sehr dünnes Eis. Geht das schief, bin ich meinen Job los. Aber das wäre zweitrangig. Wenn wir die Sache verbocken, kann es sein, dass wir ein drittes Todesopfer haben, nämlich Paula."

Nach dieser Ansage schwiegen alle im Raum. Man hätte die berühmte Stecknadel fallen hören können.

„Ich weiß jedoch nicht, wie wir sonst an den Hatzinger rankommen können. Wir müssen Risiko und Nutzen abwägen. Ich gebe es zu. Mir ist speiübel."

„Gesetzt den Fall, wir würden dies tun", sagte Karl Kunkelmann, „Paula wäre sicher einverstanden. Und würde uns helfen. Auch wenn diese Hilfe ihren Vater lebenslang in den Knast, respektive in die forensische Psychiatrie bringt. Wir müssen ihr einen Treffpunkt mit unserem mutmaßlichen Mörder vorschlagen, auf den er sich einlässt. Dort müssen wir Scharfschützen platzieren. Und die haben oft einen recht nervösen Finger. Das müssten handverlesene Leute sein. Trotzdem besteht die Gefahr, dass der Hatzinger, wenn er was merkt und eine Schusswaffe haben sollte, die eigene Tochter abknallt. Er will sie ja schließlich in den Himmel bringen. Wie er das tut, wird ihm unter diesem immensen Druck vielleicht egal sein.

„Es sei denn", meinte der Chef, „wir legen eine falsche Spur!"

„Wie meinen Sie das, Herr Wagenknecht?"

„Naja, Paula ist gar nicht an der Örtlichkeit, die sie dem Vater als Treffpunkt vorschlägt."

„Aber wittert der nicht automatisch eine Falle?"

„Da bin ich mir nicht sicher. Er hat eine Art Tunnelblick und ist nur auf seine Mission fixiert. Wie Bittenstein sagte, lebt der Mann in einer ganz eigenen Welt. Es käme auf einen Versuch an. Und bei diesem darf Paula in keiner Weise gefährdet werden", mahnte Wagenknecht.

„Wollt ihr das wirklich riskieren? Ich sehe da so viele Unwägbarkeiten", erlaubte sich Marco Wiesemann einen Einwurf.

„Herr Wiesemann, schön, dass Sie so eifrig mitdenken. Und das meine ich überhaupt nicht ironisch", lobte der Chef den Leiter der Kriminaltechnik. „Sie als Spurensicherer sind strukturiertes Denken gewohnt und haben vielleicht einen besseren Vorschlag?"

„Nein, leider ist dem nicht so. Ich habe nur furchtbares Bauchweh bei unserem Vorhaben."

„Jetzt kriegt die Hacke einen Stiel", warf Kunkelmann ein und schlug mit der Faust auf den Schreibtisch.

„Wie bitte, Herr Kollege?"

„Meine Oma hat das immer gesagt, wenn eine Entscheidung unabdingbar war. Ich beantrage auf diese Weise zu verfahren, wie eben diskutiert. Unter Wahrung aller nur möglichen Sicherheitsmaßnahmen für das Kind, wir können uns kein drittes Opfer erlauben. Das wäre der absolute Gau und außerdem würde uns die Presse zerfleischen. Dass Paula allerdings eingeweiht sein muss, ist auch klar. Eine andere Möglichkeit sehe ich nicht. Wer ist dafür? Ich bitte um Handzeichen!"

Kriminaldirektor Wagenknecht war baff über das couragierte Vorpreschen seines Hauptkommissars und hauchte nur: „Respekt, Kunkelmann. Respekt!"

61

Kripo kommt auf Kurs
Ein Kommentar von Elmar Spohrnagel

Der begonnenen Mordserie im Odenwaldkreis lässt sich nun auch ein mutmaßlicher Killer zuordnen: Wie aus Kreisen der Kripo verlautete, konzentrieren sich die Ermittlungen jetzt auf den an Schizophrenie erkrankten Hans Hatzinger aus Momart. Will heißen, die Polizeiführung tut was und hat ihr entspanntes Aussitzen beendet. Mit Fragen an die Bevölkerung, kreisenden Hubschraubern und bemühten Suchmannschaften versucht man des Mörders habhaft zu werden. Doch wie und vor allem wo findet man die Stecknadel im Heuhaufen? Ist es so schwer, einen kranken Mann, den doch anscheinend viele kennen, dingfest zu machen? Anscheinend ja. Vielleicht ist er ja auch zu zweit unterwegs. Schließlich leidet er an einer Persönlichkeitsspaltung. Die Hundestaffel hat versagt, Wärmebildkameras über den Wäldern zeigen nur Rehe oder harmlose Spaziergänger. Abermals beschreiten die Behörden höchst seltsame Wege, die sich am Rande der Legalität schlängeln. Doch die Aufgabe ist keine leichte. Dies müssen auch die strengsten Kritiker zugeben. Schließlich gilt es, unzählige junge Mädchen vor dem Hass des Häschers zu schützen und ihnen wieder Sicherheit zu geben. Eine für alle Seiten verträgliche Lösung scheint es nicht zu geben. Das Restrisiko ist immens hoch, doch es muss eingegangen werden. Die Unversehrtheit des Menschen steht an oberster Stelle und hat Priorität in diesem fatalen Spiel. Positiv zu bewerten ist, dass ein steifer Beamtenapparat seine bisher brachliegenden Eigenschaften wiederentdeckt hat und sich daran erinnert, dass Köpfe denken und Füße laufen können. Somit ist Bewegung in die Sache gekommen. Nur muss man jetzt schauen, dass sie forciert betrieben wird und nicht wieder in Untätigkeit strandet. Dies könnte für die potenziellen Opfer und für die Behörde das Aus bedeuten. Seien wir erst mal froh über die unerwartete Motivation der Beamten in diesem Fall und hoffen, dass es kein Fiasko durch wilden Aktionismus geben wird. Zu hoffen bleibt ebenfalls, dass, wie im Märchen, der Igel als Sieger hervorgeht und nicht der Hase. Doch der Stachelträger in der Geschichte wurde nicht durch staatliche Gelder finanziert und hätte auch bei einer Niederlage keine satte Pension eingestrichen. Das könnte den Unterschied machen. Es lebe die Zuversicht. Denn die Hoffnung stirbt bekanntlich zuletzt. Zuvor hoffentlich jedoch niemand mehr!

62

Nun galt es Ruhe zu bewahren. Die Ermittler mussten darauf warten, dass der Vater Kontakt zur Tochter aufnehmen würde. Man setzte abermals auf Kommissar Zufall, der aber in greifbare Nähe gerückt war. Irgendwann würde Hatzinger sich Informationen einholen wollen. Und die konnte er nur über Paula bekommen. Ihre Handynummer hatte er. Würde er es wagen? Würde er sich melden, trotz der Gefahr, entdeckt zu werden? Man wartete sehnlichst auf den Anruf.

Dieser kam gegen Mittag. Der ständig in der Notunterkunft anwesende Beamte war wie elektrisiert, als die Anfangstakte von „Tage wie diese" von den Toten Hosen erklangen. Diese Melodie hatte Paula allen fremden Telefonnummern zugeordnet. Und da der Vater kein mobiles Gerät besaß, fiel auch er in jene Kategorie.

Sofort wies er das Mädchen an, den Lautsprecher zu aktivieren. Gleichzeitig schaltete er das mitgebrachte Diktaphon ein, um das Gespräch aufzuzeichnen. Nun musste Paula Stärke und Mut beweisen, denn es galt, den verabredeten Plan so glaubhaft wie möglich dem Vater zu unterbreiten. Kunkelmann, der als ermittelnder Hauptkommissar die operative Verantwortung trug, wurde ebenfalls umgehend in Kenntnis gesetzt. Das Team spielte einen gefährlichen Ball, doch die Chance, dass das Leder ins Tor einschlagen würde, war groß und wohl nur einmal möglich. Es musste einfach gelingen, die Aktion durfte keinesfalls schiefgehen. Ein Versagen käme dem Offenbarungseid der Staatsgewalt gleich. In vielen Vorgesprächen hatte das Team immer unter Einbeziehung von Paula und deren vorausgesetztem Einverständnis die anzuwendende Strategie entwickelt.

Dabei hatte der Schutz des Kindes höchste Priorität, welchem ein möglichst schonender Zugriff des Verdächtigen nachgeordnet war.

„Hallo?", meldete sich Paula.

„Hallo, mein Mädchen. Hier ist dein Papa, der dich über alles lieb hat. Wie geht es dir?"

„Gut, aber ich vermisse dich", antwortete die Tochter unter Tränen.

„Hab keine Angst, ich werde dir helfen und dich mit nach Hause nehmen. In unser Heim des ewigen Lichts, wo immer die Sonne scheint und dir keiner was Böses antun kann. Denn im Paradies sind wir unerreichbar für die Teufel, die uns beherrschen wollen. Gott ist allmächtig und gut."

„Aber wie kann ich denn zu dir kommen? Uberall sucht die Polizei nach dir! ... Warte, ich habe eine Idee ..."

„Pass schön auf, mein Mädchen. Ich weiß, dass man alles mithört, was wir reden. Deshalb musst du mir jetzt vertrauen und ich dir. Das ist ganz wichtig, sonst wirst du deinen Vater nie wieder sehen können. Wir treffen uns morgen. Und zwar da, wo du immer als kleines Kind so gern gespielt hast. Dort, wo du glücklich warst und zu Gott gefunden hast. Das ist ein guter Platz. Dort wohnt auch Christus, der Herr. Begib dich dorthin. Und zwar um 21 Uhr abends. Suche mich nicht, ich komme auf dich zu und mache mich bemerkbar. Dann werde ich dich ins Paradies führen. Sollte sich Polizei einfinden, bin ich unsichtbar und die Dinge nehmen ihren Lauf. Also, bis morgen!"

„Aber wo soll das denn sein? Ich weiß nicht, was du meinst!"

„Denk gut nach, Liebes! Ich bin sicher, dir fällt es ein. So wahr dir Gott helfe!"

Dann klackte es kurz und das Gespräch war beendet. Der Plan der Polizisten war nicht aufgegangen. Hatzinger hatte den Ort und die Zeit des Rendezvous` mit der Tochter selbst bestimmt.

„Paula", fragte Karl Kunkelmann, der in Windeseile zur geheim gehaltenen Wohnung gekommen war, „was ist das denn für ein Platz, den dein Vater vorgeschlagen hat?"

„Ich weiß es nicht", sagte das Mädchen mit verweinter Stimme und Kunkelmann sah sämtliche Felle davonschwimmen.

„Versuche dich bitte zu erinnern!"

„Wie soll ich mich denn an was erinnern, von dem ich überhaupt nicht weiß, was es sein kann?"

„Wo hast du denn als Kind immer gern gespielt? Irgendwas muss dir dazu doch einfallen."

„Ich war gerne im Stall bei den Tieren, besonders bei unserem alten Pferd. Da war es immer schwer, mich ins Haus zu bekommen. Auch oben auf dem Heuboden waren wir immer glücklich. Da konnte ich mich mit den Freundinnen prima verstecken und keiner hat uns gefunden. Mit dem Flaschenzug haben wir körbeweise Süßigkeiten hochgezogen und dann oben genascht. Meine Mutter hat auch manchmal Überraschungen in die Bastkörbe gelegt. Einmal gab es frisch gebackenen Kuchen samt Kakao über den Lastenaufzug."

„Nein, Paula. Dein Vater muss eine andere Stelle meinen. Bei euch auf dem Hof das wäre zu offensichtlich. Er weiß ja sicher, dass wir das Gelände im Auge haben."

„Tut mir leid, mir fällt sonst kein besonderer Ort ein."

„Gibt es vielleicht einen Platz, an den ihr immer hingefahren seid? So eine Art Ausflugsziel?"

„Ja, gibt es. Das Café ‚Orth' in Zell. Da hat es die beste Käsesahne weit und breit gegeben."

„Die gibt es dort immer noch und prima Granatsplitter. Aber das nur nebenbei. Das kann es aber auch nicht sein. Das war ja kein Platz zum Spielen. Er spricht davon, dass du dort zu Gott gefunden hättest. Sagt dir das was?"

„Naja, so richtig habe ich da nie hingefunden. Wenigstens nicht so, wie das der Papa gerne gehabt hätte. Wir waren oft im Brudergrund bei den Rehen. Die habe ich immer gerne gefüttert. Der Papa saß währenddessen an diesem Andachtsplatz. Das nennt sich Not Gottes. Dort hat es Bänke wie in der Kirche und einen überdachten Jesus am Kreuz. Da hat er dann immer gewartet, bis meine Maistüten alle waren."

„Das ist es! Paula, ich danke dir. Ganz hervorragend. Das passt auch genau auf die Beschreibung."

Schon am frühen Nachmittag bereiteten sich die Polizeikräfte auf ihren Einsatz vor. Mit im Planungsteam befand sich auch Wagenknecht, der die Aktion politisch und gegenüber der Presse zu verantworten hatte. Man setzte auf das, was man im Wirtschaftsleben eine Mischkalkulation nannte: Mehrere Scharfschützen sollten so platziert werden, dass sie auf keinen Fall entdeckt werden würden. Dafür dachte man die zwei Hochsitze im Einzugsbereich des Gebetsplatzes an. Zwei jüngere Kollegen in Zivil wurden darauf trainiert, ein Liebespaar zu mimen, das sich hier auf einem herbstlichen Spaziergang befand. Dem älteren und drahtigen Kollegen Maier nahm man die Uniform weg und steckte ihn in einen gebrauchten Parka, der über einer braunen Cordhose schlabberte. So kam er nicht nur figürlich dem betagten, aber immer noch rüstigen Parkwächter Kelm ziemlich nahe. Außer den Scharfschützen, die hinter den Bretterwänden der Ansitze lauern würden, mussten die restlichen Kräfte ihre Waffen natürlich verdeckt tragen. So würde man sie nicht als Polizisten identifizieren können. Man strebte die perfekte Tarnung an.

Mit Besuchern war zu dieser feuchtkalten Abendstunde nicht zu rechnen, zumal es jetzt schon leicht nieselte. Gegen 20 Uhr begab sich Paula auf den Weg. Sie war mit dem Linienbus gekommen, in dem zur Sicherheit auch eine Beamtin saß. „Null Risiko" war das Bestreben. Dem Mädchen hatte man einen kleinen Sender hinter dem Revers der Jeansjacke installiert, damit sich Kunkelmanns Kollegen auch akustisch immer auf dem neuesten Stand bewegten. Langsam ging das Mädchen die ausgetretenen Stufen zur Not Gottes hinunter. Dort sollte sie ein Gebet sprechen, was dem Vater sicherlich gefallen würde. Da der Nieselregen zugenommen hatte, zog sie sich eine rote Mütze über den Kopf, was aber die Übertragungsqualität des empfindlichen Sendeteils nicht beeinflusste.

Um exakt 20.35 Uhr waren alle auf ihren Positionen. Am besten hatten es die Scharfschützen getroffen, denn ihnen konnte in den Hochsitzen der Regen nichts anhaben. Aus Richtung Mossautal kommend, schlenderte das Liebespaar gemächlich auf den festgelegten Ort der Handlung zu. Auch Polizeihauptkommissar Franz Maier hatte seine Schubkarre mit Heu bepackt, um die allabendliche Fütterung der Tiere vorzunehmen. Der alte Wildhüter war notdürftig informiert worden und saß derweil in der Wirtschaft „Käs-Back" im nahen Elsbach, wo er sich auf Staatskosten eine Portion Hausmacher Wurst und mehrere Apfelweine schmecken ließ.

Es war 20.40 Uhr als etwas Unvorhergesehenes passierte: Vom großen Parkplatz kommend fiel eine Horde Kinder in das Areal ein und ärgerte sich, dass man bei Dunkelheit keine Tiere füttern konnte. „So ein beschissener Herbst!", rief ein blonder Junge und trat demonstrativ in eine Pfütze. Die 5. Klasse eines Frankfurter Gymnasiums war auf Freizeit, hatte sich in der Erbacher Jugendherberge einquartiert und befand sich nun auf Nachtwanderung. Kommissar Zufall hatte einen Störfaktor eingeschleust. Doch nach fünf Minuten quäkenden Meckerns, setzte sich der Lehrer durch und versprach der Bande wetterbedingt das Unterfangen abzubrechen und einen Videoabend in der Herberge zu genehmigen. Ruckzuck hatte sich die Versammlung aufgelöst und auf den Weg zurück in die Kreisstadt begeben.

Noch eine knappe Viertelstunde. Die Nerven der Beteiligten waren zum Zerreißen gespannt. Besonders Paula ging es eher bescheiden, denn sie wusste nicht, wie sich die Polizisten bei einer Eskalation verhalten würden.

Jetzt war es 20.55 Uhr geworden und das Liebespaar ging, unterbrochen durch heiße Kussattacken, auf das Gatter der Hirsche zu. Im Kollegenkreis war ein echtes Paar gefunden worden, sodass sich die Szene in keiner Weise gekünstelt ausnahm. Auch Maier schob jetzt, die obligatorische Pfeife des Wildhüters im Mund, seine Karre zum Eingang des Gatters. In wenigen Minuten musste Hatzinger kommen, da sollte Maier fertig sein und sich auf dem Rückweg befinden, sodass der mutmaßliche Täter keinen Verdacht schöpfen konnte. Auch die Liebenden waren gebeten worden, ihre Uhren zu kontrollieren und sich gegen 21 Uhr langsam zum Ausgang des Parks zu begeben. So waren beide Teamteile zwar prinzipiell auf dem Rückzug, aber doch ständig zu erreichen. Sollte Hatzinger auftauchen, wäre man binnen Sekunden bei der Zielperson und konnte ihrer habhaft werden.

Kurz nach 21 Uhr war es mittlerweile und nichts war geschehen. Gegen 21.15 Uhr wusste keiner mehr, wie er sich unauffällig verhalten sollte.

Aber das war auch gar nicht nötig. Denn bereits am frühen Abend war ein Mann auf das Privatgelände eines an den Tierpark grenzenden Grundstücks eingedrungen, hatte mit einem Dietrich das Schloss des einer Jagdhütte nachempfundenen Gartenhäuschens geknackt und mit einem großen Fernglas das Geschehen im Brudergrund beobachtet.

Den Verdacht hegend, hintergangen worden zu sein, bestätigte sich seine Annahme, als er zwei Jäger beobachten konnte, die sich zu den beiden Hochsitzen begaben. Es passte alles, die grünen Gummistiefel, der Mantel aus Loden und der Hut mit der kleinen Feder darauf. Doch waren die tastenden Blicke irritierend, als ob sie zum ersten Mal auf so ein Ding klettern müssten. Und auch die jungen und schneidigen Gesichter. So sahen keine Odenwälder Waidmänner aus. Viele von ihnen waren Stammgäste in der ‚Linde‘ in Momart. Diese beiden hier hatte er noch nie gesehen. Und dann diese seltsamen Gewehre. Lediglich das Griffstück war braun, der Rest in mattem Anthrazit gehalten. Die Teile erinnerten eher an Maschinenpistolen als an Flinten.

So lief also der Hase. Man hatte ihn getäuscht, die Tochter als Lockvogel benutzt. Und Paula hatte doch versprochen, dass sie alleine kommen würde. Nun gut, sie würden ihn noch kennenlernen. Diese Suppe würde er ihnen gründlich versalzen.

63

Vater unser im Himmel,
geheiligt werde dein Name.

Dein Reich komme.
Dein Wille geschehe,
wie im Himmel,
so auf Erden.
Unser tägliches Brot gib uns heute.
Und vergib uns unsere Schuld,
wie auch wir vergeben unseren Schuldigern.
Und führe uns nicht in Versuchung,
sondern erlöse und von dem Bösen.
Denn dein ist das Reich
und die Kraft
und die Herrlichkeit
in Ewigkeit.
Amen.

64

Grete Wieser musste schon als Kind früh aufstehen. Als Vollwaise, die Eltern waren kurz bevor sie drei Jahre alt wurde bei einem Verkehrsunfall ums Leben gekommen, wuchs sie bei verschiedenen Bauern der Gegend auf, wo sie quasi an Kindes statt aufgenommen wurde und sich dann später als Magd verdingte. Obwohl sie keinesfalls dumm war, hatte ihre offizielle Bildung mit dem Hauptschulabschluss geendet. Ums Haar wäre auch sie an Bord des alten Fords gewesen, doch das Schicksal hatte es gut mit ihr gemeint. Nach dem Rückgang der Landwirtschaften im Hauptberuf benötigen die Höfe jetzt keine Mägde mehr. Viele ehemalige Bauern bauten jetzt in Breuberg bei Pirelli Reifen oder fuhren zu Merck nach Darmstadt, um dort ihr Auskommen zu bestreiten.

Auch heute, es sollte ein klarer Herbsttag werden, war sie früh aus dem warmen Bett gestiegen, um ihrem seit langer Zeit ausgeübten Broterwerb nachzukommen. Grete Wieser trug Zeitungen aus. Regelmäßig versorgte sie einen Teil der knapp 400 Einwohner von Momart mit dem ‚Odenwälder Echo' und konfrontierte sie so mit den Geschehnissen in der Welt. Stets zweigte sie im besten Gewissen ein Leseexemplar ab. Denn falls sie gefragt werden würde, was denn heute so im Blatt steht, wollte sie nicht durch Unwissenheit auffallen.

Dies stillte den Wissensdurst der jungen Frau und führte meistens zu einem angeregten Gespräch mit den Abonnenten.

Gegen 5.30 Uhr stiefelte sie los, die Austrägertasche geschultert, eine Thermoskanne mit Tee zwischen den Presseerzeugnissen. Es war noch dunkel und vollkommen ruhig im Dorf. Erst eine Stunde später würden am Waldrand beim Hauswiesenweg die Lichter des Schulbusses auftauchen, um die Kinder zu den verschiedenen Bildungseinrichtungen im Kreisgebiet zu bringen. Nur einer konnte die frühmorgendliche Ruhe unterbrechen und der war bestimmt schon durch. Pünktlich um 4.15 Uhr passierte üblicherweise der Milchlastwagen aus Hüttenthal die Durchgangsstraße, um bei den zwei verbliebenen Bauern die weiße Fracht abzuholen, die abends zuvor in großen Kannen an einer dafür vorgesehenen Rampe bereitgestellt wurde.

Es war noch dunkel, als Grete Wieser zum Aussiedlerhof der Hatzingers abbog, um am Beginn des Grundstücks die Zeitung in den amerikanischen Briefkasten zu schmeißen und den roten Winker auf Posteingang zu stellen. Irgendwas war anders als sonst. Sie nahm es nur im Augenwinkel wahr. Dann musste sie schmunzeln. Irgendjemand wollte wohl den Bauern ärgern: Am Kranausleger des Flaschenzugs, der die Heuballen auf den Boden der Scheune beförderte, pendelte eine Figur. Ein etwas geschmackloser Spaß, die Kerwepuppe, die vor noch gar nicht allzu langer Zeit traditionsgemäß bis zur nächsten Kirchweih begraben worden war, zu exhumieren und dort oben aufzuknüpfen. Das müssen böse Menschen gewesen sein. Denn in dem Haushalt lebte schließlich auch Paula, die sich sicher zu Tode erschrecken würde.

Verständnislos schüttelte die junge Frau den Kopf und setzte ihren Weg fort. Gegen 6 Uhr kam sie bei Kaths vorbei, die im Dorf einen kleinen Laden mit dem Allernötigsten führten. Wie immer stellte Margot, die Inhaberin, der Zeitungsfrau einen heißen Kaffee auf das kleine Stehtischchen und fragte nach dem Rechten.

„Soweit alles klar", antwortete Grete Wieser, „nur erlaubt sich die Dorfjugend jetzt wohl üble Späße mit dem Hatzinger. Irgendwer scheint die Kerwepuppe ausgegraben und an den Flaschenzug an seine Scheune gehängt zu haben."

„Unmöglich, diese Kerle. Mit Feingefühl gegenüber dem Mädchen hat das ja rein gar nichts zu tun!"

„Ja, Margot. Schlimme Rabauken. Aber im Grunde keine bösen Kerle. Nur halt etwas grob im Verhalten. Aber das war ja wohl hier schon immer so."

„Ja, ich kann mich erinnern, dass einige vor ein paar Jahren die Luft aus den Reifen des Feuerwehrautos gelassen und sich dann tierisch darüber gefreut haben, als der Herbert versucht hatte, den Wagen bei der Nachtalarmübung aus der Garage zu fahren."

„Naja, Dorfjugend halt."

„Was soll das denn jetzt heißen?", hakte die Lebensmittelhändlerin nach.

„Nichts, nur ein Spaß. Mach's gut und danke für den Kaffee!"

Frisch gestärkt, setzte die Austrägerin ihren Weg fort und folgte der vorgegebenen Route.

Als sie ungefähr eine Stunde später auf Höhe der Straße abermals das Anwesen der Hatzingers passierte, kündigte die langsam aufgehende Sonne einen schönen Herbsttag an und zeichnete die Konturen der Landschaft kontrastreicher. Automatisch fiel ihr Blick abermals zu Scheune, an der die Puppe leicht im Wind pendelte. Eigenartig fasziniert, verharrte Grete Wieser und beobachtete die seltsame Installation.

Plötzlich wurde sie unsicher.

Zögerlich wagte sie einige Schritte in Richtung des Scheunengebäudes. Ihr Puls beschleunigte sich und das Herz klopfte bis zum Hals. Sie kniff die Augen zusammen. Dann blickte sie nach oben. Da schaukelte keine Puppe im Wind. Es war Hatzinger, der da am Hebegalgen baumelte.

Grete Wieser erschrak zu Tode. Wie von einem Magneten angezogen stakste sie näher. Hatzinger trug eine Sonnenbrille und einen schwarzen Anzug, wie man ihn gewöhnlich für Beerdigungen oder auch feierliche Anlässe wählte. Der Knoten des Seils war vorne geknüpft worden, so konnte der Kopf nicht auf die Brust sinken.

Kein Zweifel, das war der Bauer. Obwohl sein Gesicht mit einer schwarzen Sturmhaube verdeckt war, wie sie Motorradfahrer und Bankräuber zu tragen pflegen, bestand kaum ein Zweifel. Die Haube war oben gerafft und mittels einer Schnur am Kälberstrick fixiert. So in Position gebracht, schaute Hatzinger in den Himmel in Richtung der aufgehenden Sonne. Jetzt verließ Grete Wieser die Kraft und sie sank auf die Knie. Kurz darauf verlor die Zeitungsfrau das Bewusstsein.

65

„Ja, da besteht wohl kein Zweifel", sagte Karl Kunkelmann, als die Spurensicherer die Leiche von allen Seiten fotografiert und dann abgenommen hatten. „Das ist Hans Hatzinger, unser gesuchter Doppelmörder. Wenn wir jetzt noch ein Geständnis bei ihm finden und keine fremden Fingerabdrücke entdecken, dürfte der Fall abgeschlossen sein. Der Mann hat sich umgebracht. Warum? Vielleicht werden wir es erfahren, vielleicht auch nicht. Die seelischen Schäden, die er bei den Angehörigen der Opfer und bei seiner Tochter angerichtet hat, kann allerdings keiner ungeschehen machen. Diese armen Menschen werden wahrscheinlich ein Leben lang leiden müssen. Das ist es, was mich so wütend macht."

Unter der schwarzen Anzugsjacke trug Hatzinger ein mit Paketschnur befestigtes Pappschild um den Hals, auf dem geschrieben stand: „So wir aber im Licht wandeln, wie er im Licht ist, so haben wir Gemeinschaft untereinander, und das Blut Jesu Christi, seines Sohnes, macht uns rein von aller Sünde (1. Johannes, 1.7)."

Die Handschrift war die gleiche, die das von Yvette Schleicher getragene Schild im Eulbacher Park aufwies. In der Hosentasche fand sich das, was man ein Geständnis nannte: „Ich war ein braver Soldat des Herrn meines Gottes gewesen und habe immer nur das Gute gewollt. Mein Ziel war es, die Menschen von der Geißel der Verderbnis und der Unsittlichkeit zu befreien. Bei zweien nur ist es mir gelungen. Dann hat man mich betrogen und schändlich hintergangen. Die eigene Tochter, die selbst der angeprangerten Leichtlebigkeit frönt, hat die Staatsgewalt dem Willen des Vaters entgegengestellt. Nun habe ich mich entschieden vorauszugehen und Paulas Eintritt ins Paradies vorerst zu verschieben. Leider, mein liebes Kind, konnte ich dich nicht mitnehmen ins Reich der Seligkeit. Aber sei gewiss. Auch du wirst kommen. Der Herr wird einen Boten entsenden, um dich aus dem Jammertal zu erlösen. Ich warte auf dich. Dein dich liebender Vater."

Bei der routinemäßigen Überprüfung der Wohnung des Hatzinger fanden die Beamten auf einer Liste mehrere Namen von Mädchen in Paulas Alter, die als potenzielle Opfer gewertet wurden. In mehreren grauen Kladden hatte Hans Hatzinger seine strenge Sicht des katholischen Glaubens dargelegt, die in sich zwar beinahe perfide, aber dennoch schlüssig war. Der Mann hatte ohne Zweifel Ahnung von Philosophie und Theologie. Sein Krankheitsbild und die damit einhergehende Verblendung jedoch waren mit katastrophalen Folgen einhergegangen.

Die größten Rätsel gab den Ermittlern allerdings die Speicherkarte eines Fotoapparates auf, die Hans Deckert eher zufällig in einem natürlichen Spalt der hölzernen Platte des Küchentisches entdeckt hatte. Sie offenbarte grausige Szenen. Hans Hatzinger hatte den Mord an Annemarie Richter detailliert dokumentiert und im Bild festgehalten. Nicht in Erfahrung gebracht werden konnte die Lokalität von zwei unscharfen Fotos, die heimlich geknipst zu sein schienen: Der Schauplatz zeigte einen mit Kerzen illuminierten Kellerraum, auf dem von hinten mehrere Menschen in weißen Gewändern zu sehen waren. Vorne stand ein Mann, der einen farbigen Umhang trug, ähnlich dem des ersten Opfers. Eine Verbindung zu den Morden war nicht hergestellt worden. Man hatte keine Analogie zu Annemarie Richters Tuch bemerkt und ordnete die Fotos irgendeiner vergangenen Faschingsveranstaltung zu.

Auch bekam Paula die Szene nie zu sehen, weil Kunkelmann und Ehrenreich einfach nicht daran dachten, dass auch diese Darstellung in den Fall hineinspielen könnte. Außerdem war für das Kind jetzt absolute Schonung angesagt. Schlussendlich atmeten die Teammitglieder auf, das Procedere um die tragischen Todesfälle der beiden Mädchen abschließen zu können.

Erleichtert trat Kriminaldirektor Wagenknecht vor die Presse und gab die Ermittlungsergebnisse bekannt. Danach lud er auf Staatskosten alle Beteiligten zur Käsesahne aus dem berühmten Café ‚Orth' in Zell ein. Ein Bote brachte zwei komplette Torten. Für Karl Kunkelmann hatte er zwei Granatsplitter in einer Tüte dabei, was die Kollegen von ihrem Chef ausgesprochen nett, aber auch extrem witzig fanden.

Mit hochrotem Kopf lächelte auch der beschenkte Hauptkommissar und griff zaghaft zu. Dann setzte er den ersten Splitter an die Lippen, wonach er in Bruchteilen von Sekunden in dessen Mund verschwunden war.

„Nicht so hektisch, Herr Kollege. Es nimmt Ihnen keiner was weg. Und ein drittes Opfer, das den Erstickungstod erleiden musste, möchten wir doch im Namen des Kollegiums und der Bevölkerung nicht beklagen müssen!"

Diese Spitze konnte sich Wagenknecht nicht ersparen. Jetzt begann der ertappte Karl Kunkelmann vor Scham zu schwitzen. Die ihm von Heiner Ehrenreich gereichte Serviette schlug er brüsk weg. Dessen

Frage, ob er als Bonbon zur glücklichen Lösung des Falles nicht eine Polka auf der Ziehharmonika zum Besten geben möchte, ignorierte Kunkelmann und linste unauffällig zum Waffenschrank, ob sich nicht wieder die mit Alpenblumen verzierten Trageriemen einen Weg ins Freie gebahnt hatten.

66

Die Krone gebührt Kommissar Zufall
Ein Kommentar von Elmar Spohrnagel

Der Fall ist gelöst. Nach langem Schwimmen in unsicheren Gewässern wurden die Ermittler nun doch von einer Strömung erfasst und in die richtige Richtung getragen. Somit kann die Bevölkerung aufatmen und junge Mädchen dürfen wieder unbeschwert den Modetrends folgen. Überzogene Gläubigkeit verbunden mit einer rigorosen und unreflektierten Interpretation der Bibel hat einen kranken Mann zum zweifachen Mörder gemacht. Dabei haben die Ermittler einen unschuldigen Pfarrer fast ins Gefängnis gebracht. Auch wäre ums Haar ein unbescholtener rumänischer Gastarbeiter des Landes verwiesen worden. Hier muss man sich die Frage stellen, ob ein frühzeitiges Eingreifen des Landeskriminalamtes viele Irrwege hätte verhindern können. Allzulange eierte die lokale Polizei an dem Fall herum und gefährdete damit die weibliche Jugend in der Region. Nicht umsonst heißt es, dass Kommissar Zufall letztendlich den Erfolg gebracht hat. Aber um welchen Preis? Wir konstatieren, dass die Mannen der lokalen Kriminalinspektion fleißige Ermittler und verlässliche Polizisten sind. Wenn es um Mundraub oder um Fahrraddiebstähle geht. Bei Mord müssen andere ran. Fachleute, die sich mit diesem Verbrechen auskennen und Erfahrung haben. Odenwälder Schutzleute können weder das eine noch das andere vorweisen. Hoffentlich wird es kein nächstes Mal geben. Nur wenn, dann bitte lieber gleich den Hans anstatt das Hänschen rufen. Falsche Eitelkeit ist hier fehl am Platze.

Epilog

Im ‚Treff‘ herrschte eine entspannte Stimmung, auch wenn der Artikel im ‚Odenwälder Echo‘ bei den Gästen etwas Bauchgrimmen verursacht hatte. Denn viele Polzisten waren gekommen, um den sogenannten Fahndungserfolg zu begießen. Herta hatte eine Runde Wildsautropfen ausgegeben und ließ die etwas angesäuselten Beamten ohne allzu große Kritik in ihr reichlich gefülltes Dekolletee blicken.

Heiner Ehrenreich hatte ein Schluckauf erfasst, der zur allgemeinen Erheiterung nach Hertas entschiedenem Tritt auf dessen linke Schuhspitze plötzlich stoppte. Marco Wiesemann war schwer am Schwadronieren über unsichtbare Spuren, die er im Dunkeln erkennen könne und lobte die Schäferhündin Bella, die in einem vergangenen Fall durch plötzliches Anschlagen den Täter so erschreckt hatte, dass der sich in die Hosen gepieselt hatte.

Immer wieder setzte der aus dem Krankenstand zurückgekehrte Thomas Linn zu einem Witz an, dessen Schluss aber nun schon zum dritten Mal irgendwo verschwunden war. Die Pointe wollte ihm einfach nicht gelingen.

Karl Kunkelmann gab einige Stories über seine Nachbarin Adele Kumpf zum Besten, wegen welcher er sich nie einen Wachhund anschaffen würde. Eine aufmerksamere Haushüterin konnte er sich nicht vorstellen. Höchstens seine Tante Erna, die ihren Besuch zu Weihnachten angedroht hatte. Dann legte er ausufernd einige Möglichkeiten des Grades der Verwandtschaft mit der Dame aus Oberursel dar, wobei er bei der letzten Version eine solche gar bezweifelte. Sein Gesprächspartner Frank Meusel, Stammgast im ‚Treff‘ und Finanzbeamter in Michelstadt, hörte schon gar nicht mehr hin, sondern hatte sich fasziniert Hertas Dekolletee zugewandt.

„Wenn Brüste Augenlicht zerstören könnten, wärst du blind. Denn die meinigen hätten deine Stielaugen bereits rücksichtslos erdrückt“, lachte Herta und strich dem angetrunkenen Meusel liebevoll durchs spärliche Haupthaar.

Zur gleichen Zeit, als Karl Kunkelmann sein viertes Weißbier bestellte, betrat ein unauffällig gekleideter Mann den Vorraum zu den alten Bierkellern in der Dieburger Straße in Darmstadt. Danach wurde er von keinem der auf die Führung wartenden Touristen mehr gesehen. Doch in einem etwas abseits gelegenen Seitenraum des alten Gewölbes wurde ihm frenetisch zugejubelt. Durch seine strikte Haltung in

Glaubensdingen und seine absolute Treue zu den Grundsätzen der Gruppe, war er vom Meister schon häufiger gelobt worden. Seine Unerschütterlichkeit auf der einen und seine Lenkbarkeit auf der anderen Seite hatten den Meister von dessen Qualifikation für die Aufgabe überzeugt.

Ein paar Wochen später blieb an einem Mittwochmorgen Paula Hatzingers Stuhl im Klassenraum der 8c des Michelstädter Gymnasiums leer. Die Schülerin war nicht zum Unterricht gekommen.

Danksagung

Für die fachliche Durchsicht der polizeilichen Angelegenheiten gilt der Dank meinem ehemaligen Schulkameraden, früheren Nachbarn und Freund, Ralf Levita, der ähnlich gelagerte Fälle schon erlebt haben könnte, da er als Erster Kriminalhauptkommissar in Erbach arbeitet, die dortige regionale Inspektion leitet und seine jahrelange Erfahrung in die Durchsicht des Manuskripts eingebracht hat.

Für die Überprüfung der medizinischen Belange darf ich meinem ehemaligen Hausarzt, Dr. med. Ulrich Herrmann, recht herzlich danken, dem ich ebenfalls seit vielen Jahren in Freundschaft verbunden bin.

Den logischen Zusammenhang haben Gertrud und Joachim Steiger, Inhaber der Literaturhandlung Paperback in Bad König, überprüft. Liebe Gerti, deine tollen Tipps haben Realitäten geschaffen, ohne welche diese Fiktion manchmal in ein Wunschdenken des Autors abgeglitten wäre. Eure unverstellte und freie Sicht auf den Text hat mich vor so manchem Fehler bewahrt.

Die orthografische und grammatikalische Kontrolle hat mein langjähriger Kumpel Jochen Löb übernommen, der am Gymnasium in Michelstadt die Fächer Deutsch, Spanisch und Politik unterrichtet. „Das Komma ist eben nicht nur ein musikalisch zu setzender Taktstrich, sondern teilt den Satz in ein sinnvolles Gefüge!" Lieber Jochen, ohne deine Korrekturen wäre ich über manches Komma gestolpert und hätte mich in jener Hinsicht des Öfteren ins Koma befördert!

Ebenso danke ich meinen Figuren Annemarie Richter, Yvette Schleicher und Paula Hatzinger, die es so nie gegeben hat und als Personen hoffentlich auch nie geben wird.

Hut ab vor den Kriminalbeamten Karl Kunkelmann und Heiner Ehrenreich, die sich tapfer geschlagen haben und als etwas beschaulich agierende Polizisten den Odenwald ein wenig karikieren. Bei den realen Beamten entschuldige ich mich selbstredend sofort für diese unverschämte Bemerkung.

Dem Täter ist Gerechtigkeit widerfahren. Trotzdem gilt es, für kranke Menschen ein offenes Verständnis aufzubringen und sie einer adäquaten Behandlung zuzuführen. „Rübe ab!", ist keine Lösung. Das hatten wir schon und hoffen inständig, dass dies nie wieder kommen möge! Zudem zeigt der Roman, dass Extremismus, Verblendung und humanitäre Blindheit nicht an einen bestimmten Glauben oder an eine Weltanschauung gebunden sein müssen. Vor politischem oder religiösem Irrsinn können uns allein der gesunde Menschenverstand, ein aufrechtes Herz, Toleranz und die Bereitschaft zum moralischen Widerspruch schützen.

Bei den Worten des Dankes darf ich Gerd Fischer, den Inhaber des mainbook Verlags in Frankfurt, nicht vergessen, der mich immer wieder zur Weiterarbeit ermutigt und durch sein geschicktes Lektorat den Roman schließlich auf den Weg gebracht hat.